MARCO SONNLEITNER

Kinderland

ENGELSGESICHT Wie kommt der Ringfinger eines kleinen Jungen in den Magen eines Hechtes? Bartholomäus Kammerlander ahnt Grauenvolles. Als die Leiche des Jungen aus einem Weiher im Dachauer Hinterland geborgen wird, bestätigen die ersten Untersuchungen diese Ahnung. Und der kleine Sebastian ist kein Einzelfall. Etliche Kinder verschwanden in letzter Zeit spurlos. Kinder mit einem besonderen Hintergrund, wie sich bald herausstellt. Für die Münchner Polizei beginnt ein Wettlauf mit der Zeit, der Bartholomäus Kammerlander schließlich in die Abgründe von »Kinderland« blicken lässt. Aber die Peiniger sind ihm immer einen Schritt voraus, spielen mit ihm Katz und Maus und führen ihn am Ende zu seinem eigenen Hotel. Denn auch dort ist »Kinderland«. Erst als Bartholomäus Kammerlander selbst denkt wie ein Kind, kommt er seinen Gegnern näher. Und sie ihm. Näher, als es Kammerlander ertragen kann. Näher, als er es überleben kann?

Marco Sonnleitner, geboren 1965 in München, wo er insgesamt 17 Jahre verbrachte, lebt seit 1996 in Memmingen. Dort arbeitet er als Lehrer für Deutsch, Geschichte und Sozialkunde an einem Gymnasium. Als Stipendiat der Studienstiftung des Deutschen Volkes studierte er Germanistik, Geschichte und Politologie und vorher vier Jahre Medizin in Deutschland, Afrika und den Vereinigten Staaten. Seit 2001 ist er auch als Schriftsteller tätig und veröffentlichte seitdem einen vierbändigen Fantasy-Roman für Kinder um den Helden »Tom O'Donnell« sowie über 25 Bände für die bekannte Jugendkrimireihe »Die drei ???«. Marco Sonnleitner ist verheiratet und hat einen erwachsenen Sohn. »Kinderland« ist Bartholomäus Kammerlanders zweiter Fall.

Bisherige Veröffentlichungen im Gmeiner-Verlag:
Blutzeugen (2013)

MARCO SONNLEITNER

Kinderland

Bartholomäus Kammerlanders zweiter Fall

Original

GMEINER

Besuchen Sie uns im Internet:
www.gmeiner-verlag.de

Im Ehnried 5, 88605 Meßkirch
Telefon 07575/2095-0
info@gmeiner-verlag.de

1. Auflage 2014

Lektorat: Claudia Senghaas, Kirchardt
Herstellung: Mirjam Hecht
Umschlaggestaltung: U.O.R.G. Lutz Eberle, Stuttgart
unter Verwendung eines Fotos von: © jock+scott / photocase.com
Druck: GGP Media GmbH, Pößneck
Printed in Germany
ISBN 978-3-8392-1539-5

Personen und Handlung sind frei erfunden.
Ähnlichkeiten mit lebenden oder toten Personen
sind rein zufällig und nicht beabsichtigt.

1. KAPITEL

Vor fünf Wochen
Waldgebiet östlich von Benediktbeuern

Lächeln. Er sollte das Lächeln üben, weil es bei ihm so aussah, als wäre ihm ein Bus übers Gesicht gefahren. Das wiederum täte den Kindern Angst machen, und das wollten sie ja in Zukunft vermeiden, oder?

Ja, hatte er gesagt.

Oder?

Ja, vermeiden.

Richtig. Zumindest so lange wie möglich. Kriegst du das hin, Veit?

Ja.

Ist doch jetzt eigentlich auch viel einfacher als früher, oder? Du musst die Kinder nur noch abholen und hinbringen. Viel einfacher, oder?

Ja, schon.

Na, siehst du. Und heute wär's ja auch nicht so wichtig. Aber übe es ruhig einmal.

Ja.

Doch so richtig glücklich war Veit Mooshammer nicht damit. Wobei er auch nicht unglücklich damit war. Glücklich- und Unglücklichsein, das waren Zustände, derer sich Veit Mooshammer so nicht bewusst wurde. Es war eher dunkler oder heller im Kopf, ein bisschen mehr Druck oder ein bisschen weniger. Rechts vorn meistens. Manchmal war es auch ein Stechen. Und an den hellen

Tagen eben gar kein Druck. Das war dann so, als würde der Kopf auf einmal nicht mehr so viel wiegen wie sonst.

Dunkler oder drückender wurde es aber immer dann, wenn sich irgendetwas veränderte. Darin glich Veit den meisten Menschen: Er mochte keine Veränderungen. Die Dinge sollten so bleiben, wie sie waren, dann war alles in Ordnung.

Aber jetzt sollte er anders lächeln. Anders lächeln, ganz ruhig reden und freundlich sein. Weils fürs Geschäft gut war.

Das mit dem Geschäft war ihm egal, er brauchte keinen Grund. Wenn der Chef sagte, dass er das und das machen sollte, dann machte er das und das. Aber wenn er es halt anders machen sollte, als er es bisher immer gemacht hatte, dann bekam er Kopfweh. Weil das … ungewohnt war. Und anstrengend. Bis man das alles wieder richtig machte, so, wie es der Chef wollte, musste man so viel nachdenken und höllisch aufpassen. Wahrscheinlich war es das. Dass er die Anstrengung nicht mochte, die es kostete, sein Verhalten zu verändern. Auch darin war Veit Mooshammer vielen Menschen ähnlich.

Er sah auf die Uhr. Ein bisschen Zeit hatte er noch. Also übte er halt noch mal das Lächeln. Er drehte den Rückspiegel so, dass er sich darin sah, und zog die Mundwinkel hinauf. Nur die Mundwinkel. Der Rest seines Gesichts lächelte nicht. Er fand selbst, dass das irgendwie anders aussah, als wenn der Chef lächelte. Aber er wusste nicht, woran es lag. Also lächelte er erst nur mit dem einen, dann mit dem anderen Mundwinkel. Das sah auch komisch aus. Wenn er aber die Lippen einen kleinen Spalt öffnete und er hinter dem Speichelfaden seine gelblichen Zähne sah, gefiel ihm das schon ein bisschen besser.

Und als er schließlich noch die Augen ein Stück weiter aufmachte, sah das richtig gut aus. So ging lächeln, oder? Beide Mundwinkel hoch, Zähne zeigen, Augen auf. Das musste er sich merken. Mundwinkel, Zähne, Augen. Das war's. Eigentlich ganz einfach. Und ruhig reden bekam er ebenfalls schon ganz gut hin. Ruhig war halt das Gegenteil von laut, und laut war er sowieso nie. Das Freundlichsein wollte ihm allerdings noch nicht so recht gelingen, obwohl er sich eigentlich gar nicht unfreundlich fühlte. Er war doch kein unfreundlicher Mensch, oder? Aber trotzdem plärrten die Kinder immer, wenn er sie aus dem Auto zerrte. Vielleicht klappte das ja jetzt mit dem Mundwinkel-Zähne-Augen-Trick.

Es war so weit. Die Kundschaft wartete. Veit nahm das Walkie-Talkie vom Beifahrersitz, stieg aus und umrundete den VW-Bus. Zefix. Das Knie tat wieder weh.

Es war ein schöner Tag. Die Luft roch nach Moos und warmen Nadelbäumen, die Sonne hangelte sich von Wolke zu Wolke und die Temperatur war genau in dem Bereich, den die meisten Menschen als angenehm empfanden. So zwischen 22 und 24 Grad Celsius. Optimale Bedingungen für eine aufregende Jagd.

Veit war das alles jedoch vollkommen egal. Der einzige Geruch, der zu ihm durchdrang, war der von Sauerkraut. Das war seine Leib- und Magenspeise, seit er ein Kind war. Er mochte es in allen Varianten, sogar mit Ketchup, und aß es auch gern kalt. Wenn er unterwegs war, hatte er meistens eine Dose dabei, weswegen es in den Autos dann immer nach Essig und kalten Fürzen roch. Für Sonne und Wolken hatte sich Veit auch noch nie interessiert, und ob es warm oder kalt draußen war, las er daran ab, ob er die Scheiben freikratzen musste oder nicht. Die Jagd heute hingegen war ihm nicht egal. Schließlich war es sein Job, dafür zu sorgen, dass das alles reibungslos ablief.

Den VW-Bus hatten sie für ihre Zwecke umgebaut. Eine Trennwand zwischen Fahrerkabine und Fahrgastraum sowie blickdichte Scheiben verhinderten, dass Neugierige hinein- und die kleinen Schratzen hinausschauen konnten. Also die, hatte der Chef gesagt, die schlafen mussten und dann während der Fahrt doch mal aufwachten und raussahen. Oder die, die zwar nicht unbedingt schlafen mussten, aber trotzdem nicht gleich mitbekommen sollten, dass es, wie heute, in den Wald ging. Weil sich vielleicht das eine oder andere Kind nicht vorstellen konnte, dass Kinderland im Wald lag, und deswegen unruhig wurde. Meinte der Chef. Wobei es heute eigentlich egal wäre – hatte er ja vorhin selbst gesagt –, aber grundsätzlich wären eben unruhige Kinder nicht so gut fürs Geschäft. Also Kinder, die zu früh unruhig wurden.

Der Innenraum, den der Chef hatte umbauen lassen, gefiel Veit gut. Wie dieses kleine Kinderzimmer, das er mal in dem Katalog gesehen hatte. Alles sehr plüschig und weich. Es gab Spielsachen, Kuscheltiere, einen CD-Player und sogar einen kleinen Fernseher mit Video-Gerät. Das war aber freilich nur für die Kinder, die keinen Orangensaft brauchten. Die anderen hatten da ja gar nichts davon. Wobei es Veit eigentlich lieber gewesen wäre, wenn alle Orangensaft gekriegt hätten. Aber manchmal ging das halt nicht, wie heute zum Beispiel, und der Fernseher hatte schon auch seine Vorteile. Veit hatte sich darauf auch schon den einen oder anderen Film angesehen, wenn er mal länger hatte warten müssen. ›Findet Nemo‹ war sein Lieblingsfilm. Am meisten mochte er die Stelle, wo die Möwe ins Wasser furzte. Zum Totlachen.

Veit stand vor der hinteren Tür und hielt noch einmal inne. Mundwinkel, Zähne, Augen. Und freundlich sein. Er prüfte sein Gesicht in der Scheibe und fand gut, was er sah. Dann öffnete er die Tür. »Mir sind da!«

Der kleine Junge blickte auf. Große Augen, blonde Haare, ein Blechauto in der Hand. Und recht mager, wie Veit fand. Für heute war es allerdings sicher besser, wenn der Bankert nicht so fett war, weil er dann schneller laufen konnte und das alles länger dauerte. Ein bisschen wenigstens.

»Steign mir aus, oder?«

Der Junge zog sich unmerklich in den plüschigen Sitz zurück und umklammerte das Spielzeugauto. »Warum?«

Warum. In Veits Kopf wurde es eine Spur dunkler. Ihm waren die Kinder viel lieber, die einfach ausstiegen und mitkamen. Fragen mochte Veit nicht. Zumindest die nicht, auf die man nicht mit Ja oder Nein antworten konnte. Aber auf diese hatte er sich eine Antwort zurechtgelegt. Weil sie nicht zum ersten Mal gestellt wurde. Und freundlich sein!, fiel ihm noch ein.

»Ja, also«, die Mundwinkel gingen noch ein bisschen weiter nach oben, vor allem der rechte, »weil mir jetzt da sind! Im Kinderland!« Augen auf!

Der Junge lugte an Veit vorbei ins Freie. »Mir sind im Wald.«

Ja, mir sind im Wald, freilich. Oder war das eine Frage gewesen?

»Im Kinderland, weißt?« Veit machte einen kleinen Schritt zur Seite. Dieses Lächeln strengte an. Und das Augenaufreißen auch.

»Kinderland ist im Wald?« Der Junge wagte sich ein Stückchen nach vorn.

Kinderland ist im Wald. Deswegen hatte der Chef doch den Bus umbauen lassen. Damit sie das nicht fragen. Was sollte er jetzt machen? Sollte er Ja sagen? Veits Mundwinkel verkrampfte. Oder Nein? Langsam spürte er den Druck im Kopf. Rechts vorn.

»Wo denn?« Der Junge war jetzt fast an der Tür, schaute vorsichtig nach rechts und links.

Was, wo denn? Veit sah den Jungen verwirrt an. Was meinte er mit ›wo denn‹? Freundlich bleiben, ermahnte er sich, freundlich bleiben.

Die Augen des Jungen wanderten zu Veit. Und obwohl sich der wirklich alle Mühe gab, ruhig gesprochen hatte, ganz viel lächelte und doch freundlich war, hatte der Junge auf einmal diesen Gesichtsausdruck. Wie ein Zeisig, wenn's blitzt. Veit kannte ihn genau. Danach wurden die Kinder meistens bockig und steif, und wenn er sie dann am Arm packte, fingen sie an zu greinen. Er sah auf die Uhr. Es wurde wirklich Zeit.

»Kummst jetzt?«

Der Junge schüttelte den Kopf und zog sich wieder in den VW-Bus zurück. »Des ist doch nicht Kinderland!«

»Kinderland, freilich.« Veit hatte plötzlich eine Idee. Er kramte in seiner Jackentasche und fand den Kaugummistreifen. »Magst an Kaugummi?« Er hielt ihn dem Jungen hin.

Aber der schüttelte wieder den Kopf.

Dann halt ned.

Veit hatte jetzt keine Zeit mehr. Der Chef und der Kunde warteten. Er steckte das Walkie-Talkie ein, packte den Jungen lächelnd und freundlich am Handgelenk und zerrte ihn aus dem VW-Bus.

Der Junge fing an zu schreien und zu heulen.

War ja klar. Er kriegte das einfach nicht hin. Obwohl er sich doch wirklich so viel Mühe gegeben hatte. Veit klemmte sich das schreiende und zappelnde Bündel unter den Arm, hielt ihm mit der anderen Hand den Mund zu, weil er laut nicht mochte, und schlug den Weg zur Lichtung ein.

Was machte er bloß falsch? Ihm tat das ganze Gesicht weh vor lauter Lächeln, aber es hatte trotzdem nicht funktioniert. Und der Kopf tat ihm jetzt auch weh. Er überlegte, ob er noch Aspirin im Handschuhfach hatte. Ein paar noch. Der Junge bekam einen Arm frei und schlug damit um sich. Veit fing den Arm wieder ein. Und wenn er dem Chef einmal vorlächelte? Aber eigentlich, das merkte Veit, wäre es ihm lieber gewesen, wenn er das einfach weiter so hätte machen können wie früher. Also nicht wie ganz früher, sondern wie in letzter Zeit. Kind aus dem Auto holen, nichts sagen, nicht lächeln, scheiß aufs Freundlichsein, Kind abliefern. Geschrien hatten die anderen auch nicht mehr als der jetzt. Andererseits wollte es der Chef halt so haben. Veits Kopfweh wurde schlimmer.

Die Lichtung hatte er bald erreicht. Er stellte den Jungen auf den Boden und hielt ihn am Kragen fest. Hielt ihn so weit von sich, dass der ihn nicht treten oder schlagen konnte. Aber der Junge war mittlerweile so erschöpft und verängstigt, dass er sich ohnehin kaum noch rührte. Und sein Schreien war nur mehr ein unrhythmisches, heiseres Schluchzen. Veit holte das Walkie-Talkie aus seiner Jackentasche und drückte auf den Knopf.

»Cheef?«

»Veit? Kann's losgehen?«

»Ja, Cheef.«

Ein Zögern. »Was ist denn bei dir los?«

»Warum?«

»Ja, weil der so rumheult.«

»Ah so.«

»Veit, ich hab's dir doch gesagt. Ruhig und freundlich sein und lächeln.«

»Ja, Cheef. Hab ich doch gmacht.«

Ein Seufzen am anderen Ende. »Ach, Veit. Wie lange noch?«

»In zwei Minuten bin ich am Auto.«

»Okay. Dann geh jetzt los.«

»Cheef?«

»Ja, was ist?«

»Ich hab's wirklich probiert.«

»Ist schon gut. Heute ist es ja egal.«

Veit schaltete das Gerät aus, zog den Jungen zu sich und legte ihm die Hand auf den Mund. Das Kind verstummte vollends und sah ihn aus panischen Augen an.

»Ich muss jetzt gehen. Und du bleibst da. Nicht mir nachlaufn, gell?«

Der Junge sagte nichts, starrte nur.

»Dann pfiad di.« Veit ließ ihn los und machte sich auf den Weg zum Auto. Einmal sah er sich noch um, aber der Junge folgte ihm nicht. Er stand auf der Lichtung, blickte ihm hinterher und weinte stumm. Veit erinnerte sich an den Kaugummi und steckte sich den Streifen in den Mund.

Kurz bevor er den VW-Bus erreicht hatte, hörte Veit die Hunde. Er stieg ein und griff nach dem ›Kicker‹, den er in die Seitentasche gesteckt hatte. Da war eine Bilderserie von Ribéry drin, und die wollte er sich derweil anschauen. Und so gut wie der, dachte Veit Mooshammer und grinste dabei, kann ich auf alle Fälle lächeln.

2. KAPITEL

Gestern
Pöcking am Starnberger See

Sie fuhr rechts ran und machte den Motor aus. Hier stand sie gut. Nur von dem Haus dort vorn konnte man sie sehen, aber die Garage war leer. Wahrscheinlich war eh niemand zu Hause. Sie blickte auf die Zeitanzeige im Armaturenbrett. Gleich Viertel nach zwölf. Jeden Moment musste der Unterricht zu Ende sein. Und von der Beccostraße bis da, wo sie jetzt stand, würde Rebecca knappe zehn Minuten brauchen.

Rebecca. Sie nahm das Foto, das auf dem Beifahrersitz lag, und schaute es sich zum x-ten Mal an. Dieses uralte Fahrrad, das allein schon Grund genug gewesen wäre. Verrostet, ohne Licht, ohne Schutzbleche, ohne all das, was Mädchen in dem Alter liebten. Und brauchten. Schnickschnack, Farbe, Bändchen, Schleifchen. Der verschossene Plastikpuppensitz mit dem zerbrochenen Bügel war das Einzige, was an ein Mädchenrad erinnerte. Da drin saß Rebeccas Puppe. Auch die ein Grund, so schäbig, wie sie aussah.

Dabei war Rebecca so ein süßes Ding. Ein wahrer Goldschatz. Lange braune Haare, die sich unten ein wenig eindrehten, braune Rehaugen und ganz feingliedrig. Ein bisschen so wie diese … diese … ah, der Name fiel ihr jetzt nicht ein. Diese Schauspielerin halt.

Sie spürte wieder dieses Ziehen in der Magengegend.

Wie konnte man nur so zu Kindern sein? Diese zerbrechlichen, unschuldigen Geschöpfe konnte man doch nur lieb haben, oder? Das ging doch gar nicht anders. Ja, freilich hatte sie auch schon Kinder kennengelernt, die ihr Herz nicht sofort hatten höher schlagen lassen. Aber, mein Gott, es waren trotz allem Kinder. Sie meinten es nie böse, weil sie noch gar nicht richtig wussten, was das ist: gut und böse. Das hatte ihnen der Herrgott verschwiegen, als er sie runtergeschickt hatte. Das erfuhren sie erst sehr viel später, wenn sie größer wurden. Und bestimmt nicht vom Herrgott.

Dabei war das Radl ja nur die Spitze des Eisberges. Sie durfte gar nicht daran denken, was man der Rebecca wahrscheinlich noch alles angetan hatte. Tag für Tag. Das arme Ding. Und noch dazu die Menschen, denen so ein reines Engerl am meisten vertraute. Die eigenen Eltern. Das war einfach nicht richtig, und sie hatte sich schon oft gefragt, warum der Herrgott so etwas zuließ. Aber er hatte sicher seine Gründe, der Herrgott.

Und sie konnte ja was dagegen tun. Vielleicht war das der Grund, den der Herrgott hatte. Dass er diese Aufgabe für sie vorgesehen hatte. Denn eine Aufgabe war es allemal, und keine leichte, ganz und gar nicht. Trotzdem wäre es ihr lieber gewesen, der Herrgott hätte den kleinen Hascherln das erspart und ihr eine andere Aufgabe zugedacht.

Sie sah Rebecca um die Ecke biegen. Mein Gott, sah die traurig drein! Bekam das Kopferl kaum hoch und schlurfte mit dem schweren Schulranzen müde vor sich hin. Weil sie halt jetzt wieder heim musste.

Aber das musste sie ja zum Glück nicht mehr.

Sie nahm die Sunkist-Tüte und den Bären und stieg aus. Draußen blickte sie sich kurz um. Alles bestens.

Das Mädchen sah die ganze Zeit nicht auf und bemerkte die Frau erst, als sie angesprochen wurde.

»Ja mei, du hast aber einen schweren Schulranzen!«

Rebecca hob den Blick. Sie schaute in ein freundliches Gesicht. Rote Wangen, ein offenes Lächeln, lustige Lockenhaare.

»Sind des lauter Bücher da drin?«

Rebecca blieb stehen. Leicht nach vorn gebeugt, um das Gewicht des Ranzens auszugleichen. »Hefte auch«, sagte sie leise.

»Hefte auch? Aber dann musst du ja schon schreiben können, wenn du Hefte hast!«

Sie nickte. Und lächelte ein bisschen.

»Ah, des hätt ich aber jetzt nicht geglaubt. Da schau her! Und was kannst du schon schreiben? Deinen Namen?«

Ein Nicken mit großen Augen.

Die Frau lächelte listig. »Aber wie man des da schreibt, weißt du noch nicht, oder?« Sie hielt ihr den kleinen Plüschbären hin, den sie in der Hand hielt.

»Ein Bär.«

»Ja, ja. Aber wie schreibt man Bär?«

Rebecca überlegte. »B … E … R.«

Der Frau gingen die Augen über. »Das ist ja sagenhaft! Du bist ja eine ganz eine Gscheite! Und so hübsch dazu!«

Rebecca lächelte glücklich. Verlegen, aber glücklich.

»Wart einmal, ich glaub, ich hab noch was für dich! Weil, wenn jemand so gscheit ist wie du, dann hat man sich eine Belohnung verdient. Eine ganz leckere Belohnung. Ist mir vom Frühstück übrig geblieben.«

Die Frau machte die Beifahrertür auf und steckte den Kopf ins Auto. Rebecca beobachtete sie neugierig. Aber als die Frau wieder aus dem Auto hervorkroch, machte diese auf einmal einen sehr bekümmerten Eindruck.

»Mei, jetzt hab ich mich vertan. Ich hab's doch schon gessen. Vorhin, als ich meinen Nikolaus in den Kindergarten gebracht hab.«

Rebecca blinzelte. »Nikolaus?«

Die Frau lachte. »Nikolaus heißt mein kleiner Bub.« Ein kurzer Blick die Straße hinab. Ein alter Mann kam aus einem Haus. Aber er sah nicht zu ihnen her.

»Nikolaus?«, hauchte Rebecca. »Wie der … Nikolaus?«

»Ja, genau. Wie der echte Nikolaus. Aber Schmarrn. Ich hab den gar nicht gessen, den Bienenstich. Ich hab ihn dem Nikolaus in sein Pausensackerl getan.«

Rebeccas Mund ging auf. Nikolaus. Der Nikolaus hat einen Bienenstich. Und ein Sackerl.

Die Frau überlegte. »Weißt was? Versprechen muss man halten, gell?«

Rebecca sagte nichts, hatte noch immer einen rot-weißen Nikolaus und eine Biene vor Augen.

»Wenn du noch ein bisserl Zeit hast, fahren wir vor zum Bäcker und ich kauf dir auch einen Bienenstich. Magst?«

Die Biene, die den Nikolaus stach, gab's beim Bäcker. Rebecca nickte wie in Trance.

»Dann steig ein. Ah ja, und magst des trinken? Des hab ich dem Nikolaus nämlich vergessen mitzugeben. Und bevor's schlecht wird …« Sie reichte Rebecca die Sunkist-Tüte mit dem Strohhalm. Eine große Orange lachte ihr von der Verpackung entgegen.

Rebecca nahm die Tüte und sog daran.

»Deinen Schulranzen kannst hinten reinlegen.«

Die Frau schob die hintere Tür auf, räumte Zeug zur Seite und schaute sich noch einmal um. Bestens. Als der Schulranzen verstaut war, kletterte Rebecca ins Auto.

Neben dem Sitz, in einer Kiste, lag ein großer Hase im Nikolauskostüm. Rebecca schaute ihn gebannt an, wagte aber nicht, ihn zu berühren. Ein Nikolaushase.

Das Auto fuhr los.

Der Orangensaft schmeckte sehr süß.

3. KAPITEL

Heute, Dienstag
Berg am Starnberger See, Hotel Alpenblick

»Wir hätten das doch irgendeinen Schreiner machen lassen sollen.« Wiebke Kammerlander richtete sich auf und strich sich eine Strähne ihres langen roten Haares aus dem Gesicht. Da ihr warm geworden war, streifte sie die Nicki-Jacke ab, öffnete einen Knopf ihres Blusenkleides und fächelte sich Luft zu. »Oder Xaver. Der hätte das sicher auch hinbekommen.«

Bartholomäus, der vor ihr auf den Fliesen kniete, zog mit zusammengebissenen Zähnen die Schraube fest. »Xaver – hat's – im – Moment – ein – bisschen – im Kreuz. So!« Die Schraube war drin. Bartholomäus blies die Wangen auf und ließ sich nach hinten auf den Hosenboden sinken. »Hat mir die Theresa erzählt.« Er wischte sich mit dem Unterarm den Schweiß von der Stirn.

»Wollte ich gerade fragen«, erwiderte Wiebke.

»Du kennst ihn doch. Der Xaver würde auch noch mit dem Kopf unterm Arm zur Arbeit kommen.«

Wiebke lächelte. Wie meistens, wenn sie an ihren Hausmeister dachte. Hätte ihr jemand vor 30 Jahren gesagt, dass sie als waschechte Hamburgerin einmal einen zerknautschten Urbayern, den sie auch heute oft nur mit Mühe verstand, tief und fest in ihr Herz schließen würde, hätte sie das nicht für möglich gehalten. Was sicher auch daran gelegen hätte, dass sie vor 30 Jahren noch ziemlich durch den Wind gewesen war. Und daran, dass 30 Jahre eine lange Zeit waren. Andererseits, fiel ihr eben auf, kannte sie eigentlich niemanden, der Xaver nicht gut leiden mochte.

»Und der Schreiner, der uns als Erster hätte beglücken können«, Bartholomäus hielt drei Finger in die Höhe, »drei habe ich angerufen, drei! – hätte das erst in zwei Wochen tun können. Bis dahin hätte uns aber Urte oder Dexter gekündigt. Oder beide.«

Die kleine Abstellkammer hinter dem Back-Office platzte schon seit geraumer Zeit aus allen Nähten. Die Regale quollen über vor Ordnern, Unterlagen und Prospekten, Büroutensilien waren zum Teil ausgelagert worden, und wenn man zum Kopierer wollte, musste man sich zwischen zwei Rollcontainer quetschen. Für ein Hotel wie das Alpenblick eine Zumutung. Oder vielmehr für die Leute, die hier arbeiten mussten. So sah es zumindest Bartholomäus.

»Urte hat gesagt, dass sie es hier drin sehr gemütlich findet. Und Dexter verirrt sich sowieso nie hierher.«

»Eben. Gemütlich ist ein Synonym für völlig zugemüllt, und Dexter kommt genau deswegen nicht hier rein.«

Wiebke lächelte und beugte sich nach vorn, um ihrem Mann einen Flusen aus dem dichten, grauen Haar zu fischen. »Weißt du, was ich glaube? Ihr Männer braucht einfach ab und zu was, woran ihr euch handwerklich austoben könnt. Das ist so ein Urinstinkt. Wie Höhle graben oder ein Zelt aus Mammutzähnen bauen. Erinnerst du dich an die Szene mit Tom Hanks in ›Cast Away‹?« Wiebke streckte die Brust raus und setzte ein feldherrenhaftes Gesicht auf. »Ich habe Feuer gemacht! Ich! Habe

Feuer gemacht!« Sie lupfte die Augenbrauen. »So ungefähr.«

Bartholomäus lachte laut auf. »Und weißt du, was noch so ein Urinstinkt ist?« Er bedeutete ihr mit dem Finger, näher zu kommen, und Wiebke beugte sich erneut nach unten. Ein verschmitztes Funkeln leuchtete in ihren Augen.

»Er erwacht«, Bartholomäus führte seine Hand zu ihrem Blusenkleid und machte einen weiteren Knopf auf, »wenn Mann mit so einem Anblick konfrontiert wird.« Er nickte in ihren Ausschnitt. »Und dieser Instinkt lässt sich fast noch schwerer bändigen als der mit den Mammutzähnen.« Noch ein Knopf ging auf, er zog sie zu sich auf den Boden.

»Schatz!«

»Ist doch keiner da!«

Wiebke zögerte kurz. Dann stand sie auf und ging zur Tür. »Warte!«

Das Back-Office war im Augenblick leer. Urte hatte mit einem Lieferanten zu tun, Dexter empfing vorn an der Rezeption neue Gäste. Wiebke schloss die Tür und kam zurück. Auf dem Weg schob sie ihr Kleid hoch.

»Aber diesen Instinkt müssen wir schnell ausleben, Schatz. Und leise.«

»Ich kann ja im richtigen Moment die Bohrmaschine anwerfen.« Bartholomäus knöpfte sich die Hose auf.

Wiebke lachte. »Komm hoch, ich möchte es im …«

»Wiebke? Bartholomäus? Wo seid ihr?«

Urte! Im Back-Office! Mist!, war das Wort, das beiden aus den Augen sprang. Bartholomäus fingerte an seiner Hose herum, Wiebke ließ ihr Kleid fallen und griff sich an den viel zu tiefen Ausschnitt, dann ging die Tür auf.

»Ach, hier bist …« Pause. Ein erstaunter, dann verstehender Blick. »… seid ihr.« Urte Svenjakob zwang sich, nicht zu grinsen. Es gelang ihr nur ansatzweise.

»Morgen«, rief Bartholomäus viel zu fröhlich und hob sogar die Hand.

»Hallo!«, meinte Wiebke. Dabei hatte sie schon den ganzen Vormittag mit Urte zu tun gehabt.

»Morgen«, brachte Urte hervor und es klang wie: Ups, 20 Sekunden später und es wäre richtig peinlich geworden.

»Wir, ähm«, Bartholomäus zeigte auf die Bohrmaschine, »dübeln gerade die … neuen Regale fest.« Na toll. Weil sie sich das ja nicht denken kann.

»Prima.« Dübeln. Natürlich. »Sehr schön.« Eine Hundertstelsekunde zu lange starrte sie auf Bartholomäus' halb offenen Hosenstall. Und viel zu abrupt wandte sie sich daraufhin Wiebke zu. »Der Schlüssel für den Getränkekeller. Weißt du, wo der ist? Vorn hängt er nicht.«

»Könnte noch in meiner Jacke sein.« Wiebke drehte sich um und raffte dabei noch ein wenig das Kleid zusammen. »Ich war vorhin noch unten wegen den Keck-Fässern.« Wiebke griff nach ihrer Jacke und fand den Schlüssel in der rechten Tasche. »Da ist er.« Sie hielt ihn Urte hin.

»Super!« Sagte sie sonst nie. »Dann … bin ich auch schon wieder weg.« Und dann nutzte irgendein Dämon in ihr einen unbeobachteten Moment und ließ sie mit Blick auf die Bohrmaschine noch sagen: »Viel Spaß noch!«

Als Urte wieder draußen war, konnten sich Bartholomäus und Wiebke noch ein paar Sekunden zurückhalten. Dann schüttelte es erst den einen, dann den anderen vor stillem Lachen. Wiebke liefen Tränen herunter und Bartholomäus biss sich auf die Lippen, damit er nicht losbrüllte. Erst nach einer Weile hatten sie sich wieder halbwegs im Griff.

»Komm, Schatz«, Bartholomäus nahm die Bohrmaschine in die Hand, »lass uns weiter … dübeln.«

»Gern. Aber mach dir erst die Hose zu, ja? Und ich sehe gerade«, Wiebke reckte sich und schaute durch das schmale Lichtband nach draußen, »dass die Post kommt. Bin gleich wieder da.«

Als Bartholomäus ein paar Minuten später aus dem Kämmerchen trat, um sich aus der Küche etwas zu trinken zu holen, war Roswitha, die Postbotin, immer noch da. Wiebke stand mit ihr, diesem Ehepaar aus Dings, diesem Porschedorf, Zuffenhausen, genau, und Giovanni, dem Hotelchauffeur, im Foyer. Die fünf lachten und unterhielten sich. Und irgendwie auch nicht. Während Bartholomäus auf die kleine Gruppe zuging und nach dem Namen der Gäste suchte, stellte er fest, dass sie eher wenig redeten und dafür immer wieder in eine Ecke des Foyers blickten, die er noch nicht einsehen konnte. Der kleine Springbrunnen war da hinten. Und das Schaukelpferd. Und die Leute hießen Knaupp, Norbert und Renate, und er machte in Maschinen. Bartholomäus grinste. Vielleicht ja Bohrmaschinen.

»Guten Morgen. Frau Knaupp, Herr Knaupp, Roswitha.« Bartholomäus nickte dem Ehepaar und der Postlerin freundlich zu und umfasste Wiebkes Hüfte. »Wie geht's Ihnen?«

»Aha! Selbst ist der Mann!« Norbert Knaupp, ein leicht übergewichtiger Mittfünfziger in Designeranzug und italienischen Schuhen, musterte ihn anerkennend.

Nein, nicht anerkennend, dachte Bartholomäus. Abschätzig. Weil ein Hotelchef nicht im Handwerkeroutfit herumläuft, weil seine Haare zu lang und zu wirr sind und weil er seine Frau in aller Öffentlichkeit anfasst. Knaupp war sicher zum letzten Mal im Alpenblick. Was Bartholomäus allerdings völlig egal war.

»Tja, dadurch können wir uns die Schokolade leisten, die das Zimmermädchen jeden Tag auf Ihre Kopfkissen legt.« Bartholomäus lachte, Knaupp auch. Zumindest der untere Teil seines Gesichts.

Bartholomäus war jetzt auch klar, wohin die fünf die ganze Zeit geblickt hatten. Antonia. »Ah!«, sagte er und nickte zu dem kleinen Mädchen, das auf dem antiken Schaukelpferd Platz genommen hatte und sachte hin- und herschwang. Dabei mit ihren dunkelblauen, handtellergroßen Augen verträumt an die Decke blickte und leise sang. Heute trug sie ein blaues Kleidchen, weiße Strumpfhosen und rote Schleifen in ihrem pechschwarzen, zu zwei dicken Zöpfen geflochtenen Haar. »Die kleine Schnecke. Hat sie wieder ein paar wehrlose Opfer gefunden, die sie um den Finger wickeln kann.«

»Das ist aber auch so ein zuckersüßes Herzchen!«, sagte Frau Knaupp und seufzte.

Wiebke nickte, Roswitha nickte mit noch etwas glänzenderen Augen, Giovanni lächelte selig, und sogar Herr Knaupps Betonstirn entspannte sich beim Anblick Antonias ein wenig.

»Giovanni, was hältst du davon, wenn du ab jetzt mit Antonia in der Lobby wohnst?«, fragte Bartholomäus. »Wir könnten Stühle vor das Schaukelpferd stellen und Eintritt verlangen.«

»Si, Cheffe.« Giovanni hatte gar nicht richtig zugehört.

»Was singt sie denn da?« Frau Knaupp hatte den Kopf ein wenig schief gelegt. Alles an ihr schien ganz weich. Hals, Augenlider, Unterlippe.

Giovanni musste erst Luft holen. »Volevo un gatto nero.«

»Aha«, entfloss es Frau Knaupp. »Schön.«

»Eine so süße Tochter haben Sie da, Herr Angelosanto. Ein ganz süßer Fratz ist das.« Roswitha blähte die gewaltige Brust unter ihrem Postlerhemd, und ein leises Pfeifen entrang sich ihren Luftwegen. »Und so schön singen kann's auch.«

Jetzt erst wachte Giovanni auf. »Äh, nein. Iste nichte meine Tochter. Iste meine … come si dice? … Nixe?«

Herrn Knaupps fette Augenlider gingen einmal zu und wieder auf. »Nixe?«

»Nichte«, half Wiebke, »er meint Nichte.«

»Si, Niggte«, korrigierte sich Giovanni. »Ecco, meine Schwester müssene dringend nach Italia wegen Problema in Firma und hate mich gefragt, ob Antonia kann ein paar Tage bei mir bleiben.«

»Ja, und ihr Mann?«, fragte Frau Knaupp ungeniert. Offenbar war sie der Meinung, dass man bei einem Hotelchauffeur auf gewisse Anstandsregeln verzichten konnte.

Giovanni sah sie verwundert an. »Meine Mann?«

»Nein, der Mann Ihrer Schwester.«

Giovanni verstand immer noch nicht. »Was iste mit de Mann?«

»Ja, kann der nicht aufpassen?«

»Nein, sinde geschieden und Alice will nicht mehr sehen.«

Ehepaar Knaupp und Roswitha nickten verständig und in angemessener Betroffenheit.

»Ja, ja.« Roswitha sah wieder zu dem kleinen Mädchen. »Da habn's grad die Kinder immer ned leicht, gell. Aber mei, so geht's halt im Leben. Und bevor sich 'd Eltern dauernd streiten, is 's wahrscheinlich oft besser so.«

»Nein, nix gestritten, iste er fremdegegangen.«

Knaupp lächelte herablassend. »Diese Italiener! Dolce far niente. Und da wundern sich alle, dass da unten die Wirtschaft abschmiert.«

Giovanni lächelte auch. »Heißte er Peter, iste er Deutscher.«

Ein Schrei rettete Knaupp. Vielmehr ein Schreien, ein markerschütterndes Gebrüll, ein sirenenhaftes Kreischen, das sich im Foyer ausbreitete wie ein Airbag nach einem Frontalzusammenstoß und alle herumfahren ließ. Es kam aus der Damen-Toilette, deren Tür eben aufgeflogen war. Eine sichtlich überforderte Frau zerrte einen blonden Jungen mit krebsrot geschrienem Gesicht in die Lobby. Dahinter tauchte Xaver Eberhartinger mit seiner großen Werkzeugkiste auf und einem Blick, der irgendwo zwischen schuldbewusst und hilflos lag. Sehr hilflos.

»Was ist denn da los?« Bartholomäus ging zu seinem Hausmeister.

»Entschuldigen Sie mich bitte.« Wiebke folgte ihm.

Die Frau, eine blasse Engländerin mit viel zu vielen Sommersprossen – Bartholomäus musste immer an eine explodierte Ketchup-Flasche denken, wenn er sie sah – lächelte ihnen verlegen zu, während ihr Sohn versuchte, sich ihrem Griff zu entwinden, um nach Xaver zu treten. »I'm so sorry about that. It's my fault. So sorry.«

»Xaver, was ist denn passiert?«

Der Hausmeister sah Wiebke hinterher, die die Frau ins Restaurant geleitete und dabei besänftigend auf sie und die zeternde Heulboje einredete. »Der Bua hat sein Bärn ins Klo gschmissn und i hab 'n nimmer rauskriagt.«

»Der hat seinen Bären ins Klo geschmissen? Warum denn? Und was für einen Bären?«

Xaver zuckte die Schultern. »Seinen Teddybärn. Hat 'd Frau Svenjakob gesagt. Vielleicht hat er gmeint, dass der a mal bisln muas. I woaß ned.«

»Aha. Und dann …?«

»Dann hat er den Bärn nuntergspült. D' Muatter hat der Frau Svenjakob Bescheid gsagt, die hat mi angfunkt und i hab probiert, ob i den Bärn no erwisch. Aber der war scho weg. Und jetzt muas i nunter zu de Revisionsklappn und schaun, ob i 'n da no erwisch. Aber wahrscheinlich schwimmt er scho in der Kanalisation. Weil verstopft ist nix.«

»Aha.« Bartholomäus nickte und wunderte sich.

Ein paar Meter weiter verabschiedeten sich die Knaupps von Roswitha, Giovanni und Antonia, die die füllige Postlerin mit dem riesigen Schlüsselbund ehrfurchtsvoll musterte. »Einen schönen Tag!«, rief Frau Knaupp herüber, und ihr Mann winkte huldvoll.

Bartholomäus winkte ihr zu. »Dann mach des«, sagte er zu Xaver.

Plötzlich war Wiebke wieder da. Regina Mösenbichler, das Zimmermädchen, stürzte aus dem Personaleingang zur Küche und zog Wiebke hinter sich her, die sie kaum zu fassen bekam. Völlig entgeistert, ja entsetzt, wankte Regina an der Wand entlang, biss sich in ihre Fingerknöchel, schluchzte hysterisch und schnappte nach Luft. Ihr sonst immer so rotes Gesicht war leichenblass.

»Regina! Bleib stehen! Um Gottes willen, was ist denn los? Regina!« Wiebke packte sie am Arm und drehte sie zu sich.

Regina sah durch sie hindurch, keuchte, stand kurz vor einer Ohnmacht.

Bartholomäus ließ Xaver stehen und lief zu den beiden hin.

»Regina!« Bartholomäus nahm sie an den Schultern und schaute ihr in die Augen. »Regina! Sprich mit mir! Was ist los?«

Regina Mösenbichler glotzte ihn an, starr, wie versteinert. Xaver kam dazu, das Gesicht voller Sorge. Genau wie Wiebke, die Regina über den Kopf strich.

»Regina! Schätzchen! Was ist passiert?«

Regina Mösenbichler holte keuchend Luft. »In der … Küch«, stieß sie heiser hervor, »in der … Küch … in dem Fisch … ham s' … ham s' an … Finger gfundn.« Dann brach sie in Tränen aus.

*

Pratica di Mare bei Rom

Sanft wie ein Schmetterling setzte die Lockheed C-130 auf dem Militärflugplatz Mario de Bernardi in Pratica di Mare auf. Lorenzo Palladio war Schlimmeres gewohnt. Die Landepisten in Afghanistan waren voller Risse und Schlaglöcher gewesen, und er wartete förmlich darauf, dass es ihn durchschüttelte. Die Schubumkehr setzte ein, und sein Kumpel Pietro, der neben ihm am Fenster saß, gab den alten Witz über den Piloten zum Besten, der nachts um drei noch mal in die Kneipe will. Die Ehefrau erwischte ihn, Schubumkehr, haha. Lorenzo lächelte pflichtschuldig. Aber in Gedanken war er längst zu Hause.

Er hatte Angst vor diesem Zuhause. Seit sein Vater vor einem Jahr an Krebs gestorben war, war es seiner Mutter von Monat zu Monat schlechter gegangen. Von Brief zu Brief, von Telefonat zu Telefonat. Natürlich hatte sie versucht, ihm etwas vorzumachen. Ah, tigrotto mio, es ist alles gut, du musst dir keine Sorgen machen. Ja, das Geld reicht. Aber er hatte es gehört, die Einsamkeit, die ihre Stimme so dünn hatte werden lassen, die Sorgen, die sie zu oft und zu überschwänglich lachen ließen, ihre Angst vor dem, was kam, die sich hinter zu vielen Ausrufezeichen und unter getrockneten Tränen in ihren Briefen versteckte.

Es hatte ihm wehgetan, er hätte sich gern um sie gekümmert. Aber er hatte seinen Job, konnte hier nicht so einfach weg. Er schrieb, so oft er konnte, telefonierte, auch wenn die Verbindung meist hundsmiserabel war und man nur Gekrächze auf der anderen Seite hörte. Aber er musste ja gar nichts Besonderes sagen, seine Stimme reichte ihr, auch wenn sie auf dem Weg von Afghanistan nach Casalotti zu wenig mehr als einer Funkstörung wurde. Und außerdem war da ja noch Francesca.

Francesca, piccola pulcina. Er sah sie vor sich. Die dunkelblonden Locken, wegen denen Babbo immer von seinen Arbeitskollegen aufgezogen worden war, weil er und Mama beide rabenschwarze Haare hatten. Die winzigen grünen Punkte in ihrer Iris, die wie kleine Smaragde funkelten, wenn die Sonne schien. Dieses Lachen, das ganz tief aus der Kehle kam und fast ein wenig unanständig klang. Am liebsten hätte er es ihr abgewöhnt, weil er genau wusste, wie es auf Männer wirkte. Aber Babbo hatte es so gern gehört.

Vor knapp drei Monaten dann der erste Brief. Francesca habe am Sonntag nicht angerufen. Ja, Mama, mach dir keine Sorgen, hatte er zurückgeschrieben. Vielleicht ist ihr Telefon kaputt. Und er hatte dem wirklich keine große Bedeutung beigemessen. Francesca war 25, arbeitete in Deutschland und war kein Kind von Traurigkeit. War sie nie gewesen. Doch für seine Mutter war sie immer noch la mia piccola principessa, und er hatte wenig Drang verspürt, Mama zu erklären, was die Prinzessin von ihrem Sonntagabendanruf abgehalten haben könnte.

Dann waren es zwei Wochen. Die Telefonverbindung in Kabul war gnädig gewesen, er hatte länger mit seiner Mutter sprechen können. Francesca sei wie vom Erdboden verschluckt. Kein Anruf, kein Brief, nichts. Bei ihrem Handy ging nur der Anrufbeantworter ran, in der Pizzeria, in der sie arbeitete, wusste auch keiner, wo sie war, und die Nummer einer Freundin habe sie nicht. Er hatte auch keine.

Nach drei Wochen ging er zu seinem vorgesetzten Offizier und bat um Urlaub. Wichtige Familienangelegenheiten. Aber da niemand gestorben war oder im Sterben lag, dauerte es weitere zwei Monate, bis die Sache durch war.

Als die Lockheed zum Stillstand gekommen war, stand Lorenzo Palladio auf und ging zur Gepäckablage.

»Und? Was machst du? Wollen wir uns mal treffen?« Pietro grinste ihn breit an. »Ich kenne da ein super Lokal an der Piazza Navona. Da sind Frauen, kann ich dir sagen!« Er küsste Zeigefinger und Daumen, die er zu einem Ring geformt hatte. Das machte er dauernd.

»Mal sehen.« Lorenzo schulterte seinen Seesack. »Ich habe ja deine Nummer.«

»Du verpasst was, Kumpel, ehrlich!«

»Ich ruf dich an.«

»Tu das!«

Natürlich hatte er das Bedürfnis gehabt, mit jemandem darüber zu sprechen. Gegen Ende hin hatten ihn die Sorgen fast aufgefressen, und es hätte sicher gut getan, jemandem sein Herz auszuschütten. Aber irgendetwas in ihm hatte ihm davon abgeraten. Irgendetwas sagte ihm, dass es besser war, wenn nur er wusste, was los war und was er vorhatte. Dabei wusste er das selbst noch nicht einmal. Weder, was los war, noch, was er tun wollte.

Das heißt, er wusste schon, was er tun wollte. Er hatte es sich nur noch nicht eingestanden.

4. KAPITEL

Später
Berg, Hotel Alpenblick

Josef Kreuzpointner kam als Erster an. Bartholomäus beobachtete, wie der graue Audi den Brunnen des Heiligen Florian auf dem Vorplatz umkurvte, und entdeckte noch eine Person auf dem Beifahrersitz. Max Zillenbiller, wenn er richtig gesehen hatte. Kreuzpointner stellte seinen Wagen gerade auf dem Parkplatz ab, als auch schon der VW-Bus der Spurensicherung die Auffahrt heraufkam, und dahinter der alte Opel Kadett von Seebauer. Bartholomäus trat durch den Eingang. Besser, sie besprachen das draußen. Hier drin gab's zu viele Ohren.

»Ja, Kammerlander!« Zillenbiller stieg aus, während Kreuzpointner noch im Handschuhfach herumwühlte. Gesichtsfarbe und Hemd schrien laut ›Wir waren im Urlaub!‹, und auch das großgliedrige Silberkettchen am rechten Handgelenk sah nach Touristen-Shop aus. Die fettigen, aschblonden Haare waren aber immer noch dieselben, und auch die Akne in Zillenbillers Gesicht blühte wie eh und je. »Ihr machts ja Sachen!«

Bartholomäus reichte ihm die Hand. »Servus, Zillenbiller, wie geht's?«

»Immer noch und ausdauernd.« Zillenbiller grinste unter seinem struppigen Schnurrbart.

Josef Kreuzpointner hangelte sich aus dem Auto. »Kammerlander, guten Morgen.«

»Guten Morgen.« Bartholomäus mochte Josef Kreuzpointner. Er war so der Typus tapferer, kleiner Mann. Obwohl er so klein gar nicht war, aber seine zurückhaltende, duldende Art ließ ihn immer ein wenig kleiner wirken. Alles an ihm schien überzogen mit einem gazeartigen, grauen Schleier. Die Haare, der unvermeidliche Filzhut, das Lächeln. Nicht, dass er einen frustrierten Eindruck gemacht hätte. Frustriert-Sein war keine Lösung für Josef Kreuzpointner. Er fügte sich still in das, was war, und bemühte sich, die Hoffnung, dass es anders werden würde, nicht allzu groß werden zu lassen.

Zillenbiller ging einen Schritt zur Seite, weil Seebauer neben ihnen parken wollte. »Der Seebauer is auch schon da. Da schau her. Ist dir eigentlich schon mal aufgfalln«, wandte er sich an Bartholomäus, »dass der ausschaut wie dieser Dings aus Herr der Ringe? Frag mich jetzt nicht, wie der heißt, weil die ja alle so komische Namen habn. Aber der kloane, dicke Rothaarige. Ich hab mir unlängst mit 'm Hasi den zweiten oder dritten Teil angschaut und hab sofort an den Seebauer Fonsi denken müssen.« Zillenbiller schubste Bartholomäus mit dem Ellenbogen. »Des müssn mir ihm mal sagen, da is der schön blamiert.«

Bilbo Beutlin, dachte Bartholomäus, und war sich sicher, dass Alfons Seebauer längst um seine Ähnlichkeit mit dem Hobbit wusste. Und nicht um eine Antwort verlegen sein würde, wenn ihm Zillenbiller dereinst seine Entdeckung offenbarte.

»Moign mitanand.« Seebauers tiefe, kollernde Stimme spürte man eher, als dass man sie hörte. Der Pathologe sah auf seine Armbanduhr. »Oder fast scho Mittag.«

»Ja, mit dem Essen wirst noch warten müssn, wie's ausschaut.« Zillenbiller wedelte mit dem kleinen Finger. »Weißt schon, warum.«

»Ja, ich hätt's auch so kapiert, Max. I bin ja ned du.«

Zillenbillers Finger stand einsam in der Luft und wusste nicht, wohin.

Die beiden Erkennungsdienstler gesellten sich zu ihnen. Doris Beuschlein, die Bartholomäus schon kannte, und ein Kollege mit einem Ziegenbärtchen. Auf Bartholomäus' Bitte hin trugen sie noch Zivil und nicht ihre weißen Overalls, die mit Sicherheit für Unruhe unter den Gästen gesorgt hätten. Obwohl die Sache über kurz oder lang natürlich publik werden würde.

»Die Doris kennt's ihr ja. Und des ist der Hannes«, stellte Kreuzpointner die beiden Beamten vor. »Also.« Er sah Bartholomäus an. »Was genau habn mir jetzt?«

»Vor ungefähr einer Dreiviertelstunde«, begann Bartholomäus, »hat unser Souschef Gautam Prakash einen Hecht ausgenommen, in dessen Magen ein Kinderfinger zum Vorschein gekommen ist. Ich vermute, wie gesagt, dass es ein kleiner Finger ist, aber das wird sich ja herausstellen.«

Kreuzpointner nickte. Das wusste er schon von dem kurzen Telefonat, das er vorhin mit Kammerlander geführt hatte. »Habts ihr schon irgendwas rausgfunden?«

»Ein bisschen was. Der Hecht wurde nicht geliefert, sondern Jupp hat ihn heute Morgen in der Großmarkthalle gekauft.«

»Des is euer Chefkoch, gell?«

»Ja, Jupp Schmidt. Oder Josef halt.«

»Und von wem hat der den kauft?«

»Der Mann heißt Berchthold, Gerhard Berchthold. Ein Fischhändler, der einige Fischer an der Hand hat, die ihn beliefern. Gewerbliche, aber auch Privatleute. Von ihm beziehen wir oft Ware. Allerdings haben wir ihn bis jetzt noch nicht erreicht, sodass wir nicht wissen, woher er wiederum den Hecht hatte.«

»Was wahrscheinlich auch ned so leicht wird, wenn der mit alle möglichen anderen zusammenarbeitet.« Kreuzpointner schob seine Brille den Nasenrücken hinauf.

»Hechte werden nicht so oft verkauft.«

»Umso besser. Sonst no was?«

Bartholomäus verneinte. »Gehen wir rein.«

Sie betraten die Küche über den Lieferanteneingang. Wiebke hatte auf Bartholomäus' Bitte das ganze Personal zusammengetrommelt, weil Kreuzpointner sicher jeden befragen wollte, der irgendwie mit der Sache zu tun gehabt haben könnte. Auch Regina war deswegen noch vor Ort. Sie hatte gerade eine kleine Pause eingelegt und sich mit Gautam unterhalten, als der den verhängnisvollen Fund getan hatte. Im Moment saß sie an einen der Kühlschränke gelehnt auf einem Schemel und heulte immer noch leise vor sich hin. Xaver, den Wiebke gebeten hatte, Regina nicht allein zu lassen, hockte hilflos daneben, sagte nichts, blickte nur ab und zu auf seine Hände. Die Leberkässemmel, die er für Regina geholt hatte, wurde langsam kalt.

Pavel und Herbert, die beiden Küchenhilfen standen schweigend vor den Kupferpfannen und schauten drein, als wären sie die Nächsten, die da reinkämen. Sonja, die dritte Köchin, unterhielt sich mit Jupp, und Gautam Prakash, der kleine Inder, dessen olivfarbener Teint einen ungesunden Stich ins Grünliche bekommen hatte, starrte auf den Boden.

Aber es stellte sich schnell heraus, dass es nicht viel zu sehen gegeben hatte und noch weniger zu fragen gab. Gautam hatte den Fisch ausgenommen, den prallen Magen bemerkt, ihn aufgeschnitten, wobei »das Finger ist auf Brett gefallen«, Regina hatte wie am Spieß geschrien, die anderen waren herbeigeeilt. Das war's.

Schon nach wenigen Minuten durfte die ganze Belegschaft die Küche verlassen, sollte sich jedoch zur Verfügung halten, falls es doch noch etwas zu klären gab. Was nicht wahrscheinlich war. Nur Regina durfte nach Hause gehen. Sie war wirklich nervlich am Ende. Wiebke begleitete sie nach draußen. Sie streichelte ihrem Mann flüchtig über den Arm und verabschiedete sich wortlos von den anderen.

Das Finger. Während Bartholomäus mit Kreuzpointner und Zillenbiller hinüber zu Seebauer und den Spurensicherern ging, trat ihm wieder das Bild vor Augen. Ein madenweißes, wurstähnliches Stück Fleisch, an dem ein bläulicher Nagel hing. Ausgefranst, zerbissen, halb verdaut. Wie war der Finger in den Fisch gekommen? Beziehungsweise warum? Bis jetzt hatte er zwei Erklärungen. Ein Kind war in einem See ertrunken. Seine Leiche war nicht gefunden worden, weil die Eltern gar nicht wussten, wo sie suchen sollten. Irgendwann hatte ein Hecht das Kind gefunden. Das war die optimale Version. Grauenvoll, traurig, aber optimal. Eine andere war, dass die Eltern sehr wohl gewusst hätten, wo ihr Kind zu suchen war. Oder jemand anderes genau hätte sagen können, wieso vielleicht ein Hecht das Kind dereinst finden würde. Hier hatte Bartholomäus jedoch nicht mehr weitergedacht. Er wollte an die optimal-traurige Erklärung glauben. Manchmal funktionierte es ja tatsächlich, dass sich die Welt nach dem richtete, was man sich wünschte. Manchmal …

»Und? Wie schaut's aus?« Zillenbiller nickte zu dem Fisch auf der Anrichte hin und biss von der Brezen ab, die er aus einem Korb genommen hatte. »Könnt's schon was sagn?«

»Es sind die letztn zwoa Glieder von am Ringfinger von am kloana Kind«, sagte Seebauer, der seine Gerätschaften schon wieder einpackte. Viel hatte es ja nicht zu untersuchen gegeben. »Und ich tät sagn, dass es ein Bua war. Vielleicht acht bis zwölf Jahr alt. Aber sicher bin ich mir no ned, des muss ich mir erst daheim genauer anschaun.«

Daheim. So nannte Seebauer seine Pathologiegruft, wie Bartholomäus wusste.

»Kannst du schon ungefähr was sagn, wie lange der Bub tot ist?«, fragte Kreuzpointner. »Damit mir die Vermisstensuche besser eingrenzn können.«

»Na. Aber wenn ich schätzn müsst, würd ich sagn, vier bis sechs Wochen. So ungefähr. Es sei denn, der Bua is erst viel später ins Wasser kommen, dann kann er auch schon länger tot sei. Morgn kann ich euch des genauer sagn.« Seebauer machte seinen Koffer zu. »Und auch, ob der Dreck unterm Fingernagl irgendwas bracht hat.«

»War in dem Hecht sonst noch irgendetwas, was uns Aufschluss geben könnte?«, wollte Bartholomäus wissen.

Seebauer drehte sich nach dem Pärchen von der Spurensicherung um. »Hans! Wia heißn de Fisch in dem Hecht?«

»Ich heiße Hannes.«

»Na, ned du. De Fisch.«

»Ja, ich weiß, ich meinte ...« Seebauers genervter Blick ließ den Mann verstummen. »Elritzen.«

Seebauer wandte sich wieder Bartholomäus zu. »Zwei von denen, also Stückerln davon, warn noch im Darm drin. Sonst nix.«

»Habt ihr den Hecht auf Hakenspuren untersucht?«

»Ja. Aber nichts gefunden«, antwortete Doris Beuschlein.

»Dann ist er wahrscheinlich mit einem Netz gefangen worden. Was eher für einen gewerblichen Fischer spricht.«

»Wahrscheinlich.« Seebauer wollte weiter. Die Anwesenheit von so vielen lebendigen Wesen machte ihn offensichtlich nervös.

Bartholomäus kam ein Gedanke. »Ich würde den Finger gern noch einmal sehen.«

»Den Finger?« Die Unlust stand Seebauer deutlich ins Gesicht geschrieben. Koffer noch mal auf, Finger auspacken, Finger herzeigen, Finger einpacken, Koffer zu – ein leiser Seufzer. »Meinetwegn.« Er legte den Koffer auf den Gasherd und öffnete ihn.

»Was is mit dem Finger?«, quetschte Zillenbiller an dem Brezenklumpen in seinem Mund vorbei.

Bartholomäus machte eine vage Kopfbewegung, während Seebauer das opake Plastikröhrchen aus dem Koffer holte. Eine noch viel bessere als die optimal-traurige Version war ihm eingefallen. Der Junge musste gar nicht tot sein. Er konnte sich den Finger abgeschnitten haben. Aus Versehen. Mit einem Messer, als er für seinen Vater den Köder vorbereitete. Oder die Angelschnur hatte ihn abgetrennt. Beides in einem Boot. Weswegen der Finger gleich ins Wasser gefallen und nicht mehr zu retten gewesen war. Oder er hatte seine Hand ins Wasser gehalten, während er mit einem Boot über den See gefahren war. Der Hecht hatte zugeschnappt, und der Finger war ab.

Blödsinn, sagte eine Stimme in ihm. *An den Haaren herbeigezogen.* Aber er hörte nicht darauf, sondern sah gebannt auf den Finger, den Seebauer aus dem Röhrchen auf eine Klarsichttüte rutschen ließ.

»Da is er.«

Messer und Angelschnur waren sofort aus dem Rennen. Nirgendwo auch nur die Spur eines glatten Wundrandes. Der Finger war nicht abgeschnitten, sondern abgerissen worden. Wenn er genau hinsah, glaubte Bartholomäus in den weißlichen, gallertartigen Wundrändern sogar so etwas wie Spuren erkennen zu können, die spitze Zähne hinterlassen hatten. So hätte er es zumindest laienhaft beschrieben.

Also die Fahrt übers Wasser. Mit dem Finger als unfreiwilligem Köder für den Hecht.

Blödsinn, sagte die Stimme erneut. Und auch sein Gefühl sagte ihm, dass etwas anderes passiert war. Er sah den Leichnam förmlich vor sich. Einen aufgedunsenen, kleinen Jungen, der zwischen Hornkraut und Tausendblatt schwebte, die Augen weit aufgerissen, die Haut milchig-blau und an mehreren Stellen angefressen. Irgendetwas hielt ihn dort unten fest. Ein altes Fahrrad, das jemand im See entsorgt hatte, Schilf, das sich im Todeskampf um seinen Fuß gewickelt hatte, eine Wurzel.

Und wenn Bartholomäus genau hinhörte, dann sagte ihm sein Gefühl ebenfalls, dass auch die optimal-traurige Version Blödsinn war.

Xaver Eberhartinger war froh, dass sich die Chefin wieder der Regina angenommen hatte. Er wusste einfach nicht, was er da machen konnte. Dieser Finger war sicher sehr greislig gewesen und hatte die Regina furchtbar erschreckt. Er selbst hatte ihn ja nicht gesehen, aber er konnte sich schon vorstellen, dass das kein schöner

Anblick gewesen war. Als kleiner Bub hatte er sich mal mit einem Hammer auf den Finger gehauen, als er seinem Vater, Gott hab ihn selig, dabei geholfen hatte, den alten Mauersockel in der Einfahrt wegzumeißeln. Das Blut war nur so gespritzt, und danach hatte sich der ganze Nagel abgelöst. Schön war das auch nicht anzuschauen gewesen. Ein blauer, geschwollener Finger ohne Nagel, auf den der alte Doktor Semmelmayer immer sein gelbes Zeug geschmiert hatte, das gestunken hatte wie ein frischer Straßenbelag. Aber was die Regina gesehen hatte, war sicher noch viel schlimmer gewesen.

Rotz und Wasser hatte sie geweint. Hatte gar nicht mehr aufgehört. Richtig geschüttelt hatte es sie. Und was er auch zu ihr gesagt hatte, es hatte nichts geholfen. Trinken wollte sie auch nichts, auch keinen Enzian, und essen ebenfalls nichts, nicht einmal eine Leberkässemmel. Ein paar Servietten hatte er ihr gebracht zum Schnäuzen. Irgendwann hatte er dann nur noch stumm neben ihr gesessen. Aber die Chefin wusste sicher, was jetzt zu tun war.

Xaver verließ die Küche und ging durch die Lobby. Neben dem östlichen Hinterausgang stand eine Bank, auf der das rauchende Personal manchmal seiner Sucht frönte. Dort wollte er die Leberkässemmel essen. Konnte man ja nicht verkommen lassen, das gute Zeug. Aber als er eben die Tür zu dem Flur aufstieß, der zum Hinterausgang führte, blitzte es plötzlich. Er drehte sich um.

»Ja, Sacklzement! Wo kummt jetzt der auf oamoi her?«

Ignaz Miller, einer der Schreiberlinge vom ›Starnberger Merkur‹, stand im Haupteingang. Xaver kannte ihn vom Eisstockschießen. Und Miller hatte auch noch einen langen, dürren Fotografen dabei, der Seebauer und Bartholomäus ablichtete, die eben in die Lobby getreten waren. Xaver Eberhartinger setzte sich in Bewegung.

»Grüß Sie, Herr Kammerlander!« Miller schritt forsch auf Bartholomäus zu. »Ich habe gehört, dass bei Ihnen was passiert ist.«

Bartholomäus gab sich überrascht. »Nein, Herr Miller, da haben Sie falsch gehört.« Er schob seine Hand vor die Linse und der Fotograf tauchte verdutzt hinter seiner Kamera auf. »Alles in bester Ordnung.« Bartholomäus wies andeutungsweise zur Tür und lächelte gnädig.

»Herr Kammerlander, jetzt sind S' halt nicht so!«, lamentierte Miller.

»Kammerlander? Bartholomäus Kammerlander?« Der Fotograf sah Bartholomäus erstaunt an. »Sie waren das doch, der Anfang des Jahres diesen Serienmörder geschnappt hat! Der den Behinderten und die anderen gegrillt hat!«

»Auf Wiedersehen.« Bartholomäus machte einen Schritt auf die Reporter zu. 1,93 Meter lächelnde Bestimmtheit. Die Reporter wichen zurück.

»Ja, Herr Kreuzpointner!« Miller hatte ihn und Zillenbiller entdeckt. Beide verließen in diesem Moment zusammen mit der Spurensicherung ebenfalls die Küche. »Sie sind auch da? Ja, Herrschaftszeiten, was ist denn passiert? Was macht denn die Mordkommission hier oben?«

Xaver Eberhartinger erreichte den Ort des Geschehens. »Ignaz, jetzt kumm! Gehn mir!« Er scheuchte die beiden Männer wie eine Schar Gänse vor sich her. »Ois is guad!«

»Schafkopfen«, erwiderte Kreuzpointner. Er und Zillenbiller stellten sich neben Bartholomäus und Seebauer. »Wie jeden Dienstag.«

»Ah, das stimmt doch nichted!«, protestierte Miller.

»Einen schönen Tag noch!« Bartholomäus schob den Fotografen als Ersten durch die Tür.

Hinter ihm klingelte ein Handy. Kreuzpointners Handy.

»Bitte sehr!« Bartholomäus geleitete auch Miller nach draußen.

»Wir kommen wieder!«, rief der Reporter durch den Türspalt. »Pressefreiheit und so!«

»Natürlich.« Bartholomäus schloss die Tür.

»Sind Sie sich da sicher?« Kreuzpointner hielt sich das andere Ohr zu. »Und wissen Sie, ob es in dem Teich Elritzen gibt?«

Bartholomäus kam auf ihn zu.

»Gibt's so gut wie überall ... Aha ... Und dieser Link. Fischt der mit Netz oder mit der Angel?« Kreuzpointner wartete. »Herr Berchthold«, entfuhr es ihm plötzlich genervt, »beantworten S' einfach die Frage. Ich bin nicht vom Fach.«

Bartholomäus lauschte interessiert dem Fortgang des Gesprächs, als plötzlich am anderen Ende der Lobby ein lautes »Xaver! Oh Gott, Xaver!« ertönte.

Alle fuhren herum. Eine wunderschöne junge Frau mit viel zu tiefem Ausschnitt und wallender Mähne eilte durch die Eingangshalle. Bartholomäus blickte seinen Hausmeister verwirrt an, Max Zillenbiller starrte auf wippende Brüste, die anderen versuchten mit mehr oder weniger Erfolg, das nicht zu tun. Nur Kreuzpointner bekam davon nichts mit.

Xaver hatte ein Problem. Seit etwa zwei Wochen. Seit die Filmcrew eingezogen war und mit ihr die junge Hauptdarstellerin Susan Seidenberg. Xaver war das exaltierte Völkchen zunächst sehr suspekt gewesen, weswegen er den Filmleuten mit hausmeisterlicher Professionalität begegnet war. Also nach Möglichkeit gar nicht. Die redeten so laut, so viel auf einmal, mit Händen und Füßen und andauernd, waren immer auf dem Sprung, nie auf ihren Zimmern, sondern wenn im Hotel, dann an der Bar, saßen sich gegenseitig dort am Schoß, aßen im Restaurant vom Teller des anderen, jeder busselte jeden ab – Xaver war das unheimlich. Im Alpenblick ging ja viel seltsames Volk ein und aus, und Xaver hatte sich an einiges gewöhnen müssen, seit er vor fast drei Jahren die Stelle hier angetreten hatte. Japaner und Preißn, Männer im Doppelzimmer und Menschen, die nur aßen, was von selbst vom Stängel oder von den Bäumen fiel. Bis heute fragte er sich, ob diese Leute auch ein Hendl aßen, wenn es im Stall tot von der Stange gefallen war. Aber Schauspieler schossen seiner Meinung nach dann doch den Vogel ab. So etwas Verqueres war ihm noch nicht untergekommen.

Und dann hatte Susan Seidenberg weinend auf der Treppe gesessen. Xaver war erst unauffällig vorbeigegangen, aber sie hatte dann doch so herzzerreißend geschluchzt, dass er sie gefragt hatte, ob ihr irgendetwas fehlen würde. Fehlen? Xaver formulierte die Frage anders und auf Hochdeutsch, seinem Hochdeutsch, dann verstand Susan Seidenberg. Und damit hatte das Problem angefangen. Weil der Xaver die Susan an ihren Großvater erinnerte, weil der Xaver der Einzige war, der wirklich verstand, was in ihrer Seele vorging, weil der Xaver ein ganz besonderer Mensch war und ein goldenes Herz hatte, und weil sie sich seit damals bei ihrem Großvater noch nie so geborgen und aufgehoben gefühlt hatte.

Xaver hatte irritiert zur Kenntnis genommen, dass sich Susan an seinem Blaumann ausheulte, sagte nichts und verstand nur, dass die Susan in diesen Hans von Regisseur verliebt war, der aber nichts von ihr wissen wollte, sondern der flachen Blonden hinterher stieg. Und sein Herz hatte er völlig aus dem Spiel gelassen. Aber seit diesem Abend wurde er die Susan nicht mehr los. Immer, wenn sie was hatte – der Regisseur hatte sie angesehen, hatte sie nicht angesehen, die Aufnahmen waren genial gewesen oder nicht, alle waren blöd oder nicht –, war sie zu ihm gekommen. Und Xaver hatte es nicht über sein goldenes Herz gebracht, sie wegzuschicken. Nur dass sie sich ihm auf den Schoß setzte und die Arme um seinen Hals schlang, hatte er verhindern können. Aber ansonsten hörte er zu, sagte nichts und hatte keine Ahnung, dass es genau das war, wonach Susan Seidenberg sich sehnte.

Im Lauf der nächsten Tage hatte er mitbekommen, dass die Sache noch ein wenig komplizierter war. Weil nämlich dieser junge Helfer von dem Hans, der mit dem Dackelblick, Lio oder so, in Susan verliebt war, sie aber nicht in ihn. Aber Lio litt still und war Gott sei Dank noch nicht auf die Idee gekommen, Xavers großväterliche Ohren in Anspruch nehmen zu wollen.

»Xaver! Xaver!« Susan war heran und ergriff die raue Hand des Hausmeisters. »Ich habe gehört, dass irgendetwas ganz Schreckliches passiert ist!« Sie sah ihn aus großen Rehaugen an, vor Xavers Blick wogten atemlose Brüste.

Xaver wurde knallrot, Zillenbiller tropfte schier der Geifer aus den Mundwinkeln. Der Rest wartete.

»Susan«, Xaver betonte den Namen auf der ersten Silbe, »alles ist gutt.« Er grinste verlegen. Wenn er Hochdeutsch redete, hatte Xaver immer das Gefühl, dass die anderen gleich losbrüllten. »Nix ist bassiert.«

»Aber ich habe ganz anderes gehört!« Susan Seidenberg war die böse Vorahnung in Person. Ein Gesicht, das jede Sekunde in sich zusammenfallen konnte. Oscarreif.

»Nein, alles ist gutt.« Xaver tätschelte ihr linkisch die Hand. »Ganz bestimmt!«

»Sicher, Xaver? Ich habe so ein merkwürdiges Gefühl! Als hätte sich die Aura dieses Hauses plötzlich verändert.«

»Nein, nein, da hat sich nix verändert bei dera Aura.«

Susan Seidenberg ließ einen verschreckten Blick über die Männer gleiten. Zillenbiller hob andeutungsweise die Hand, grinste wie ein Schulbub und winkte ihr zu. »Ja, Grüß Gott auch!«

»Ich weiß nicht.« Susan schüttelte den Kopf. »Ich spüre, dass da was ist. Diese Schwingungen. Dafür habe ich ein ganz feines Gespür, Xaver, weißt du.«

»Ja.«

Susan Seidenberg atmete tief ein und aus, schenkte Xaver ein zerbrechliches Lächeln und entschwebte wieder.

Bartholomäus brauchte ein paar Sekunden, um sich zu sammeln. Dann fragte er Kreuzpointner und zeigte dabei auf dessen Handy: »Gibt es was Neues?«

Kreuzpointner schaute der Seidenberg hinterher. »Ja«, erwiderte er und holte seinen Blick zurück. »Sieht ganz so aus, als müssten wir morgen nach Sigmertshofen fahren.« Er zögerte kurz. »Fahrst du mit?«

*

Grießbrei mit Zimt und Apfelmus. Das hatte sie als Kind immer am liebsten gemocht. Sie hatte sich das Apfelmus an den Rand des Tellers gelegt, den Löffel in den Brei getaucht und dann noch einen Klecks von dem Mus genommen. Das war so lecker gewesen. So warm-kalt-lecker. Und jedes Mal, wenn sie heute Grießbrei machte und ihr der buttrig-süße Duft in die Nase stieg, wurden die gleichen Kindheitserinnerungen wach. Omas abgewetztes Sofa, die blaue Porzellanschale, aus der der Brei am besten geschmeckt hatte, ›Spiel ohne Grenzen‹ in dem alten Schwarz-Weiß-Fernseher. Die grünen Brokatkissen mit der dicken Kordel drumherum. Sie hatte sich mit den Ecken immer in den Handflächen gekitzelt. An einem Kissen ganz besonders gern, da war der Stoff dann so dünn geworden, dass sie die Federn hatte rausziehen können. Der Fliegenstreifen unter der Lampe, an dem immer ein Haufen Fliegen klebten, ohne dass sie je gesehen hätte, wie eine dort pappen geblieben wäre. Der Geruch nach Opa, der morgens immer eine Knolle Knoblauch gegessen und danach gefurzt hatte wie eine ganze Mörserbatterie. »Damit's Herz und die Adern schön frei bleiben, weißt.« Mit 68 hatte ihn ein Hirnschlag dahingerafft. Ach ja.

Und der Rebecca würde der Brei sicher auch schmecken. Wie allen ihren Kindern. Sie nahm noch den Speedy-Gonzales-Löffel aus der Schublade, stellte Teller und Glas auf das Tablett und verließ die Küche.

Im Gang blieb sie noch einmal vor der Karte stehen, die auf der Kommode lag. Yasmin hatte ihr eine selbst gemalte Ansichtskarte geschickt. Blauer Himmel, eine lachende Sonne und auf einer grünen Blumenwiese ein schnelles rotes Auto, das sogar Rennstreifen hatte. Und darunter stand, dass es ihr gans gutt ging und dass sie sie furchtbar lib hatte.

Ihr wurde wieder ganz schwummerig ums Herz. Das war genau der Grund, warum sie all das auf sich nahm. Genau das. Eine schönere Belohnung gab's nicht. Sie blinzelte ein Tränchen weg und ging weiter.

Auf der Kellertreppe musste sie immer höllisch aufpassen. Die Stufen waren so elendiglich eng und rutschig. Einmal hatte es sie samt Tablett die Stiegen runtergehauen.

Vor dem Zimmer stellte sie das Tablett auf das kleine Tischchen. Sie klopfte an, damit Rebecca nicht erschrak. Lieber hätte sie gerufen. »Rebecca! Süße! Ich hab einen leckeren Brei für dich!« Aber durch die Tür konnte sie sie natürlich nicht hören. Das Klopfen aber schon. Sie steckte den Schlüssel ins Schloss und drehte ihn zweimal um. Dann nahm sie das Tablett und betrat das Zimmer.

Das Mädchen saß auf dem Boden und starrte sie aus großen Augen an. Rebecca hatte geweint, das sah man ganz deutlich. Und sie zitterte auch ein bisschen.

»Ach geh, Herzchen! Du musst doch keine Angst ned haben!« Sie eilte zu ihr und setzte sich auf das Bett. Peter-Pan-Bettwäsche. Sah doch so lustig aus. Und roch ganz frisch nach Lavendel. »Dir bassiert doch nichts.«

»Ich mag heim«, wimmerte das Mädchen.

Das waren die schwersten Momente. Wenn die Kinder wieder heimwollten. Dann taten sie ihr immer so furchtbar leid. Weil die kleinen Wuzerln natürlich nicht wussten, was auf sie zukam, und auch nicht verstanden, dass sie es nur gut mit ihnen meinte. Das war alles ungewohnt und neu für sie und machte ihnen Angst. Der Mensch gewöhnte sich halt an alles, und oft war's ihm lieber, wenn's ihm weiter schlecht ging, weil er das so kannte, als wenn sich irgendetwas änderte. Und bei Kindern war das erst recht so.

»Mei, Schatzerl.« Sie fuhr ihr über die Haare und Rebecca ließ es mit eingezogenem Hals geschehen. »Ich weiß ja, dass dir des alles fremd ist und du ned weißt, was da bassiert. Aber ich versprech dir, dass alles gut wird. Ha? Ist des ein Wort? Glaubst mir des?«

Rebecca schniefte und blinzelte. Aber sie zitterte nicht mehr so.

»Übermorgen schon geht's weiter. Übermorgen kommst du hier raus. Und dann«, sie machte ein verheißungsvolles Gesicht. Ein Wart-nur-was-dir-des-Christkind-bringt-Gesicht. »Dann fahrst du wohin, wo es dir ganz bestimmt so gut gfallt, dass du da nie, nie mehr weg willst. Des versprech ich dir.«

Rebecca wischte sich eine Träne ab. »Wo...hin?«, wisperte sie.

»Ja! Du fahrst ... ins Kinderland!«

5. KAPITEL

Mittwoch
Dachauer Hinterland

Irgendetwas lief da nicht rund. Josef Kreuzpointner wusste genau, wie sein alter Escort klang, wenn es ihm gut ging. Und dieses bumpernde Geräusch da aus den Tiefen des Motorraums gehörte nicht dazu. Dumm nur, dass er von Autos so überhaupt keine Ahnung hatte. Er konnte tanken, das Scheibenwischerwasser nachfüllen und den Ölstand prüfen. Das war's auch schon. Selbst die Reifen ließ er immer beim Unger wechseln. Aber dass sich sein Escort nicht gesund anhörte, wusste er bestimmt. Als hätte er was im Hals. Hoffentlich war das nichts Großes. Die Küche, die sie sich gerade gekauft hatten, war viel teurer geworden als geplant, weil die Annemarie unbedingt die Echtholzfront gewollt hatte. Hätte er doch besser den Dienst-Audi genommen.

»Karin, hörst du des?« Mit verkniffenem Mund nickte er Richtung Armaturenbrett.

»Was meinst?« Karin Reichlmair sah von dem dünnen Ordner auf ihrem Schoß auf. Weil Zillenbiller noch einen anderen Fall abschließen musste und Otto Hauser ein Hexenschuss plagte, hatte Kreuzpointner sie gebeten, mit nach Sigmertshofen zu kommen. Auf dem Weg dorthin musste sie sich aber erst einmal informieren, worum es ging.

»Dieses Gurgeln. Vor allem im vierten Gang.«

Die brünette Kommissarin sah wieder in ihre Mappe. »Des hörst du erst jetzt? Getriebe. In ein paar Hundert Kilometern geht nix mehr.«

»Ah, geh weider!«, stöhnte Josef Kreuzpointner.

Denn die Karin wusste, wovon sie sprach. Ihr Vater hatte eine große Kfz-Werkstatt in Aubing, und Karin schraubte für ihr Leben gern an den Wagen herum, wenn sie die Zeit dazu hatte. Kreuzpointner hatte sich schon öfter gefragt, ob das vielleicht einer der Gründe war, warum die Karin immer noch keinen gefunden hatte. Weil Männer einen Heidenrespekt vor Frauen hatten, die mehr von Autos verstanden als sie selbst. Denn ansonsten war die Karin schon eine gute Partie. Nicht aufn Kopf gefallen, griffig und ohne Altlasten, wie sein Kollege Zillenbiller immer wieder anerkennend feststellte. Aber so, wie sie das jetzt gerade gesagt hatte – Getriebe, noch ein paar 100 Kilometer, hört doch jeder Depp – konnte sich Kreuzpointner schon vorstellen, dass der Auserkorene Reißaus nahm, sobald er aus dem Wagen gestiegen war.

»Sigmertshofen.« Karin Reichlmair deutete auf eine Stelle in dem kurzen Bericht. »Ist der Bartl nicht ganz in der Nähe aufgwachsn?«

Kreuzpointner antwortete nicht gleich. Getriebe, dachte er. Himmelherrgott! Mindestens ein paar Hundert Euro. Wenn's reicht. Die Franziska wünschte sich zu Weihnachten einen Laptop, und die Julia, seine jüngere Tochter, wollte zum Geburtstag in vier Wochen dieses neue Eiphone. Bis er endlich das Geld beieinander hatte, um sich seine Augen lasern zu lassen, war er blind.

»Oder?«

»Was?« Kreuzpointner blinzelte sich die Eurozeichen von der Brille.

»Der Bartl. Der kommt doch auch aus der Gegend.«

Kreuzpointner musste sich kurz orientieren. »Ach, aus Sigmertshofen, meinst du? Ja, ja, irgendwo aus der Nähe kommt der her.«

»Und?« Karin schlug den Ordner zu. »Macht er mit?«

Kreuzpointner zuckte mit den Schultern. »Ich hab ihn gfragt, aber er hat nichts gsagt.«

Karin zog die Mundwinkel herab und nickte. »Ich glaub schon. Den Finger haben's in seinem Hotel gfunden, und der Finger ist von einem Kind. Ich glaub schon, dass er mitmacht.«

»Warten mir's ab.«

Karin Reichlmair dachte eine Weile nach und sah dabei aus dem Fenster. Hohe Pappeln vor grauem Himmel. Sie mochte diese Bäume. So hoch und stramm. Als könnte sie nichts und niemand umwerfen. »Warum tut sich der des eigentlich immer wieder an?«, sagte sie mehr zu sich selbst, ohne den Blick von der Landschaft zu nehmen. »Er muss es doch nimmer. Riesen Hotel, viel zu tun, gnug Geld hat er auch. Und er hat ja den Job auch schon hingschmissen ghabt nach Amerika. Was auch immer da drüben passiert ist.«

Kreuzpointner sah auf die Straße, sagte nichts. Neben dem Randstreifen lag ein totes Fellknäuel.

»Aber immer wieder packt's ihn.«

»Packen ist des richtige Wort, glaub ich. Er kann irgendwann nimmer anders und muss sich einmischen.«

»Aber dann taucht er wieder monatelang ab, und du hörst und siehst nix von ihm, egal, was da draußen bassiert.«

Kreuzpointner bog links ab. Prittlbach, vermeldete das Ortsschild. »Ja, weil's ihn halt andererseits auch immer wieder so mitnimmt. Hast ja gsehn beim letzten Mal, wie er sich da reingesteigert hat.«

Karin nickte langsam. »Ich glaub, der hat's nicht einfach, der Bartl. Weil er halt so ein sensibler Mann ist.«

Kreuzpointner sah seine Kollegin von der Seite an. Ihr Blick war ganz weich geworden. So sah ihn die Annemarie auch manchmal an. Wenn er mit 40 Grad Fieber im Bett lag und sich die Seele aus dem Leib hustete.

»Mir kommt des so vor«, fuhr Karin Reichlmair fort, »als ginge dem Bartl des alles sehr, sehr nah. Deswegen muss er sich immer wieder ausklinken, weil er sonst des nicht mehr aushält. Aber dann irgendwann kann er nicht mehr einfach nur zuschauen – oder eher wegschauen – und muss selbst was machen, damit's ihm wieder besser geht.« Sie sah auf ihre Schuhe. »Is ja eigentlich auch normal, gell?« Pause. »Aber ich weiß nicht, ob ich des möcht.« Pause. »Andererseits fragt man sich da schon, ob einem da nicht was Wichtiges abhandenkommen ist im Lauf der Jahre.«

Josef Kreuzpointner antwortete nichts, nahm die enge Kurve, fuhr bergauf. Ging ihm das alles auch noch nah? So wie am Anfang? Er wusste es nicht. Da hatte es so viel gegeben in den ganzen Jahren, was ihm nahe gegangen war. Und wenn er heute ins Bett ging, nachdem sie in einem Fisch einen Kinderfinger gefunden hatten und das Schlimmste annehmen mussten, dann konnte er trotzdem gut schlafen. War das schlimm? War ihm da was Wichtiges verloren gegangen? War es nicht eher normal, dass einen ein totes Kind, eine erschlagene Frau, ein erstochener Mann tieftraurig machten? Oder fuchsteufelswild, oder narrisch? Dass man am liebsten losgelaufen wär, bis man den Sauhund hatte, der dafür verantwortlich war, und ihn in das dunkelste Loch schmeißen konnte, das es in Stadelheim gab? Weil man vorher keine Ruhe nicht fand und nicht mehr schlafen konnte?

Er wusste es nicht, Josef Kreuzpointner wusste darauf keine Antwort. Leichter war es so schon, und in Kammerlanders Haut wollte er auch nicht stecken. Aber ob es so richtig war?

Als sie 20 Minuten später über den Feldweg auf den Weiher zuholperten, in dessen smaragdener Oberfläche sich zwischen Weißdornbüschen und wilden Heckenrosen ein bleigrauer Himmel spiegelte, entdeckten sie neben den beiden Einsatzwagen der Spurensicherung und der Tauchergruppe den silbernen BMW mit dem Starnberger Kennzeichen. Bartholomäus Kammerlander hatte offenbar entschieden, sich wieder einzumischen.

Bartholomäus Kammerlander stand am Ufer und sah auf den Weiher hinaus. Das rote Schlauchboot der Polizeitaucher befand sich im Moment ziemlich genau in der Mitte des Gewässers. Einer der Männer saß im Boot, zwei andere suchten unter Wasser nach den Überresten des Jungen. Vermutlich gingen die Männer davon aus, dass der etwa fußballfeldgroße Fischteich in der Mitte am tiefsten war und ein Täter an dieser Stelle die Kinderleiche versenkt haben würde. Wie auch immer er dorthin hatte gelangen können. Denn das Ruderboot, mit dem der Fischzüchter auf den Weiher fuhr, lag in einem kleinen Bootshaus auf der anderen Seite, dessen Vorhängeschloss unversehrt war. Und ansonsten hatten sie um den Weiher herum nichts gefunden, mit dem man auf das Wasser hätte hinausfahren können.

Seebauer hatte schnell gearbeitet. Als ihn Bartholomäus gestern spät am Abend angerufen hatte, wusste der

Rechtsmediziner bereits mit Gewissheit zu sagen, dass der Finger, ein linker Ringfinger, einem Jungen zwischen sechs und acht Jahren gehörte, und dass der Bub vor mindestens vier, höchstens acht Wochen gestorben war, je nachdem, wie lange er im Wasser gelegen hatte. Bartholomäus war daraufhin die Vermisstenanzeigen durchgegangen. In dem besagten Zeitraum waren im Großraum München drei Kinder in dem Alter nicht wieder aufgetaucht, ein Mädchen und zwei Jungen. Aber ihr Junge konnte genauso gut aus Hamburg stammen. Oder Prag. Sizilien. Sie brauchten mehr Informationen. Deswegen war er heute Morgen hier rausgefahren, nachdem ihn die optimal-traurige Version die ganze Nacht wach gehalten hatte.

Bartholomäus kannte den kleinen See. Und auch wieder nicht. Er war zwei Dörfer weiter aufgewachsen und als Kind ab und zu mit dem Radl hier vorbeigekommen. Aber sie hatten einen eigenen See gehabt, an den sie im Sommer zum Baden gefahren waren. Der hier war Feindesland gewesen. Hier hatten nur die Sigmertshofener Kinder baden dürfen. Jeder andere hätte sich eine Tracht Prügel eingehandelt, wenn er in die heiligen Sigmertshofener Wasser gesprungen wäre.

Sommer, kurze Hosen, Bremsen. Ein Geruch nach warmem Gras, das blaue Badehandtuch mit dem Delfin drauf, das Wasser im Weiher, das immer ein bisschen moosig und so gut geschmeckt hatte. Bilder, Gedanken, Gefühle, die an Bartholomäus vorbeizogen. Ein Sommer aus seiner Kindheit, den seine Erinnerung in sonnengebräunten, unbeschwerten Farben malte, die kein morgen kannten und immer barfuss liefen. Er mochte seine Erinnerungen. Weil sie so vergesslich waren und sich immer nur das Beste aufhoben. Dafür war er ihnen wirklich dankbar. Zumindest denen, die für seine Kindheit und Jugend zuständig waren.

Der Junge im Weiher hatte keine Erinnerungen mehr. Würde nicht mehr zum Baden gehen, keinen Wasserstrahl mehr durch seine Zahnlücken pressen, nicht mehr in den Weiher bieseln, während er mit seinen Freunden bis zur Mitte und wieder zurück schwamm. Wenn sich dort unten in dem dunklen Wasser der Junge fand, dem der Finger gehörte. Aber Bartholomäus war sich fast sicher, dass dem so war. Alles hier sah danach aus. Der bleigraue Himmel, das unbewegte Wasser, die traurigen Büsche. Alle hatten sie zugeschaut bei dem, was vor ein paar Wochen hier passiert war. Deswegen hing diese drückende, düstere Schwere über dem morgendlichen Weiher. Als könnte es hier erst wieder hell und freundlich werden, wenn sie den Jungen gefunden hatten.

Kreuzpointner und Reichlmair kamen auf ihn zu. Beide wünschten ihm nur einen guten Morgen, sagten sonst nichts, wofür er ihnen dankbar war. Er wünschte zurück, dann blickten sie gemeinsam auf den Weiher hinaus.

Kurz darauf hob sich eine schwarze Neoprenkugel aus dem Wasser. Ziemlich nah am Ufer, unter einem mit seinen Ästen weit über das Wasser reichenden Weidenbaum. Von einem sehr dicken Ast baumelte ein Seil, mit dem sich die Feindeskinder ins Wasser schwangen. Tarzan im Dschungel.

Der Froschmann schwamm auf der Stelle, nahm seine Maske ab und rief seinem Kollegen im Boot etwas zu. Bartholomäus verstand nicht, was er rief. Aber das war auch nicht nötig. Er wusste Bescheid.

Eine halbe Stunde später hatten sie die Kinderleiche geborgen und an Land gebracht. Seebauer war kurz vorher eingetroffen und machte sich sofort ans Werk. Die Spurensicherung nahm sich zunächst den Bereich vor, der dem Fundort im Wasser am nächsten war. Kreuzpointner forderte über Funk noch mehr Einsatzkräfte an, die den Tatort absicherten und bei der Sondierung des Gebietes halfen.

Karin Reichlmair blätterte in ihrem Ordner auf die Seite mit den Beschreibungen der vermissten Kinder. »Ich hab hier einen Sebastian Gernhaber aus Neuperlach. Sechs Jahre alt, blonde Haare, braune Augen«, las sie leise vor, »ungefähr 1,20 Meter groß und rund 20 Kilo schwer. Ist vor fünf Wochen als vermisst gemeldet worden und hat am Tag seines Verschwindens Hose, Hemd und Turnschuhe angehabt. Keine besonderen Merkmale.«

Er war es, Bartholomäus war sich sicher.

Der Junge war grauenvoll zugerichtet. Als wäre er in eine Heckenschere geraten. Seine rechte Hand fehlte völlig, von der linken waren nur noch Daumen und Zeigefinger übrig. Ein Gesicht war nicht mehr zu erkennen. Die Hosenbeine waren unten mit Stofffetzen zusammengebunden worden, die der Täter vom Sweatshirt abgerissen hatte. Damit die Steine nicht herausfielen, die er Sebastian in die Hose gestopft hatte und die den Jungen am Grund des Weihers festgehalten hatten.

Bartholomäus blickte auf den See hinaus. Leichter Wind war aufgekommen und kräuselte die Oberfläche. Als fröstelte es den Weiher. Links von ihm die Stelle, wo sie Sebastian gefunden hatten. Büsche ganz am Ufer, die große Weide, dahinter begann ein lichter Laubwald. Der weiße Anzug eines Spurensicherers blitzte zwischen den

Stämmen auf. Sebastians Geist, der zusah, wie es weiterging.

Plötzlich fiel Bartholomäus etwas ein. »Hose und Hemd?«, sagte er zu Karin Reichlmair.

»Bitte?«

»Du hast gesagt, der Junge trug Hose, Hemd und Turnschuhe am Tag seines Verschwindens.«

Sie sah in den Unterlagen nach. »Ja, steht da.«

Er schüttelte langsam den Kopf. »Haben die Eltern das so angegeben? Hose, Hemd, Turnschuhe? Keine Farben? Blaue Hose oder Jeans, rotes Hemd?«

Sie zuckte die Schultern. »Ja. Anscheinend.« Jetzt wurde ihr klar, was Bartholomäus meinte. »Schon ein bisserl komisch, hast recht. Wenn mein Kind verschwindet, weiß ich doch genau, was es an dem Tag anghabt hat.«

»Und das ist auch kein Hemd, sondern ein Sweatshirt.«

Seebauer räusperte sich und stand auf. Irgendetwas war anders, fiel Bartholomäus auf. In seinem Gesicht. Das Funkeln. Das Funkeln in seinen Augen war verschwunden. »Ich kann's no ned 100prozentig bestätign.« Und seine Stimme klang belegt. »Aber i bin mia relativ sicher. Der Bua is von am Viech zerfleischt wordn. Wahrscheinlich von am Hund.«

*

Neuried bei München

Pause. 20 Minuten durchschnaufen. Im Lehrerzimmer einen Kaffee trinken, den Apfel essen, ein bisschen mit der Sabine tratschen. Carolin Zentner schob ihre Aufzeichnungen in die Klarsichthülle und wartete, dass die Kinder ihre Sachen für die Pause zusammenkramten.

»Harald! Jetzt gib halt der Vanessa ihr Mäppchen wieder! Schluss jetzt!«

Sie war müde. Es wurde Zeit, dass endlich wieder Ferien waren. Batterien aufladen, neue Motivation sammeln. Und Griechenland würde sicher toll werden. Auch wenn's nur für eine Woche war.

»Erdan! Heb das auf und schmeiß es in den Mülleimer!«

Dort würde sich auch bestimmt wieder mit dem Helmut alles einrenken. Hoffte sie zumindest. Das Meer, die Sonne, das gute Essen. Viel Zeit, die sie miteinander verbringen konnten, entspannte Zeit. In den letzten Monaten war das alles ein bisschen schwierig gewesen. Sicher, sein Job war im Moment wirklich anstrengend. Und ihrer auch. Aber davon durften sie sich nicht auffressen lassen. Es gab Wichtigeres.

»Julia, du musst dir die Schuhe gescheit zubinden. Da trittst du doch sonst nur drauf!«

Vielleicht sollten sie doch jetzt ein Kind kriegen? Finanziell würde es zwar ein bisschen enger werden wegen dem neuen Haus und so. Aber sie musste ja nur ein Jahr aussetzen, dann konnte das Kleine vormittags zur Oma. Und so ein Kind – das würde sie bestimmt wieder einander näherbringen.

»Herrschaft, Lukas! Du kannst doch der Chantal nicht den Bleistift ins Ohr stecken! Spinnst du? Jetzt beeilt's euch mal! Los, raus mit euch!«

Sie holte den Schlüssel aus der Tasche und wartete auf die letzten Nachzügler. Klaus, wie üblich. Eine Kindheit in Zeitlupe. Und die Ulrike hielt wie immer Abstand zu den anderen. Dabei hatte sie den Eindruck gehabt, dass sie sich vielleicht mit der Jana ein bisschen angefreundet hatte – Carolin Zentner stutzte. Was war denn das?

Finsteren Blickes ging sie hinüber zu dem kleinen Mädchen. Ulrike stand verträumt – oder traurig, das konnte sie bei ihr nie so recht einschätzen – neben ihrem Tisch, sah den anderen mit ihren großen, blauen Augen hinterher, wie sie den Klassenraum verließen, und kratzte sich gedankenverloren am rechten Unterarm. Und für einen Moment hatte Carolin Zentner den Eindruck gehabt, dass da –

Da! Tatsächlich.

»Ulrike?«

Das Mädchen zuckte zusammen, erwachte aus ihrem Tagtraum. Sofort ließ sie den Arm fallen und strich den Ärmel glatt.

»Ulrike, zeigst du mir bitte mal deinen Arm?«

»Wa… warum?« Ulrike zog den dünnen Hals ein, als fürchtete sie, jeden Moment geschlagen zu werden.

»Ist nicht schlimm, Ulrike, ich möchte einfach nur mal deinen Arm sehen.«

Das Mädchen machte keine Anstalten, ihr den Arm zu zeigen. Völlig verschüchtert stand sie da und guckte nach oben. Die weißen Strumpfhosen waren auch nicht die saubersten.

»Ulrike.« Sie ging in die Knie und lächelte. »Ich tu dir ja nichts. Hm?« Und warum hatte Ulrike eigentlich einen Rollkragenpulli unter ihrem Kleid an? Draußen waren es über 25 Grad. »Ulrike?« Sie streckte die Hand aus.

Zögerlich, als wäre die Hand ein Tier, das sie sich nicht recht zu streicheln traute, legte das Mädchen ihren Arm in die offene Handfläche. Carolin Zentner schob den Ärmel des Kleides und den des Pullis nach oben.

Sie hatte sich nicht getäuscht. Jetzt reichte es! Dieser fette Scheißkerl! Sie zwang sich noch zu einem Lächeln, sagte »Danke dir, Ulrike. Und jetzt geh schnell in die Pause«, und stand auf.

Hinter Ulrike verließ sie das Klassenzimmer und sperrte ab. Auf dem Weg ins Direktorat fiel ihr der Name der Frau vom Jugendamt wieder ein. Sie hatte sich letztes Jahr in der Lehrerkonferenz vorgestellt und einen sehr patenten Eindruck gemacht. Zymelka hatte die Frau geheißen. Margit Zymelka.

Scheißkerl.

*

Südlich von München

»Ja, morgn weiß ich vielleicht schon mehr. Ich ruf dann an. Pfiad di.« Erwin Färber legte auf und ging nach hinten ins Klo des Löwen. Das kannte er jetzt schon. Nach solchen Gesprächen musste er irgendwie immer aufs Klo. Fast wie nach einem starken Kaffee oder nach einer Zigarette. Er spürte dann so ein wohliges Kribbeln in der Ritze, und wenn er dann auf dem Klo saß, ging es wie von selbst und war fast so schön, als wenn er sich einen runterholte.

Während er sich die Hose aufmachte und sich auf die vergilbte Klobrille niederließ, überlegte er, woran das lag. Daran, dass er wieder einen neuen Auftrag bekommen hatte und sich das Geschäft immer besser entwickelte? Diese Saubeitl konnten offenbar gar nicht genug kriegen. Ihm sollte es recht sein. An dem Haufen Geld, den er jedes Mal bekam? Den BMW hatte er jetzt fast beieinander. Einen BMW! Er! Und einen nagelneuen noch dazu. Wenn ihm das einer vor zwei Jahren gesagt hätte, hätte er ihn für verrückt erklärt. Oder lag's daran, dass es natürlich auch ein bisserl spannend war? Der Zymelka, dem Löffler oder einem der anderen hinterherschleichen, das Kind abpassen, Fotos machen, hoffen, dass die Mausi alles richtig machte, die Übergabe an Veit. Das war schon auch ein bisserl Nervenkitzel.

Er presste und stöhnte.

Wahrscheinlich war es von allem ein bisserl was.

Mei, tat des gut. So gut aber auch.

Was für ein Glück, dachte er, dass es Ebay gab. Er grinste und schickte einen satten Furz hinterher.

6. KAPITEL

Donnerstag
München

Madenweiß, dachte Josef Kreuzpointner, als er am nächsten Morgen durch die Kaufingerstraße Richtung Polizeipräsidium lief. Der Himmel war bedeckt, aber die Wolken so dünn, dass ihnen die Sonne dieses durchscheinende, leicht angegraute Weiß verlieh. Und die stickige, feuchte Wärme, die schon heute Morgen über der Stadt lag, ließ ihn daran denken, dass bei solchen Temperaturen Verwesungsprozesse am besten vonstatten gingen.

Der stumme Zeitungsverkäufer in der Ettstraße warb mit der Schlagzeile, dass einem B-Promi bei Dreharbeiten ein Zeh abgetrennt worden war. Wobei die BILD im wahrsten Sinne des Wortes mehr wusste als ihre Kollegen von der AZ und TZ, denn bei ihr war es der Fuß. Und da in Bayern Fuß und Bein mehr oder weniger dasselbe waren, würde dem Promi morgen sicher der rechte Fuß bis zur Hüfte fehlen. Und dem linken der beiden Steinlöwen, die über dem Eingangsportal zum Hof des Polizeipräsidiums thronten, hatte eine Monstertaube auf den Kopf geschissen, sodass er aussah, als hätte bei ihm der Verwesungsprozess schon gute Fortschritte gemacht.

Josef Kreuzpointner fiel ein, dass er da mal was drüber gelesen hatte. Selektive Wahrnehmung oder so. Man sah, was man sehen wollte. Aber wenn die Dinge halt zusammenpassten, dann passten sie zusammen. Er hatte dem Löwen ja nicht auf den Kopf geschissen, oder?

Kreuzpointner drückte den großen Holzflügel auf und trat unter der Justitia hindurch, die gelangweilt auf dem Bogenfeld über dem Eingang hockte. »Moign, Herbert!«, grüßte er den diensthabenden Polizisten an der Pforte, ließ die Aufzüge links liegen und lief zur Treppe. Die Stufen hinauf in den dritten Stock waren der einzige Sport, den er sich gönnte, auch wenn sein Meniskus schon seit Jahren um den Aufzug bettelte. Aber seine Lieblings-Cordhose, die sie vor 20 Jahren beim Kaufhof gekauft hatten, passte ihm immer noch, und das hatte er sicher den Stufen zu verdanken.

Hose. Auf dem Weg in den dritten Stock, wo sein Büro lag, dachte Josef Kreuzpointner darüber nach, was er mit den Jeans machen sollte, die ihm Julia, seine jüngere Tochter, zum Geburtstag geschenkt hatte. Eine kaputte! Mit gleich drei Löchern! Und verwaschen und ausgefranst war sie auch. Natürlich hatte er sich nach außen hin gefreut, als er den Fetzen ausgepackt hatte. So viel Taschengeld bekam die Julia nicht, und wahrscheinlich, so hatte er sich gedacht, hatte sie im Secondhand-Laden nichts Besseres gefunden und ihm halt diese Hose zum Garteln oder zum Werkeln gekauft. Wobei er weder gartelte, weil ihre Vier-Zimmer-Wohnung in Haidhausen gar keinen Garten hatte, noch werkelte. Siehe Auto. Aber dann hatte Julia gemeint, die könne er doch gleich morgen in die Arbeit anziehen, in der Hose sähe er ›voll cool‹ drin aus. Und auf seinen vorsichtigen Hinweis, dass dann die Mama aber erst die Löcher stopfen müsse, hatten ihm alle seine drei Frauen auf einmal und ziemlich aufgeregt versichert, dass die Löcher da reingehörten. Das sei jetzt Mode. Papa! Schatz! Jetzt aber!

Mode! So ein Schmarrn! Wer kauft sich denn Hosen, in denen Löcher waren? Noch dazu – und er wäre fast vom Glauben abgefallen, als ihm die Annemarie das am Abend im Bett gesteckt hatte – welche für 90 Euro! Unglaublich! Aber wenn er mit der Hose im Präsidium aufkreuzte, wäre er für den Rest des Jahres der Depp. Lieber legte er sich irgendein handwerkliches Hobby zu, bei dem er die Hose anziehen konnte. Oder strich das Wohnzimmer neu.

Immer noch in Gedanken – die Idee mit dem Wohnzimmer fand Josef Kreuzpointner gar nicht mal so schlecht – öffnete er die Tür zu seinem Büro. Ging Farben aussuchend hinüber zum Kleiderständer, hängte das Wohnzimmer ausräumend seinen Hut und seine Jacke auf, legte die Kosten überschlagend seine Mappe auf den Schreibtisch, begab sich innerlich ächzend über den ganzen Aufwand und das viele Geld zur Kaffeemaschine – und erschrak auf einmal fürchterlich.

»Jessas!«, stieß er hervor. »Bin ich erschrockn!« Kreuzpointner griff sich ans Herz.

»Morgen, Kreuzpointner.« Bartholomäus, der hinten in der Besprechungsecke saß, sah von den Unterlagen auf. »Tut mir leid, ich wollte dich nicht erschrecken. Ich war nur selbst gerade so vertieft in die Sachen hier, dass ich dich gar nicht richtig wahrgenommen hab.«

»Ah. So.« Kreuzpointner schnaufte tief durch. »Seit wann bist du denn schon da? Und warum so früh? Normalerweise bin ich immer eine halbe Stunde vor den anderen da. Deswegen hab ich jetzt überhaupt nicht damit grechnet, dass da einer hockt.«

»Ich ... musste nachdenken.«

»Aha«, meinte Kreuzpointner mit Verzögerung. »Über ... den Bubn?« Er nahm die Glaskanne aus der Kaffeemaschine und wandte sich zum Waschbecken.

»Auch.«

Josef Kreuzpointner nickte. Offenbar wollte Bartholomäus nicht darüber reden. Worüber auch immer. Das Wasser plätscherte in die Kanne.

Bartholomäus Kammerlander saß seit zwei Stunden an dem Tisch mit der rot-weiß karierten Decke, dem Willibecher mit den Stiften und der komatösen Dickblattpflanze. Und den Bericht über die bisherigen Fakten und Ereignisse, einen kurzen Bericht, hatte er gestern Abend selbst zusammengestellt, weswegen er ihn auch nicht mehr lesen musste. Er war hier, um die Witterung aufzunehmen, wie es Wiebke heute Morgen ausgedrückt hatte, als er um halb fünf vorsichtig aus dem Bett gestiegen war.

»Schatz?«, hatte sie ihn schlaftrunken gefragt und das Nachttischlämpchen angemacht. Und er hatte nichts sagen müssen. Sein Blick war Antwort genug gewesen.

»Aber so früh schon?«

Er hatte sich zu ihr auf die Bettkante gesetzt, ihr über das verschlafene Gesicht gestrichen. »Eingrooven.«

»Witterung aufnehmen.«

»Bitte?«

»Den Wolf in dir wecken.«

Er verstand und lächelte. Der Wolf in dir. So nannte sie das immer, wenn er auf der Jagd war, wenn sich alle seine Sinne umstellten und darauf ausrichteten, das Schwein zu schnappen. Und ja, deswegen saß er seit sechs Uhr in diesem Zimmer. Um die Atmosphäre wirken zu lassen, sich klarzumachen, was bald beginnen würde, um sich darauf einzulassen.

»Ich bin hier«, hatte sie ihm noch mitgegeben. Sich nach oben gestreckt und ihn auf die Lippen geküsst.

Ja, sie war da. Und das war gut so. Falls er zu tief in den Wald lief, sich womöglich darin verirrte. Er war nicht wie Kreuzpointner. Sie jagten zwar denselben Bastarden hinterher, sahen dieselben grauenvollen Bilder, hörten dieselben unfassbaren Geschichten. Aber während Kreuzpointner betroffen und tapfer tat, was in seiner Macht lag, und ansonsten sein Leben lebte, konnte es ihm passieren, dass ihn, Bartholomäus, der Wald verschlang, dass er nur noch Wolf war und vergaß, dass es da draußen noch ein anderes Leben gab.

Zu akzeptieren, dass dem so war, dass er so war, fiel ihm nach wie vor nicht leicht. Auch dazu brauchte er sie. Zumal der Wald, je öfter und je länger er ihm fernblieb, immer noch ein wenig furchterregender, und die schwarzen Schafe, die in ihm hausten, noch ein wenig schwärzer waren. Das Unrecht war ihm früher, als er ihm täglich begegnet war, gewöhnlicher, unauffälliger, erträglicher vorgekommen, obwohl er es schon damals kaum hatte ertragen können. Aber seit er ihm aus dem Weg ging, erschien es ihm jedes Mal unfassbarer, grotesker und unnatürlicher, wenn er ihm doch wieder begegnete. Ja, sicher. Unrecht hatte es immer gegeben, gab es jetzt und würde es auch noch lange nach ihm geben. Es war die andere Seite der Medaille, der Winter, die Flut, die Nacht. Und man schaltete doch auch das Licht aus, wenn man schlafen ging.

Aber das war ihm mittlerweile egal. In solchen Nächten würde er wach bleiben, und wenn er der Einzige war.

Vielleicht fehlte ihm etwas, vielleicht hatte er von etwas zu viel. Bestimmt sogar. Beides. Und er wusste ja auch, dass er nicht der Einzige war. Sie war auch da und wusste immer, wann es Zeit wurde, das Licht auszumachen.

Die Tür ging auf und Zillenbiller kam herein. »Moign mitanand! Heut werd's warm, leck mich am Arsch. Gibt's scho an Kaffä?« Zillenbiller fehlte nichts. Oder alles. Ein Gemüt wie das einer Fahrbahnrandpflanze, geriet er nur in Wallung, weil er sich sonst den wöchentlichen Kasten Weißbier nicht mehr leisten konnte.

»Ich hab ihn grad erst angmacht«, sagte Kreuzpointner.

Wieder öffnete sich die Tür, und Karin Reichlmair, dicht gefolgt von Otto Hauser, trat ein.

»Guten Morgen!«, rief sie fröhlich in den Raum, während sich Hausers dünnen Lippen nur ein gequältes Geräusch entrang, das von der schlechtesten aller Nächte kündete.

Bartholomäus entdeckte die Enden zweier violetter Kinesio-Tapes, die unter dem Halsausschnitt seines Pullovers hervorragten und bis zum Schädelansatz auf seinem kahlen Hinterkopf reichten. Hauser litt immer an irgendetwas. Nur dann ging es ihm gut. Diesmal offenbar an irgendeiner muskulären Geschichte, die, seinem Gesichtsausdruck nach zu urteilen, jedoch ein absolut untrügliches Symptom irgendeiner tödlichen Krankheit war.

»Servus, Karin. Hauser?« Bartholomäus nickte ihm zu.

»Kammerlander!« Hauser hüstelte und lächelte mit dem rechten Mundwinkel. Mehr war muskulär nicht drin.

»Und?« Karin stupste Bartholomäus leicht an. »Hast dir's schon überlegt?«

»Was überlegt?«

»Ja, ob des was wird mit uns zwei?«

»Da gibt's nichts zu überlegen, Karin.«

Sie sah ihn mit gespielter Enttäuschung an. »Ned?«

»Nein, entweder es überfällt mich eines Tages, dann werde ich mich dir hemmungslos zu Füßen werfen, oder es tut sich nichts. Aber überlegen darf man so etwas nicht.«

»Da hast auch wieder recht. Dann werd ich noch ein bisserl warten, bis es dich überkommt.« Sie gab sich neckisch. »Aber wart nicht zu lang. Meine besten Jahre sind fast vorbei!«

»Ah was!«, winkte Bartholomäus ab. »Die kommen erst noch, wirst schon sehen!«

Hauser seufzte hörbar und machte kaum einen Hehl daraus, wie sehr ihn dieses Geplänkel nervte.

»Otto?« Karin sah ihn mitfühlend an. »Tut dir was weh? Drückt's vielleicht im Darm?«

Angestrengtes Einatmen. »Ich glaube nicht, dass ich dir sagen möchte, wo mich was drückt. Aber wenn jetzt alle Nettigkeiten ausgetauscht sind, können wir vielleicht anfangen?«

Kreuzpointner nickte. »Sicher, Otto.« Er nahm seine Mappe zur Hand und öffnete sie. »Ich bin vorhin noch zur Rechtsmedizin gfahren und hab mir Seebauers Bericht abgholt. Also …« Er fischte einen Bogen Papier aus der Mappe, schob seine Brille auf die Stirn und sah in den Bericht. »Der Finger gehört dem Bub, des ist jetzt sicher. Der Bub selbst ist sechs bis sieben Jahre alt und seit ungefähr fünf Wochen tot. Seebauer glaubt, dass er die ganze Zeit unten in dem See glegen hat. Als Todesursache gibt er an …« Kreuzpointner ließ den Bericht sinken und schaute seine Kollegen an. »Der Der Bub ist tatsächlich von einem oder mehreren Hunden zusammengebissen wordn und dann verblutet. Dass es Hunde warn, belegen Bissspuren an mehreren Stellen, schreibt er. Welche, will ich jetzt ned im Einzelnen vorlesn. Und der Seebauer meint, dass der oder die Hund recht groß warn.«

»Gibt's DNA-Spuren?«, fragte Karin. »Weil ich glaub, dann könntn mir doch sogar sagn, was für eine Rasse des war.«

Kreuzpointner schüttelte den Kopf. »Bis jetzt keine. Wahrscheinlich war der Bub dafür z' lang im Wasser.«

Hauser nickte halsschonend. »Wäre denkbar, dass irgendein Bomberjacken-Assi mal wieder seinen Pitbull nicht unter Kontrolle hatte und den Jungen danach im See entsorgt hat.«

»Pitbulls solln ja eigentlich ganz liab sein, hab ich letztens im Fernsehn gsehn«, sagte Zillenbiller, der mit seiner Tasse vor der Kaffeemaschine stand und wartete, dass das Röcheln aufhörte. »Aber der Cousin von meiner Frau hat an Rottweiler. Des is a Teufel, sag ich euch!«

»Des liegt doch nicht an den Hundn, wenn die durchdrehn«, entgegnete Karin Reichlmair. »Des sind immer die deppertn Besitzer, die die Hund so scharfmachen.«

Zillenbiller drehte sich zu ihr um und grinste. »Scharfmachen? Aha! Denkst du da jetzt ned an was anders, Karin?«

Reichlmair verdrehte die Augen.

»Irgendwelche weiteren Spuren?«, wandte sich Bartholomäus an Kreuzpointner.

»Ja, einen Haufn Dreck. Unter den Fingernägeln, an der Kleidung, in den Haaren. Aber kein Hinweis, der uns weiterbringt. Was nach fünf Wochen im Wasser kein Wunder is.«

»Keine fremde DNA oder so?«, fragte Reichlmair nach. »Fasern, Blut?«

Kreuzpointner schüttelte den Kopf. »Es gibt noch ein paar Sachen, die die Spurensicherung im Wald und auf einem Feldweg gfunden hat, der zu dem Weiher führt. Fußspuren, ein Kaugummipapierl und ein Stadionheft von einem Bayern-Spiel, auf dem sogar ein Fingerabdruck ist. Aber des System kennt den ned, und ob des alles überhaupt was mit uns zu tun hat, wissen mir natürlich auch ned.«

»Die spieln ja so einen Stiefel im Moment, geh?« Der Kaffee war endlich durch, und Zillenbiller goss sich seine Tasse ein. »Habt's des letzte Spiel am Samstag gsehn? Grau-en-haft! Vor allem der Robben! Millionen kriagt der! Und für was? Für immer denselben Trick! Und unsereiner muss sich den ganzen Tag den Hintern aufreißn!«

»Die Gipsabdrücke habt ihr, oder?«, fragte Bartholomäus.

»Ja, ich hab Fotos dabei. Auch von dem Kaugummipapierl und dem Stadionheft.« Kreuzpointner legte vier DIN-A4-Fotos auf den Tisch, und Bartholomäus betrachtete sie.

Karin Reichlmair steckte ihren Stift in den Willibecher und lehnte sich zurück. Sie sah ihre Kollegen an. »Des, was jetzt kommt, hab ich fei wirklich gfressn. Geht's euch auch so?«

»Du meinst, zu den Eltern fahren?« Hauser tunkte sein Croissant in den Kaffee und ging zurück zur Eckbank.

Reichlmair nickte.

Hauser erlöste das Hörnchen und begutachtete den Grad seiner Kaffeesättigung. »Das ist unser Job.« Das Croissant war gut und konnte genossen werden.

»Des weiß ich auch«, fuhr ihn Karin Reichlmair an. »Aber ich mag's halt trotzdem nicht.«

»Aber nur so lässt sich in Erfahrung bringen, ob der

Junge tatsächlich mit jener Vermisstenmeldung übereinstimmt, die du da in deinem Heftchen hast.« Er zeigte auf den Bericht, der vor Reichlmair lag, und saugte an seinem Hörnchen. »Das Leben ist kein Ponyhof.«

Karin Reichlmair schüttelte den Kopf. »Brauchst du des eigentlich? Geht dir da einer ab, oder was?«

»Jetzt lasst's es gut sein!«, ging Kreuzpointner dazwischen.

»Wie meinen?« Hauser lächelte dümmlich.

»Manchmal frag ich mich wirklich, ob du einfach nur a Depp bist oder ob du in den Arm genommen werdn musst.«

»Karin, du fahrst zu den Eltern.«

Reichlmair sah kurz zur Seite und nickte Kreuzpointner zu. Dann schaute sie wieder Hauser an.

»Ich komme mit«, sagte Bartholomäus.

»Und, Otto, du findst schon mal möglichst viel über den Bubn und seine Familie raus. Schule, ob er im Verein war, Freunde, Verwandte und so weider.«

Hauser hob den Daumen und zwinkerte Reichlmair zu. Doch plötzlich verhakte sich ein Stück Croissant in seinem Hals und er fing an zu husten.

»Dasticken sollst!«, murmelte Karin Reichlmair.

Kreuzpointner, der neben Hauser auf der Bank saß, klopfte seinem Kollegen auf den Rücken. »Geht's?«

Hauser, krebsrot im Gesicht, hustete immer weiter, bedeutete Kreuzpointner aber mit einer schlaffen Geste, dass er jetzt noch nicht sterben würde.

»Gut gekaut ist halb verdaut«, sagte Zillenbiller. »Hat mei Oma immer gsagt.« Er zeigte auf das Hörnchen. »Schmeckt des eigentlich? So mit Kaffä? Hab ich noch nie probiert. Weil d' Brezen in Kaffä is greislig.«

Hausers Blick signalisierte völliges Unverständnis. Eine Antwort sparte er sich.

Bartholomäus sah von den Fotos auf. »Die Eindrücke der rechten und der linken Sohle scheinen unterschiedlich tief zu sein. Die rechte ist viel deutlicher. Lag das am Untergrund?«

Kreuzpointner verneinte. »Nicht, dass ich wüsste. Ich glaub, die Profile habn's nicht weit vom Wasser an so einer Art Grillplatz gfunden.«

»Und wo am See war der?«

»Auf der Seiten, wo's den Bubn gfunden haben«, sagte Zillenbiller. »Ned weit von dem Baum weg, der da so nah am Ufer steht.«

»Und die Laufrichtung war zum See hin?«

»Ja.«

Bartholomäus überlegte.

»Was geht dir durch'n Kopf?«, fragte Reichlmair.

»Eine unterschiedliche Tiefe der Eindrücke kommt zum Beispiel zustande«, erwiderte Bartholomäus nachdenklich, »wenn jemand hinkt.«

*

Südlich von München

»Mei, is des furchtbar! Diese armen Kreaturen!« Sie starrte auf die Mattscheibe, wo der leblose Körper eines Windhundes zu sehen war. Angebunden an die Anhängerkupplung eines Autos, das ihn qualvoll zu Tode geschleift hatte. »Was sind des nur für Menschen, die Tieren so was antun? Diese Hund haben doch auch eine Seele. Des sind doch auch Geschöpfe

Gottes. So was Furchtbares!« Tränen schimmerten in ihren Augen.

Jetzt könnte es passen, dachte er. Sie kriegte wieder ihren Moralischen. »Ja, is schon schlimm. Aber die Spanier sind ja sowieso ned ganz gscheit, wenn's um Viecher geht. Weißt schon, Stierkämpf und so.«

»Ja, furchtbar. Ich kann mir des nimmer anschaun.« Sie griff zur Fernbedienung und schaltete auf eine Kochshow um. »Ich hab mir auch schon überlegt, ob ich ned einmal im Tierheim vorbeischaun sollt.«

»Im Tierheim? Was möchst denn im Tierheim?« Er nahm sich ein paar Erdnüsse, bereitete sich vor.

»Die armen Buzzerl habn doch niemand. Und ich hab mir denkt, dass ich ja mit de Hund ab und zu spazieren gehen könnt.«

Er zuckte die Schultern. »Ah ja, wenn'sd meinst. Aber heimbringen brauchst mir keinen, geh!«

Sie schüttelte den Kopf. »Na, nur spazieren gehn. Ab und zu.« Sie seufzte noch einmal und stand auf. »Ich mach uns mal was zum Essen.«

Jetzt. »Wart noch amal.« Er kniff die Lippen zusammen, gab sich unschlüssig. »Ich … hab wieder wen.«

Sie verstand sofort. »Schon wieder?«

Er nickte. »A kleins Maderl. Wohnt in Neuried.«

Sie setzte sich wieder. »Von wem?«

»Von der Zymelka.«

»Seit wann weißt des denn?«

»Seit heut Vormittag. Ich wollt erst nach Weilheim fahren und schaun, was der Löffler macht, aber dann hab ich mir denkt, dass jetzt eigentlich Zeit gnug vergangen is, und bin der Zymelka hinterher.«

In ein Hochhaus. Und fast hätte ihn die Matz gesehen.

Dabei hatte er sich so den Ellenbogen angehauen, als er sich hinter den Aschentonnen versteckt hatte, dass er ihn jetzt noch spürte. Aber gelohnt hatte sich's.

Sie knetete die Hände, sah auf den fleckigen Teppich. »Mei, Mann, ich weiß ned. Is denn des richtig, was mir da machen?«

»Du sagst doch immer, dass mir den armen Wuzerln helfn müssn.« Des Maderl war goldrichtig. Genau das, was der Chef wollte. Gut, dass er nicht nach Weilheim gefahren war.

»Ja, ich weiß schon.« In ihrem Gesicht spiegelte sich ein wildes Für und Wider.

»Und die Margit hat dir doch erzählt, dass denen so oft die Hände bundn sind. Dass sie nix Rechts machen können, um dene Kinder zum helfn. Des weißt du doch besser als ich.« Vielleicht war sogar mal ein Bonus drin. Ein paar Hundert Euro wenigstens. Weil sie ja wirklich wie die Faust aufs Auge passte.

»Ija, schon. Aber glaubst du wirklich, dass die Kinder im Kinderland besser habn?«

Er machte große Augen. »Viel besser! Ich seh des ja jedes Mal, wenn ich da bin. Und du kriegst des doch auch mit, wenn's dir schreiben, die Kinder.« An der Stelle fand er sich immer besonders gut. Filmreif. Mit diesem Wepper-Blick. Ein bisserl wie ein dummer Dackel.

»Ija.« Sie schaute auf, sah ihn an, zögerte. »Könnt ich vielleicht ned doch einmal mitfahrn und mich an Ort und Stelle überzeugn, dass den Kindern wirklich gut geht? Des tät mir so viel helfn.«

Bloß nicht! Er schüttelte den Kopf. »Da habn mir doch schon so oft drüber gredet. Des is viel'z gfährlich. Je weniger du weißt, desto besser. Du weißt ja selbst, dass du oft die Goschn ned haltn kannst und nacher verplapperst dich doch amal, und dann is alles beim Teufel. Vor allem für die Kinder. Und außerdem is für die Kinder besser, wenn's dich vergessn, damit 's wirklich ganz von vorn anfangen können.«

»Ija.« Sie atmete schwer ein und aus. Als hinge ihr ein Mühlstein um den Hals. »Hast ja recht, Mann. Ich hab ja auch nur gmeint. Und?« Sie versuchte ein Lächeln. »Wie heißt s'? Hast schon ein Bildl von ihr?«

»Ulrike heißt s'.« Er holte das Foto aus der hinteren Hosentasche und gab es ihr. Ulrike im Sandkasten, drumherum braune Wiese, Teppichklopfstangen, dahinter die grauen Blöcke der Mietshäuser. Wobei der Sandkasten viel mehr nach Riesenaschenbecher und Hundeklo aussah als nach Kindersandkasten. Weswegen er das Foto ja dort gemacht hatte. »Und is eine ganz eine liebe, de 's wirklich ned leicht hat.«

»Werd s' gschlagn?«

Jetzt hatte er sie. Mit diesem Blick, diesem Maria-Magdalena-Blick am Fuße des Kreuzes, hatte er sie. Wieder. »Freilich werd s' gschlagn. Und wie!«

Sie nickte, schien jetzt entschlossen. »Und bis wann?«

»Je eher, desto besser.«

*

München Mitte

Sein erster Eindruck war: sauber. Alles hier wirkte unglaublich sauber. Der Bahnsteig, der wie frisch gekehrt aussah, die Vitrinen mit den Fahrplänen und den Wagenstandsanzeigern, deren Scheiben gerade eben gewischt worden sein mussten, die Kofferwagen, die die Passagiere an ihm vorbeischoben. Blinkten und blitzten und quietschten kein bisschen. Bei den verbeulten Dingern, die im Roma Termini herumstanden, konnte man froh sein, wenn sie überhaupt fuhren. Unglaublich. Selbst die Lautsprecherdurchsagen wirkten irgendwie … sauber. Klar und deutlich. Nicht dieses dumpfe Gekrächze und Geknackse, das in Rom aus den Lautsprechern polterte und nichts als ratlose Gesichter hinterließ. Er konnte zwar kein Wort Deutsch, aber wenn er Deutsch gesprochen hätte, hätte er sicher jede Silbe verstanden.

Und so kalt, wie er gedacht hatte, war es auch nicht. Lorenzo Palladio schlug dennoch den Kragen seiner Lederjacke hoch, legte sich den Riemen der Reisetasche über die Schulter und ging los.

Und blieb nach ein paar Metern verdattert stehen. Fast hätte er gelacht, wenn ihm das Lachen nicht irgendwo in Kabul abhanden gekommen wäre. Das war deutsch. So waren die Deutschen. Deswegen funktionierte hier alles und in Italien nichts. Die Fahrpläne, die Autos, die Regierungen. Ein Gefängnis für Raucher. Begrenzt nur durch dicke gelbe Balken auf dem Boden, die ein Viereck bildeten. Keine Gitter, keine Wände, keine Selbstschussanlagen. Nur gelbe Farbe. Drei Raucher hatten sich freiwillig eingewiesen, schnippten die Asche in den dafür vorgesehenen Aschenständer, achteten sorgfältig darauf, nicht auf die Linie zu treten, bliesen sogar den Rauch nach oben. Unfassbar. In Italien hätte man schon nach drei Tagen nicht mehr gewusst, wofür das eckige, gelbe Ding auf dem Boden gut war.

Lorenzo Palladio verließ den Münchner Hauptbahnhof und wandte sich nach Süden. In dieser Richtung lag das Hotel, das er sich für die erste Nacht aus dem Internet gesucht hatte.

Die Polizei hatte sicher noch nichts unternommen. Es reichte, wenn er morgen früh zu Francescas Wohnung fuhr. Die beiden Carabinieri in Casalotti hatten ihm zwar versichert, dass sie die deutschen Kollegen informieren würden. Aber erstens machten ihre schlaffen Feierabendmienen und die Weinfahne des Dicken nicht viel Hoffnung, dass sie das bald tun würden – schließlich lebten sie nicht im Land der Rauchergefängnisse –, und zweitens glaubte Lorenzo nicht, dass sich die deutsche Polizei sonderlich für eine vermisste Italienerin interessieren würde. Sie würde dem nachgehen, irgendwann, ja. Weil in Deutschland auch die Polizei funktionierte. Aber noch nicht morgen.

Das Hotel erreichte er nach wenigen Minuten. Hotel Italia. Er hatte es ausgewählt, weil es günstig war und er gehofft hatte, dass man ihn dort verstand und er die eine oder andere Frage beantwortet bekäme, die sich ihm vielleicht stellte, bis er in München war. Aber er wurde enttäuscht, wenn auch nicht, was die Preise anging. Der Nachtportier war Pole, der Barmann Deutscher, und auf dem kleinen Infoblatt, das er auf seinem Zimmer fand, stellte sich ein breit grinsender Türke als Geschäftsführer vor.

Lorenzo Palladio wusch sich, zog sich bis auf die Unterhose aus und kroch ins Bett. Die Pistole legte er unter sein Kopfkissen.

7. KAPITEL

Freitag
Berg, Hotel Alpenblick

Karin Reichlmair fuhr etwas langsamer und sah aus dem Autofenster nach rechts auf den Weiher. Gerade spitzelte die Sonne über die Dächer des Hotels und goss ihr goldenes Licht in die spiegelnde Wasserfläche. Dunstschwaden stiegen auf wie lebendige Wesen, und Karin Reichlmair musste daran denken, was sie als Kind ihre Mutter angesichts eines ähnlichen Morgen-Szenarios am Ammersee, wo sie aufgewachsen war, einmal gefragt hatte: ob die Geister in der Nacht im See wohnten und jetzt aufstehen täten. Und wohin sie denn zur Arbeit gehen täten.

Ja, schön hatte er es hier, der Bartl. Und auf einmal kam ihr die Idee, dass das vielleicht auch ein Grund war, warum er immer wieder bei ihnen auftauchte. Weil er es hier so schön hatte.

Als sie den großen, runden Vorplatz mit dem muskelbepackten Heiligen Florian erreicht hatte, stellte sie mit einem Blick auf die Uhr fest, dass sie viel zu früh dran war. Natürlich. Sie hatte immer noch die Wohnung in Giesing im Kopf und war deswegen zu zeitig losgefahren. Aber Bartl war sicher schon auf den Beinen, vermutlich sogar im Hotel. Karin Reichlmair parkte ihren Wagen und lief auf den Eingang zu. Aus dem in diesem Moment ein seltsames Grüppchen trat.

»Ja, guten Morgen, Xaver! Und der Wiggerl ist auch

dabei!« Natürlich kannte sie Bartls Hausmeister und seinen leicht übergewichtigen Dackel, dem sie zur Begrüßung den Kopf tätschelte. Die beiden anderen kannte sie allerdings nicht.

»Moign, Karin.« Xaver wirkte nicht ganz so aufgeräumt, wie sie das von ihm gewohnt war.

Sie lächelte das kleine und das ... große Mädchen an. »Und? Möchst mir deine Begleitung nicht vorstellen?«

»Ah so, ja. Des is die Antonia, die Nichte vom Tschowanni, und des is die Susan.«

»Guten Morgen.« Karin Reichlmair gab der üppigen Blondine die Hand. Irgendwie kam sie ihr bekannt vor. Große blaue Augen, die sie neugierig musterten, große Lippen, um die ein leichtes, fast verliebtes Lächeln schwirrte, große Titten, die sich einem wie ein zweites Paar Hände entgegenstreckten. Große Hände. Irgendwie war alles groß an ihr, sogar die Nasenlöcher. Und sie kannte sie, hatte sie schon einmal gesehen. War sie vielleicht Xavers ... Nichte? Aber Alois, Xavers Bruder, war schwul wie die Sonne gelb und außerdem viel zu jung. Die ... Enkelin? Xavers Sohn war Mitte 30. Die ... nein, das traute sie Xaver dann doch nicht zu. Und noch dazu im Hotel und in aller Öffentlichkeit. Nur – warum hatte sie sich sonst bei Xaver eingehakt?

»Und du bist«, Karin Reichlmair taxierte Susan mit einem letzten, zweifelnden Blick und beugte sich dann zu dem süßesten Mädchen hinab, das sie seit langer Zeit gesehen hatte, »die Antonia?« Was für ein Engerl.

»Hm.« Das Mädchen nickte und starrte auf Karins Schlüsselbund, den diese immer noch in der Hand hielt.

»Und? Gehst mit dem Wiggerl spazieren?«

»Hm.«

»Hat er denn schon sein Gschäfterl erledigt, der Wiggerl?«

Antonia kicherte, ließ aber den Schlüssel nicht aus den Augen.

Karin Reichlmair sah an sich hinab. »Was gfällt dir denn da so?«

Antonia zeigte schüchtern auf den Schlüsselbund.

»Meine Schlüssel?«

Antonia schüttelte den Kopf, ihr Fingerchen krümmte sich einen Millimeter nach links.

»Ich glaube, sie meint den Eumel«, sagte Susan Seidenberg.

»So, den Eumel! Ja, dass Sie noch wissen, was ein Eumel ist!«

»Mein großer Bruder hat die Dinger gesammelt.« Susan Seidenberg lächelte – großes Lächeln – und drückte sich noch etwas enger an Xaver, der neben ihr stand wie ein zweiter Dackel.

»Möchst den haben, den Eumel?« Karin Reichlmair deutete auf das winzige Holzpüppchen, das nur aus einer kleinen Bauch- und einer noch kleineren Kopfkugel mit Kohleaugen und roten Bäckchen bestand, bunt bemalt war und an einer lila Schnur hing.

Kräftiges Nicken.

»Da schau her.« Karin Reichlmair nestelte den Eumel von ihrem Schlüsselbund und gab ihn Antonia, die ihn ehrfürchtig an sich nahm.

»Wia sogt ma?«, fragte Xaver und nutzte die Gelegenheit, um sich ein wenig zu befreien und sich zu Antonia zu bücken.

»Hat mein Opa auch immer gesagt«, flötete Susan. »Wie sagt man?«

So, der Opa, dachte sich Karin Reichlmair. Auch so etwas war ihr in ihrer langen Zeit bei der Polizei schon untergekommen.

»Danke«, hauchte Antonia, ohne den Blick von dem Eumel zu nehmen.

»Gern gschehn.« Karin Reichlmair strich dem Mädchen noch über die pechschwarzen Haare und richtete sich wieder auf. »Du, Xaver, ist der Bartl schon im Hotel? Ich wollt ihn abholn.«

»Abholn? Du? Wieso?« Xaver wusste, dass der Auspuff vom Landrover ein Loch hatte. Aber der BMW war doch in Ordnung.

»Ich wohn doch jetzt in Aufkirchen.« Karin Reichlmair zeigte nach Süden, als könnte man von hier ihre neue Wohnung sehen. Was sogar fast der Fall war. »Und deswegn hab ich gsagt, dass ich ihn abhol. Dann brauchn mir ned mit zwei Autos fahrn.«

»Ja. So. In Aufkirchn drüm. Aha.« Wiggerl zog an der Leine. Offenbar hatte er sein Gschäfterl doch noch nicht erledigt.

»Und? Is er drin?«

Xaver schüttelte den Kopf. »Na, i glab, der is grad drüm im Haus beim Friedrich.« Er nickte hinüber zum Wohnhaus der Kammerlanders.

»Guad. Dann such ich da nach ihm. Pfiad di, Xaver. Und schön auf den Eumel aufpassn, Antonia, gell! Auf Wiedersehen, Fräulein Susan.«

Fräulein Susan. Die … Dame ging Karin Reichlmair auf dem Weg zu den Kammerlanders nicht aus dem Kopf und war dann auch das Erste, was sie ansprach, als sie Bartholomäus Kammerlander in der Voliere seines Steinadlers gefunden und ihm einen guten Morgen gewünscht hatte.

»Bartl, dieses Fräulein Susan und der Xaver …« Sie sah ihn zaghaft an. »Des is jetzt aber ned … also, du weißt schon … ich mein, weiß denn die Theresa … davon?«

Bartholomäus gab sich erstaunt. »Wovon?« Er streichelte seinem Adler noch einmal über die Brust und kam aus der Voliere. »Wovon weiß die Theresa?«

»Ja, weißt, ich hab gerade den Xaver gesehen, und an seiner Seitn war so ein junges, dralles Ding.«

»Ein junges, dralles Ding? Beim Xaver?«

»Ja, hat sich sogar eingehakt.«

»Eingehakt?«

»Ja, und jetzt frag ich …« Karin Reichlmair hielt inne, blickte Bartholomäus skeptisch an. »Du verarschst mich doch, oder?«

»Ich? Woher denn?« Bartholomäus wirkte nahezu schockiert. »Der Xaver! So ein Schlawiner auf seine alten Tage. Dabei hat er mir noch gestern erzählt, dass er unsterblich in dich verliebt ist.«

Karin Reichlmair schlug ihm an die Schulter. »Depp! Also, wer ist diese Susan? Nichte und Enkelin hab ich schon durch.«

Auf dem Weg zum Auto erzählte Bartholomäus, was er über die Sache wusste. Mittlerweile hatte er von Wiebke das eine oder andere Detail erfahren.

»O mei! Xaver, der Kummerkasten!« Karin Reichlmair öffnete die Tür ihres quietschgelben Renaults und sah Bartholomäus über das Dach hinweg an. »Er kann halt einfach ned Nein sagen, der Xaver, gell.« Ihr Blick wurde ernst. »Fast wie du.«

Es war ja nicht so, dass er sie nicht verstand. Und sie war auch keineswegs neugierig oder aufdringlich in ihren Fragen. Aber Bartholomäus sah einfach keine Veranlassung, Karin Reichlmair zu erzählen, was damals in Amerika passiert war. Dabei machte sie das durchaus geschickt. Fing mit einem Gespräch über Friedrich an, wie es ihm gehe, dass er ihn doch damals aus den USA mitgebracht habe, oder? Ja. Aha, und der sei ihm zugeflogen, oder wie? Nein, er habe ihn in den Rocky Mountains gefunden. Friedrich war verletzt, er habe ihn mitgenommen und aufgepäppelt und dann wieder ausgesetzt. Aber der Steinadler war zu ihm zurückgekommen. Das habe sich dann ein paar Mal wiederholt, bevor die Verletzung wieder schlimmer geworden war. Vor allem deswegen habe er ihn schließlich behalten und mit nach Deutschland genommen. So, aha, interessant. Über die Rockys wisse sie ja nicht viel, aber über New York habe sie erst letztens einen spannenden Bericht im Fernsehen gesehen. Und von dem Bericht war es nur ein Katzensprung zum Austauschprogramm mit dem FBI. Das sei sicher auch total spannend gewesen und lehrreich und so. Pause. Ist ja alles ganz anders da drüben. Pause. Auch gefährlicher. Blick zur Seite. Was er ja am eigenen Leib erlebt habe, wie man sich erzählen tät.

Bartholomäus hatte genickt und ihr dann freundlich, aber bestimmt zu verstehen gegeben, dass er darüber nicht sprechen wolle. Die Sache sei vorbei, er und Wiebke wollten nach vorn blicken. Leben war heute, und es war schön.

»Da habt's recht«, pflichtete ihm Karin Reichlmair bei, und dachte sich, dass sie aber trotzdem gern erfahren hätte, was da drüben los gewesen war.

Und Bartholomäus hatte auch nicht recht. Die Sache war nicht vorbei. Pete Monahan würde alles daran setzen, den Mann zu finden, der seinen kleinen Bruder erschossen hatte, damals, in der Bowery. Und irgendwann würde er ihn aufgespürt haben, genauso, wie er damals das Haus in den Everglades entdeckt hatte. Das war nur eine Frage der Zeit. Und bis dahin war Leben auch gestern, und jeder Blick nach vorn auch immer einer in den Rückspiegel.

Nach gut 30 Minuten hatten sie Neuperlach erreicht. 15-stöckige Kaninchenställe für Menschen, einheitsgrau und einheitstrist. Hunderte von Satellitenschüsseln, die alle dämlich nach Süden glotzten, Beton, der wucherte wie Unkraut, und ein paar blasse Grünflächen, die nicht schnell genug hatten flüchten können. Irgendwie wunderte es Bartholomäus nicht, dass die Gernhabers in dieser Trabantensiedlung im Südosten Münchens wohnten. Aber er wusste im Moment nicht, wieso ihn das nicht überraschte. Sie suchten die Nummer 189, und Karin Reichlmair klingelte.

Es dauerte, bis sich etwas tat. »Ja?«, drang endlich eine schlaffe Frauenstimme aus der Gegensprechanlage.

»Kriminalpolizei München«, sagte Karin Reichlmair. »Könnten S' uns bitte reinlassen, Frau Gernhaber?«

»Wer? Bolizei?« Die Frau klang weniger überrascht als genervt.

»Ja, bitte machen S' auf.«

Der Öffner summte kommentarlos.

Im Hausflur roch es nach Pisse und kalten Zigaretten. Ein alter Kinderwagen stand herum, in dem sich die Werbung stapelte. Die Wände informierten darüber, dass es Halil mit jedem trieb, alle Bullen Nazischweine waren und Dortmund absteigt. Im Aufzug fand sich sogar Halils Handynummer unter einem stilisierten

Ungetüm von Penis, der geradewegs auf einen gewaltigen Hintern zusteuerte.

Die Gernhabers wohnten im elften Stock. Niemand erwartete sie, Karin musste an der Wohnungstür noch einmal klingeln. Während sie abermals warteten, betrachtete Bartholomäus die drei Paar Schuhe vor der Tür. Mann, Frau, kleines Kind. So schäbig und abgelatscht, dass man sie getrost draußen stehen lassen konnte. Sogar hier in Neuperlach.

Die Tür ging einen Spalt auf, und ein teigiges Frauengesicht musterte sie feindselig. »Habn S' an Ausweis?«

Karin hielt ihr das eingeschweißte Kärtchen hin. »Können mir bitte reinkommen?«

Wortlos trat die Frau zur Seite und ließ sie herein.

Bartholomäus schätzte sie auf Anfang 30. Und 120 Kilo. Die fettigen Haare hatten schon lang kein Shampoo mehr gesehen, und der hellgrüne Nicki-Anzug müffelte nach Schweiß und Zwiebeln. Er suchte ihren Blick, aber den suchte Petra Gernhaber wahrscheinlich selbst. Als sie ihn ansah, hatte Bartholomäus nicht den Eindruck, dass die Bilder, die sich da auf ihrer Netzhaut bildeten, irgendwo empfangen und ausgewertet wurden. Die Augen waren einfach nur leer, zwei schlammgrüne Tümpel in einem pickligen Mondgesicht.

Ein kleiner Junge erschien im Türrahmen am Ende des Ganges. Ungefähr drei Jahre alt, blaue Strumpfhosen, verschmierter Mund, der gerade an einer Mono-Batterie herumlutschte. Der Kleine starrte sie unverhohlen an und lächelte nicht zurück, als Karin Reichlmair ihn anlächelte.

»Gehn S' nei.« Petra Gernhaber deutete nach vorn durch die Glastür.

In dem kleinen Wohnzimmer befanden sich noch zwei Personen. Ein Baby, das gerade so sitzen konnte, in einer Art Laufstall aus zwei Stühlen und einem Holzgitter, sowie Stefan Gernhaber, der Herr des … Hauses. Ende 30, hager, unrasiert. Vor ihm auf dem Couchtisch lag eine BILD-Zeitung, daneben stand eine Flasche Augustiner Edelstoff, im Aschenbecher glomm eine Zigarette. Der Fernseher lief, in der Wohnung darüber erschoss Bob Marley den Sheriff, es war kurz nach zehn.

Gernhaber hob den Kopf. Auch er hatte seinen Blick verloren. »Bolizei? Aha. Und was wolln S'?«

»Dürfen wir uns setzen?«, fragte Bartholomäus und zeigte auf die beiden kunstledernen Sessel.

Gernhaber zuckte mit den Schultern, und Bartholomäus und Karin ließen sich nieder. Petra Gernhaber stellte sich gelangweilt daneben und sah in den Fernseher. Eine Ermittlersoap.

»Es geht um Ihren Sohn«, sagte Bartholomäus und wartete auf eine Reaktion.

»Jetzad, Herrschaftszeiten!«, fuhr Stefan Gernhaber auf. Sein Sohn hatte die Batterie unter das Sofa rollen lassen und robbte zu seinen Füßen um das Sitzmöbel herum, um sie da rauszubekommen. »Tun 'n halt amal weg, kruzefix! Siehst doch, dass ich mich unterhalt!«

Seine Frau zuckte mit keiner Wimper, beugte sich nach unten und zog den Jungen unter dem Couchtisch hervor. »Jonas, geh nüber zur Amelie.«

Aber Jonas wollte nicht und fing an zu weinen.

»Zefix! Is jetz a Ruh?«

Der Junge verstummte augenblicklich, stand da und sah auf die Ritze unter dem Sofa.

»So«, wandte sich Stefan Gernhaber Bartholomäus zu. Er bemerkte, dass die Zigarette im Aschenbecher heruntergebrannt war, und drückte sie aus. »Um den Sebastian geht's? Schnecki, bringst mir noch a Bier?«

Schnecki schlurfte hinüber zur Küche.

»Um den Sebastian, ja. Es wäre möglich, dass wir ihn gefunden haben.«

Stefan Gernhaber griff zur Zigarettenschachtel, die allerdings leer war. Er sah hinüber zur Kommode, wo eine neue Schachtel lag, sah zur Küchentür, hinter der seine Frau gerade verschwunden war, und stand schließlich selbst auf. »Und wo?«

Bartholomäus stellte fest, dass Gernhaber humpelte. Das linke Bein. Er wartete, bis sich der Mann wieder gesetzt hatte. Mittlerweile war auch seine Frau wieder zurück und stellte die Flasche Bier auf den Tisch. »Frau Gernhaber, Herr Gernhaber. Wir müssen davon ausgehen, dass Sebastian nicht mehr am Leben ist.«

Gernhaber nickte und wickelte die Banderole von der Zigarettenschachtel auf. Seine Frau wirkte noch abwesender. Jonas sah immer noch zur Ritze.

»Ja, so was hab ich mir scho denkt.« Gernhaber zündete sich eine Zigarette an. »Was is bassiert?«

»Wissen mir noch nicht ganz genau«, antwortete Karin Reichlmair. »Aber es wär wichtig, dass Sie oder Ihre Frau mit uns kommen. Zur Identifizierung.«

Gernhaber nahm einen tiefen Zug. »Wann?«

»Am besten jetzt gleich.«

»Jetzt sofort?« Gernhaber machte große Augen und fuhr sich um das unrasierte Kinn.

»Wie gesagt.« Karin Reichlmair bemühte sich, freundlich zu klingen.

»Ja …, wenn des glei sein muss. Dann muss' halt sein, geh?« Gernhaber sah seine Frau an. »Schnecki, kannst du des ned machn? Mir tut da Knöchel heud scho sakrisch weh. Ich bass daweil auf.« Er nickte zu den beiden Kindern.

Petra Gernhaber zuckte die feisten Achseln. »Ja. Kann ich scho machn. Ich zieh mir no was an.« Sie drehte sich um und verließ das Wohnzimmer.

»Des werd ned besser, wissen S'.« Gernhaber deutete auf sein Sprunggelenk. »Und d' Herrn Doktoren wissen natürlich wieder überhaupt ned, was los is. Kriegn an Haufn Geld und habn koa Ahnung ned.« Er lachte bitter und nahm einen Schluck Edelstoff.

Bartholomäus sah den Mann an, schaute auf den kleinen Jungen, der nach wie vor nur die Ritze im Blick hatte, lächelte ebenfalls bitter und war sich beinahe sicher, dass ihm ›Arschloch‹ auf der Stirn leuchtete, so laut wie er es dachte. Spätestens jetzt war ihm klar, warum die beiden nicht gewusst hatten, was ihr Sohn am Tag seines Verschwindens angehabt hatte.

Petra Gernhaber war zurück. »Mir können.«

Karin Reichlmair und Bartholomäus standen auf und verabschiedeten sich von Stefan Gernhaber.

»Ja, pfia Gott. Ah, eine Sach no!« Ein windelweiches Lächeln. »Weil Sie ja quasi vom Amt sind und des vielleicht auch wissn: Wie lange kriegt ma eigentlich no Kindergeld, wenn a Kind … ahm, gstorbn is?«

Karin Reichlmair verschlug es die Sprache, sie glotzte den Mann nur ungläubig an. Bartholomäus brauchte auch zwei Sekunden, um zu verstehen, was er da eben gehört hatte. Langsam ging er hinüber zu Gernhaber, stellte sich neben die Lehne und beugte sich nach unten.

»Was wolln … was machn …?«, stammelte Gernhaber verdutzt.

Im nächsten Moment schob ihn Bartholomäus samt Sofa zur hinteren Wand.

»Zefix!«, stieß Gernhaber hervor, der zur Seite kippte und die Füße in die Luft streckte. »Was solln des?«

Bartholomäus klaubte die Batterie aus einer Kolonie von Staubmäusen, wischte sie ab und gab sie dem kleinen Jungen. »Da, bitte.« Dann folgte er den beiden Frauen aus dem Wohnzimmer.

*

Südlich von München

»An großn Überkinger. Mit Zitrona«, sagte Veit zur Zeitung und so schnell, dass man ihn kaum verstand.

Die junge Bedienung sah Veit Mooshammer irritiert an. »Ich … weiß nicht, ob wir Überkinger haben. Da muss ich erst fragen.«

»A groß' Wasser halt«, bedeutete ihr der andere Mann. »Und für mich a Halbe und an Enzian.«

»In Ordnung.«

Veit konnte den Blick nicht von dem Foto nehmen. Mit offenem Mund starrte er die junge Frau an. Lange blonde Haare, große Augen und so ein großer Busen. Und wie sie da lächelte … Er hatte schon so viele Frauen in der Zeitung gesehen, sogar nackerte. Aber die da … war anders. Er wusste nicht wieso, machte sich auch keine Gedanken darüber, aber er fühlte sich so … komisch, so weit in der Brust. Fast ein bisserl so wie damals, als er die kleine Katz im Stroh gefunden hatte, die so weich gewesen war und so klein und warm und gleich zu ihm hergekommen war. Eine ganze Woche hatte er sie nachmittags immer besucht, bis er sie dann auf dem Misthaufen gefunden hatte. Nass und kalt und tot.

»Bei der hättst was in der Hand, geh?« Erwin Färber zeigte auf die Seite-eins-Schönheit und lachte dreckig. »De is ned so a Hungerhakn wie heut so viel rumlaufn. Bei der müsst ma keine Angst habn, dass ma ihr beim Schnacksln was bricht.«

Der ihr Busen war sicher auch so weich und warm. Mei, wenn er sich einmal reinlegen könnt. Reinlegen und riechen und einschlafen. Wie er es bei seiner Hilde immer machte. Aber der ihr Busen war halt so quietschig und kalt. Und roch nach Plastik. Einmal nur an einem echten Busen liegen. An so einem großen. An ihrem. Die Augen zumachen, kein Kopfweh mehr haben und an nichts mehr denken müssen.

»Oder? Ha?« Färber klebte immer noch das Lachen im Gesicht.

Veit sah auf, sagte nichts und lachte auch nicht. Was sein Gegenüber wieder einmal völlig verunsicherte. Er wurde nicht schlau aus diesem Kerl. Mit dem konnte man einfach nicht reden. Nicht mal über Weiber. Nur übers Geschäft und da auch nur das Nötigste. Manchmal hatte er den Eindruck, dass Veit einfach nur brunzdumm war. Dieser Schlaftabletten-Blick, der immer leicht geöffnete Mund, aus dem jeden Moment der Sabber tropfen konnte, die riesigen Ohren. Aber dann hatte er auch wieder Angst vor ihm, so eine Angst, die einen ganz plötzlich von hinten packte und eiskalt im Genick war. Und hin und wieder fragte er sich auch, ob er nicht selbst der Depp war.

Färber wechselte das Thema. »Also, des is s'.« Er legte ein Foto von Ulrike auf den Tisch. »Basst doch genau, oder?«

Veit nickte nicht. Seine Art der Zustimmung war ein kurzes Schnauben durch die Nase.

»Und i schätz mal, dass mir sie spätestens in drei Tag habn. Dann telefoniern mir uns wieder zam.«

Veit schnaubte erneut. »Ich muss biesln.« Er stand auf und ging nach hinten zu den Toiletten.

Erwin Färber sah ihm nach und kratzte gedankenverloren auf seinem Bierdeckel herum. Dieses mulmige Gefühl ließ ihn einfach nicht los. Sicher gab es kaum jemand Besseren für den Job als diesen Veit. Null Mitgefühl, keine Skrupel, nix. Der hätte wahrscheinlich sogar seine eigene Tochter verscherbelt, wenn er denn eine gehabt hätte. Aber wenn er mit ihm zusammen war, hatte er irgendwie immer das Gefühl, dass er was falsch machte, dass er Veit was erklären müsste, dass der ihn belauerte wie die Katze die Maus. Und dass er irgendwann mal urplötzlich hinter einer Hausecke auftauchte und ihm eins über den Schädel zog, ohne dass er wüsste, was er falsch gemacht hatte.

Unlängst hatte er ihm zu erklären versucht, dass die Mausi ja einen ganz tollen Job machte und man ganz sicher keine Angst haben müsse, dass sie irgendwas merken würde. Nicht weil der Veit ihn gefragt hatte, sondern weil … ja … weil er halt gemeint hatte, dass das dem Veit gefallen würde, dass es ihn lockerer machen würde. Dass er vielleicht sagt »Is ja super« oder »des lauft alles prima« oder so. Er war sich ein bisserl so vorgekommen wie ein Schüler, der dem Lehrer die Hausaufgaben zeigt, obwohl der die gar nicht sehen wollte. Aber Veit hatte das überhaupt nicht interessiert. Er hatte gar nichts dazu gesagt, keinen Ton.

Veit kam wieder vom Klo. Ob er ihn mal fragen sollte, was mit seinem Bein war? Warum er humpelte? Vielleicht taute er bei dem Thema auf? Aber irgendwie ... traute er sich nicht.

»So, wieder da?«, sagte er und grinste dümmlich.

Veit holte seinen Geldbeutel aus der Hosentasche und legte einen Zehner auf den Tisch.

»Ich zahl schon.«

Veit steckte den Geldbeutel wieder ein, der Zehner blieb, wo er war.

»Was war 'n des?« Erwin Färber hatte das Bild nur ganz kurz gesehen. Es steckte in dem Geldbeutelfach, wo andere das Foto von der Frau oder den Kindern hatten. »Ein Foto vom Schweini und dir?«

Veit sah auf. »Ja.« Zum ersten Mal lag in seinem Blick so etwas wie ... Erkennen. Zum ersten Mal hatte sein Gegenüber den Eindruck, dass ihn Veit aus seinen sumpfbraunen Augen wirklich ansah.

»Is des echt?«

»Ja.«

»Geh weider! Kann ich des mal sehn?«

Veit zögerte zwar kurz, holte dann aber tatsächlich seinen Geldbeutel wieder aus der Hosentasche und klappte ihn auf.

Er hatte richtig gesehen. Da steckte eine zurechtgeschnittene Aufnahme von Bastian Schweinsteiger und Veit. Aber noch viel unglaublicher fand er, dass Veit auf ihn reagiert hatte. Wahnsinn. Veit war ein Mensch!

»Ja leck!« Er gab sich noch erstaunter, als er ohnehin war. Bastian Schweinsteiger, der sein Holzschnitzgrinsen in die Kamera hielt, und neben ihm Veit, der nicht grinste. Nicht mal lächelte, sondern ausdruckslos in die Linse starrte. Dabei hatte er selbst das Handy gehalten, wie man an dem Stück ausgestreckten Arm erkennen konnte, der am linken Bildrand zu sehen war. »Wo hast ’n des kriegt?«

»Hab mich mit ihm troffn.«

Er stutzte. »Troffn? Mit ’m Schweini? Wie meinst ’n des?«

»Troffn halt.«

»War des bei so einer Dings, so einer Autogrammstund? Im Kaufhaus oder so?«

Veit zuckte die Schultern.

Erwin nahm das als Ja. »Und … da hat er sich mit dir fotografiern lassn?«

»Ja.«

»Sauber, sag ich!«

Der Anflug eines Lächelns erschien auf Veits Gesicht.

»Des kriegt ned ein jeder.«

Veit steckte seinen Geldbeutel wieder ein, die Jalousien in seinem Gesicht gingen runter. Er war wieder Veit.

»Ja … also … nachher … telefoniern mir wieder.«

Veit schnaubte Zustimmung und begann damit, den Zeitungshalter auseinanderzuschrauben. Neben und unter dem Foto stand noch, was die Frau erzählt hatte. Zwei Spalten und zwei Zeilen. Das wollte er noch lesen. Nachher, im Auto, wenn er des Mädel abgeliefert hatte und Feierabend war für heute. Als er die Zeitung zusammengelegt hatte, stand er auf, holte einen Umschlag aus seiner verschossenen, ehemals blauen Windjacke und warf ihn auf den Tisch. »’s Geld.«

»Ja. Gern. Dankschön.«

Veit trank sein Überkinger in einem Zug leer, drehte sich um und verließ grußlos den ›Goldenen Löwen‹.

Den VW-Bus hatte er wie immer in den alten Schuppen am Ende der Stichstraße gestellt. Manchmal parkten da hinten auch Leute, die mit ihren Hunden spazieren gingen. Aber das war wurscht. Wenn sie es so machten wie heute, schliefen die Kinder ja sowieso.

Bevor er einstieg, warf er dennoch einen kurzen Blick ins Wageninnere. Ja, alles in Ordnung. Schlief noch. Die Haare, fiel ihm auf, waren ungefähr genauso lang wie die von der Blonden in der Zeitung. Nur braun.

Bis nach Grünwald war es vielleicht eine halbe Stunde, schätzte er. Er gab die Adresse ins Navi ein und wendete, während das Gerät die Route berechnete. 33 Minuten. Bisserl mehr. Veit fuhr los.

Am liebsten hätte er jetzt schon gelesen, was da über die Frau noch in der Zeitung stand. Er konnte sie gar nicht mehr vergessen. Sie ging ihm einfach nicht mehr aus dem Kopf. Schon komisch. So was hatte er bis jetzt noch nie erlebt. Was war denn das? Eine Krankheit? Fast wünschte er sich, dass er in einen Stau kam oder die Schranken an der S-Bahn heruntergelassen wurden, damit er wenigstens schon mal ein bisserl was lesen konnte, ein paar Zeilen. Aber die Fahrt verlief reibungslos, sodass er sogar nur 28 Minuten bis zu dem Kunden brauchte.

Aufs Grundstück und in die Garage fahren, dem Heini das Mäderl übergeben, der auch noch wissen wollte, ob das die Rebecca war, aber woher sollte er das wissen und war doch wurscht, oder?, Geld nachzählen, raus aus der Garage, runter vom Grundstück. Veit ging das alles viel zu langsam. Viel zu langsam.

Draußen suchte er sich dann den erstbesten Parkplatz, rief noch kurz den Chef an, dass alles geklappt hatte und er das Geld nachher noch vorbeibringen würde, und hatte dann endlich Zeit für die Zeitung. Zuerst sah er sich das Foto noch einmal an. Wieder, auf der Stelle, wurde ihm so komisch. Er musste sogar mit dem Finger über das Bild fahren, über die Bluse und ihren Busen. Und schneller schnaufen musste er auch. Dann fing er an zu lesen. Eine Schau…spielin…spielerin war sie. Aha. Und 19 Jahre alt. Und gerade drehte sie einen Film, der ganz großarmig wurde. Großartig. Weil die Leute auch so toll waren, mit denen sie zu…sammen…arbei…tete. So. Vor allem der Re…gi…sseur Hans von We…yen. Der war ganz un…gläubig. Glaublich.

Veit brauchte fast zehn Minuten für das Interview. Aber er las es in einem Rutsch durch. Zwei Spalten auf einmal. Und danach las er auch noch, was unter dem Foto stand. Dass das Foto am Set vor dem Hotel Alpenblick in Berg aufgenommen worden war. Und dass die Frau Susan hieß. Susan Seidenberg.

8. KAPITEL

Samstag
Berg am Starnberger See

Viertel nach fünf. Bartholomäus ließ sich wieder zurück ins Kissen sinken und starrte an die dunkle Decke. Neben sich hörte er Wiebke ruhig und gleichmäßig atmen.

Sollte er versuchen, noch mal einzuschlafen? Gestern war es spät geworden, er war erst kurz nach zwölf aus Ramersdorf zurück gewesen. Nach einem Training, das er sich auch hätte sparen können. Er war weder ins Laufen noch ins Workout gekommen, auf Sparring hatte keiner Lust gehabt – er eigentlich auch nicht –, und am Sandsack hatte er sich das Handgelenk verstaucht. Danach hatte er noch bis zwei Uhr morgens hinterm Haus im Strandkorb gesessen und in den Nachthimmel geschaut. Der Stille gelauscht, den schlafenden Sommer gerochen. Das hatte ihm gut getan, wenngleich nicht alle Gedanken zur Ruhe gekommen waren.

Bartholomäus schlug leise die Decke zurück und stand auf. Das mit dem Einschlafen wurde nichts mehr. Er ging hinüber ins Bad, pinkelte und warf sich zwei Hände Wasser ins Gesicht. Die Augen, die ihn aus dem Spiegel ansahen, wirkten ernst und nachdenklich. »Adam und Eva«, murmelte er. Dann zog er sich die Sporthose von gestern an, streifte ein frisches T-Shirt über und schlüpfte in die Zehenlatschen.

Es hatte aufgeklart. Über Nacht hatten sich die bleiernen Regenwolken verzogen, die seit gestern Mittag auf München gedrückt hatten. Es hatte zwar nicht mal getröpfelt, aber die farblose Pampe hatte dennoch für einen gefühlten Regentag gesorgt.

Bartholomäus sog die Morgenluft ein, während er hinüber zum Hotel lief. Es roch nach kalten Steinen, nach Wasser und … Neugier. Jedenfalls verband er diesen Morgengeruch immer mit Neugier. So hatte es immer gerochen – oder so hatte er den Geruch in Erinnerung-, wenn er als Kind morgens zur Bushaltestelle gelaufen war. Die Welt war wieder auf Anfang gestellt, nichts war vorhersehbar, alles konnte passieren, der Abend war so fern wie Erwachsene alt. Und wenn er genau hinfühlte, glaubte er sogar noch den schweren Schulranzen auf seinem Rücken zu spüren.

Bartholomäus betrat das Hotel über den Lieferanteneingang. Er wollte Dragan nicht den Eindruck vermitteln, dass er kontrollierte, ob er an der Pforte eingeschlafen war. Was tatsächlich ab und zu vorkam. Und wenn man ihn dann aufweckte, schoss Dragan in die Höhe und lenkte sich und andere mit einem Feuerwerk an Präsenz und Worten davon ab, dass er wieder einmal eingepennt war.

Über eine der hinteren Treppen gelangte Bartholomäus in den dritten Stock und ging zu dem Raum mit den Putzutensilien. Von da führte eine schmale Stiege hinauf in den Dachstuhl, wo er sich eine Meditationsecke eingerichtet hatte. Großes Giebelfenster, Blick auf den Ort, den See und manchmal die Alpen, absolute Ruhe. Er setzte sich auf sein Kissen, schloss die Augen und fing an zu atmen.

Durch die Nase ein, durch die Nase aus. Kühle Luft, die an den Nasenflügeln vorbei, über die Oberlippe hinwegströmte. Ein und aus. Gedanken ziehen lassen, Kopf leer bekommen, ruhig werden.

Das war der Plan. Und die meisten Gedanken hielten sich auch daran, sahen kurz zum Fenster herein, gähnten, zogen weiter. Aber nicht die von gestern Abend. Bartholomäus konnte atmen, spüren, ruhig werden, wie er wollte – in irgendeiner hibbeligen Hirnwindung nahm das Leichenschauhaus erneut Formen an, die großen Metalltüren der Schubfächer, das grelle Licht. Sogar das Desinfektionsmittel konnte er wieder riechen. Karin stand neben ihm, Seebauer und Petra Gernhaber. Stumm, träge, unbeteiligt, so als wartete sie auf den Bus. Seebauer öffnete die Tür und zog den Schuber heraus. Sagte irgendwas von »koa schöner Anblick« und schlug das Tuch zurück. Karin, die Petra Gernhaber die Hand auf den Unterarm legte und sie fragte, ob das ihr Bub sei, ob sie ihn erkenne. Petra Gernhaber, die nickte und sagte, dass er es sei. Klar und deutlich und ohne zu zögern. Kein Schlucken, keine Träne, kein Zittern. Als würde sie im Fundbüro ihren verlorenen Regenschirm identifizieren. Karin, die Seebauer zunickte und Petra Gernhaber zur Seite nahm. Dass das alles furchtbar sei, dass sie tun würden, was in ihrer Macht lag, ob sie Hilfe bräuchte. Einen Psychologen vielleicht, oder Kontakt zu anderen Leuten, die ihr helfen könnten. Es gebe da einen Verein von Eltern, die auch ein Kind verloren hätten. Ob sie da für sie anrufen solle. Petra Gernhaber, die nur den Kopf schüttelte, Karin anschaute, als wolle die ihr ein Abo verkaufen, und fragte, ob sie jetzt wieder gehen könne. Sie müsse noch was einkaufen.

Bartholomäus setzte sich anders hin, räusperte sich, blinzelte. Draußen wurde es heller, auf dem See zeichnete ein Fischerboot ein riesiges V ins Wasser. Sein Fußgelenk tat weh, der Bauch grummelte. Roch er da Mäusepisse?

Karin, die befremdet nickte, Petra Gernhaber, die fragte, ob sie wer heimfahre. »Ja, ja, gleich«, erwiderte Karin, sie solle bitte noch kurz draußen warten, sie komme gleich. Petra Gernhaber ging zur Tür, sagte nicht Auf Wiedersehen, drehte sich nicht um, ging raus auf den Gang.

Und irgendwann war er dann bei Adam und Eva gelandet. Karin hatte sich furchtbar – leise, aber furchtbar – über Petra Gernhaber aufgeregt. Wie man so sein könne. Unglaublich. Da liegt ihr eigenes Kind, tot, zambissen von einem Scheißhund, und die bleibe so kalt wie … ja, wie eine Hundeschnauze. Die sei doch völlig neben der Spur. Wie ihr Mann. So jemandem müsse man doch die Kinder wegnehmen. Die sei doch krank, sei die.

Bartholomäus war auch erst Ähnliches durch den Kopf gegangen. Vor allem Herrn-ich-fahr-mit-dem-Sofa-Gernhaber betreffend. Aber auf dem Weg ins Präsidium war er immer nachdenklicher geworden. Es war zu einfach, Leute wie die Gernhabers dafür verantwortlich zu machen, dass sie so dumm waren, wie sie waren. Sicher, jeden Hund kümmerte sein Nachwuchs, also musste man das von Menschen erst recht erwarten können. Musste man? Warum bekamen Gernhaber-Menschen heutzutage Kinder? Weil sie zu blöd zum Verhüten waren oder, und an das Kindergeld wollten? Im ersten Fall waren Kinder einfach nur ein weiteres Problem, dem sich Gernhaber-Menschen plötzlich ausgesetzt sahen – neben Arbeitslosigkeit, Langeweile, medialer Rund-um-die-Uhr-

Verdummung, Minderwertigkeitskomplexen, sozialer Ausgrenzung, der Unfähigkeit, etwas mit dem runden Ding auf dem eigenen Hals anfangen zu können und so weiter. Prekariatsalltag eben, in dem nur dumpfe Teilnahmslosigkeit einen dürftigen Schutz bot. Und im zweiten Fall machten Gernhaber-Menschen nichts anderes als der Top-Manager, der seinen Puff-Besuch als Bewirtungskosten von der Steuer absetzte. Beide nahmen eine staatlich sanktionierte Vergünstigung in Anspruch und kümmerten sich einen Dreck darum, ob sie damit anderen schadeten. Und sei's dem eigenen Kind.

Und wer war schuld daran, dass sich die Dinge so entwickelt hatten, wie sie sich entwickelt hatten? Der Staat, der sich nicht genug um Gernhaber-Menschen kümmerte? Die Gesellschaft, die sich diesen Staat genau so zusammenschraubte, wie sie ihn haben wollte? Jeder einzelne Mensch selbst, weil es ohne ihn gar keine Gesellschaft gab? Die Eltern der Menschen und der Gernhaber-Menschen, die ihren Kindern und Gernhaber-Kindern nicht beigebracht hatten, wie man einen Staat baut, wie man eine Gesellschaft wird, wie man seine Kinder lieb hat? Also am Ende Adam und Eva, die ja unbedingt Kinder in die Welt setzen mussten, ohne auch nur – siehe Kain, den verkommenen Blag – den Hauch einer Ahnung zu haben, was man den kleinen Scheißern beibringen musste? Oder gar der liebe Gott, weil er am siebten Tag, statt sich nach getaner Arbeit einfach nur in den Liegestuhl zu legen und eine zu rauchen, aus Langeweile, Geltungsdrang, Selbstüberschätzung oder warum auch immer einem Klumpen Lehm Leben eingehaucht und ihn danach sich selbst überlassen hatte? Der alte Egomane.

Das Problem war nur – Bartholomäus streckte die Beine aus –, dass er Herr und Frau Gernhaber trotzdem scheiße fand. Sie mochten nicht allein dafür verantwortlich sein, dass ihr Leben gelaufen war, wie es gelaufen war, und lief, wie es lief. Das musste jedoch weder sie noch irgendjemanden sonst daran hindern, die Arschbacken zusammenzukneifen und das Beste daraus zu machen. Für sich, für andere, für ihre Kinder. Andere Lehmklumpen, denen es noch viel schlechter ging als den beiden Doppelhartzverdienern, bekamen das schließlich auch hin.

Bartholomäus schlug die Augen auf. Mit dem Meditieren wurde es heute auch nichts. Aber dafür sah er jetzt endlich wieder klarer. Ja, es war zu einfach gewesen, Gernhaber mitsamt dem Sofa quer durch sein versifftes Wohnzimmer zu schieben. Er hätte ihn damit aus dem Fenster schmeißen sollen.

Kurz nach sechs. Jupp und Pavel waren sicher schon da. Bartholomäus lief hinunter in die Küche, nahm sich einen Kaffee und schmierte sich eine Käsesemmel. Nach einem kleinen Plausch mit seinem Koch und dem tschechischen Gehilfen ging er zurück zum Haus und zog sich um. Als er am Bad vorbeikam, hörte er, dass Wiebke unter der Dusche war. Er spürte das Prickeln in seinem Unterleib und überlegte, ob er sich noch einmal ausziehen und zu ihr stellen sollte. Aber dann musste er blöderweise an die Sache mit der Rippe denken und hatte die dämliche Assoziation, dass sein Schwanz ein Lehmklumpen war, und das war's dann mit dem Prickeln. Ging er halt doch mit Friedrich in den Wald.

Zwei Stunden später war er wieder zurück. Er holte sich eine Schale Müsli und einen großen Pott Tee vom

Hotel-Buffet, ging damit zum Wohnhaus hinüber und wählte in seinem Arbeitszimmer Kreuzpointners Nummer im Präsidium.

»K 11, Kreuzpointner?«

»Kammerlander, guten Morgen.«

»Morgn, Kammerlander.«

»Hab ich mir fast gedacht, dass ich dich auch am Samstag da drin erwische. Habt ihr irgendwas Neues?«

»Nicht viel. Mir haben des Verschwinden von dem Buben noch mal mit den Eltern abgeklärt. Der Bub ist vor gut fünf Wochen, es war ein Dienstag, nicht von der Schule heimkommen, mehr wissen die nicht.«

»Wann haben sie's der Polizei gemeldet?«

»Gar nicht. Des hat des Jugendamt gmacht.«

»Gar nicht?«

»Nein, des Jugendamt hat die Familie scho länger betreut, und an dem betreffenden Nachmittag war sowieso jemand da zum Nachschauen. Die Dame hat's dann gleich an die Vermisstenstelle weitergegeben.«

»Aha. Habt ihr euch mit den Leuten vom Jugendamt schon mal über die Gernhabers unterhalten?«

»Ich hab vorhin mit der zuständigen Sachbearbeiterin telefoniert, ja. Nix Bsonders. Des Jugendamt war von der Schule eingeschaltet wordn, weil der Bub ziemlich verwahrlost daherkommen ist, nie was zum Essen dabei ghabt hat und auch mal den einen oder anderen blauen Fleck ghabt hat.«

Nichts Besonderes. Bartholomäus sah Gernhabers Gesicht vor sich und stellte sich vor, wie er ihm einmal kurz und kräftig auf die Nase schlug. Solche Gedanken verschafften ihm ab und zu eine gewisse Erleichterung. »Was wissen wir über die Gernhabers?«

Kreuzpointner antwortete nicht gleich. Bartholomäus hörte Blätterrascheln am anderen Ende. »Er ist gelernter Spengler und seit drei Jahren arbeitslos. Die Firma hat Pleite gmacht. Sie hat nix glernt und arbeitet manchmal aushilfsweis in einer Bäckerei. Zwei weitere Kinder, keine Vorstrafen, Hartz IV.«

Bartholomäus nickte. »Irgendwas zu Sebastian?«

Wieder raschelte es. »Des LKA nimmt sich grad die Spuren an der Kleidung und an dem Bubn selbst vor. Aber wenn du des gmeint hast, Sperma oder sonstige Anzeichen dafür, dass der Bub missbraucht wordn ist, gibt's nicht. Schaut wirklich so aus, als wär der Hund dran schuld, und danach hat ihn jemand im See verschwinden lassen. Der Hundehalter wahrscheinlich, weil er Angst ghabt hat, was mit ihm sonst bassiert.«

»Möglich. Und DNA-Spuren von dem oder den Hunden? Haare an der Kleidung zum Beispiel, Hautreste, ein Zahn?«

»Nein, nichts.«

Bartholomäus' Stimme wurde einen Tick schärfer. »Stellt sich aber immer noch die Frage, was mit Sebastian auf dem Nachhauseweg von der Schule geschehen ist. Denn wenn in Neuperlach vor fünf Wochen ein Hund auf offener Straße ein Kind zerfleischt hätte, hätte das doch vermutlich irgendjemand bemerkt, oder?«

Kreuzpointner zögerte. »Nein, da hast du recht. Das passt nicht zam.«

Bartholomäus legte auf und fuhr den Computer hoch. Nichts Besonderes. Dass Kinder von ihren Eltern dreckig und hungrig in die Schule geschickt wurden, war nichts Besonderes mehr. Dass sie geschlagen, gedemütigt, missbraucht wurden, ebenfalls nicht. Wie so vieles, das nichts Besonderes mehr war. Vielleicht, so überlegte Bartholomäus, rührte das alles nur daher, dass der Mensch davon überzeugt war, etwas Besonderes zu sein. Vielleicht war das der Grund allen Übels.

Als sein PC so weit war, ging er online und loggte sich ins Intranet des Präsidiums ein, von wo aus er Zugriff auf alle wichtigen Dateien, Programme und Server hatte. Zunächst sah er sich noch einmal die Liste der in den letzten zwölf Monaten als vermisst gemeldeten unter zehnjährigen Kinder im Großraum München an. Die Zahl war erschreckend. Es waren über 1000. Die meisten von ihnen waren allerdings nach kurzer Zeit wieder aufgetaucht. Dauerhaft vermisst wurden zehn Kinder mit einer auffälligen Häufung in den vergangenen sechs Monaten. Da waren es acht, von denen – Sebastian eingeschlossen – allein fünf aus dem Münchner Süden beziehungsweise südlichen Umland stammten. Das letzte, ein Mädchen aus Pöcking, war vor nicht einmal einer Woche gemeldet worden.

Bartholomäus suchte nach Gemeinsamkeiten. Alter, Geschlecht, Größe, Haarfarbe, Nationalität, Familienverhältnisse. Aber es gab kein Muster. Unter den vermissten Kindern des letzten halben Jahres waren drei Jungen und fünf Mädchen. Sie waren zwischen sechs und zehn Jahre alt, blond, braunhaarig, schwarzhaarig, stammten aus wohlhabenden, armen und Mittelschichtverhältnissen, waren nicht alle dick oder dünn, ein Kind hatte serbische Eltern, ein Junge war russlanddeutscher Abstammung. Die einzige Gemeinsamkeit war die, dass alle zur Schule gingen. Aber welches Kind zwischen sechs und zehn tat das nicht?

Dennoch. Sie würden sie alle besuchen müssen. Beziehungsweise deren Eltern. Vielleicht ergab sich ja doch ein Hinweis.

Bartholomäus recherchierte weiter. Aktenkundige Pädophile, Pädophile mit Hund, Pädophile mit Hund, die in der Nähe des Weihers wohnten, in dem Sebastian gefunden worden war, hinkende Pädophile, Sexualstraftäter ohne und mit Hund, rund um den Weiher oder sonst wo in München. Zwar lag bei Sebastian kein Sexualdelikt vor. Aber vielleicht hatte das ja nur der Hund verhindert.

Hunde. Hundehalter und Hundezüchter. Bartholomäus stieß auf eine ganze Reihe von Vorfällen mit aggressiven Hunden. Vom Dackel bis zum Dobermann. Ihr Hund, ihre Hunde waren groß gewesen. Kampfhunde? Die musste man melden. Ein Telefonat mit dem Kreisverwaltungsreferat ergab, dass allein in München über 300 Kampfhunde der zweiten Kategorie registriert waren. Aber sie wussten weder, ob ihr Hund aus München stammte, noch ob er ein Kampfhund war. Und wenn er einer war, ob er gemeldet war. Denn offiziell gab es in München zum Beispiel keinen einzigen Kampfhund der ersten Kategorie, also keinen Pitbull, keinen Staffordshire Terrier, keinen Staffordshire Bullterrier. Was seltsam genug war. Ein DNA-Rest hätte ihnen tatsächlich enorm geholfen. Dann hätten sie die Rasse bestimmen und sich auf die Halter dieser Hunde konzentrieren können. Aber so viel Glück hatten sie nicht gehabt.

Weiter. Tod durch Ertrinken, Steine als Ballast, Gewaltverbrecher, die ihre Opfer ertränkt hatten, pädophile Fischzüchter, gewaltbereite Fischzüchter, Kinderhasser in allen relevanten Variationen.

Als Bartholomäus zwei Stunden später mit einem dicken Kopf und knackenden Knochen vom Schreibtisch aufstand, hatte er das Gefühl, allen Motivlagen nachgegangen zu sein, außer denen von pädophilen, hinkenden Hunden, die mit Fischen zu tun hatten. Aber irgendetwas, bei dem sein inneres rotes Lämpchen angefangen hätte zu blinken, war nicht dabei gewesen.

Bartholomäus ging hinunter in die Küche und trank einen Schluck Saft aus der Flasche. Wiebke hatte eine neue Pflanze für die Blumenampel über dem Spülbecken gekauft. Ein zerzaustes Gewächs mit blassroten Blüten und einigen Mini-Lianen, die wie die letzten Haare eines Greises über den Topfrand hingen. Auf dem Fensterbrett drehte sich eine Fleischfliege sterbend im Kreis. Das hatte sie nun davon, dass sie an dem Klebestreifen am Fensterkreuz geschleckt hatte. Bartholomäus wischte sie auf die Hand und trug sie durch den Flur zur Tür. Sollte sie wenigstens in gewohnter Umgebung verenden. Wobei – vielleicht war sie ja im Haus aufgewachsen und nie draußen gewesen? Und erlebte jetzt ihren finalen Kulturschock? Egal. Er öffnete die Haustür – und schrak zurück!

»Antonia?«

Giovannis Nichte stand auf dem Fußabtreter. Rote Wangen, ein aufgelöster Zopf und groooße Augen. Erschrockene Augen, ängstliche Augen. Und an den Wangen Spuren getrockneter Tränen.

»Antonia, was ist denn?« Bartholomäus warf die Fliege weg und ging in die Hocke. »Hm?«

Sie sah ihn nur an.

»Hast du dich verlaufen?«

Sie hatte nicht nur Angst, sie war regelrecht katatonisch. Starr. Rührte sich keinen Millimeter.

Plötzlich kam Giovanni angelaufen. »Per carità! Da biste du ja!« Heftig atmend kam er zum Stehen und strich Antonia über den Kopf. »Principessa, wo warst du denn? Ich habe diche überall gesucht! Haste du mich nichte rufen hören?«

Antonia hob die Ärmchen und bedeutete ihrem Onkel, dass sie hochgehoben werden wollte. Aber sie sagte immer noch nichts, steckte dafür einen Daumen in den Mund.

»Sie stand plötzlich vor der Tür«, sagte Bartholomäus.

»Wir haben ihre Dings gesucht, ihre … Pupa. Überall habene wir gesucht. Unde plötzlich war sie weg. Einfach weg! Come …« Er blies in seine geschlossene Hand und ließ die Finger davonwehen. »Weg! Carissima, hm?« Er schaukelte sie sanft auf dem Arm. »Kannste du nicht einfach deinem Zio solchen Schreck einjagen.«

Bartholomäus wollte gerade etwas zu dem Eindruck sagen, den sie auf ihn machte, als sich Antonia auf dem Arm umdrehte und nach hinten zeigte.

»Was ist da?«, fragten Bartholomäus und Giovanni fast gleichzeitig.

Antonia antwortete nicht, deutete aber noch eindringlicher in die Richtung.

»Wo du willste hin?«

»Sehen wir mal nach«, sagte Bartholomäus.

Giovanni drehte sich mit Antonia um, und gemeinsam folgten sie ihrem Fingerchen. Der sie nach ein paar Minuten zu dem hoteleigenen Fischweiher führte. Und da an eine Stelle, an der eine Bank neben dem Weg stand, der rund um den Weiher führte. Eine Weide wuchs dicht am Ufer und hängte ihre traurigen Zweige ins Wasser.

Antonia wollte runter. Giovanni stellte sie ab, und

die Kleine ging vorsichtig an den Rand des Wassers und streckte ihr Köpfchen vor.

»Iste da was? Iste da die Pupa?« Giovanni sah ebenfalls ins Wasser, und Bartholomäus tat es ihm gleich.

Antonia zeigte, den anderen Daumen immer noch im Mund, ins Wasser.

»Haste du Fische gesehen? Pesci piccoli?«

Der Weiher war hier sehr seicht, kaum 20 Zentimeter tief. Manchmal tummelten sich hier tatsächlich Rotaugen oder Goldfische, weil sie wussten, dass ab und zu ein Käfer von der Weide ins Wasser fiel. Der Untergrund sah schlammig aus, im Wasser spiegelten sich die Äste des Baumes. Wie Lianen hingen sie in der …

Bartholomäus fuhr leicht zusammen. Lianen. Seichtes Wasser. Ufer. Verdammt. »Ich … muss mal schnell was überprüfen. Kommst du klar?«, fragte er Giovanni im Umdrehen.

»Si, si, komme klar«, erwiderte der Chauffeur etwas überrascht.

Bartholomäus joggte zurück zum Haus. Durch den Gang, die Treppe rauf, in sein Zimmer. Hastig griff er zum Telefon.

»Kreuzpointner, ich brauche eine Nummer«, stieß er hervor, bevor Josef Kreuzpointner etwas sagen konnte.

»Eine … ja, was ist denn los?«

»Sag ich dir nachher. Die Tauchstaffel, die draußen am Weiher war, welche Nummer haben die?«

»Wart.« Ein paar Sekunden vergingen, dann war Kreuzpointner wieder dran und gab Bartholomäus die gewünschte Telefonnummer durch. »Wozu brauchst denn die?«

»Nachher.«

»Du, wart noch mal. Ich hab da vorhin was Interessants gefundn. Eine junge Frau, die vor gut zwei Monaten auch von einem Hund …«

»Ich komm nachher ins Präsidium. Erzähl's mir dann.« Bartholomäus legte auf und wählte gleich wieder.

Er hatte Glück. Einer der Taucher, der an der Bergung von Sebastians Leiche beteiligt gewesen war, hatte Dienst.

»Die Stelle am See, wo Sie den Buben gefunden haben. Wie tief war es da ungefähr?«

Der Mann überlegte. »Mei, so fünf, sechs Meter vielleicht.«

»Fünf, sechs Meter so nah am Ufer? Ist der Weiher sonst auch so tief gewesen?«

»Nein, nicht bsonders. In der Mitte schon, aber mir habn auch schon am anderen Ufer gsucht, und da geht's ganz flach rein. Und ein Stückerl links und rechts vom Fundort wird's auch wieder flacher.«

»Und wie weit drin ungefähr haben Sie den Buben gefunden?«

»Ah, ungefähr fünf Meter.«

Bartholomäus nickte abwesend. »Danke.« Fünf, sechs Meter Tiefe. Und das fünf Meter vom Ufer entfernt. In einem Weiher, in den es sonst eher flach reinging. Unter einer überhängenden Weide. Bartholomäus erinnerte sich genau an die Weide. An den dicken Ast mit dem Seil. Einem Seil, mit dem sich die Kinder vom Baum in den Weiher schwangen. Weil es hier tief genug war.

Jemand hatte gewusst, wo er Sebastian versenken musste. Jemand, der den Weiher kannte. Ein Sigmertshofener. Ein Feind.

9. KAPITEL

Später
München

Hinter ihm hupte es. Grün. Bartholomäus hob die Hand und fuhr los. Er hatte an Antonia gedacht. Ihren Gesichtsausdruck, diese Starre. Giovanni, mit dem er vom Sigmertshofener Weiher aus kurz telefoniert hatte, hatte sich auch nicht erklären können, was mit ihr los gewesen war. Er habe nichts bemerkt. Antonia sei auf einmal weg gewesen, sie hätten gesucht, erst im Hotel, dann draußen, und dann habe sie bei ihm vor dem Haus gestanden. Wahrscheinlich, so Giovanni, habe es ihr einfach Angst gemacht, plötzlich ganz allein gewesen zu sein. Deswegen sei sie so durch den Wind gewesen. Confusa. Bestimmt. Wenigstens hätten sie den Eumel wieder gefunden.

Aber Antonia war nicht konfus gewesen. Nicht verwirrt oder durcheinander. Irgendetwas hatte ihr einen Heidenschrecken eingejagt, hatte ihr große Angst gemacht. Er selbst vielleicht? Hatte er zu ungestüm die Tür aufgerissen? Ein großer Mann mit wilder Mähne und Dreitagebart, der womöglich gerade besonders düster dreingeschaut hatte? Er konnte sich nicht mehr genau daran erinnern. Aber nein. Sie kannte ihn doch. Und dann wäre sie eher weggelaufen. Und ungestüm war er auch nicht gewesen. Es musste etwas anderes gewesen sein. Aber sie hatte nichts gesagt, sich nur weggedreht und am Daumen gelutscht, als Giovanni und er sie gefragt hatten, ob irgendwas passiert war. Merkwürdig.

Er setzte den Blinker und bog rechts ab. In die Straße, die am Karlsfelder See entlang führte. Hochstraße. Mittlerweile war sie verkehrsberuhigt. Als er früher fast jeden schönen Sommertag nach der Schule hier herausgeradelt war, war das noch nicht der Fall gewesen.

Mit jedem Meter, den er fuhr, verstärkte sich dieses eigenartige Gefühl aus Vertrautheit, weil sofort Hunderte Bilder in seinem Kopf aufgingen, Fremdeln, weil sich so viel seit damals verändert hatte, und einem Hauch Wehmut, weil das alles schon so lang her war. Das Wasser blitzte zwischen den Häusern und Bäumen hindurch. Sonne, Wärme, die Halbinsel. Die Clique, mit der er damals unterwegs gewesen war. Volleyball bis kurz vor dem Hitzekollaps und dann in den See. Marion, in die er so verknallt gewesen war, und die dann mit Benni gegangen war, weil der ihr das eiskalte Mineralwasser über den Rücken gekippt hatte. »Aber du bist wie ein Bruder für mich, Bartl, weil man mit dir so toll reden kann.« Super. Heute entlockte ihm die Geschichte ein Lächeln, damals hatte er auf dem Klo geheult.

Aber nicht mal das war Sebastian noch vergönnt. Nicht mal der Depp konnte er noch sein. Nur tot konnte er noch sein.

Sein Handy klingelte, und Bartholomäus fuhr rechts ran. »Ja?«

»Kreuzpointner. Wo bist 'n du grad?«

»Karlsfeld.«

»Gut. Kannst du dann den Zillenbiller abholn? Dem seine Frau hat's Auto, und seine U-Bahn is heut gsperrt, weil s' bauen.«

»Wo wohnt er?«

»In Pasing.« Kreuzpointner gab ihm die genaue Adresse durch.

»In Ordnung. Die anderen kommen?« Auf dem Weg zum Sigmertshofener Weiher hatte Bartholomäus Kreuzpointner angerufen und um eine Besprechung noch heute Nachmittag gebeten. Er habe wichtige Informationen, und es gebe einiges zu koordinieren.

»Ja, begeistert waren s' nicht, vor allem der Hauser und der Zillenbiller nicht, aber des war ja zu erwarten.«

Bartholomäus nickte. »Dann bis nachher. In einer halben Stunde sind wir da.«

Max Zillenbillers Unmut äußerte sich insbesondere dadurch, dass er erst einmal gar nichts sagte, nachdem er in den BMW eingestiegen war. »Servus«, brachte er noch heraus und schmollte dann stumm vor sich hin. Was Bartholomäus nicht unrecht war. Er wusste ohnehin nie so recht, worüber er mit Zillenbiller reden sollte, und konnte so noch ein bisschen seinen eigenen Gedanken nachhängen. Und ansatzweise war Zillenbillers Bockigkeit sogar amüsant. Denn der betrachtete sein Schweigen als Strafe und war sichtlich überzeugt davon, dass Bartholomäus diese Atmosphäre sehr unangenehm war. Du hast mich am Samstagnachmittag von der Couch geholt, also musst du dich jetzt schuldig fühlen. So in der Art. Aber da Bartholomäus sich so gar nicht reumütig gab, nicht den Versuch unternahm, ein Gespräch in Gang zu bringen, sondern seinerseits schweigend vor sich hin fuhr und dabei so ekelhaft gelassen aussah, kippte die Stimmung allmählich. Und in der Bayerstraße ertrug Zillenbiller schließlich sein eigenes Schweigen nicht mehr.

»Und?«, schnauzte er. »Was is jetzt los?«

»Bitte?« Bartholomäus gab sich überrascht.

»Ja, was machn mir jetzt da drin?«

»Unsere Arbeit?«

»Ja, eh klar, aber warum heut? Warum ned am Montag? D' Sportschau fangt bald an.«

Aha, daher wehte der Wind. »Ja, wenn unser Täter heute auch die Sportschau anschaut und wir arbeiten, dann holen wir womöglich auf und haben ihn schneller.« Bartholomäus unterdrückte ein Grinsen.

»Wieso schaut der auch d' Sportschau? Kennst du den?«

»Nein, aber am Samstagabend schaut doch fast jeder Sportschau, oder?«

Das verwirrte Zillenbiller. Und erschreckte ihn offenbar auch, ohne dass er genau hätte sagen können, wieso. Aber die Kombination von Job, Sportschau und fußballinteressierten Kriminellen hatte irgendetwas Bedrohliches an sich. Oder so.

Warum Hauser keine Lust auf eine samstagnachmittägliche Besprechung hatte, war Bartholomäus natürlich klar, bevor er die Tür zu Kreuzpointners Büro öffnete. Es bedeutete Anstrengung, körperlich wie geistig, weniger Zeit, die eigenen Wunden zu lecken, Vermehrung des Hauserschen Leidens. Wobei es wenig gab, worauf das nicht zutraf. Was aber eigentlich doch auch sein Gutes hatte, oder? Denn Leiden machte Hauser nur dann Spaß, wenn es andere mitbekamen, und wie oft hatte Hauser schon die Möglichkeit, am Samstagnachmittag öffentlich zu leiden? Also musste er doch eigentlich froh sein, dass er leiden durfte. Also so froh eben, wie man leidend froh sein konnte, ohne sein Leiden dadurch zu schmälern, dass man zu froh darüber war, dass man litt. Oder so. Bartholomäus konnte nur ungefähr erahnen, wie kompliziert Hausers Seelenlage war. Die moribunde Miene, mit der er seinen und Zillenbillers Gruß erwiderte, zeigte aber, dass Hauser die Problematik sehr gut im Griff hatte.

»Da seid's ja.« Kreuzpointner hob die Hand, und Karin Reichlmair winkte, während sie an ihrem Kaffee nippte.

Nachdem sich alle an den Tisch in der Besprechungsecke gesetzt hatten, erläuterte Bartholomäus, was ihm heute klar geworden war. Und dass er vorhin bei einem neuerlichen Besuch am Sigmertshofener Weiher seine Erinnerung bestätigt gefunden hatte. Die Weide, das Seil, die tiefe Stelle.

»Und das heißt jetzt noch mal *was*?« Hauser gab sich wirklich alle Mühe, einen leidenden Eindruck zu vermitteln.

»Dass der Täter den See kannte«, half ihm Karin Reichlmair. »Weil er sonst ja nicht gwusst hätte, wo genau es so tief ist.«

»Aha. Und das wiederum bringt uns inwiefern weiter?«

Zillenbiller sah auf die Uhr. Fünf. In einer Stunde rollte der Ball. Ohne ihn. Zefix.

»Es wäre durchaus möglich«, sagte Bartholomäus, »dass unser Mann – oder unsere Frau, aber das halte ich für weit weniger wahrscheinlich – aus Sigmertshofen stammt oder sich zumindest dort längere Zeit aufgehalten hat. Und zwar eher als Kind, obwohl natürlich auch Erwachsene an diesen Weiher gehen. Aber die werden dann nicht unbedingt gerade da liegen, wo sich die Kinder mit Gebrüll ins Wasser schwingen.«

Kreuzpointner nickte. »Und wenn mir jetzt noch die anderen Spuren mit dazu nehmen – die Hunde, die ungleichen Fußabdrücke, die Karten vom Bayernspiel, des Kaugummipapierl – und die wirklich mit unserm Mann zum tun habn, dann könntn mir unsere Suche schon um einiges besser eingrenzn.«

Hauser lächelte gequält. »Das ist jetzt aber nicht euer Ernst, oder? Haben wir denn irgendeinen Anhaltspunkt dafür, dass diese Dinge miteinander zu tun haben? Nur den kleinsten? Haben wir nicht. Das ist reine Spekulation.«

Zillenbiller stimmte ihm zu. Vielleicht ging's ja doch recht schnell.

»Aber dass der aus Sigmertshofen is, halt ich fei schon auch für möglich«, meinte Karin Reichlmair. »Zumindest solltn mir der Spur nachgehen.«

»Welcher Spur?« Hauser sah sie mitleidig an. »Picken wir uns aus dem Melderegister alle Männer zwischen 18 und 80 raus, die aus diesem Kaff stammen oder da ein paar Monate gelebt haben, klopfen an und fragen, ob sie was am Bein haben? Und Bayernfan sind? Und wenn der Typ dann gerade Kaugummi kaut, haben wir ihn?« Er wollte schon abwinken, als ihm noch etwas einfiel. »Ach ja, und mit Hund wäre auch nicht schlecht.« Jetzt durfte er abwinken. »Das ist doch … K…okolores.«

Kacke. Das hatte er sagen wollen, war sich Bartholomäus sicher.

»Hast eine bessere Idee, Otto?« Karin lehnte sich zurück und nahm ihre Tasse in die Hand.

»Wozu brauchen wir eine Idee? Bis jetzt wissen wir ja noch nicht einmal, ob die Sache in unseren Zuständigkeitsbereich fällt.«

»Genau«, meldete sich jetzt auch Zillenbiller zu Wort. »Seh ich auch so. Is immer noch eine K-12- oder eine

K-14-Sach.« 50 Minuten. Könnte klappen. Und am Anfang kam sowieso erst Zweite und Dritte Liga.

»Aber mir wissen auch nicht, dass das Gegenteil der Fall ist«, erwiderte Kreuzpointner. »Vor allem, weil ich gestern auch noch auf was gstoßn bin, was unter Umständen interessant sein könnt.« Er schlug den kleinen Hefter auf, der vor ihm lag. »Vorgestern haben Spaziergänger in einem Waldstück in der Nähe von Benediktbeuern die Leich einer jungen Frau gfundn. Mir wissen noch nicht, wer sie ist. Sie hat nix bei sich ghabt, des uns gholfen hätt, sie zu identifizieren, und außerdem ist sie auch ziemlich schlimm zugricht. Man erkennt nimmer allzu viel, was zum einen daran liegt, dass sie schon vor ein paar Wochen gstorbn ist, aber zum anderen auch an der wahrscheinlichen Todesursach.« Er sah die anderen reihum an. »Nach dem bisherigen rechtsmedizinischen Stand ist sie von einem Hund zerfleischt wordn.«

Für ein paar Sekunden herrschte Schweigen. Karin Reichlmair schüttelte unmerklich den Kopf, Zillenbiller sah auf die Uhr, Hauser starrte auf den Tisch. Bartholomäus wartete.

»Und?« Hauser klang eher trotzig als skeptisch.

»Herrschaft, Otto!«, brauste Karin auf.

»Was?«

»*Was*!«, äffte sie ihn nach. »Des ist doch alles kein Zufall mehr. Oder zumindest können mir nicht mehr so tun, als wär's einer.«

»Können wir nicht?«

»Nein, können mir nicht.« Kreuzpointner nahm seine Brille ab. »Mir gehen auf alle Fälle den Spuren nach, die mir habn. Danach sehn mir weiter.«

Bartholomäus nickte. »Ich werde mich in Sigmertshofen umhören. Wir sollten auch alle Hundehalter im Großraum München überprüfen, die einen oder mehrere große Hunde haben, die im letzten Jahr irgendwie auffällig gewesen sind. Und wir sollten alle orthopädischen Kliniken, niedergelassenen Orthopäden und zuletzt auch Hausärzte zwischen Benediktbeuern und dem Dachauer Hinterland kontaktieren und herausfinden, ob bei ihnen in den letzten, sagen wir, sechs Wochen ein Mann in Behandlung war, der eine Verletzung am linken Bein hatte und aus Sigmertshofen stammt.«

Hauser stöhnte. »Na super.«

»Ist das nicht der Fall«, fuhr Bartholomäus fort, »kann das heißen, dass unser Mann schon länger hinkt und die Sache nicht mehr behandlungsbedürftig ist oder dass er nicht mehr in Sigmertshofen wohnt. Dann müssen wir herausfinden, ob eine der infrage kommenden Personen einmal dort gewohnt hat.«

»Wobei ein hinkender Sigmertshofener auch nicht zwangsläufig unser Hundefreund sein muss, nicht wahr?«

Bartholomäus antwortete nicht.

»Danke«, meinte Hauser gönnerhaft.

Kreuzpointner machte sich ein paar Notizen. »Wir sollten auch noch mal mit den Familien von den vermissten Kindern redn.«

»Von welchen?«, fragte Karin. »Max, hörst du mal bitte mit der Wipperei auf? Du machst mich ganz nervös, Herrschaft.«

Zillenbiller grunzte und setzte sich anders hin. 40 Minuten. Scheiße.

»Erst mal die, die in den letzten sechs Monaten verschwundn sind«, informierte sie Kreuzpointner.

»Und … warum, wenn ich fragen darf?«

»Vielleicht ergibt sich jetzt aus der neuen Perspektive was Neues. Gemeinsamkeiten zwischen den Kindern, vielleicht hat jemand mal mit Hundn zum tun ghabt oder jemand mit Hund ist aufgfalln, vielleicht habn die Eltern was gemeinsam.« Kreuzpointner zuckte mit den Schultern. »Irgendwer weiß vielleicht irgendwas, was damals durch 'n Raster gfallen ist und uns jetzt weiterbringt.«

»Natürlich.« Hauser nickte.

»Diesen Fischzüchter habt ihr ja noch mal überprüft, oder?«, wollte Bartholomäus wissen.

»Ja«, antwortete Karin. »Nix Verdächtiges. Einwandfreies Alibi. Und er hat auch einen sehr gradlinigen Eindruck auf mich gmacht. War wirklich selbst total gschockt. Aber mir behalten ihn natürlich im Auge.«

»Also?« Kreuzpointner sah in die Runde. »Wer übernimmt wann was?«

Noch eine halbe Stunde, dachte Zillenbiller. Himmel, Arsch und Zwirn!

*

München Nord

Renata machte ein skeptisches Gesicht. »Ich fürchte, selbst wenn sie da gewesen wäre, hätte dir das nicht viel genützt.«

Lorenzo schüttelte den Kopf. »Wieso?«

»Weil sie, soviel ich weiß, kein Italienisch spricht.«

»Renata! Bitte! Tisch vier!«

Die Bedienung drehte sich um. Der Wirt hinter der Theke breitete die Arme aus und sah sie fragend an.

»Ja, ja, ich komm ja gleich. Mach keinen Stress, Dario!«

Lorenzo starrte auf sein Glas. Kein Italienisch. Dann konnte er sich den Besuch tatsächlich sparen. Porca miseria!

Renata musterte den großen, traurigen Mann mit den hellgrauen Augen und der prägnanten Hakennase voller Mitgefühl. »Hör zu. In eineinhalb Stunden bin ich hier fertig. Wenn du willst, begleite ich dich und übersetze. Dann können wir uns auch noch einmal in aller Ruhe unterhalten. Jetzt ist es ja wirklich ein bisschen ungünstig, wie du siehst.« Sie zeigte hinter sich in die gut besuchte Pizzeria.

Lorenzo sah auf. »Das wäre wirklich sehr nett.«

»Okay, abgemacht. Bleibst du so lang hier?«

Er nickte.

»Allora.« Renata stand auf. »Soll ich dir noch was bringen? Unsere Lasagne ist gar nicht mal so schlecht.«

Er schüttelte den Kopf. »Nein danke. Nur noch einen Espresso, bitte.«

»Gern.« Renata machte sich wieder an die Arbeit.

Francesca hatte also einen Freund gehabt. Mama hatte davon nichts erwähnt. Und auch Renata wusste nur, dass es da jemanden gegeben hatte. Kein Name, keine Adresse, nichts. Francesca sei zwar total verliebt gewesen, aber weil alles noch ganz frisch war, habe sie kaum etwas über diesen Mann erzählt. Brächte Unglück. Was für eine Ironie.

Ein Deutscher, wohl recht vermögend, mehr wisse Renata nicht. Und sie war verliebt? Na ja, wie Francesca eben so gewesen sei, er wisse das wahrscheinlich selbst am besten. An einem Tag umarmte sie die ganze Welt, am nächsten pflaumte sie jeden an, der ihr zu nahe kam. Heute lachen, morgen weinen. Francesca eben. Die Liebe, amore.

Lorenzo richtete seinen Blick ins Leere. Nein, so kannte er seine Schwester nicht. Francesca war eher der rationale, kühle Typ. Wahrscheinlich rührte daher auch ihr Faible für Deutschland. Jungs hatte sie sich immer danach ausgesucht, ob sie zu ihr passten. Gut, das hatte nicht immer geklappt, aber ein Hals-über-Kopf-Verlieben, rosarote Wolken, Drama, das war nicht Francesca. Sie hatte ja sogar ihr totes Meerschweinchen in den Abfall geworfen, anstatt es, wie es ihr Mama vorgeschlagen hatte, im Garten zu beerdigen. Dort würde es nur der Nachbarhund ausbuddeln und fressen, während es im Abfall wenigstens in aller Ruhe vor sich hin rotten könnte.

Und jetzt war sie wegen einem Mann so durch den Wind? Hm. Oder hatte sie am Ende doch die wahre Liebe erwischt? Geglaubt hatte sie an diese eine große Liebe durchaus. Aber laut Francesca zeichnete sich diese Liebe nicht durch hirnlosen Gefühlsüberschwang und Horden von Schmetterlingen im Bauch aus, sondern durch Freundschaft, Vertrauen, Loyalität. Nun ja, sie wäre nicht die Erste, die sich da eines Besseren belehren lassen musste. Die Liebe, davon war zumindest Lorenzo überzeugt, machte, was sie wollte und hielt sich an keinen Plan. Blieb die Frage, ob diese Liebe auch gewollt hatte, dass Francesca verschwand.

Gegen 19 Uhr – Renata hatte seit Mittag gearbeitet, die Spätschicht übernahm eine Kollegin – verließen sie das Bella Napoli und fuhren in Renatas Punto nach Feldmoching. Renata hatte kurz zuvor angerufen. Francescas Mitbewohnerin Esther war jetzt zu Hause und hatte Zeit für sie.

Lorenzo mochte Esther auf Anhieb. Eine schlanke, ernste junge Frau, die sich alle Mühe gab, seine Fragen ausführlich und klar zu beantworten. Trotz der großen Sorgen, die sie sich ganz offensichtlich um seine Schwester machte, und trotz des Mitgefühls, das sie für ihn empfand und das ihr wiederholt die Tränen in die Augen trieb. Doch auch sie wusste nur, dass da seit Kurzem ein Mann in Francescas Leben gewesen war. Aber zu Gesicht bekommen hatte sie ihn nie.

»Sie glaubt, dass Francesca mal was von Baubranche erwähnt hat«, übersetzte Renata, »aber sicher ist sie sich nicht.«

Die Wohnung, die sich Francesca und Esther geteilt hatten, verfügte über keinen Festnetzanschluss. Wenn Francesca mit diesem Mann telefoniert hatte, was laut Esther oft der Fall gewesen war, dann über ihr Handy. Das mit ihr verschwunden war.

»Aber die Polizei hat doch sicher Möglichkeiten, über ihren Handyanbieter die Nummern zu finden, die Francesca angerufen hat?«, meinte Lorenzo.

Das konnte Esther nicht beurteilen. Sie hatte Vermisstenanzeige erstattet, man hatte ihre Aussage aufgenommen und versprochen, der Sache nachzugehen. Der Sache ... Die Polizei sei auch mal hier in der Wohnung gewesen, in ihrem Zimmer, und habe, soweit Esther wisse, auch mit anderen Bekannten und Freunden von Francesca gesprochen.

»Bei uns in der Pizzeria waren sie ebenfalls«, bestätigte Renata und hob den Zeigefinger. »Ein Mal.«

Aber als sie das letzte Mal nachgefragt habe, das sei vor drei Tagen gewesen, habe es nach wie vor keine Erkenntnisse über den Verbleib von Francesca gegeben. Die Polizei habe aber auch, so Esthers Eindruck, nicht sehr viel mehr als ihre Routine heruntergespult. Ernsthaft gesucht habe Francesca bisher niemand.

Lorenzo sah Esther nachdenklich an. »Frag sie, was sie glaubt, was passiert ist«, bat er Renata.

Esther antwortete nicht auf diese Frage. Blickte nur zu Boden, zuckte die Schultern.

Lorenzo nickte und stand auf. Ging hinüber ins Zimmer seiner Schwester. Sah auf der Kommode die Fotos von Francesca mit Mama und mit ihm, ein Bild von Bappo, eines von Rugiero, ihrem mageren Mischlingsrüden, der dann von einem Traktor überfahren worden war. Ging an ihrem Bücherregal vorbei, roch an ihren Kleidern, spürte nahezu ihre Anwesenheit. Ihre Abwesenheit. In der Schublade des kleinen Schreibtisches lagen Postkarten, Briefpapier, Schreibutensilien, Bürozeug, Krimskrams. Aber auch hier kein Anhaltspunkt, kein Hinweis. Wie im ganzen Zimmer, in der ganzen Wohnung. Nirgendwo eine Notiz, die einen Weg gewiesen hätte. Zu jenem Mann, zu jemand anderem, irgendwohin. Kein Tagebuch, so eines hatte sie ohnehin nie geführt – ›Kleinmädchenkram‹, nur seine und Mamas Briefe, und einen Laptop oder PC, in dem man nach E-Mails hätte suchen können, besaß Francesca nicht.

Lorenzo ließ sich noch die Adressen der Bekannten und Freunde geben, von denen Esther wusste. Irgendwo musste er ja weitermachen. Dann reichte er Esther die Hand und dankte ihr.

Sie lächelte ihn traurig an, nickte. Plötzlich schien ihr etwas einzufallen und sie sprach noch einmal mit Renata.

»Sie glaubt sich gerade daran erinnert zu haben«, sagte Renata, »dass Francesca diesen Mann im ›Comeback‹ kennengelernt hat. Unter Vorbehalt. So genau weiß sie es nicht mehr, glaubt es aber.«

»Comeback?«

»Eine Disco, in der sie oft war. Ich kenne sie auch.«

Lorenzo nickte und warf einen letzten Blick in das Zimmer seiner Schwester. Comeback, dachte er und merkte, dass er daran nicht mehr glauben konnte.

10. KAPITEL

Sonntag
Berg, Hotel Alpenblick

Xaver Eberhartinger winkte ihr noch einmal zu. »Des wird scho wieder. Wirst schon seign … sehen.«

Susan Seidenberg schniefte, lächelte unglücklich und entfernte sich Richtung Hotel.

»Kumm, Wiggerl. 's ziagt.« Xaver wartete, bis sein Dackel wieder über die Schwelle gewatschelt war, und schloss die Tür der Hausmeisterwohnung.

Als er zurück in die Küche kam, saß seine Frau Theresa immer noch am Tisch. Mit einem Gesicht, das Xaver zum letzten Mal an ihr gesehen hatte, als man ihr im Salon Binder, ihrem Leib- und Magenfriseur, diese blaustichige Dauerwelle verpasst hatte. Seitdem ging sie zur Konkurrenz.

»Mei, Mo!« Sie schüttelte den Kopf.

»Ja, i kann doch nix dafür, wenn die am Sonntag in der Früh vor der Tür steht und Rotz und Wasser woant. Hätt i s' vielleicht wegschickn solln?«

»Ah na, des mein i ja ned.«

Xaver setzte sich an den Küchentisch und griff nach seinem Kaffeehaferl. »Ned? Was is 'n nachher?«

»Kennst du den Dings, den … ah, mir fallt der Nama nimma ein.«

»Welchn Dings?«

»Ja, den halt, wegen dem des Madl so beinander is. Den Filmheini halt.«

»Den Reschisör?«

»Ja, den.«

»Hans soundso. Hans von soundso. Nachnama woaß i nimma.«

»Und des is a recht a Depp, oder?«

Xaver zog die Mundwinkel herab. »I hob mit dem noch ned gredt. Aber symbathisch is a mir ned. So a Gscheithaferl halt.«

»Ko i mir scho vorstelln. Und wia alt?«

»So ummara fuchzge.«

»Meiomei!« Theresa verschränkte die Finger und stützte ihre Ellenbogen auf dem Tisch auf. »Des is doch alleweil desselbe auf dera Welt.«

Xaver trank einen Schluck von dem kalten Kaffee. »Vielleicht woaß er ja wirklich ned, ob er sie mag oder die andere.«

Theresa sah ihren Mann abschätzig an. »Geh weider! Mo! Stell dich doch ned dümmer o als d' bist! Der halt sich des Madl doch bloß warm. Deswegn verzählt er ihr doch so an Schmarrn von wegn«, sie äffte eine Stimme nach, von der sie glaubte, dass sie zu Hans von Soundso passte, »ich fühle mich auch zu dir hingezogen, aber ich brauch noch Zeit.« Sie warf Xaver eine Da-hast-du's-Hand hin. »So sind s' doch, de Manner. Oder?«

Xaver schwieg. Er wusste nicht, wie die Männer so waren. Aber er wusste, dass das eben keine Frage gewesen war.

»Daweil is sie ja wirklich no a halbs Kind! Und er so a alter … Kriaglwascher!«

»Theres, du kennst ihn doch gar ned«, versuchte Xaver seine Frau zu beschwichtigen.

Sie schob das Kinn nach vorn. »Kenn i oan, kenn i olle!«

Xaver brauchte einen Moment. »Was … soll des jetz hoaßn?«

Theresa hob den Kopf und sah ihren Gatten quasi von oben herab an. »Tu ned a so! Dir gfallt s' doch auch, oder?« Susans gewaltiger Ausschnitt fiel ihr wieder ein.

»Die Susan?« Xaver war aufrichtig überrascht.

»Na, unser neues Kaffeegschirr!« Sie verdrehte die Augen. »Freilich die Susan!« Und der Schmollmund.

»Mia?« Xaver deutete auf sich.

»Ja, dir! Die gfallt dir doch, kannst ruhig zugebn. Is ja auch a Fesche. Und wenn die sich gar so an dich hindruckt und sich bei dir auswoant, dann gfallt dir des doch, oder?« Das lange blonde Haar.

Xaver schüttelte entsetzt den Kopf. »Na! Jetz hör aber auf! Die Susan is a Kind, des hast du doch selbst grad gsagt! Was kann i denn dafür, wenn die moant, dass i wie ihr Großvatter bin, und alleweil zu mia kummt, wenn's irgendwas hat? Nachher red halt du amal mit ihr! Was woaß denn i scho von dem …«, er schleuderte seine Hand über den Tisch, »… Zeigsl!«

Theresas Blick wurde unstet. »Ja … i moan ja bloß.«

»Moan lieber nix!« Xaver zog die Stirn in Falten. »Und scho gar ned so einen Schmarrn!«

Theresa fing an, das Geschirr auf dem Tisch einzusammeln. Sie suchte den Blick ihres Mannes, aber der hatte sich unter herabgezogenen Augenbrauen verkrochen. »Ja … nachher … räum i mal zam.« Hatte sie ihm doch unrecht getan?

Xaver sagte nichts.

Theresa stand auf, stülpte den Deckel über die Butter, schraubte die Marmelade zu, wickelte den Schinken ein. Und hielt inne. »Auf alle Fälle dürf ma des Kind ned so einfach blind ins Unglück laufn lassen.« Pause. »Und wenns da s' nachher siehst, dann sagst ihr, dass heut Abend gern zu uns zum Essen kommen darf.« Pause. »Es gibt Krautwickerl.«

*

Sigmertshofen

Bartholomäus war gespannt. Gleich. Gleich musste er auftauchen. Hinter dem Maisfeld. Und dann sah er ihn. Kurz vor dem alten Schusterhaus zweigte der Feldweg nach links von der Straße ab. 100 000 Mal war er ihn entlanggelaufen. Zumindest kam es ihm so vor. Erst führte er ein wenig bergan. Das sah er noch von der Straße aus, als er an der Einmündung vorbeifuhr. Dahinter ging es wieder bergab, dann rechts an dem kleinen Tümpel vorbei, über einen Steg, ein Stück über die Wiese und dann begann der Wald. Sein Wald.

Der Wald, in dem er seine erste Kippe geraucht hatte. Hinten, auf seiner Bank. Der Wald, in dem er mit Karli Bäume gejagt hatte, die Hirsche gewesen waren. Mit Speeren, an die sie ihre Wurfmesser gebunden hatten. Der Wald, in den er immer gegangen war, wenn er nicht gewusst hatte, wo er sonst hingehen sollte, in dem er auf seinem Moosplatz nachgedacht hatte, in dem er geheult hatte und so scheißglücklich gewesen war. In Momenten wie diesem kam es ihm so vor, als wäre er in diesem Wald aufgewachsen, als wäre er dort vom Kind zum Teenie und vom Teenie zum jungen, verwirrten Mann herangereift.

Sollte er ihm nachher, wenn er fertig war, wieder mal einen Besuch abstatten? Wieder auf seinen alten Wegen spazieren gehen? Er hatte das schon mal vorgehabt, vor ein paar Jahren, als er mit dem Wohnmobil hier in der Nähe vorbeigekommen war. Damals hatte er es gelassen. Und auch heute würde er es wahrscheinlich nicht tun. Weil er befürchtete, dass sich dort zu viel verändert hatte, es die Wege, den Moosplatz, die Bank nicht mehr gab. Das machte dann alles so … relativ, so beliebig. Seine Vergangenheit, seine Erlebnisse, ihn. Besser, die Vergangenheit blieb, wie er sie in Erinnerung hatte. Sie hatte in der Gegenwart nichts zu suchen. Nein, er würde den Wald nicht besuchen. Nicht heute. Vielleicht ein anderes Mal.

Nach Sigmertshofen an einem Sonntag zu fahren, war vermutlich auch nicht sonderlich schlau. Die Geschäfte waren zu, die Leute blieben zu Hause, und so schön, dass sich alle draußen aufhielten, war das Wetter auch nicht.

Aber als Bartholomäus durch das Dorf fuhr, stieß er auf eine stattliche Zahl von Einwohnern, Männer wie Frauen, Kinder und Alte, die sich rechts und links der Hauptstraße bewegten. Alle gut gekleidet, die meisten gemessenen Schrittes und eher schweigsam.

Natürlich. Die Messe. Die Leute kamen gerade aus der Kirche. Gingen jetzt wieder nach Hause oder zum … Frühschoppen. Das war vielleicht eine Möglichkeit. Im örtlichen Wirtshaus würde er jetzt auf etliche Sigmertshofener treffen. Männer vor allem, und sicher zumeist solche, die schon ewig hier lebten. Zuagroaste fanden nur selten Aufnahme in oberbayerischen Dorffrühschoppen.

Die Wirtschaft – Landgasthof/Metzgerei Lamm – war dann auch tatsächlich der Anlaufpunkt für ein gutes Dutzend Anzug- und Trachtträger. Bartholomäus stand auf dem bekiesten Parkplatz und wartete, bis der letzte Kirchgänger durch die Rundbogentür mit den bunten, bleigefassten Fenstern getreten war. Der eine oder andere hatte sogar zu ihm hergesehen. Ein BMW mit Starnberger Kennzeichen vor dem Lamm? Was wollte denn der hier? Bartholomäus stieg aus, um es ihnen zu verraten.

Der Gasthof versprühte den typisch neu-ländlichen Charme. Alles renoviert, alles teuer, alles bieder. Im Keller gab es die obligatorische Kegelbahn, im Obergeschoss Gästezimmer, der Hochzeitssaal konnte sicher 200 Gäste aufnehmen. Und die zwölf, 13 Hanseln wirkten jetzt, zwei Stunden vor dem Mittagstisch, in dem großzügigen, klinisch-landhäuslichen Schankraum fast ein wenig verloren.

Die Bedienung nahm gerade die Bestellungen entgegen, als Bartholomäus auf die Frühschoppenrunde zuging. Neugierige, dumpfe, aber auch feindselige Blicke musterten ihn. Das Gespräch war verstummt.

»Morgen miteinander.« Bartholomäus nickte.

Einer erwiderte den Gruß, ein paar brummten, die Hälfte sagte nichts, schaute nur.

Bartholomäus hatte nicht lange überlegen müssen, wie er vorgehen wollte. Er hatte da kaum eine Wahl. Er ließ seinen Ausweis aufschnappen. »Kriminalpolizei München. Darf ich mich kurz zu Ihnen setzen?«

Natürlich sagte keiner Nein. Keiner sagte irgendwas. Aber Bartholomäus hatte das Gefühl, als wären auf einmal zwölf, 13 Türen zugeschlagen.

Er zog einen Stuhl heraus und nahm Platz. »Wir

suchen jemanden, der womöglich aus Sigmertshofen stammt oder längere Zeit hier gewohnt hat.«

Schweigen, Blicke, einer schniefte.

»Is' wegen dem Kind im Fischweiher draußen, oder?«, fragte ein um die 60 Jahre alter Mann mit Schnauzbart. Bartholomäus tippte auf Bauer.

»Richtig.«

»Und wieso soll des jetz einer aus Sigmatshofn gwesn sein?« Ein mittelalter Schnauzbart, Typ Buchhalter.

»So weit sind wir noch gar nicht. Wir gehen im Moment nur bestimmten Hinweisen nach.«

»Aber die habn mit einem zu tun, der was mit dem Kind zu tun hat?«

»Ja, aber im Augenblick suchen wir den Mann nur als Zeugen.«

»So!« Der Bauer lupfte die Augenbrauen. »Im Augenblick.«

Ein anderer meldete sich zu Wort. Jung, aufgeschwemmtes Biergesicht, krummer Rücken. »A Mann, habn S' gsagt?«

»Ja. Ein Mann, der wahrscheinlich eine Verletzung am linken Bein hat. Oder eine Behinderung. Jedenfalls hinkt er.«

Der Bauer staunte. »Woher wisst's ihr denn des? Dass der hinkt?«

»Hinweise«, wich Bartholomäus aus. Er sah in die Runde. »Fällt Ihnen jemand aus Sigmertshofen ein, auf den die Beschreibung zutrifft?«

Kopfschütteln, Murmeln, Blicke, die unter Bierdeckel krochen. Die Bedienung kam und stellte jedem sein Bier hin. Fragte Bartholomäus, ob er auch etwas wolle. Er wollte nichts, danke.

»Also niemand, der da infrage käme? Er kann 20 oder auch 60, 70 sein, groß oder klein, eher dicker als ein Hering.«

Der kleine Witz kam nicht an. Keiner lachte.

»Unser Pfarrer hatscht«, sagte ein anderer junger Mann und grinste. Einige lachten mit. Leise, verhalten.

In ein paar Gesichtern sah Bartholomäus so etwas wie Nachdenklichkeit. Oder war das mehr? Die Halbglatze da hinten am Tisch. Dachte der nur nach oder … ahnte der? Wusste der? Und der Joppenträger. Wich der seinem Blick aus? Und jetzt trank er von seinem Weißbier. Schnell und zu viel auf einmal. Und auch dieses verquere Grinsen am Tisch, dieses verschluckte Lachen, so als täten sie es hinter seinem Rücken, wo er doch neben ihnen saß. Bartholomäus spürte, dass sie ihm nicht alles sagten, was sie wussten. Oder wussten sie tatsächlich nichts und ließen ihn einfach gegen ihre provinzielle Bauernschädelwand laufen, wie sie es mit jedem tun würden, der nicht aus einem Sigmertshofener Schoß gedrückt worden war?

Im Grunde hatte er ja damit gerechnet. In seinem Heimatdorf, fünf Kilometer weiter, wäre das nicht anders gewesen. An vielen Orten in Bayern wäre das nicht anders gewesen. Aber warum war er dann hergekommen, wenn er sich das schon gedacht hatte? Was wollte er hier? War es wieder die Sache mit der Witterung? Den Ort wahrnehmen, die Menschen? Um so vielleicht zu spüren, ob hier das passieren konnte, was er im schlimmsten Fall annehmen musste, dass passiert war? Die schrecklichste Version? Dass Sebastian keinem unglücklichen Ereignis, keiner Nachlässigkeit zum Opfer gefallen, sondern ermordet worden war? Oder war er nur hier, um Präsenz zu zeigen? Leut, seid's euch im Klaren, dass wir euch im Auge haben. Euer Ort steht unter Beobachtung. Wer sich jetzt noch auf die sichere Seite retten will, sollte das schnell tun. Zwar saß er im Augenblick vor einer Wand aus zwölf, 13 verschlossenen Gesichtern, von denen ihm kaum eines sagen würde, wo das Klo war. Aber wenn aus einer Wand wieder zwölf, 13 einzelne Männer geworden waren, nachher, beim Mittagessen, morgen, in der Arbeit, nachts, im Bett, dann, das wusste er aus Erfahrung, wurde der eine oder andere vielleicht doch nachdenklich. Rief ihn heimlich an und erzählte ihm etwas. Dann nämlich, wenn es dem Bauernschädel darum ging, die eigene Haut zu retten. Dann war der Frühschoppen weit weg, und der Sigmertshofener Schoß roch genau wie jeder andere.

»Noch eine letzte Frage: Gibt es jemanden im Ort mit einem oder mehreren großen Hunden, die … Probleme machen? Vielleicht schon mal jemanden angegriffen haben?«

Unmerkliches Schulterzucken, aufgerollte Unterlippen, Köpfe, die noch tiefer im Hals versanken.

»In Ordnung. Wenn Ihnen doch noch etwas einfällt«, Bartholomäus erhob sich, »dann rufen Sie bitte im Polizeipräsidium München an. K 11. Einen schönen Sonntag wünsch ich Ihnen noch.«

Murmeln, Wiederschaun, eine Hand hob sich. Als Bartholomäus an der Tür war, hatte der Frühschoppen ein Thema.

Bartholomäus fuhr noch nicht nach Hause. Die Familie, von der die letzte Vermisstenmeldung stammte, lag auf dem Weg. Mehr oder weniger. Er wollte einfach mal vorbeifahren, sich ansehen, wo das Mädchen gewohnt hatte. Morgen würde sich dann Karin mit der Familie in Verbindung setzen.

Eine knappe halbe Stunde später rollte er an dem Haus vorbei. Es stand in einem Wohngebiet in Pöcking. Ein 50er-Jahre-Bau mit spitzem Satteldach und kleinen Fenstern. Der Garten war verwildert und ramschig, die Einfahrt, in der ein altersschwacher Mitsubishi stand, nicht gepflastert. Überall wuchs Gras aus dem groben Kies.

Bartholomäus parkte ein Stück weiter vorn und ging zurück. Das hier war nicht Neuperlach. Die Häuser waren schmuck und sauber. Nicht protzig, aber gediegen. Vor den Garagen parkte gehobene Mittelklasse, die Rasen waren gemäht, die Büsche adrett gestutzt. Münchner Umlandidylle. Nur das Haus der Eltern passte nicht so ganz hierher. Zwar gab es auch noch andere Bauten aus jener Zeit, aber die waren gut renoviert und ordentlich gepflegt.

Als Bartholomäus nah genug war, erkannte er noch mehr Mängel. Das Dach war stark bemoost, die Dachrinne an mehreren Stellen lose. Von der Wand bröckelte hier und da der Putz, und die hölzerne Garagentür hatte ihren letzten Anstrich auch vor sehr langer Zeit gesehen. Aber vor allem der Garten war die reinste Müllhalde. Überall lag Bauschutt und …

Geschrei drang aus dem Haus. Ein Mann plärrte herum, dann schlug eine Tür. Kurz darauf schrie er wieder. Von der Frau war nichts zu hören. Die Stimme des Mannes wurde noch lauter, offenbar näherte er sich der der Straße zugewandten Seite des Hauses. Bartholomäus konnte »Scheiß« verstehen und »Geld«. Dann ging die Haustür auf.

Ein Mann stürmte heraus. Bartholomäus schätzte ihn auf Ende 20, Anfang 30. Dünne braune Haare, hagere Gestalt. Aber schreien konnte er wie zwei. Dahinter erschien jetzt auch eine Frau. Noch ein wenig jünger als er, blond, klein, verhuscht.

»… ja mal aufpassn, oder!«, schrie der Mann. »Zefix noch mal nei! Was glaubst denn, wo des Geld herkommt, ha? Glaubst, des wachst aufn Baum?«

Sie war tränenüberströmt, wimmerte nur, hob die Hände. Sagte auch irgendetwas, das Bartholomäus aber nicht verstand.

»Ah, hör doch auf! Ned mit Absicht! So ein Schmarrn!«

Wieder sagte sie etwas, flehte.

»Ich hab kei Lust. Lass mir mei Ruh!«

»Markus«, verstand Bartholomäus jetzt, »bitte! Geh nicht!«

»Sei staad!« Der Mann sprang in den Mitsubishi und setzte mit heulendem Motor nach hinten. Dann fuhr er Richtung Ortsmitte davon.

Die Frau war ihm bis zur Ausfahrt hinterher gelaufen und stand jetzt stumm weinend mitten auf dem Gehweg. Sie blickte dem Auto nach, immer wieder geschüttelt von Schluchzern. Das Drumherum nahm sie gar nicht wahr.

Bartholomäus ging langsam auf sie zu. »Entschuldigen Sie, kann ich Ihnen helfen?«

»Was?« Sie fuhr erschrocken herum. »Na. Na, geht schon.«

»Ähm, ich habe gerade zufällig Ihren Streit mitbekommen.« Er blickte in die Richtung, in die das Auto davongebraust war. »Geht es Ihnen auch wirklich gut?«

»Ja.« Sie nickte und wischte sich hastig die Tränen ab. »Ja. Danke. Geht schon.«

Bartholomäus überlegte eine Sekunde. Vielleicht war es gerade jetzt nicht schlecht? »Wissen Sie«, sagte er und lächelte andeutungsweise, »ich wollte eigentlich sowieso mit Ihnen reden.«

Sie blickte auf. Diesmal eher überrascht als erschrocken. »Reden? Mit mir?«

Bartholomäus zeigte ihr seinen Ausweis. »Es geht um Ihre Tochter. Ich wollte mich eigentlich erst morgen bei Ihnen melden, aber …«

»Um Rebecca?«

»Um Rebecca, ja. Hätten Sie vielleicht ein paar Minuten Zeit für mich, Frau Uhland?«

Lisa Uhland wirkte verunsichert, irritiert. »Ja … aber sollten mir da nicht besser warten, bis mein Mann wieder da ist? Der kommt sicher wieder … bald.«

»Ich kann gern mit Ihnen warten, sicher.« Bartholomäus machte einen winzigen Schritt in Richtung Haus.

»Ja, dann … kommen S' vielleicht … mit rein, oder?«

»Gern.«

Auf dem Weg zum Haus merkte Bartholomäus, dass ihn irgendetwas störte. Irgendetwas war da eben seltsam gelaufen. Und als er die Stufen zur Haustür hinaufging, wusste er, was es gewesen war. Lisa Uhland hatte nicht gefragt, ob sie Rebecca gefunden hatten.

*

Neuried bei München

Das wurde diesmal schwierig. Der Schulweg war zwar lang genug, führte aber meist an stark befahrenen Straßen entlang. Gestern hatten sie Ulrike nicht rausgelassen, und heute saß sie zwar wieder in diesem Sandkasten, den sie schon vom Foto kannte. Aber da waren noch vier, fünf andere Kinder, und der Innenhof gehörte zu gleich drei Mietskasernen, die mit ungefähr 1.000 Fenstern auf den Sandkasten glotzten. Morgen musste sie arbeiten, übermorgen hatte sie das Auto nicht. Ging's erst am Mittwoch wieder.

Des arme Mädel! Sicher, sie konnte sich auch Angenehmeres vorstellen, als stundenlang im Auto zu sitzen und auf den passenden Moment zu warten. Und so schön war Neuried auch nicht. Vor allem diese Ecke hier. Aber im Vergleich zu dem, was Ulrike tagtäglich durchmachen musste, war das natürlich gar nichts. Da musste sie nur ansatzweise dran denken, dann war es schon gar nicht mehr so furchtbar fad, und auch das Zwicken im Kreuz war gleich viel weniger schlimm. Eine Lappalie. Obwohl sie auch nicht zu viel darüber nachdenken durfte, was Ulrike in der Wohnung da erlebte. Weil sie dann so traurig und wütend auf einmal wurde, dass sie am liebsten gleich in die Wohnung gegangen wäre und diese Rabeneltern hergewatscht hätte. Aber schon so richtig.

Nein, das hätte sie natürlich nie gemacht. Das stellte sie sich nur manchmal vor, weil es ihr guttat. Aber unvorsichtig wurde sie, wenn sie so narrisch war. Dann war sie nicht mehr konzentriert genug, und einmal, drüben in Gauting, hätte sie in diesem Zustand dann fast einen Unfall gebaut. Mit dem kleinen Sebastian hinten drin. Jessas, Maria und Josef, das hätte was gegeben!

Der Sebastian. Das war auch so ein süßer Fratz gewesen. Diese großen Kulleraugen. Mei! Zum Abbusseln. Und so ein schönes Gedicht hatte er ihr aus dem Kinderland geschrieben. Obwohl er erst sechs Jahre alt war!

Aus dem wurde bestimmt mal was ganz Großes. Ein Schriftsteller vielleicht oder ein Professor.

Sie schnaufte einmal kräftig durch. Ja, ja, das war schon richtig, was sie hier machten. Und gut. Vor allem gut. Weil es wirklich für diese Kinder das Beste war, das ihnen passieren konnte. Ein bisschen tat es ihnen sicher auch weh. Aber wenn sie sich dann umgewöhnt hatten und ihr altes Leben vergessen hatten, dann wurden aus ihnen neue, glückliche kleine Menschen. Das bewiesen die Bilder, Karten und Briefe zur Genüge.

Ja, nach Recht und Gesetz war es natürlich verboten, was sie hier machten. Aber man musste sich nur umschauen, dann sah man, dass es mit dem Recht und dem Gesetz auch nicht mehr weit her war. Die Politiker machten, was sie wollten, die Kirche versank in Sodom und Gomorrha, und Leut wie sie wussten bald nicht mehr, wie sie die Miete und das Essen zahlen sollten, weil die Banker an einem Tag ganze Länder ruinierten. Hatte in der Zeitung gestanden. Und der Herrgott hatte sich auch nicht immer an Recht und Gesetz gehalten, wenn er überzeugt gewesen war, dass das, was er tat, gut und richtig war. Musste man nur nachlesen, was im Tempel los gewesen war. Deswegen war es zwar nachvollziehbar, dass sie jedes Mal ein ziemlich mulmiges Gefühl hatte. Aber ein schlechtes Gewissen war das nicht. Es war einfach nur ein bisschen Angst, dass man sie erwischte. Und vielleicht noch mehr Angst davor, dass sie dann diesen geschundenen, kleinen Wesen nicht mehr helfen konnte.

Aber heute wurde das nichts mehr. Es sah nicht so aus, als würde Ulrike aus ihrem Sandkasten kommen und irgendwo hinlaufen, wo sie sie allein und unbeobachtet treffen konnte. Wahrscheinlich bekäme sie zu Hause eine Tracht Prügel, wenn sie sich auch nur einen Millimeter von der Stelle rührte. Dann musste sie am Mittwoch wieder ihr Glück versuchen.

Sie lächelte über diesen letzten Gedanken. Ihr Glück. Genau. Ihrer beider Glück.

11. KAPITEL

Montag
München

»Ah geh!«, stöhnte Zillenbiller. »Muss des sein?« Er hängte seine Jacke an den Garderobenständer. »Hättst ihr des ned ausredn können?«

Kreuzpointner zuckte mit den Schultern. Auch er war alles andere als begeistert. Wie der Rest.

»Super, echt. Des hab ich heut noch braucht.« Zillenbiller schlurfte zur Kaffeemaschine.

Christine Schönhaber hatte sich angekündigt, die Polizeipräsidentin. Bei einem Telefonat mit Kreuzpointner hatte sie erfahren, dass sich das Ermittlerteam des K 11 heute um 16 Uhr zu einer Besprechung treffen wollte. Und seit Neuestem hielt sie es für eine gute Idee, bei möglichst vielen solcher Besprechungen im Haus dabei zu sein.

Bartholomäus hatte eines der ebenfalls erst kürzlich eingeführten Memos auf Kreuzpointners Schreibtisch entdeckt, in dem Christine Schönhaber ihre neue Unternehmensphilosophie sehr blumig begründet hatte. Von dem sozialen System einer Belegschaft war da die Rede, von Corporate Identity, Unternehmenskommunikation und einigen anderen organisationstheoretischen Erkenntnissen. Das inhaltliche Niveau ihrer Ergüsse reichte allerdings kaum über das von VHS-Kursen hinaus, und wenn Bartholomäus an die Formulierungen in ihren früheren

Rundschreiben dachte, konnte er sich des Eindrucks nicht erwehren, dass die meisten Sätze des Memos auch noch schamlos aus irgendwelchen Internetseiten zusammenkopiert waren. Denn Christine Schönhaber hatte ihren Job nicht wegen ihrer intellektuellen Fähigkeiten bekommen. Sie war das Produkt politischer und gesellschaftlicher Gefälligkeiten und Schuldigkeiten. Sozusagen das, was durch den Ausguss ins Polizeipräsidium gespült worden war, als viele Hände – unter anderem die ihres Vaters – viele andere Hände gewaschen hatten.

Und folgerichtig war es auch nicht ihre Ausstrahlung oder ihr Charme, der die Anwesenden geblendet hätte, als sie kurz darauf zur Tür hereinkam. Es war eher ein ausnehmend scheußliches Kostüm in Grün und Rosa und dieses Ding auf ihrem runden Schweinskopf, für das man den Friseur eigentlich hätte verhaften müssen. So zumindest deutete Bartholomäus den halb entsetzten, halb belustigten Gesichtsausdruck von Karin Reichlmair. Und wenn er ganz genau hinsah, dann glaubte Bartholomäus ganz oben auf dem Frisurennest auch ein kleines, blaues Signallicht erkennen zu können, das sich wichtig im Kreis drehte.

»So!« Ein führungskräftiges Lächeln. »Dann sind ja schon alle beieinander, wie ich sehe.« Christine Schönhaber schloss die Tür und sah sich nach einer Sitzgelegenheit um.

»Nehmen S' doch Platz.« Josef Kreuzpointner zeigte auf einen Stuhl am Ecktisch. »Wollen S' einen Kaffee?«

»Nein, danke, ich habe vorhin mit der Frau Vizeoberbürgermeisterin schon einen getrunken.«

Vizeober. Mindestens, dachte Bartholomäus.

»Also? Was haben wir denn Schönes?« Christine Schönhaber nickte jedem im Raum zu und nahm Platz.

Bartholomäus bekam allerdings nur ein Nicken von ganz weit oben herab. Christine Schönhaber hatte nicht vergessen, wie ihr letztes Aufeinandertreffen verlaufen war. Der Mann war einfach … hatte einfach … konnte einfach nicht … ach, irgendwie war der … kein Teamplayer. Genau, das war das Problem, seine defizitöse … täre Teamfähigkeit. Denn dazu gehörte nun mal auch, dass man wusste, wem man den nötigen Respekt zu zollen hatte, oder?

»Ich fass es Ihnen mal kurz zusammen.« Kreuzpointner las von den Notizen ab, die er sich eigens für diese Besprechung gemacht hatte, und gab in chronologischer Reihenfolge wieder, wie sich ihr Fall momentan darstellte.

Christine Schönhaber lauschte konzentriert, nickte ein paar Mal cheffig und legte auch hin und wieder ihr manikürtes Wurstfingerchen an die wulstigen Lippen. Eine Geste, die, wie sie vor dem Spiegel festgestellt hatte, sehr gedankenvoll wirkte.

»Gut, vielen Dank, Herr Kreuzpointner. Und Sie sind wirklich der Meinung, dass diese neuerlichen Besuche bei den betroffenen Familien nötig waren? Das ist immer eine Belastung für die Eltern, gell.« Hinterfragen, konstruktive Kritik üben, Überblick demonstrieren. Christine Schönhaber war mit sich zufrieden.

»Ja«, erwiderte Kreuzpointner, »weil sich ja jetzt manches in einem neuen Licht darstellen könnt und die damaligen Befragungen des K 14 ergänzt. Mir habn uns auch erst mal nur auf die Familien beschränkt, die im Münchner Süden und im südlichen Umland wohnen, weil es da eben diese Häufung in den letzten sechs Monaten geben hat.«

»Natürlich.« Ein bisschen lange Leine war nie schlecht. »Und? Gab es neue Erkenntnisse? Was sind das für Familien?«

Sie hat keine Ahnung, dachte Bartholomäus. Hört von den Kindern und den Familien heute sicher zum ersten Mal.

Josef Kreuzpointner sah seine Chefin fragend an. »Soll ich Ihnen die jetzt beschreibn?«

Das Blaulicht drehte sich ein bisschen schneller. »Ich bitte darum. Mit den nötigen Hintergründen, aber knapp, wenn möglich. Ich habe nachher noch ein Telefonat mit meinem Kollegen aus Frankfurt.«

»Ja, dann gehen mir's am besten von vorn her der Reihe nach durch.«

Schönhaber nickte huldvoll.

Rebecca Uhland aus Pöcking, sieben Jahre alt, vermisst seit letzten Dienstag, kam von der Schule nicht nach Hause. Keine Augenzeugen, keine verwertbaren Spuren im Umkreis des vermuteten Orts des Verschwindens, keine Forderungen, die bei der Familie eingegangen waren. Alle bisherigen Abgleiche, Befragungen sowie Such- und Fahndungsmaßnahmen ohne Ergebnis. Vater Markus Uhland, 28, lange arbeitslos, seit Kurzem wieder als Dachdecker tätig, Mutter Lisa Uhland, 25, Verkäuferin. Besondere Umstände: Die Eltern haben vor zwei Jahren ein altes Haus gekauft, um es zu renovieren, und sich damit finanziell übernommen. Beide wirken ziemlich überfordert, sind sehr jung, auch für ihr Alter, lassen sich von Geldproblemen auffressen, Ehe und Familie gehen den Bach runter, der Mann machte seine Frau in der Vergangenheit wiederholt für das sehr frühe Kind verantwortlich, das eine Menge Geld koste. Vom Jugendamt betreut seit sechs Monaten.

Christine Schönhaber ließ die Informationen einen Moment auf sich wirken. Oder tat zumindest so. »Weiter bitte.«

Sebastian Gernhaber aus Neuperlach, sechs Jahre alt, fünf Wochen vermisst, Leiche wurde letzten Dienstag in einem Weiher im Dachauer Hinterland gefunden. Todesursache: Verbluten nach Hundebissen. Kam ebenfalls von der Schule nicht nach Hause. Keine Augenzeugen, keine verwertbaren Spuren, keine Forderungen, die bei der Familie eingegangen waren. Vater Stefan Gernhaber, 39, arbeitsloser Lagerist, Mutter Petra Gernhaber, 31, ungelernt. Beide Hartz IV. Besondere Umstände: Beide sind auffällig emotionslos und gleichgültig sowohl Sebastian als auch ihren anderen beiden Kindern gegenüber. Ichbezogen, opportunistisch, antriebslos. Ebenfalls vom Jugendamt betreut, seit eineinhalb Jahren.

»Bei denen war auch das Jugendamt?«, wunderte sich Christine Schönhaber.

»Und bei noch einem von den Kindern«, bestätigte Josef Kreuzpointner. Sie hatten sich vorher schon ausführlich über diese Auffälligkeit unterhalten. Mit drei der fünf betroffenen Familien stand das Jugendamt wegen diverser Probleme in Kontakt. Womöglich lag hier eine jener Gemeinsamkeiten vor, nach denen sie bisher erfolglos gesucht hatten.

»Aha.« Christine Schönhaber gab sich mithilfe ihres

Fingers wieder gedankenvoll. »Und die Eltern wurden alle genau überprüft und so?«

»Sie meinen, ob mir der Möglichkeit nachgegangen sind, dass die Eltern selbst für das Verschwinden der Kinder verantwortlich sind?«

»Ja, ja, genau.«

Kreuzpointner schüttelte den Kopf. »Ja, sind mir. Aber dabei hat sich bis jetzt nix ergebn. Die scheinen alle sauber.«

»Aha.«

»Wir werden aber noch mal mit den Leuten vom Jugendamt reden. Vielleicht fällt denen dazu was ein.«

»Aha. Ja. Gut.«

»Und wir müssn uns natürlich Gedankn drüber machen, warum es jemand vielleicht auf genau solche Kinder abgsehn hat. Wenn ein und derselbe dahintersteckt, des wissen mir ja noch ned.«

»Ja. Aha. Gut.«

Kreuzpointner wartete eine Weile, aber da von Christine Schönhaber nichts mehr kam, auch kein weiteres Aha, Ja oder Gut fuhr er fort.

Oleg Blank aus Taufkirchen, sechs Jahre alt, vermisst seit drei Monaten, verschwand auf dem Nachhauseweg von einem Freund. Auch hier keine Augenzeugen, keine verwertbaren Spuren, keine Forderungen, die bei der Familie eingegangen waren. Auch hier waren alle bisherigen Abgleiche, Befragungen sowie Such- und Fahndungsmaßnahmen ohne Ergebnis. Vater Dimitrij Blank, 37 Jahre, Bauarbeiter, Russlanddeutscher, sehr oft auf Montage, wenig zu Hause. Mutter Alissa, 30 Jahre, Hausfrau. Umstände: Viele Bilder von Oleg in der Wohnung, die Mutter leidet immer noch enorm, der Vater wirkt verhärmt, in sich gekehrt. Beide sprechen nicht gut Deutsch, sind seit drei Jahren hier.

»Hatten mit dem Jugendamt nichts zu tun, aber so kalt, wie es in der Wohnung war, wäre das vielleicht sinnvoll gewesen.« Hauser, der die Familie besucht hatte, grinste, der Rest nicht. Nur Christine Schönhaber zuckte kurz mit den Mundwinkeln. Sicherheitshalber.

Die nächste Familie hatte Kreuzpointner am Vormittag selbst besucht.

Yasmin Petzold aus Herrsching, sieben Jahre, verschwand vor vier Monaten von einem Spielplatz.

»Das Kind verschwand vor den Augen der Mutter von einem Spielplatz?«, fragte Christine Schönhaber.

»Nein«, erwiderte Kreuzpointner. »Die Eltern haben sie da allein hingehn lassen. Der Spielplatz ist gleich um die Ecke.«

Wie gehabt, keine Augenzeugen, keine verwertbaren Spuren, keine Forderungen, die bei der Familie eingegangen waren. Alle bisherigen Abgleiche, Befragungen sowie Such- und Fahndungsmaßnahmen auch hier ohne Ergebnis. Vater Jürgen Petzold, 42, Biochemiker an der TU München, Mutter Gabi, 34, arbeitet halbtags an einem Postschalter. Umstände: Bewohnen ein neues Reihenhaus am Rand von Herrsching, neuer Audi. Laut Jugendamt rutscht ihm öfter die Hand aus, und sie spricht dem Gin ein bisschen zu oft zu. Eheprobleme.

»Die wurden auch vom Jugendamt betreut?« Schönhaber war ehrlich verwundert und das Blaulicht jetzt nachgerade aufgeregt. »Weil der Mann ist doch Biochemiker.«

Josef Kreuzpointner wusste nicht, was er darauf sagen sollte, und schaute seine Chefin nur ratlos an. Bartholomäus hingegen konnte sich so ungefähr zusammenreimen, welche verquere Logik hinter Christine Schönhabers Aussage steckte. Akademiker, Eigenheim, nobler Wohnort. Solche Leute hatten doch keine Eheprobleme. Soffen nicht und schlugen ihre Kinder nicht. Das heißt, natürlich taten sie das. Streiten, Saufen und Kinder verprügeln, und Bartholomäus war sich sicher, dass Christine Schönhaber nicht so naiv war, das nicht zur Kenntnis nehmen zu wollen. Aber in solchen Kreisen war man doch bitte aufmerksam und vorsichtig genug, um das nicht an die Öffentlichkeit dringen zu lassen. Im Gegensatz zu irgendwelchem mediokeren Gesocks hatten diese Leute eine gesellschaftliche Verpflichtung, einen Ruf, den es zu wahren galt. Und da stritt, soff und prügelte man doch unbedingt hinter zugezogenen Vorhängen. Wo käme man sonst hin?

»Unglaublich.« Christine Schönhaber schüttelte den Kopf.

Zillenbiller schürzte die Lippen. »Wobei ich ja schon immer der Meinung war, dass eine Watschn zur richtigen Zeit noch keim gschadt hat. Des braucht's schon ab und zua.«

»Weißt du des aus eigener Erfahrung?«, fragte Karin Reichlmair. »Hat dich dein Vatter auch ab und zu hergwatscht?«

»Freilich. Wenn's nötig war, scho.«

»Dann bist du ja des lebende Gegenbeispiel.«

Zillenbiller verstand nicht. »Wie … meinst des?«

»Dass Watschn noch keinem geschadet habn.«

Zillenbiller wusste immer noch nicht, worauf Karin hinauswollte, und sah sie verwirrt an.

Sie zeigte auf ihn und lächelte mitfühlend. »Siehst, des mein ich.«

»*Was* meinst du?«

»Dein Gschau.«

»Ha?«

»Machen mir weiter.« Kreuzpointner grinste verhalten.

Zillenbiller musterte Karin Reichlmair mit tiefen Donnerfalten auf der Stirn. Ansatzweise ahnte er, dass da eben ein Witz auf seine Kosten gemacht worden war. Sogar der Hauser lächelte so blöd. Aber er wusste ums Verrecken nicht, was die Karin gemeint hatte.

Katja Genze aus Schäftlarn, acht Jahre, vermisst seit sechs Monaten, verschwand auf dem Weg zum Klavierunterricht. Keine Augenzeugen, keine verwertbaren Spuren, keine Forderungen, die bei der Familie eingegangen waren. Und wieder alle bisherigen Abgleiche, Befragungen sowie Such- und Fahndungsmaßnahmen ohne Ergebnis. Vater Bernd Genze, 45, Grafiker, lebte aber schon lange getrennt von seiner Frau Julia, 34, Innenarchitektin. Die war seit gut einem Jahr mit Jens Hollbeck, 44, Unternehmer, zusammen und lebte auch bei ihm. Hat sich nach dem Verschwinden ihrer Tochter aber von Hollbeck getrennt und ist nach Italien gegangen.

»Wieso ist die nach Italien gegangen?«, fragte Christine Schönhaber. »Des ist doch sehr merkwürdig, oder?«

»Hat der Hollbeck auch gfundn«, erwiderte Zillenbiller. »Aber er sagt, dass sie's hier nimmer ausghaltn hat, dass sie so glitten hat, dass sie weg müssn hat. Irgendwohin, völlig wurscht. Und nachher is sie halt nach Italien gfahrn und seitdem dort unten bliebn.«

»Sogar mehr als des«, schaltete sich Kreuzpointner ein. »Die ist da unten regelrecht abtaucht und hat schon ewig nichts mehr von sich hören lassen. Nicht mal bei ihrer Mutter. Die will offenbar alle Brückn hinter sich abreißn und ein völlig neues Leben anfangen.«

»Ja, aber wenn des Mädel wieder auftaucht?«, meinte Schönhaber erstaunt. »Nachher ist sie nicht da!«

Kreuzpointner zuckte die Schultern. »Offenbar glaubt sie des nicht.«

»Oder sie weiß mehr wie mir«, sagte Zillenbiller und versuchte, geheimnisvoll dreinzuschauen. Was ihm ziemlich misslang.

»Sie meinen …?«

»Ich mein, dass mir dem nachgehn solltn. Weil so einen wie den Hollbeck, den lasst ma ned so einfach sitzn.« Zillenbiller hob anerkennend den Daumen. »Super Haus, supernetter Kerl und ein Camaro vor der Tür, da könnt fei sogar ich ins Überlegn kommen, ob ich mich ned umoperiern lass, nur damit ich auf den Beifahrersitz darf.«

Karin lachte laut auf, und auch Kreuzpointner gickelte. Hauser dagegen zog einen müden Flunsch, Christine Schönhaber wirkte desorientiert, und Bartholomäus hatte nur mit einem halben Ohr zugehört, weil er gerade nachdachte.

»Blutrot mit einem schwarzn Streifn mitten drüber!«, schwärmte Zillenbiller.

»So möchst du dich operieren lassen?«, fragte Karin Reichlmair. »Blutrot mit einem schwarzen Streifen mitten drüber?«

»A na, Schmarrn! So schaut der Wagn aus!«

»Da bin ich aber froh.« Karin wischte sich ein Tränchen von der Wange.

Kreuzpointner nahm seine Brille ab und sah seine Chefin an. »So schaut's im Moment aus. Und dann habn mir noch die junge Frau, die ebenfalls von einem Hund umbracht wordn is. Aber ob's da einen Zusammenhang gibt …« Er hob die Hände und ließ sie wieder sinken. »Und wenn der Sebastian sozusagen aus Versehen von einem Hund angfalln wordn is und daraufhin im See verschwindn sollt, dann habn mir fahrlässige Tötung und Vertuschung einer Straftat. Mehr nicht.« Kreuzpointner wartete auf einen Kommentar von Christine Schönhaber, auf Fragen, Anregungen. Ein Aha vielleicht. Aber außer einem ratlosen Blick kam nichts.

»Mir suchn jetzt noch die Familien von den anderen vermisstn Kindern auf, redn noch mal mit dem Jugendamt, schaun, dass mir den Hinkefuß finden und klappern Hundehalter ab. Aber wenn des alles nix bringt, dann können mir nimmer recht viel mehr machn.«

»Ob dieser Hinkende wirklich irgendwas mit dem Fall zu tun hat, weiß man aber auch nicht, oder?«, fragte Christine Schönhaber nach.

»Nein. Des kann auch nur ein Spaziergänger gwesn sein. Aber im Moment müssn wir jeder Spur nachgehn.«

»Und welche Hundehalter meinen Sie?«

»Solche, von denen die Hund in letzter Zeit irgendwie auffällig gwesen sind. Erst mal in München, dann schaun mir weiter.«

»Aha.«

»Wir sollten auch die Taucher noch mal zum See schicken«, sagte Bartholomäus. »Nur für alle Fälle.«

»Du meinst, dass da vielleicht noch mehr Kinder drin sind?«, fragte Karin Reichlmair.

»Nur für alle Fälle«, wiederholte Bartholomäus.

Christine Schönhaber reckte das Kinn. Das Blaulicht fing an zu wirbeln. »Sie wissen aber schon, dass so ein Einsatz nicht umsonst ist, Herr Kammerlander? Ich mein, die Suche nach diesem Hinkenden und die, ähm, Visitationen bei den Hundehaltern kosten Zeit und Geld, ohne dass wir wirklich wissen, ob des auch nötig ist. Also, ein bisserl triftiger sollte Ihr Argument schon sein als nur *für alle Fälle*.«

Bartholomäus gab sich verständig. »Machen wir's doch so: Wenn die Taucher noch ein Kind finden, zahlen Sie, wenn nicht, zahle ich. Einverstanden?«

Christine Schönhaber presste die Lippen zusammen und durchbohrte ihn mit einem finsteren Chefetagenblick. Und wenn man genau hinhörte, konnte man sogar ein ganz leises Tatütata hören.

*

Südlicher Vorort von München

Am Schluss spürte sie ihr Kreuz doch immer ganz schön. Aber jetzt nur noch den Flur saugen und die Fußmatte ausklopfen, dann hatte sie es wieder geschafft. Ruth Ainmiller steckte das Staubsaugerkabel in die Steckdose und trat auf den Einschaltknopf.

Auf der anderen Seite hatte sie es doch wirklich gut getroffen. Das musste sie sich nur immer wieder klarmachen, dann war dieses bisserl Zwicken auch nicht mehr so schlimm. Mit 59 Jahren bekam man normalerweise kaum noch einen Job heutzutage. Und als Putzfrau schon gar nicht, weil die Leute dachten, dass eine Putzfrau in dem Alter sich nicht mehr so richtig bücken kann und überhaupt nicht mehr so gut beieinander ist und deswegen wahrscheinlich nicht so gewissenhaft sauber macht wie eine Junge. Und eine junge Polin war auch sicher mit weniger Lohn zufrieden als eine alte Münchnerin. Aber sie hatte die Stelle dennoch bekommen. Und wurde auch noch sehr gut bezahlt. 20 Euro die Stunde gab er ihr! 20! Da durfte man wirklich nicht meckern.

Er konnte sich das aber auch leisten. Dieses Haus war vom Allerfeinsten. Zwar entsprach nicht alles ihrem Geschmack, aber gespart hatte er hier drin nirgends. Ganz im Gegenteil. Allein dieser mannsgroße Neger da aus Porzellan, der nur dazu da war, die Ecke mit dem Regenschirmständer zu beleuchten. Ihr Fall war das zwar überhaupt nicht, der Neger war sogar ausgesprochen greislig. Aber im Karstadt hatte sie mal einen ähnlichen gesehen, und der hatte über 2.000 Euro gekostet! 2.000 Euro für einen Porzellanneger! Unglaublich.

Irgendwas an der Börse machte er, der Herr Trellenberg. Für diese Bank, die auch immer in der Werbung kam. Ah, jetzt fiel ihr der Name nicht ein. Die mit dem gelben X. Und solche Leute sollten ja sagenhaft verdienen. Waren zwar richtige Schlawiner, was man so hörte, aber hatten Geld wie Heu. Wahrscheinlich gerade deswegen. Da konnte sie fast von Glück sagen, dass sie kein Geld hatte, das sie solchen Leuten hätte anvertrauen können.

Obwohl, dem Herrn Trellenberg traute sie es eigentlich nicht zu, dass er seine Kunden über den Tisch zog.

Der war so freundlich, ja fast schon galant. Auch zu ihr! Da war es doch wirklich sehr verwunderlich, dass es keine Frau Trellenberg gab. Die Damenwelt musste sich doch die Finger nach so einem Mann ablecken. Und gut aussehen tat er auch noch. Kein Gramm zu viel, immer ein schicker Anzug und jede Woche beim Friseur. Wenn sie da an ihren Herbert dachte, der ungefähr im selben Alter sein musste – in die Hosen vom Herbert passte der Herr Trellenberg zweimal rein, und die wenigen Haare schnitt sich der Herbert vorm Spiegel immer selbst. Aber der Herr Trellenberg hatte sicher irgendein Gspusi. Wahrscheinlich so ein junges, vollbusiges Ding mit Beinen, die gar nicht mehr aufhörten.

Ruth Ainmiller seufzte leise. Die Welt war eigentlich ganz einfach zu verstehen. Aber leider erst, wenn man alt war.

Als sie mit dem Staubsaugen fertig war, klopfte sie noch den Türvorleger aus, packte ihre Utensilien auf das kleine Wägelchen und betrat am anderen Ende des Flurs den riesigen Wintergarten, der schon fast ein Gewächshaus war. Auch nicht das Ihrige. Wenn sie nur an die Haufen Spinnen dachte, die es hier drin sicher gab, schüttelte sie es schon vor lauter Grausen. Und die beiden Vögel erst, die frei herumflogen, ein Mordsgezeter machten, wenn sie einen sahen, und überall hinschissen. Pfui Deifi! Zum Glück musste sie hier nicht sauber machen.

Ruth Ainmiller hielt sich möglichst in der Mitte des schmalen Weges, der an den gewaltigen Kakteen, Bäumen und sonstigen Pflanzen zur anderen Seite des Wintergartens führte. Durch die Lücke zwischen zwei stachligen Büschen sah sie auch einmal kurz den Hundezwinger draußen im Garten neben dem Badeteich. Hunde mochte sie ja eigentlich schon. Also Dackel und Pudel und so. Aber vor diesen beiden da draußen hatte sie Angst, und das hatte sie dem Herrn Trellenberg auch gesagt. Aber der Herr Trellenberg hatte ihr versichert, dass die beiden nur ins Haus dürften, wenn er da war, und sie sich also gar keine Sorgen machen müsste. Außerdem seien die zwei ganz lieb und täten niemandem etwas zuleide. Trotzdem war sie heilfroh, dass die nicht hier drin waren, während sie sauber machte.

Durch eine kleine Tür ging es hinab in den rückwärtigen Teil des Kellers, wo sich auch der Hauswirtschaftsraum befand. Ruth Ainmiller stellte den Staubsauger ab, räumte die Putzsachen in die Regale und nahm sich noch einen Staublappen mit. Einen letzten Rundgang durchs Haus würde sie wie immer noch machen, um zu sehen, ob sie auch wirklich nichts vergessen hatte. Aber dann wurde es auch höchste Zeit, wenn die Rouladen um halb sieben daheim auf dem Tisch stehen sollten.

Doch als sie eben die Kellertreppe hochging, sah sie, dass diese Tür aufstand. Die Tür zu dem Zimmer, das sie auch nicht sauber machen musste. Und die auch zugesperrt gewesen war, als sie einmal vorsichtig die Klinke heruntergedrückt hatte. Aber jetzt war sie angelehnt, diese Tür.

Ruth Ainmiller blieb auf der Stufe stehen. Was der Herr Trellenberg da wohl drin hatte? Ein Geheimnis? Was Wertvolles? Hm.

Sie sah auf die Uhr. Halb fünf. Um die Zeit kam doch der Herr Trellenberg sicher noch nicht nach Hause, oder? Bei dem Job, den er hatte. Einmal hatte sie ihn hier im Haus angetroffen. Da war es aber bestimmt später gewesen, weil sie an dem Tag einen Zahnarzttermin gehabt hatte und deswegen erst um zwei hatte anfangen können. Sechs? Halb sieben? So um den Dreh. Aber um halb fünf kam der sicher noch nicht. Und sie wollte ja nur mal ganz kurz reinluren.

Ruth Ainmiller ging die drei Stufen wieder hinunter und bewegte sich auf die weiße Tür links von ihr zu. Sie blieb davor stehen und lauschte. Nichts. Dann schob sie die Tür ein Stück weiter auf. Da drinnen war es dunkel. Und es roch ein bisschen muffig. So nach … Schmiermittel und … Werkzeug. Wie der Kruschkeller vom Herbert. Der Trellenberg wird doch da nicht …?

Sie machte das Licht an. Und tatsächlich, vor ihr lag einfach nur eine Werkstatt. Weiß gefliest, große Werkbank, jede Menge Werkzeuge und Schrauben, Kistchen, Kartons, Dosen. Sauber aufgehängt und aufgereiht, blitzeblank und alles recht neu. Und hier durfte sie nicht sauber machen? Komisch. Wahrscheinlich irgend so eine Männer-Spinnerei. War vielleicht sein Heiligtum, wo keine Frau nicht rein durfte. Ein Gschmarri halt.

Ruth Ainmiller griff zum Lichtschalter. Doch dann bemerkte sie auf dem Boden vor der linken Wand ein winziges Häufchen Ziegelstaub. An einer Stelle nur, ein bisschen roter Staub, mehr nicht. Aber ihr als akkurater Hausfrau entging so etwas natürlich nicht. Und als so einer Hausfrau, das spürte sie ganz deutlich, widerstrebte es ihr irgendwie auch, das einfach liegen zu lassen. Sah doch nicht gut aus, oder? Der Dreck. Auf den weißen Fliesen. Und es war auch völlig absurd zu denken, dass der Herr Trellenberg dieses Häufchen genau da haben wollte. Er wusste sicher nicht einmal, dass das da lag. Aber wenn sie dieses Zeug einfach da so liegen ließ, würde ihr das auf dem ganzen Heimweg im Kopf rumgehen. Nein, so was konnte sie nicht haben.

Also trat Ruth Ainmiller forsch in den Raum, zückte auf dem Weg zu der Wand das Staubtuch, das sie in ihre Kitteltasche gesteckt hatte, und bückte sich, um das Ziegelmehl zu entfernen. Es war ja wirklich nur ein Hauch und nach einem Wisch war nichts mehr zu sehen.

Sie erhob sich wieder, hielt jedoch unvermittelt inne. Was war denn das gewesen? Ein Geräusch! Sie hatte ein Geräusch gehört. Ganz leise nur. Ruth Ainmiller lauschte. War das eine Maus? Eine Maus hinter der Wand? Oder in der Wand? Nein, so klang doch keine Maus. Aber es war irgendwie schon wie ein Kratzen, ein Schaben. Oder nein, eher wie ein … Herrschaftszeiten, was war denn das? Sie drehte den Kopf und hielt ihr Ohr an die Wand. Das hatte sie mal in einem Film gesehen. Da hatte dieser Kommissar sogar gehört, was in dem anderen Zimmer gesprochen worden war.

Das war – Ruth Ainmiller zuckte zusammen – ein Schluchzen! Jessas, da weinte jemand! Hinter der Wand! Ihr lief es eiskalt den Rücken hinunter. Wieso weinte da jemand?

»Hallo? Ist da jemand?« Ruth Ainmiller klopfte gegen die Wand und legte gleich darauf das Ohr wieder an.

Das Schluchzen hatte aufgehört. Urplötzlich.

»Hallo? Hörst du mich?«

Keine Antwort. Sie wollte gerade noch einmal klopfen, als sie den Spalt in der Wand entdeckte. Hauchdünn, wie ein Bleistiftstrich. Das war eine Tür! Sie stand genau vor einer Tür! Aber sie sah keine Klinke. Nicht einmal ein Schlüsselloch sah sie. Und wenn da eine Tür war, gab's dahinter doch wahrscheinlich auch ein Zimmer oder eine Kammer. Aber wieso hatte der Herr Trellenberg eine Tür, die man nicht …

Eine Geheimtür! Jessas! Und ein Geheimzimmer! Und in dem Zimmer – eine furchtbare Ahnung stieg in Ruth Ainmiller auf. Eine Ahnung, die ihr das Blut in den Adern gefrieren ließ. Ihr erster Impuls war wegzulaufen, nur raus hier, weit weg. Um Gottes willen. So was gab es doch nur im Fernsehen! Und jetzt stand sie da vor dieser Tür. Urplötzlich spürte sie Angst. Wie ein Tier mit spitzen Fingern kroch sie ihr den Rücken hinauf.

Aber da war doch dieses Weinen!

Ruth Ainmiller suchte hektisch nach irgendetwas, das diese Tür öffnete. Ein Schalter vielleicht, ein Knopf? Sie sah in die Regale rechts und links, drückte gegen die Wand, spähte zur Decke, patschte gegen die Fliesen neben dem Spalt.

Und auf einmal machte es Klick, und die Wand schwang ihr ein Stück entgegen. Irgendwo musste sie draufgedrückt haben. Maria Muttergottes!

Dahinter war es stockfinster. Ruth Ainmiller fand einen Schalter und machte das Licht an. Für einen Moment hatte sie das Gefühl, dass sie ohnmächtig würde. Das metallene Bettgestell, die Kameras, diese … Sachen im Zimmer. Das Mädel, das sie aus riesigen Augen anstarrte. Nur in Höserl und Unterhemd. Furchtbar! Ruth Ainmiller schlug die Hand vor den Mund. Ein erstickter Laut brach aus ihrer Kehle, Tränen traten in ihre Augen. Jesus Christus, erbarme dich!

Dann schritt sie nach vorn und nahm das Kind auf den Arm. In ihrem Kopf war kein klarer Gedanke mehr, sie nahm kaum noch wahr, sah nicht die halb leere Colaflasche, die Schüssel mit Nudeln, roch nicht den beißenden Gestank des Urins, spürte nicht, wie sich das Kind dagegen wehrte, hochgehoben zu werden, konnte nichts sagen, hatte nur noch den Drang, sich und das Kind hier rauszubringen. Rauf, ans Licht, ins Freie!

Die Kellertreppe. Rauf, rauf! Das Gewächshaus. Das hatte auch eine Tür. Wo? Wo war diese Tür gewesen? Bäume, riesige Pflanzen, das Mädchen weinte und schrie, hielt sich an einem Ast fest, schrie wieder. Sie riss es mit sich, weiter, weiter.

Da ging irgendwo anders eine Tür auf. »Frau Ainmiller? Sind Sie hier drin?«

Ein Hund knurrte leise.

*

Südlich von München

Er legte den Hörer auf und starrte auf den Münzschlitz. Unglaublich! Was ein Idiot! Wie konnte der nur so dämlich sein und diese Tür offen stehen lassen? Mann, Mann, Mann. Schöne Scheiße. Er überlegte einen Moment. Veit! Veit musste irgendwie zusehen, dass er rettete, was zu retten war. Er hob das Telefon erneut ab, steckte zwei Euro in den Schlitz und wählte. Hoffentlich hatte der sein scheiß Handy nicht wieder ausgemacht.

Aber bereits nach zweimaligem Klingeln ging Veit ran.

»Mooshammer?«

»Scheiße, Veit! Nicht Mooshammer. Wie oft denn noch? Lamprecht!«

»Chef?«

»Ja, sicher.« Er schnaufte entnervt. Lauter Idioten. »Veit, hör zu. Dem Trellenberg ist das Mädel abgehauen.«

…

»Veit, hast du gehört?«

»Ja.«

»Die läuft irgendwo da draußen rum. Wir müssen die unbedingt finden, bevor sie jemand anderes findet.«

…

»Veit?«

»Ja?«

Meine Güte, manchmal nervt der Typ einfach nur. »Veit! Du musst da hinfahren und das Mädel suchen!«

»Ja, Chef. Mach ich.«

»Aber jetzt gleich! Und sei vorsichtig! Das darf niemand mitkriegen!«

»Ja, Chef.«

Ja, Chef, ja, Chef! Wie Hein Blöd, echt ey! Kapiert der eigentlich, was los ist? »Du hast mich verstanden, oder?«

»Ja, Chef.«

»Und um die Putzfrau vom Trellenberg musst du dich auch kümmern. Das sagt er dir dann, wenn du da bist. Hast du seine Adresse noch?«

»Ja.«

»Okay. Dann fahr jetzt los und ruf mich an, wenn du sie hast!«

»D' … Putzfrau?«

»Nein, das Mädel, du Depp.«

»Ah so, ja.«

»Ach ja, und weißt du schon was wegen dem anderen Mädel, dieser … Frederike, nein, Ulrike?«

»Na, seit er mir des Bildl zeigt hat, hab i nix mehr ghört.«

»Des eilt allmählich. Der Kunde wird ungeduldig.«

»Ja, Chef.«

Er wollte schon auflegen, als ihm noch etwas einfiel. »Veit, noch ganz kurz: In der Zeitung hat unlängst was gestanden von einem Kind, das sie aus unserem Weiher gezogen haben. Du hast da aber nichts damit zu tun, oder?«

»Mit dem Rausziehn?«

»Nein, zum Teufel. Ich meine, das war nicht eines von unseren, oder? Du hast da keines versenkt?«

»Doch, hab ich schon.«

»Du hast was? Bist du völlig durchgedreht? Wer … wer war das?«

»Der Bua von de Hund.«

»Dieser Sebastian? Hast du diesen Sebastian in unserem Weiher versenkt?«

»Ja.«

»Veit! Du dummes Arschloch! Doch nicht unser Weiher! Wie bist du nur auf diese hirnrissige Idee gekommen?«

»Weiß ned.«

»Weiß nicht! Du Idiot kannst nicht mal schwimmen!«

»Na.«

»Verfickte Scheiße! Bullshit! Du kommst morgen Mittag zu mir ins Büro und erzählst mir genau, was du da gemacht hast. Kapiert?«

»Morgen Mittag ins Büro, ja, is recht.«

Gott im Himmel, was für ein beschissener Tag! Schmeißt der den Jungen in unseren Weiher! In unseren! Dieser Schwachkopf! Und diese Mistgöre haut ab. Scheiße, Scheiße, Scheiße! Wenn das jetzt blöd läuft und sich die ganze Sache rumspricht, können wir einpacken! Mann, Mann, Mann! Dabei würde dieser fette Araber für die nächste Jagd 100 Riesen löhnen. 100! Himmel, es gibt so viele perverse, reiche Schweine, und ein perverses reiches Schwein kennt wieder drei andere perverse reiche Schweine, und in sechs Monaten hätten alle mich gekannt. So nah dran bin ich an denen, so nah! Und jetzt? Katastrophe! Ka-ta-stro-phe!

12. KAPITEL

Dienstag
Berg, Hotel Alpenblick

So kannte sie sich gar nicht. Dieses Gefühl, das sie seit heute Morgen immer wieder übermannte: Die Fäuste ballen zu wollen, auf der Stelle zu trippeln und einen lauten Schrei loszulassen. Völlig plemplem.

Urte Svenjakob strich sich eine Strähne ihres kurzen schwarzen Haares aus der Stirn und lächelte versonnen in die Lobby. Das konnte eigentlich nur bedeuten, dass es richtig war, oder? Dass es endlich richtig war. Dabei hatte sie im ersten Moment gar nicht realisiert, was Stefanie sie da heute Morgen gefragt hatte: ob sie nicht zusammenziehen wollten. Sie hatten gerade in ihrem Bad gestanden, sie hatte sich die Tagescreme aufgetragen, und Stefanie hatte gepinkelt. »Ich würde gern mit dir zusammenleben«, hatte sie gesagt. Auf der Schüssel, während der Strahl ins Wasser plätscherte. Sie hatte aufgehört, sich einzucremen, und sich umgedreht. Wie sie das meine? Und erst, als Stefanie zu Boden geblickt und leise gesagt hatte »schon gut, vergiss es«, hatte sie kapiert.

Und seitdem hatte sie dieses blöde Dauerlächeln im Gesicht und alle paar Minuten diesen Anfall. Völlig plemplem. Aber so richtig. So lang sie Dexter allerdings an der Rezeption vertrat, sollte sie besser wieder auf Hotelmanagerinnenblick umschalten. Sonst wies man sie noch ein.

Sonderlich schwer fiel Urte das dann auch nicht, weil das Ehepaar Knaupp an die Rezeption trat, um auszuchecken. Sie konnte nicht sagen, warum, doch sie mochte insbesondere ihn nicht. Er war zwar stets freundlich gewesen, niemand hatte sich über ihn beklagt. Aber hinter dieser verbindlichen Fassade verbarg sich ein ganz anderer Mensch, das spürte sie deutlich. Und das traurig dumpfe Gesicht seiner Frau, die Resignation in ihren Augen waren wie eine stumme Bestätigung dieser Ahnung.

»Dann wünsche ich Ihnen eine gute Heimreise.« Urte setzte ihr professionelles Lächeln auf und überreichte Herrn Knaupp die Unterlagen.

»Nicht nach Hause. Wir machen noch einen Abstecher in die Staaten, nicht wahr, Liebes?«

Frau Knaupp nickte.

Abstecher in die Staaten. Liebes. Das war es, was sie meinte. Diese selbstgefällige Überheblichkeit.

»Soll ich Ihnen ein Taxi bestellen?«

Norbert Knaupp spitzte seine fetten Lippen zu einer lustigen Schweineschnute. »Ah, ich dachte, wir gönnen uns mal Ihren Haus-Chauffeur. Tizian, nicht wahr?«

»Giovanni. Gern.«

»Giovanni, natürlich.« Knaupp strahlte seine Gattin an. »Erinnerst du dich noch an sein kleines Mädchen, diese Isabella? Das war doch ein Zuckerpüppchen, nicht wahr?«

»Sehr süß, sehr süß.« Frau Knaupp lächelte auf Knopfdruck.

Diesmal korrigierte ihn Urte nicht. Was vielleicht auch daran lag, dass sie Norbert Knaupp nicht länger als unbedingt nötig an Antonia denken lassen wollte. Die Art, wie er ›Zuckerpüppchen‹ gesagt hatte, das Glänzen in seinen Augen dabei, das glibbrige Glitzern auf seinen Lippen – irgendwie bereitete es ihr Unbehagen, mit ihm über Antonia zu sprechen.

»Also sagen wir um 17 Uhr?«

Urte machte sich eine Notiz. »17 Uhr. Geht in Ordnung.«

»Und grüßen Sie alle recht herzlich von uns. Wir haben den Aufenthalt in Ihrem wunderbaren Etablissement sehr genossen und werden Sie sicher irgendwann einmal wieder beehren.« Norbert Knaupp winkte schelmisch und wandte sich um. Eine Sekunde später folgte ihm an einer unsichtbaren Leine auch seine Gattin.

Etablissement, dachte Urte und verscheuchte schnell die Bilder, die ihr in Zusammenhang mit Norbert Knaupp dabei in den Sinn kamen.

Das gelang ihr umso besser, als zu ihrer großen Freude kurz darauf Alois durch den Haupteingang trat. Frisch blondiert und mit grün-schwarzen Fingernägeln. Xaver würde sicher wieder auf Krümelgröße zusammenschrumpfen, wenn er ihn sah.

»Urte! Schätzilein!« Die Hände vor sich gestreckt, marschierte Alois auf sie zu. »Du schaust mal wieder sooo frisch und bezaubernd aus!« Er beugte sich über die Rezeption, zog ihren Kopf zu sich und gab ihr einen Kuss auf jede Wange. »Und wie du riiiechst, hör mal!«

»Tag, Alois. Neue Frisur?«

Alois zupfte ein, zwei Härchen zurecht. »Ja! Aber nicht nur das!« Ein verschwörerischer und viel zu übertriebener Augenaufschlag.

»Nämlich?«

»Du, ich glaub, mich hat's erwischt! Aber so richtig!«

»Nein!« Urte wusste – wie zum Leidwesen von Xaver fast jeder im Hotel –, dass Alois' Liebesleben nicht ganz unkompliziert war. Seit seinem Coming Out vor gut einem Jahr jagte eine Enttäuschung die nächste, wobei jede Enttäuschung erst einmal die Erfüllung all seiner Träume gewesen war, bevor sich der Schuft als neuerlicher Reinfall entpuppt hatte.

»Ja! Wenn ich's dir sag!« Alois nahm Urtes Hand zwischen die seinen. »Ein ganz ein Süßer ist das. Busfahrer beim MVV.«

Ein schwuler Busfahrer, so, so.

»Ich bin ja so happy!«

»Das freut mich für dich, Alois.«

Alois seufzte liebesglücklich und sah sich in der Lobby um. »Ist der Xaver da? Ich muss ihm das gleich erzählen.«

»Der wollte meines Wissens die Sonnenschirme auf der Terrasse überprüfen.«

»Auf der Terrasse? Nachher geh ich doch gleich mal raus und such ihn. Der wird sich freuen!«

So gut er es eben kann, dachte Urte. »Ach, Alois?«

»Schätzilein?« Alois, der Richtung Restaurant entschweben wollte, drehte sich noch einmal um.

»Gehst du bitte außen herum? Im Restaurant sitzen schon die ersten Gäste zum Mittagessen.«

»Ich Dummerchen, du hast ja recht!« Alois deutete zum Haupteingang und setzte sich wieder in Bewegung.

»Danke dir.«

Xaver hörte seinen Bruder, bevor er ihn sah. Ein fröhliches »Juhu! Xaver!« ließ ihn erst zusammenzucken und dann vorsichtig umdrehen. Vorsichtig deswegen, weil ihn Alois schon in den … gewöhnungsbedürftigsten Outfits überrascht hatte. Und vorsichtig, weil er vor drei Wochen mal in Begleitung gekommen war. In Begleitung einer unwahrscheinlich großen, stark geschminkten Frau, die eine sehr tiefe Stimme gehabt hatte. Erst hatte es ihn gefreut, dass Alois mit einer Frau aufgekreuzt war, aber dann hatte ihn diese merkwürdige Frau doch irritiert, weil sie irgendwie so gar nicht fraulich gewesen war, und schließlich hatte ihn der vage Verdacht beschlichen – und bis heute nicht mehr losgelassen –, dass das gar keine Frau gewesen war. Und vorsichtig drehte er sich auch deswegen um und blieb auch unten am Sockel von diesem Schirm knien, damit ihn Alois nicht vor den Gästen umarmen konnte. Daheim schaffte er es mittlerweile, diese neue Art der Begrüßung über sich ergehen zu lassen. Aber nicht hier vor allen Leuten.

In Begleitung war Alois aber diesmal nicht, und auch sein Äußeres schockierte Xaver nicht wirklich. Da hatte er schon Schlimmeres erlebt. Aber der Umarmung konnte er auch diesmal nicht entgehen. Kaum dass er sich erhoben hatte, fiel ihm Alois um den Blaumann und drückte ihn an sein weißes Rüschenhemd. Als Xaver seinen Hut zurechtrückte, schnappte er die überraschten und belustigten Blicke der Gäste auf der Terrasse auf und hatte dem nur ein zerdrücktes Lächeln entgegenzusetzen. Es waren Augenblicke wie diese, in denen sich Xaver Eberhartinger wünschte, dass Bartl und seine Frau etwas weniger entspannt gewesen wären, was private Besuche ihres Personals anging. Und ja, wenn er ehrlich war, ertappte er sich dann auch manchmal bei dem heimlichen Wunsch, dass sein Bruder ein ganz kleines bisschen … normaler gewesen wäre. Aber wenn's dem Alois damit gutging …

»Xaver, ich muss dir was erzählen! Hör zu, ich …«

»Alois, wart amal, ich mach jetzt sowieso Mittag. Setzn mir uns halt da hintn hin, was meinst?« Xaver zeigte auf einen abgeteilten Bereich der Terrasse, wo sich hinter einer spanischen Wand das Personal in seinen Pausen niederlassen durfte.

»Aber da brutzelt ja die Sonne so hin. Ich muss ein bissl auf meinen Teint aufpassen, weißt.«

»Auf wen?«

»Mei Haut.«

»Ah so. Aber d' Sonna scheint doch gar ned.«

»Ach, Xaverli, die scheint doch immer, die Sonne.«

Xaverli zuckte abermals zusammen. »Mir haben da hintn auch Schirm, da stell ich dir halt einen hin.« Xaver steuerte auf den Personalbereich zu, und Alois folgte ihm. Lächelte nach links, lächelte nach rechts, winkte einem jungen Mädchen zu. Xaver versuchte, das alles nicht mitzubekommen, und war froh, als er um die Bambus-Wand herum war.

»So.« Xaver platzierte den Schirm und spannte ihn auf. »Setz di hi. Magst was zum Dringa? I hol uns was.«

»Au ja, ich hätt gern eure Grüne Lilly.«

»Wen?«

»Diesen köstlichen Stachelbeer-Waldmeister-Mix mit Prosecco.«

»Stachebeerl…, aha. Wos zum Essen auch?«

»Nein, danke dir.« Alois klopfte sich auf den Bauch. »Ich muss ein bisserl aufpassen, weißt.«

Als Xaver ein paar Minuten später wieder zurück war, hatte er nicht nur sein Weißbier, eine Leberkässemmel und eine Grüne Lilly dabei, sondern auch Antonia, die sich an seinem Kittel festhielt.

Alois klatschte begeistert in die Hände und beugte sich nach vorn. »Na, wer bist du denn, Schnecki? Xaver? Wo hast du denn dieses reizende Geschöpfchen aufgegabelt?«

»Des is die Nichte vom Tschowanni.« Xaver stellte die Gläser hin und setzte sich. »Der muas auf sie aufpassn, weil sei Schwester in Italien is.«

»Hach! Die Antonia bist du?«

Antonia wich ein Stück zurück und starrte auf die grün-schwarzen Fingernägel. Dann auf Alois' Haare und die rosa Sonnenbrille, die er sich in den Ausschnitt seines Hemdes gesteckt hatte. Sie schien sich nicht ganz sicher, ob sie vor diesem … Mann Angst haben sollte.

»Ist ein bisserl schüchtern, die Kleine, hm?«

Xaver schüttelte den Kopf und biss in seine Semmel. »Na, eigentlich gar ned.« Aber dann fiel ihm plötzlich auf, dass sich Antonia schon seit ein paar Tagen anders benahm. Zurückhaltender geworden war, verschlossener. Irgendwie verschreckter.

»Weißt, Xaver, genau darüber wollt ich mit dir auch redn.«

»Wo drüber?«

»Über Kinder.«

Xaver verschluckte sich an seinem Leberkäse und hustete. »Kinder?«

Alois nickte entrückt. »Ich glaub nämlich, dass ich meinen Prinzen endlich gefunden hab.«

»Aha.« Xaver dachte an die Erfüllungen und die Schufte.

»Ja. Der Robert. So heißt er.«

»Robert. So.« Xaver legte die Semmel hin und trank einen Schluck, um den Hals wieder freizubekommen.

»Ein Busfahrer, drüben, hinterm Ostbahnhof bis raus nach Daglfing. Das ist seine Linie.«

Xaver wartete und versuchte währenddessen eine Verbindung zwischen Alois, Robert und einem Kind herzustellen.

»Ich hab ihn«, Alois nuckelte an seinem Strohhalm, »vor zwei Wochen im ›Outcast‹ kennengelernt, und es war Liebe auf den ersten Blick.«

Das ›vor zwei Wochen‹ überhörte Xaver zunächst, weil sich bei ihm immer noch alles zusammenzog, wenn sein Bruder davon sprach, dass er sich in einen Mann verliebt hatte.

»Und mit ihm könnt ich mir wirklich vorstellen, Kinder großzuziehen.« Alois lächelte Antonia an. »So hübsche kleine Goldspatzen wie dich. Weißt, Xaver, mir haben auch schon darüber gesprochen, dass mir vielleicht zusammenziehen wolln.«

In Xavers Kopf überschlugen sich die Gedanken. Zusammenziehen? Kinder? Der Alois? Woher kam das Kind? *Die* Kinder? Und wollten sie raus in seine Hütte am Gallaweiher? Oder zu dem Robert? Zwei Wochen erst? Aber wenn ich jetzt das Falsche sag, nachher fangt er wieder an zum Weinen.

»Heute adoptieren doch so viele Leute Kinder. Ich hab da vielleicht an eines aus Afrika gedacht, oder so. Was meinst du dazu, Xaver, hm?«

Am liebsten gar nix. »Ja … mei … weißt … oiso … ich denk halt, dass ihr da drüber …«

Noch ein Juhu! Eher ein Juhuhu! Die Filmcrew war um die Ecke gebogen, und Susan hatte Xaver entdeckt. Sie strich dem Hans von Regisseur kurz über die Wange, eilte dann auf ihren Ersatzgroßvater zu und –

ja – umarmte ihn. Anschließend küsste sie Antonia auf die Wange. »Na, Spätzchen?«

Antonia drückte sich an sie, den Blick aber immer noch auf Alois gerichtet.

»Xaver! Wer ist das denn?« Ungeniert zeigte Susan auf Alois, der jetzt auch einmal einigermaßen erstaunt wirkte.

»Mein Bruder, der Alois.«

»Bruder? Du hast einen sch… jüngeren Bruder? Das wusste ich ja gar nicht!«

»Alois, des is die Susan.«

»Hallo!« Alois lächelte zickig.

»Hallo, Alois! Schön dich kennenzulernen. Du!« Susan wandte sich wieder Xaver zu. »Wir haben jetzt einen ganz tollen Dreh! Unten am See. Eine Szene im Wasser! Echt endgeil! Aber am Abend muss ich dir unbedingt was erzählen!«

Schon wieder jemand, der ihm was erzählen wollte. »Ja.«

»Bis nachher, ihr drei! Tschüssi!« Susan flog ihren Kollegen hinterher.

Xaver und Alois sahen dem Tross an Schauspielern und Technikleuten nach, bis auch der Letzte von ihnen hinter der spanischen Wand verschwunden war. Ein neuer, wie Xaver feststellte, mit fettigen Haaren und recht schäbiger Kleidung, den er noch nie bei diesen Leuten gesehen hatte. Er war ihm vor allem deswegen aufgefallen, weil er andauernd zu ihnen her gestarrt hatte, als Susan mit ihnen geredet hatte. Und jetzt kam er den anderen kaum hinterher. Wahrscheinlich, dachte Xaver, weil er hinkte.

*

München

Die Kühle tat gut. Lorenzo Palladio legte die Wange auf den Rand der Kloschüssel. Atmete ein, atmete aus, spürte dem Hämmern seines Herzens nach, schmeckte den säuerlichen Geschmack des Erbrochenen. In der Kloschüssel schwamm sein Frühstück, weißliche und bräunliche Bröckchen, ein bisschen Gelbes. Die Fliesen waren hart, logisch! Waren weiß oben am Fenster brummte eine Fliege. Allmählich beruhigte sich sein Magen.

Aber je mehr der Aufruhr in seinem Körper nachließ, desto unbarmherziger drängten sich ihm die Bilder wieder auf. Der rothaarige Gerichtsmediziner, die metallene Lade, das weiße Laken. Wörter polterten durch sein Hirn. Unverständliche des Trolls, die klangen wie heiseres Bellen, Renatas Übersetzung, die meinte, dass es kein schöner Anblick sei, dass er sich auf etwas gefasst machen müsse.

Dann Francesca. Oder nein. Das war nicht Francesca. Und doch würde er sie für den Rest seines Lebens so in Erinnerung behalten. Ein verwestes Lumpengerippe, eine von Würmern zerfressene Fratze, Klauenhände, ein teuflisch lächelndes Gebiss. Francesca.

Wieder würgte es ihn, und Lorenzo beugte sich erneut über die Schüssel. Aber heraus kam nur weißlicher Schleim.

Er hatte sofort gewusst, dass sie es war. Der Armreif und ein wenig verdeckt von einem Anhänger mit chinesischen Zeichen das Marienamulett, das er ihr zu ihrem 15. Geburtstag geschenkt hatte. Sie war es. Francesca. Piccola pulcina.

Hunde sollten sie umgebracht haben. Ja, Hunde. Aber nicht solche auf vier Beinen. Die hatten ihr nur das Leben genommen.

Renata klopfte an die Tür der Toilette. »Lorenzo? Brauchst du Hilfe? Soll ich reinkommen?«

Lorenzo antwortete nicht gleich. Er atmete noch ein paar Mal durch und wischte sich die Kotze vom Mund. »Ich bin gleich bei dir. Gleich.«

Fünf Minuten später trat er auf den Gang des Gerichtsmedizinischen Instituts. Auch Renata sah mitgenommen aus. Kreidebleich, verheult. Natürlich. Auch sie hatte Francescas Leichnam gesehen.

»Ich habe Esther angerufen und ihr gesagt, dass es wirklich Francesca ist.« Sie streichelte ihm über den Kopf.

»Grazie. Und sag ihr danke, dass sie uns informiert hat.«

»Hab ich schon.«

»Grazie.«

Renata schnäuzte sich. »Was willst du jetzt tun? Soll ich dir irgendwie helfen, sie nach Hause zu bringen?«

Lorenzo starrte den Gang hinab. Braunes Linoleum, weiße Wände, Bilder von toten, berühmten Ärzten. Aber der Gang kannte eine klare Richtung. Vorwärts.

»Bald.« Er lächelte grimmig. »Heute Abend will ich erst einmal tanzen gehen.«

*

München

In der fünften Etage des Parkhauses am Hofbräuhaus fand Bartholomäus Kammerlander endlich einen freien Stellplatz. Er lenkte den BMW in die Parklücke, zog den Schlüssel ab und wollte die Tür öffnen.

»Schatz.« Wiebke Kammerlander fasste ihren Mann am Arm. Ihre Stimme klang weich und doch nachdrücklich.

Bartholomäus wandte sich um. Sein Blick war immer noch so unstet, wie er schon die ganze Fahrt über gewesen war. Als suchte er etwas und wüsste nicht, was.

»Es wird alles gut.« Wiebke lächelte. Ein zuversichtliches Lächeln, so schwerelos und klar, dass sich jeder Zweifel erübrigte.

Bartholomäus schaute auf die Armaturen. »Ich habe einfach Angst.«

»Ich weiß.« Sie drehte sein Gesicht zu sich, strich ihm diese widerspenstige Strähne aus der Stirn, die sich da schon seit dem Aufstehen immer wieder hin verirrte. »Ich weiß. Aber es ist alles gut. Du wirst sehen. Ich würde es fühlen, wenn es anders wäre.«

Bartholomäus wandte den Kopf wieder ab, nickte. Schwer, als müsste er sich dazu zwingen. 147.790 stand auf dem Kilometerzähler. Sie hatte den Wagen draußen in Fürstenfeldbruck gekauft, kurz nachdem sie das Hotel aufgemacht hatten. In Silber. Wiebke hatte ihn damit überrascht. Er hatte ihr mal erzählt, ganz am Anfang ihrer Beziehung, vor über 25 Jahren, dass ein silberner BMW 2,5 Liter, E3 als Junge sein Lieblings-Matchbox-Auto gewesen war. Und jetzt kaufte sie ihm genau so einen. Nicht weil ihm Autos jetzt noch, vor drei Jahren noch, etwas bedeutet hätten. Sondern weil sie es nicht vergessen hatte, was er ihr erzählt hatte. Und deswegen mochte er dieses scheiß Auto so. Weil es eine völlig unwichtige Erinnerung war, die sie trotzdem über 20 Jahre aufbewahrt hatte. Und er mochte es auch, das wurde ihm jetzt klar, weil es nichts mit diesem ganzen Mist zu tun hatte.

Weil das alles vorher angefangen hatte. Der Krebs. Hatte sie schon vorher … heimgesucht. Dieses Wort verwendete er am liebsten. Nein, nicht am liebsten. Verwendete er. Nur verwenden. Heimsuchen. Das klang so harmlos. Wie zu Hause besuchen. Daheim besuchen. Und ein Besuch ging wieder. Und je schneller ein Besuch wieder geht, desto willkommener ist er. Haha.

Der Krebs war nicht wieder gegangen. Sie hatten *ihn* hinausjagen müssen, aus ihrem schmalen Körper herausschneiden müssen. Freiwillig war er nicht gegangen. Und schnell auch nicht. Und er hatte allerhand mitgenommen. Tage und Wochen ihres Lebens, die dunkel vor Kummer und Angst an ihnen vorbeigezogen waren. Haare, die wieder nachgewachsen waren. Eine Brust, die nicht wieder nachgewachsen war. Und den Kummer und die Angst hatte er ihnen auch noch da gelassen, hatte das Zeug einfach nicht wieder abgeholt. Seit fünf Jahren nicht. Doch heute würden sie erfahren, ob sie die Sachen endlich auf den Müll schmeißen konnten. Oder ob sie es weiter aufheben mussten. Bis er zurückkam. Oder weil er schon vor der Tür stand …

»Liebling. Lass uns gehen.« Wiebke legte die Hand auf seine Wange. »Komm schon, Großer.«

Bartholomäus stieg aus. Für eine Sekunde flackerten noch die Zahlen auf seiner Netzhaut. 147.790. Sieben. Burgstraße 7. Das war die Adresse der radiologischen Praxis. Dort würden sie ihn treffen. Wenn er zurückgekommen war.

Auf dem Weg in die Burgstraße hielten sie sich an den Händen. Leichter Nieselregen setzte ein und legte einen grauen Schleier um die Häuser, als sie die Münzstraße Richtung Westen liefen. In Berg hatte noch die Sonne geschienen. Es war eigentlich nicht kalt, aber das triste Grau und der Regen ließen die Temperatur gefühlsmäßig um etliche Grade sinken.

Die Bräune der drahtigen Sprechstundenhilfe an der Rezeption hatte daher fast etwas Trotziges. Mit einem strahlenden Lächeln begrüßte sie die Kammerlanders.

»Grüß Sie Gott! Was kann ich für Sie tun?«

»Guten Tag. Ich komme zur Nachuntersuchung«, sagte Wiebke. »Kammerlander. Ich habe einen Termin. Um 15.15 Uhr.«

Das Brathühnchen sah in seinen Computer. »Ah ja, Frau Kammerlander. Es dauert nur noch ein paar Minuten. Nehmen Sie doch bitte so lange im Wartezimmer Platz.« Ein glitzerbunter Fingernagel deutete nach rechts zu einer weißen Tür.

»Danke.«

Bartholomäus nickte stumm, und jetzt erst schien ihn die Sprechstundenhilfe wahrzunehmen. Neugier, Erstaunen, Interesse traten in ihren Blick. Aber Bartholomäus war ganz woanders.

Der Geruch der Praxis ließ Erinnerungen in ihm aufsteigen. New York, 6th Avenue. Wiebke war zu einer Routineuntersuchung gegangen. Frauenkram, das Übliche. Eine Stunde später hatte sie ihn zu Hause angerufen. Er solle sie bitte abholen. Ihre Stimme, hohl und fremd. Als säße sie hinter einer Wand, die Augen ins Nirgendwo. Was ist denn los? Ist etwas passiert? Du klingst so … Komm nur vorbei, hol mich bitte ab. Schatz, was ist denn? Bitte komm.

Er hatte sich in ein Taxi gesetzt und war sofort in die Praxis gefahren. Irgendetwas musste geschehen sein. Aber er hatte keine Ahnung gehabt, was der Grund für ihr merkwürdiges Verhalten hätte sein können. Nicht den Hauch einer Ahnung.

20 Minuten später hatte sie es ihm gesagt. Mit einer fremden Stimme, die Augen ins Leere. »Ich habe Krebs. Brustkrebs.« Seitdem würde er diesen Geruch nie mehr vergessen.

Nach fünf Minuten wurde Wiebke von einer anderen Sprechstundenhilfe abgeholt. »Bis gleich, Schatz.« Sie küsste ihn auf die Wange. »Und nur die anständigen Zeitschriften, hörst du?«

Er sah sie nur an. Seine Augen waren ein Meer aus Hilflosigkeit. Er wünschte sich so sehr, dass er stärker gewesen wäre, dass er ihr Zuversicht hätte geben können, sie hätte halten können. Stattdessen musste sie jetzt allein da reingehen, sich in eine ratternde Röhre legen und ihm auch noch Mut zusprechen. Aber er schaffte es einfach nicht, er schaffte es nicht. Er war wie gelähmt vor Angst.

»Ich ... bin hier«, brachte er hervor. Das war alles.

»Okay.« Sie warf ihm eine Kusshand zu und verließ das Wartezimmer etwas zu schnell.

Im Wartezimmer saßen noch zwei Patienten. Ein stark übergewichtiger Mann, der bei jedem Atemzug rasselte und pfiff, und eine alte Frau, die ihren Lodenmantel und den Hut anbehalten hatte. Stumpfen Blickes sah sie auf den Boden und knetete den Griff ihrer Handtasche.

Die Wand gegenüber war verlockend. Dort tat sich ein schwarzes Loch auf, in das Bartholomäus alle möglichen Szenarien hätte hineinmalen können. Szenarien, die ihm jedes im Augenblick ein Messer ins Herz bohrten. Gemeinsame Urlaube, ihre Hochzeit, den gestrigen Morgen im Bett. Bartholomäus wandte sich der alten Frau zu.

»Wie geht's Ihnen?«

Die Alte drehte den Kopf. »Was?« Ehrliches Erstaunen lag in ihrer Stimme.

Er strengte sich an und schaffte ein Lächeln. »Ich habe nur gefragt, wie es Ihnen geht.«

Sie musterte Bartholomäus scheu. Ihr – klein, hutzlig, zusammengesunken – musste er wie ein Riese vorkommen. Turmhoch, breit, mehr Haare als ihr Lodenmantel, wenn auch grau und nicht grün. Aber hier drin konnte ihr doch nichts passieren, oder?

»Ja … mei … wie's halt so is, wenn ma alt werd, gei.«

»Sind Sie zur Untersuchung hier?«

»Ja … aber ned zum ersten Mal.« Der Anflug eines Lächelns. Ein Goldzahn blitzte auf.

»Und … wegen was, wenn ich fragen darf?« Das Loch auf der anderen Seite der Wand wurde kleiner.

»Der Darm. Dabei hab ich sowieso nur noch an halbn.«

»Hm. Und … haben Sie Schmerzen?«

»Ah na, des ned. Aber … es is halt scho lästig, gei.« Die Frau hörte mit dem Kneten auf, wandte sich Bartholomäus mehr zu. Ihr Blick klarte auf.

»Aber die Ärzte können Ihnen schon helfen, oder?« Bartholomäus zuckte zusammen. Blöde Frage, saublöde Frage. Was, wenn sie jetzt Nein sagte?

»Ja, ja. Die sagn, dass ma auch ohne Darm guad leben kann in meim Alter. I werd halt wieder an künstlichen Ausgang kriegn, aber des kenn ich ja scho.«

Bartholomäus lächelte. »Sie sind aber tapfer.«

Die alte Frau lachte. Also, es hörte sich an, als öffnete sich eine alte Tür, aber das war ihr Lachen. »Tapfer. Mei, was bleibt denn unsereins anders übrig? Der Mann ist scho lang dod, d' Kinder wohnen weit weg und habn ihre eigenen Sorgn, und dann muas ma halt schaun, dass ma 's Beste draus macht, gei.«

Sie ist allein, dachte Bartholomäus, mutterseelenallein. Alt, krank und allein. Was für eine Scheiße! Das Mitgefühl schnürte ihm den Hals zu. Am liebsten hätte er die Frau unter den Arm genommen und sie … ja, was? Im Alpenblick einquartiert? Im Gästezimmer zu Hause?

»Und … und Enkel? Haben Sie Enkel auch?«, lenkte sich Bartholomäus ab. Diese Gedanken führten zu nichts außer zu noch mehr Mitgefühl und am Ende Frust. Es sei denn, er nahm sie wirklich unter den Arm und trug sie nach Hause. Jetzt. Gleich. Mann!

»Ja, die Johanna.« Ein kantiges Lächeln spannte sich um ihre Lippen. »Ich hab sogar ein Bildl von ihr. Wolln S'as sehn?«

»Ja, gern!«

Die alte Frau hob ihre Henkeltasche vom Boden und fischte eine Postkarte daraus hervor. »Des is s'.« Sie reichte Bartholomäus die Karte.

Oben rechts klebte das Fotostudioporträt eines etwa sechs-, siebenjährigen Mädchens. Blonde Zöpfe, Zahnlücke, Prinzessin Lillifee-Schultüte im Arm. Daneben stand ungelenk ›Für die liebe Oma‹, und darunter konnte Bartholomäus einen schwarzen Hund erkennen. Oder ein Schaf? Ein Pferd?

Die Frau kicherte heiser. »Ja, ja, erkennt ma ned gleich, geh? Aber des is a Pferdl. Ich schreib mich Friesenegger, müssn S' wissn. Und d' Johanna is d' Dochter von meim Sohn und heißt deswegn auch Friesenegger. Und seit sie weiß, was a Friese is, malt s' dauernd schwarze Pferdl.«

Bartholomäus lächelte und räusperte sich. Der Hals

wurde immer enger. »Sehr nett. Eine ganz Hübsche.« Er gab ihr die Karte wieder.

»Ja, de werd scho recht, de Johanna. An Weihnachtn seh ich s' vielleicht wieder. Wenn s' runterkommen.« Sie steckte die Karte wieder in die Tasche und blickte einen Moment zu lange in den finsteren Beutelschlund. Johannas Eltern, ihr Sohn, würden Weihnachten also eher nicht nach München fahren.

Die Tür ging auf und das Brathühnchen steckte den Kopf herein. »Frau Friesenegger, wir wären dann so weit.«

»Ah so? Ja, dann komm ich.« Die alte Frau erhob sich mühsam, und Bartholomäus griff ihr unter den Arm. »Dank Ihnen.« Sie nickte Bartholomäus zu. »Also dann, alles Gute für Sie.«

Bartholomäus hielt ihr die Hand hin, und nach einigem Zögern legte die alte Frau ihre dürre, knochige Hand in die seine. Es sah aus, als läge da ein kleiner, nackter Vogel. »Frau Friesenegger, alles Gute auch für Sie. Ich wünsche Ihnen, dass alles gut wird.«

Sie lachte wieder. »Guad werd's nimmer, aber besser alleweil.« Dann folgte sie der Sprechstundenhilfe.

Bartholomäus sah ihr hinterher, wie sie zur Tür hatschte, winzig klein, o-beinig, hin und her schwankend. Dann starrte er noch einige Zeit auf die Tür. Frau Friesenegger. Die einen Mann begraben hatte und deren Kinder irgendwo lebten und sie vielleicht nicht einmal an Weihnachten besuchten. Die allein zum Radiologen musste, wo man die Aufnahmen für die nächste Darm-OP machte. Für den nächsten künstlichen Darmausgang. Der nicht gut war, aber besser als die Beschwerden, die sie jetzt hatte.

Er schaute zum Fenster. Draußen regnete es noch immer. Kurz begegneten sich sein Blick und der Blick des dicken Mannes. Aber der Mann sah sofort weg. Er würde nicht reden wollen. Er wollte seine Ruhe. Langsam wanderten Bartholomäus' Augen zu dem schwarzen Loch auf der gegenüberliegenden Wand.

Doch diesmal war er stärker. Um Wiebkes willen. Ihr letzter gemeinsamer Urlaub in der Bretagne, ihre Hochzeit, der Morgen im Bett – all das malte er auf die Wand. Aber er malte es in schönen, in hellen Farben. Er sah sie lachend aus dem Fenster des Wohnmobils schauen, sie duckte sich lachend weg, als sie die Gäste am Ausgang des Rathauses mit Reis bewarfen, sie lächelte glückselig, als sie in seinen Armen zum Höhepunkt kam. Und Bartholomäus lächelte ebenfalls. So viele Erlebnisse, so viele Erinnerungen, so viel Gemeinsamkeit. So viel … Liebe. Das konnte ihm keiner nehmen. Auch er nicht. Niemals!

Nach eineinviertel Stunden öffnete sich die Tür des Wartezimmers. Zum x-ten Mal, und jedes Mal hatte er hochgesehen. Jetzt war es Wiebke.

Sie blickten sich an. Nur für eine Sekunde. Eine Sekunde, in der ER sich noch schnell ins Zimmer drängen wollte, ihm sagen wollte, dass ER Angst und Kummer immer noch nicht abholen würde, ganz im Gegenteil, noch mehr würde ER ihnen bringen, unendlich mehr, so viel, dass er es nicht ertragen könnte.

Doch es war nur sein Schatten, der kurz ins Zimmer gefallen war. Und nach einer Sekunde hatte Wiebkes Lächeln seinen Schatten in einen bunten Regen röntgenreinen Konfettis verwandelt.

Bartholomäus sprang auf, riss Augen und Mund auf. »Er ist weg!«

Wiebke nickte. »Keine Spur mehr. Alles gut. Wie ich es gesagt habe.«

»Ja!«, stieß Bartl hervor und streckte die Hände gen Zimmerdecke. »Ja! Ja! Ja!« Dann breitete er die Arme aus, ging auf Wiebke zu und hob sie in die Luft. »Weg!« Seine grünbraunen Augen leuchteten wie zwei Scheinwerfer. »Weg!« Er ließ sie ein Stück herunter und küsste sie auf den Mund.

Das Brathähnchen beugte sich über den Empfangstresen und sah zum Wartezimmer. Erst runzelte es die Stirn – woher der Krach? –, aber dann glättete ein glücklich sehnsüchtiger Ausdruck sein Gesicht. Auch mal so hochgehoben werden. Auch mal so angestrahlt werden. Auch mal so geliebt werden. Heute würde es ein bisschen länger unter der Sonnenbank liegen bleiben, das Brathähnchen, das half bestimmt. Irgendwann.

Ihre Münder lösten sich voneinander. Sie blickten sich lang an, Wiebke immer noch ein gutes Stück über dem Boden. Erleichterung lag in ihren Blicken, unendliche Erleichterung. Das Wissen, dass es vorbei war. Jetzt erst merkten beide, wie viel von dem Zeug er doch noch in ihnen zurückgelassen hatte. Aber jetzt fiel alles von ihnen ab, tropfte zu Boden und versickerte in der schicksalserprobten Auslegeware des Wartezimmers.

Bartl stellte seine Frau vorsichtig auf die Füße. »Wir beide gehen jetzt feiern!«

»Aber unbedingt!«

Doch daraus wurde nichts. Als die Kellnerin im ›Mangostin‹ ihnen eine gute Stunde später die Vorspeise an den Tisch brachte, klingelte Bartholomäus' Handy.

Er sah auf das Display. »Es ist Kreuzpointner.«

»Geh ran, ich warte so lange mit dem Salat.«

»Kreuzpointner? Was gibt's?

»Kammerlander, es ist was bassiert.«

13. KAPITEL

Dienstag, später Nachmittag
München, Perlacher Forst

So, der kleine Finn bekommt bei Mozart also immer so ein seliges Lächeln in sein schiefes Watschengsicht. Martha Schäpertöns-Völkl verdrehte die Augen. Innerlich natürlich, nur innerlich. Die Habisreuthingerin ging ihr aber allmählich so was von auf den Senkel. Dieses blasierte, großkotzige Getue! Als wäre dieser verwachsene Gnom in seiner sündhaft teuren Silver-Cross-Kutsche der nächste Einstein! Und alles nur, weil ihr Mann jetzt so ein großes Tier bei der MAN war.

Aber man konnte sich seine Nachbarn halt nicht aussuchen. Sicher war ihr damals schon klar gewesen, dass diese Habisreuthingerin eine unmögliche Person war. Das hatte sie ihr gleich angesehen, als sie mit diesem lächerlichen Riesenlaib vom Pfister und dem blau-weißen Salzhaferl aus Porzellan vor der Tür gestanden hatte. Grüß Gott, ich bin die neue Nachbarin. Gerlinde Habisreuthinger. Aber sagen S' doch Gerti zu mir. Und ich dacht mir, Gerti, sagst mal grüß Gott und bringst der Nachbarin ein Willkommensgeschenk vorbei. Sie! Dabei hätte es genau umkehrt sein müssen. *Sie* hätte *ihr* was vorbeibringen müssen. Und dieses falsche Gschau dazu. Martha Schäpertöns-Völkl wusste genau, wie ihre Mutter so eine … Person genannt hätte. G'schupfte Henna, so hätte sie die Habisreuthingerin genannt.

Aber hätte sie sie damals einfach wegschicken sollen? Das macht man ja auch nicht, oder? Ist doch unhöflich. Und freilich hatte sie sie reingebeten und ihr auch gleich das Du angeboten, wo sie das ja eigentlich gar nicht mochte, wenn sie Wildfremde gleich duzten. Und als sie dann fast gleichzeitig schwanger geworden waren und die Habisreuthingerin sie von einem Kurs zum nächsten geschleift hatte – ja, mei, da hatte sie ja auch nicht sagen können »ich hab keine Lust, geh allein zum Schwangerschafts-Bauchtanz«. Herrschaft. Und mit dem täglichen Spazierengehen – morgens und nachmittags! – war es das Gleiche. Das hätte ja völlig damisch ausgesehen, wenn sie beide ihre Kinderwagen zehn Meter hintereinander her durch den Perlacher Forst geschoben hätten, oder? Deswegen hatte sie natürlich gesagt, dass sie gern mit ihr die Spaziergänge machen würde.

Aber eine rechte Gans war sie halt trotzdem, die Habisreuthingerin. Und eine Tratschn war sie auch. Alles, was man ihr erzählte, wusste am nächsten Tag die ganze Nachbarschaft.

»Und weißt du, Martha, wir haben uns überlegt, ob wir nicht jetzt schon mit dem Klavierunterricht für unseren Schnutzi anfangen sollen.«

»Klavierunterricht? Mit acht Monaten?«

»Na ja, weißt, der Schnutzi würde halt nur zuhören. Aber Studien haben ergeben, dass dadurch das Gespür für Musik, für Rhythmus und … Intensität – du weißt schon, was ich meine – schon in diesem zarten Alter gewissermaßen im Unterbewussten verankert werden. Und später muss der Schnutzi das dann gar nicht mehr lernen, sondern er fühlt es quasi. Und dass ein musikalisches Kind später auch viel besser in der Schule ist und überhaupt viel intelligenter wird, weiß man ja auch schon lange.«

Irgendwo muss er's ja herkriegen. »Ja, und da kann er die Musik nicht von einer CD hören?«

»Nein, nein, das ist nicht dasselbe. Ein Klavier versprüht ja auch eine gewisse … Aura, und erst das physische Erlebnis bringt das Unterbewusstsein in Schwingung.«

Martha Schäpertöns-Völkl sah in die lichten Baumkronen. Schwingung, dachte sie, aha. Bei dir schwingt auch einiges, und zwar völlig unkontrolliert.

»Aber erst fahren der Wolfram, der Schnutzi und ich natürlich nach Neuseeland. Wir haben letztens einen virtuellen Rundgang durch das Wohnmobil gemacht, das der Wolfram da unten angemietet hat. Ich wusste gar nicht, dass so was geht! Unglaublich, was das Internet heutzutage alles kann. Und alles tippitoppi! Mit ausfahrbarem Schlafzimmer!«

Als wenn ihr das noch brauchen würdet, dachte Martha Schäpertöns-Völkl. Deine Schwangerschaftskilos hast immer noch nicht herunten, und wennst keinen BH anhättst, würden dir deine Duddeln um den Bauchnabel schlackern. Ein Schlafsack für jeden tät's auch.

»Ah ja, und wann geht's denn los?«

»Nächsten Samstag! Der Schnutzi ist schon ganz aufgeregt! So feinfühlig, wie der ist, spürt der natürlich die Veränderung, die ansteht.«

Oder er hat Blähungen und hat deswegen die ganze Nacht geschrien. »Nächsten Samstag! Ja, des wird sicher ein ganz großes Erlebnis für …« Martha fuhr zusammen und glotzte nach vorn. »Ja … um Gottes …«

Ein Kind war unvermittelt aus dem Gebüsch auf den Waldweg getreten. Oder gestolpert. Gefallen. Das

Hemdchen war zerrissen und dreckverschmiert wie das ganze Mädchen. Aus schreckgeweiteten Augen sah es die beiden Frauen an. Sein Atem ging schnell und keuchend.

»Ja, was ist denn … des?« Gerlinde Habisreuthinger zog ihren Luxus-Kinderwagen näher zu sich.

»Ein Mädel.« Martha ließ ihren Buggy los und ging auf das Mädchen zu, das wie paralysiert wirkte. »Wo kommst denn du her, sag amal?« Sie streckte die Hand aus. »Ist dir was passiert?«

»Martha, pass lieber auf! In der Zeitung hat gestanden, dass die Tollwut grassiert.«

»Schmarrn!« Martha winkte unwirsch nach hinten. »Wie heißt denn du? Wo ist denn deine Mutti? Hast dich verlaufen?«

Das Mädchen starrte auf die Hand, die immer näher kam. Es fing an zu zittern, die Augen weiteten sich noch mehr.

»Du musst keine Angst haben, ich tu dir …«

Das Mädchen drehte sich um und rannte davon.

»Bleib doch da!«, rief ihr Martha hinterher und setzte sich in Bewegung. »Ich tu dir nichts!«

Aber wenige Augenblicke später war das Mädchen aus ihrem Blickfeld verschwunden.

*

Perlacher Forst

Bartholomäus sprang aus dem BMW und lief an einem halben Dutzend Einsatzwagen vorbei auf Kreuzpointner zu. Mit einem Funkgerät in der Hand stand er am Rand des Waldweges und sagte irgendetwas. Weiter hinten tauchte gerade ein Trupp Polizisten zwischen den Stämmen auf.

Josef Kreuzpointner hörte Bartholomäus und drehte sich um. »Nördlich? Herrschaft, wie weit nördlich?«

Eine für Bartholomäus noch unverständliche Antwort kam aus dem Walkie-Talkie.

»Aha ... in Ordnung, mir kommen. Ende.« Kreuzpointner wandte sich Bartholomäus zu. »Einer der Suchtrupps hat die ...«

»Scheiße! Da schießt einer!«, brach plötzlich wieder die krächzende Stimme aus dem Funkgerät. »Da schießt einer!«

»Da schießt einer? Auf euch? Wo?«, rief Kreuzpointner in das Gerät und schaute Bartholomäus an.

»Ja, da, bei uns, M11. Ich weiß nicht, ob er auf uns schießt. Nein. Ich glaub, auf des Madel. Oder doch auf uns. Ich weiß nicht!«

Ganz deutlich krachte ein weiterer Schuss aus den Lautsprechern.

»Scheiße!« Der Mann klang nahezu panisch.

»Kruzefix! Einer oder mehr? Schiaßt da einer oder mehr?«

»Weiß ich auch nicht. Einer, glaub ich. Ich ... Wir brauchen hier das Einsatzkommando!« Laufgeräusche. Der Mann suchte offenbar das Weite.

»Ja ... ja, zieht's euch z'rück!« Kreuzpointner winkte Bartholomäus, mit ihm zu seinem Wagen zu kommen. »An alle Einheiten! Rückzug! Ihr habt's es ghört! Bewaffnete Person oder Personen im Wald unterwegs. Offenbar sucht noch jemand nach dem Madel. Suchtrupps ziehen sich zrück! Ich forder des Einsatzkommando an!«

Bartholomäus fasste Kreuzpointner am Arm. »Das dauert viel zu lange!«

»Ja, aber was soll ich machen?« Er sah Bartholomäus hilflos an und lief weiter. Die Bestimmungen für solche Situationen waren eindeutig und ließen ihm keine Wahl.

»Ihr habt doch schusssichere Westen in den Autos!«

»Ein paar, aber nicht genug für alle. Da draußen sind fast 100 Leut.«

»Dann sollen die paar sich eine Weste anziehen und weiter nach dem Mädchen suchen!« Bartholomäus deutete energisch auf das Walkie-Talkie.

Kreuzpointner war bei seinem Audi angekommen und sah konsterniert nach links und rechts. »Himmelherrgott!« Der Wagen war von zwei Einsatzfahrzeugen eingeparkt.

»Wir nehmen meinen.« Bartholomäus zeigte zu seinem BMW, der weiter hinten stand. Sie drehten um.

»Aber dafür sind die nicht ausgebildet«, sagte Kreuzpointner im Laufen. »Die müssen des nicht tun. Des ist Sache des Einsatzkommandos.«

»Probier's trotzdem!«

Während Kreuzpointner den Funkspruch absetzte, wendete Bartholomäus den BMW in einer Holzschneise. Danach ließ er Kreuzpointner einsteigen und rumpelte über den Feldweg aus dem Waldstück.

»Und? Machen sie's?«

Kreuzpointner zuckte die Schultern. »Werden mir sehn, wenn mir da sind. Ich glaub, ein paar schon.«

»Wohin müssen wir?«

»Nördlich der M11. Ungefähr 500 Meter, ziemlich genau zwischen Grünwald und Oberhaching. Nimm die Linienstraß!« Kreuzpointner holte sein Handy aus der

Tasche und wählte, während er auf dem holprigen Weg kräftig durchgeschüttelt wurde.

»Und ihr glaubt, dass es Rebecca ist?«

»Die Beschreibung von den zwei Frauen, die sie gsehn habn, war recht genau.«

»Ist sie verletzt?« Bartholomäus ließ die Augen nicht von der Fahrspur.

»Konnten sie nicht genau sagn. Aber mir habn an Sanka angfordert. Hallo?«, rief er in sein Handy. »Kreuzpointner hier.«

Bartholomäus wartete, bis Kreuzpointner fertig telefoniert hatte. »Forder lieber gleich noch ein paar Krankenwagen mehr an«, meinte er anschließend.

Kreuzpointner nickte. »Hast recht.« Er sah auf sein Display und wählte erneut. »Ich frag mich, wer da schießt!«

»Jemand, der verhindern will, dass wir Rebecca finden, bevor er es tut. Habt ihr die Eltern erreicht?«

»Die sind bei der Karin und warten.«

Bartholomäus schlitterte auf dem sandigen Weg um eine Kurve und raste aus dem Wald. Jede Sekunde zählte jetzt. Irgendwie musste es Rebecca geschafft haben, ihrem Peiniger zu entkommen, und stolperte seit wer weiß wann durch diesen riesigen Wald. Aber jetzt hatte sie das Aas aufgespürt und setzte offenbar alles daran, dass Rebecca niemandem mehr sagen konnte, was sie erlebt hatte. Und wer dafür verantwortlich war.

Bartholomäus spürte, wie die Wut in ihm aufstieg. Ein Kind! Ein siebenjähriges Mädchen! Bildfetzen traten vor seine Augen. Ein ausgemergelter, geschundener Mädchenkörper, ein tränenverschmiertes Gesicht, panische Augen. Verdammt!

Der BMW jagte die Kaiser-Ludwig-Straße entlang und bog mit quietschenden Reifen in die Oberhachinger Straße, die in die M11 überging. Am Himmel kreisten zwei Hubschrauber, weiter vorn tauchten die Rücklichter eines Mannschaftsbusses auf.

Kreuzpointner hatte das Funkgerät auf Empfang gelassen. Knacken und Rauschen drangen aus dem Lautsprecher, ab und zu eine Stimme. »Nach rechts rüber!«, »Ich nehm mir die Lichtung vor!« Ein Schuss war nicht mehr gefallen. Vielleicht, weil es nicht mehr nötig war zu schießen.

»Ein paar suchen weiter«, sagte Kreuzpointner.

Bartholomäus nickte.

Auf der Linienstraße überholte Bartholomäus den Bus und noch zwei Einsatzwagen. Nach 500 Metern bremste er scharf und ließ den BMW mitten auf der Straße stehen. »Hast du ein Funkgerät für mich?« Bartholomäus stieg aus und streckte die Hand in den Wagen.

»Kammerlander, das Einsatzkommando ist sicher in 20 Minuten da.«

Bartholomäus winkte ungeduldig, und Kreuzpointner gab ihm sein Walkie-Talkie.

»Brauchst du eine Waffe?«

Bartholomäus schob das Walkie-Talkie in den Gürtel und streckte die Hand abermals aus.

Kreuzpointner reichte ihm seine Dienstwaffe. »Und im Bus habn wir auch eine Weste.«

»Scheiß drauf!« Bartholomäus schlug die Tür zu und rannte los.

Er würde nicht ihren Namen rufen, das würde nichts bringen. Seine einzige Chance war, dass er sie zufällig fand, bevor es der andere tat. Irgendwo hier in der

Nähe war Rebecca. Vielleicht hastete sie blindlings weiter durch das Gestrüpp, vielleicht hatte sie sich irgendwo verkrochen. Lag mucksmäuschenstill in einem Erdloch. Dann musste er schon über sie fallen, wenn er sie finden wollte. Oder der andere.

Das Licht im Wald reichte aus. Kaum Unterholz, vor allem hohe Laubbäume, ein paar Nadelbäume. Das Gelände war zumeist flach, ab und zu ging es einen Abhang hinunter oder hinauf. Bartholomäus sah 100, vielleicht 200 Meter weit, bevor sich die Stämme zu einer Wand zusammenschoben.

Nach einer Minute blieb er stehen, sah sich um und lauschte. Nichts bewegte sich außer hoch oben ein paar Baumwipfel. Leises Rauschen, kaum Vögel, das Herz in seinen Ohren. Weiter.

Sein Blick bohrte sich durch den Wald. Ein Gedanke an Friedrich jagte durch sein Hirn. Adler sein, besser sehen können, fliegen können. Auch die Hubschrauber konnten hier nicht wirklich was ausrichten, und die Wärmebildkameras zeigten jeden an, der im Moment hier herumschlich.

Bartholomäus riss sich die Jacke an einem Ast auf, stolperte über eine Wurzel. Er merkte es nicht. Sein Bewusstsein war nur noch Augen, nur noch Ohren. Er unterdrückte die Angst, zu spät zu kommen, verdrängte Bilder, die ihm ein totes Mädchen hinter dem nächsten Baumstamm vorgaukelten. Auch an den anderen wollte er nicht denken. Das kostete zu viel Zeit, Vorsicht kostete zu viel Zeit.

Plötzlich nahm er aus dem Augenwinkel eine Bewegung wahr, und gleichzeitig schrie jemand: »Stehen bleiben!«

Bartholomäus riss die Waffe hoch und fuhr herum.

»Hände hoch! Waffe fallen lassen!« Ein Polizist, der genau auf seinen Brustkorb zielte.

»Ruhig, Kollege!« Bartholomäus hob eine Hand und holte seinen Ausweis aus der Hosentasche.

»Scheiße!«, stöhnte der andere auf und ließ die Waffe sinken. »Fast hätt ich auf Sie gschossn!«

»Da drüben ist nichts?« Bartholomäus zeigte in die Richtung, aus der der Polizist gekommen war.

»Na.« Der Mann war fix und fertig.

»Ihre Kollegen. Sind die auch eher da hinten?«

»Ich glaub schon.«

»Okay, dann gehe ich da rüber.« Bartholomäus deutete mit dem Daumen hinter sich. »Sind Sie bitte so nett und sagen Ihren Kollegen Bescheid, dass ich auch hier bin?«

»Mach ich.« Der Polizist hob sein Funkgerät, und Bartholomäus wandte sich um.

Nach Osten wurde der Wald etwas dichter. Und das Gelände welliger. Bartholomäus musste an einer Stelle sogar die Waffe in seine Jacke stecken, um einen Abhang hinaufklettern zu können. Neben einem umgestürzten Baumstamm machte er kurz halt und meldete sich bei Kreuzpointner.

»Kreuzpointner?«

»Ja?«, knackte es aus dem Funkgerät.

»Ich bin jetzt ungefähr einen Kilometer nordöstlich von dir. Ist das ESK schon da?«

»In drei Minuten.«

»Okay. Wenn, dann ist Rebecca eher hier oder nördlich von mir. Den Westen haben ein paar Streifenpolizisten abgesucht.«

»Ich hab von eurer Begegnung ghört.«

»Schick das ESK in meine Richtung. Ich mache jetzt das Gerät aus.«

»Verstanden. Pass aber auf!«

Bartholomäus erwiderte nichts und schaltete das Gerät ab. In den letzten ein, zwei Minuten hatte ihn dieses gewisse Gefühl beschlichen. Er glaubte, spüren zu können, dass sich die Atmosphäre verändert hatte. Sie war ... dichter geworden, angespannter. Als wäre er hier nicht allein unterwegs. Das konnte natürlich Einbildung sein, Wunschdenken. Andererseits hatte ihn genau dieses Gefühl schon in zahlreichen vergangenen Situationen nicht getrogen. Es war wie ein sechster Sinn, eine Antenne. Er hatte es gespürt, als er damals in diesen Hinterhof in Pasing getreten war. Oder in Ottobrunn, vor ... über zehn Jahren. Und natürlich in der Bowery, kurz bevor er die Reflexion des Gewehres an dem Fenster ...

Ein Schatten! Rechts von ihm! Bartholomäus sah eine Gestalt hinter einem Baum verschwinden. Eine kleine Gestalt, helle Kleidung, Haut, dunkle Haare.

Rebecca!

Er sprintete los. Hatte sie sich hinter dem Baum versteckt? Warum tauchte sie nicht mehr auf? Eine halbe Minute später hatte er die Antwort. Hinter der Baumreihe ging es einen steilen Abhang hinab. Ein urzeitliches Bachtal, eine Regenschneise, was auch immer.

Aber da unten war sie nicht! Nirgends!

Bartholomäus hastete die steile Böschung hinab, sah nach rechts, nach links. Aber nicht nach unten. Wo sich sein Fuß in einer Wurzel verfing. Ohne eine Chance, sich noch abzufangen, krachte er der Länge nach auf den Waldboden, überschlug sich, rutschte noch tiefer hinab, hörte etwas reißen, spürte einen Schlag gegen den Schädel. Dann erst bremste ihn ein Felsbrocken.

Stöhnend rappelte sich Bartholomäus auf. Und sah Rebecca! Oben! Auf der Böschung. Sie starrte auf ihn hinab. Schlotterdürr, nur im Hemd, zerkratzt, zerzaust, völlig verängstigt.

Jetzt nur keine schnellen Bewegungen! Sie nicht verschrecken!

Dann knackte ein Zweig. Laut und deutlich. Und oben. Hinter Rebecca, die auch sofort herumfuhr. Aber nicht weglief, sondern wie festgenagelt stand.

Bartholomäus krabbelte, so schnell er konnte, auf allen vieren den Hang hinauf. Der Untergrund gab immer wieder nach, es ging quälend langsam. Wie in einem Albtraum, in dem man nicht vorwärtskam.

Rebecca stand noch immer. Und es knackte wieder. Bartholomäus hatte noch drei Meter, dann konnte er über die Kante sehen. Noch drei Meter zu Rebecca. Er zog sich an einem schmächtigen Bäumchen hinauf, krabbelte wieder, schnaufte, keuchte. Noch zwei Meter. Sein Hirn war leer und voll zugleich. Er griff nach der Waffe.

Weg! Sie war weg! Die Jackentasche war zerrissen! Weg!

Noch ein Meter. Jetzt konnte er fast nach Rebeccas Füßen greifen. Noch ein letzter Sprung nach oben, dann war er bei ihr. Bartholomäus drückte sich ab, kam über den Rand der Böschung.

Und sah den gewaltigen Schemen.

Der Mann war völlig verblüfft. Seine Pistole auf Rebecca gerichtet, glotzte er Bartholomäus an wie eine Erscheinung. Aber auch Bartholomäus konnte sich eine gefühlte Ewigkeit nicht bewegen. Er kannte den Mann, hatte ihn schon einmal gesehen. Dieses Lid, dieses hängende Lid, dieses Gesicht, dieses ... dumme Gesicht.

Die Mündung der Pistole wanderte zu ihm, und der Fremde machte noch einen Schritt vorwärts. Einen unsicheren, ungelenken Schritt.

Jetzt erst konnte sich Bartholomäus aus seiner Starre lösen. Er packte Rebecca von hinten, die laut und wild aufschrie, wirbelte sie herum, sodass er zwischen sie und den Mann kam, presste sie an sich, schützte ihr Gesicht mit einer Hand und sprang die Füße voran den Abhang hinunter.

Ein Schuss explodierte.

*

Südlich von München

Sie war immer noch so wunderschön. Ihre langen, dunklen Haare, die sich wie schwarze Seide um ihre schmalen Schultern legten, der sinnliche Mund, der sogar jetzt noch leicht offen stand, die sanft geschwungenen Augenbrauen. Wie Dornröschen.

Ein wehmütiges Lächeln umspielte seine Lippen. Sie war einfach perfekt gewesen, das war ihm gerade in den letzten Monaten immer klarer geworden. Natürlich sahen auch andere Frauen super aus, himmelten ihn an und ließen im Bett kaum etwas zu wünschen übrig. Francesca beispielsweise, die sich als wahre Granate entpuppt hatte. Erst so zugeknöpft und fast ein wenig verklemmt, und dann diese Explosion. Wow! Er musste nur an sie denken, dann bekam er immer noch sofort einen Ständer. Aber ihr wie all den anderen hatte dieses gewisse Etwas gefehlt, von dem er auch heute noch nicht genau sagen konnte, was es war. Ganz abgesehen davon, dass ihn die Schlampe zur falschen Zeit am falschen Ort hatte überraschen wollen. Er hasste Überraschungen.

Er beugte sich hinunter und strich ihr über die kalte Wange. Fuhr mit dem Finger über ihren Hals bis zu der kleinen Kuhle unterhalb ihrer Kehle. Drosselgrube hieß das Ding, wenn er sich richtig erinnerte. Zeichnete ein paar der Symbole auf dem Amulett nach, das er ihr geschenkt hatte.

Und du hattest es, mein Herz. Du hattest das alles. Was immer es auch war. Wir hätten es uns so schön machen können, du und ich. Vielleicht sogar für immer, wer weiß.

Na ja, für immer wohl nicht, gestand er sich achselzuckend ein. Aber doch für eine lange Zeit. Wo lag denn das Problem, mein Herz, hm? Ich verstehe es immer noch nicht. Du hättest sie sehen können, so oft du wolltest. Sie wäre ja nicht aus der Welt gewesen, ganz und gar nicht. Meine Güte, Kinder! Die wollen heute das und morgen das. Die wusste doch gar nicht, was gut für sie war. Aber nein, du musstest deinen Kopf durchsetzen. Mir blieb also gar nichts anderes übrig, verstehst du? Ich musste das tun. Für uns!

Er schob den Unterkiefer nach vorn und ließ die Zähne knirschen. Das alles regte ihn immer noch maßlos auf. Am liebsten hätte er sie aus ihrem kalten Sarg geholt und einmal kräftig geschüttelt. Dass sie das nicht hatte einsehen wollen! Unbegreiflich! Ein fantastisches, sorgenfreies Leben hatte vor ihnen gelegen, aber sie fand es nur schön, wenn permanent dieses laute, dauerquasselnde, megaanstrengende Gör um sie herumhüpfte. Mama, guck mal, Mama, gehen wir in den Zirkus, Mama, aufstehen,

Mama dies und Mama das! Scheiße, Mann, wer braucht denn so was? Drecksverdammtescheißkinderscheiße.

Er schloss die Klappe und wandte sich um. Mistkinder. Und danach hatte er ihr doch echt alle Zeit der Welt gegeben, um über den Verlust hinwegzukommen, oder? Hatte sich alle Mühe gegeben, ebenfalls betroffen und traurig zu sein, hatte diesem Privatdetektiv jede Menge Geld für nichts und wieder nichts in den Rachen geschmissen und zwei Monate auf Sex verzichtet. Zwei Monate! Das Einzige, was ihn in dieser Zeit nicht hatte explodieren lassen, war der Gedanke an das, was dieser Hertlingshausen gerade mit der kleinen Fotze anstellte. Am liebsten hätte er ihn gefragt, ob er mal dabei zusehen dürfte.

Und dann, mein Schatz, dieser absolut bescheuerte Fehler. Ich hatte dir doch gesagt, dass ich es nicht ertragen könnte, wenn du mich verlässt, oder? Habe dir sogar von meiner Mutter erzählt, was ich vorher noch nie getan hatte. Dass sie mich nächtelang allein gelassen hat, nur um ihre Stecher besuchen zu können. Habe ich dir erzählt! Und allein daran hättest du sehen können, wie sehr ich dich geliebt habe.

Er schüttelte den Kopf, als er die Kellertreppe hinaufging. Nein, nein, dummer Fehler. Du hättest das nicht sagen dürfen, weißt du. Auf keinen Fall. Und ich bin zuerst auch ganz ruhig geblieben, nicht wahr? Habe dir gesagt, dass du das nicht so meinst und dass du dich beruhigen musst. Und erst als du angefangen hast, den Badezimmerschrank auszuräumen, bin ich böse geworden. Weil das nicht geht, mein Herz, nein, nein. Nur ich sage, wann etwas zu Ende ist, nur ich. Das wusstest du, das wusstest du ganz genau. Weil ich es dir …

Sein Pager ging. Er griff in die Hosentasche und sah auf das Display. Es war Trellenberg. Auf den hatte er jetzt überhaupt keinen Bock. Aber er musste den Typen wieder runterbringen. Kundenpflege. Vielleicht schlug er ihm einen Ersatz für Rebecca vor? Das würde ihn ein bisschen ablenken. Ein anderes Drecksverdammtesscheißkind.

15 Minuten später hielt er neben seiner üblichen Telefonzelle und wählte Trellenbergs Nummer.

»Ja?«, meldete sich der Mann nach dem ersten Klingelton. Er klang gehetzt und panisch.

»Ich bin's.«

»Hat er sie?«, bellte es aus der Muschel.

»Nein, die Bullen waren leider schneller.«

»Was? Um Gottes willen! Um Gottes willen!« Trellenberg hörte sich an, als klappte er jeden Moment zusammen.

»Beruhigen Sie sich. Das ist absolut kein Beinbruch.«

»Kein Beinbruch?« Trellenberg lachte heiser. »Die hat mein Haus gesehen, meinen Garten! Und hat sich ganz sicher gemerkt, wo es steht!«

»Herr Trellenberg, ich gehe mal nicht davon aus, dass sie mit Rebecca Mensch-ärgere-dich-nicht in Ihrem Keller gespielt haben, oder?«

»Was, zum Geier, hat denn das damit zu tun?«

»Ich will damit sagen, dass das Mädchen mit Sicherheit traumatisiert ist und auf seiner Flucht ganz bestimmt anderes zu tun hatte, als sich zu merken, wo Ihr Haus steht und wie es da wieder hinfindet.«

Trellenberg schwieg einen Moment. »Ja, aber … das legt sich doch nach einiger Zeit. Und dann weiß sie es wieder.«

»Erstens dauert das oft Jahre bis Jahrzehnte, bis sich das legt – wenn überhaupt –, zweitens wird es mit jedem Tag, der vergeht, noch unwahrscheinlicher, dass sie sich an den Fluchtweg, Ihr Haus oder Ihren Garten erinnert, und drittens lassen die Ärzte die Bullen so schnell erst mal nicht an das Mädchen ran.« So ganz sicher war er sich nicht, ob das alles so stimmte. Aber es klang plausibel und erfüllte wahrscheinlich seinen Zweck.

»Lassen sie nicht?«

»Sicher nicht. Die fassen sie die nächsten Monate nur mit Samthandschuhen an, und einzig die Psychos dürfen zu ihr.«

Trellenberg grunzte skeptisch. »Aber an irgendetwas erinnert sie sich mit der Zeit doch bestimmt?«

»An das eine oder andere, ja. Aber wenn Sie nicht gerade eine zweite Nase im Gesicht oder den einzigen Privat-Elefanten von ganz München im Garten haben, dürfte den Bullen das wenig nützen.«

»Was reden Sie da?«

»Sind Sie in irgendeiner Weise besonders auffällig, haben Sie eine Narbe im Gesicht, ein Tattoo, nur ein Auge, Verbrennungen? Hat Ihr Haus etwas, das andere Häuser nicht haben? Logiert in Ihrem Garten ein Zirkus?«

»N… nein, nichts dergleichen. Ich sehe … völlig normal aus. Also nicht ungewöhnlich oder auffallend oder so. Und mein Haus … ein Haus eben. Veit kennt es, fragen Sie den.«

»Na also. Dann kann sich die liebe Rebecca ja ruhig erinnern, und die Bullen können sich mit einer Million Normalos und Normalohäusern herumschlagen.«

Trellenberg verstand. Und beruhigte sich etwas. »Sollte

man vielleicht trotzdem versuchen, Rebecca ausfindig zu machen und sie … Sie wissen schon.«

»Zum Schweigen bringen?«

»Daran … dachte ich, ja. Ich bin auch gern bereit, für die Kosten aufzukommen.«

»An Rebecca kommen wir im Augenblick nicht ran, Herr Trellenberg, unmöglich. Die Polizei wird sie erstens bewachen und zweitens irgendwo hinbringen, wo sie keiner findet. Und die Eltern ebenfalls, sodass wir uns auch nicht an die Eltern dranhängen können, wenn sie sie besuchen.«

»Aber so viele Kindertraumatologen gibt es in München nicht. Ich habe schon mal ein bisschen recherchiert. Die besten sitzen in der Hauner'schen Kinderklinik. Ich meine, könnte nicht mal jemand vorbeifahren und sich ein wenig umhören? Vielleicht erfährt man ja doch was?«

Er seufzte. »Wenn es Sie beruhigt, dann kümmere ich mich gern darum.« Oder auch nicht.

»Danke. Und was soll ich jetzt machen? Am besten alles vernichten, oder? Keller ausräumen, Spuren beseitigen, das ganze Programm eben.«

»Herr Trellenberg.« Er gab sich ansatzweise belustigt. »Sie müssen sich wirklich keine Sorgen machen. Da passiert nichts, glauben Sie mir. Und Ihren Keller können Sie lassen, wie er ist. Ich für meinen Teil sähe auch keinerlei Problem darin, mich für Sie nach einem geeigneten Ersatz umzusehen. Und aufgrund der besonderen Umstände könnte ich Ihnen da finanziell durchaus entgegenkommen.«

»Sie meinen …?« Trellenberg war bass erstaunt. »Ich … soll …«

»Warum nicht? Ich kann mich ja mal ganz unverbindlich umhören, und Sie sagen mir dann Bescheid.«

Trellenberg dachte nach. Atmete ins Telefon, sagte eine Weile nichts. »Ich … ich muss da erst noch drüber nachdenken. Ich melde mich dann bei Ihnen. Aber Sie … können sich gern schon einmal umhören. Ja.«

»Okay. Ach ja, und Ihre Haushälterin betreffend, müssen Sie sich auch keine Sorgen machen. Da hat sich Veit drum gekümmert. Das Einzige, was Sie tun müssen, wenn die Polizei bei Ihnen vor der Tür steht, ist, ruhig bleiben. Sie war da, hat wie immer das Haus geputzt, aber Sie haben sie nicht getroffen, sie war schon weg, als Sie nach Hause kamen. Klar?«

»Klar. Ja … gut.«

Jemand klopfte von außen gegen die Tür der Telefonzelle. Er drehte sich um und bedeutete der jungen Frau mit einem charmanten Lächeln, dass er gleich fertig sei.

»In Ordnung. Also, Herr Trellenberg, noch mal: Machen Sie sich keine Sorgen, wir haben alles unter Kontrolle. Und wegen der anderen Sache lassen Sie sich Zeit und sagen mir Bescheid, sobald Sie es wissen.«

»Ja, genau. Dann … auf Wiederhören.«

»Wiederhören.«

Er legte auf und verließ die Telefonzelle. »Entschuldigen Sie, bitte«, sagte er zu der jungen Frau und hielt ihr die Tür auf. »Jetzt gehört sie ganz Ihnen.«

»Schon okay.« Sie lächelte ihm freundlich zu.

Nettes Ding, dachte er. Die in klein, dann hätten wir einen Ersatz für diese Ulrike. Pechschwarze lange Haare, dunkler Teint, dunkelblaue Augen. Nur 20 Jahre jünger.

*

Eine echte Marktlücke. Wiebke sah sich den vor ihr liegenden Rasen an. Maulwurfhaufen, wohin man sah. Bis hinunter zum Fischweiher. Es war nur eine Frage der Zeit, bis diese pelzigen Monster die Fairways entdeckten. Und es gab kein auch nur halbwegs probates Mittel dagegen. Wenn das mal jemand entdeckte, würde er Millionen machen.

Sie hatten es mit Ultraschall versucht, mit stinkenden Lavasteinen und sogar mit Gülle, die sie in die Gänge gepumpt hatten. Nichts. Die Bande hatte unbeeindruckt weitergebuddelt. Rudi, Xavers grober Gehilfe, hatte sich daraufhin angeboten, den Maulwürfen mit einer Gartenschaufel aufzulauern. Da sei er gut drin. Und wenn sie dann einen Hügel frisch aufwerfen, hau ich ihnen eins über den Schädel und das war's. Das Ganze natürlich auf Bayerisch und mit unzweideutigen Gesten und Lauten untermalt. Zack und so. Feierabend. Haha. Aber das wollte sie nicht. Auch Maulwürfe waren fühlende Lebewesen. Irgendwie. Wenn sich allerdings an einem der nächsten Morgen ein frischer, bröselig brauner Erdkuchen auf Bahn eins erheben sollte, dann konnte es durchaus sein, dass sie ihre Tierliebe vergaß und auf Rudis Angebot zurückkam.

Wiebke drehte den Kopf. Was war denn das? Weinte da jemand? Sie lauschte. Ja, ja, hörte sich fast so an. Da schluchzte jemand. Sie ging ein paar Schritte nach rechts und sah hinter den kleinen Gartenpavillon. Blieb überrascht stehen.

»Susan? Theresa?«

Susan Seidenberg kauerte auf der Holzbank hinter dem Pavillon und weinte bitterlich. Neben ihr saß Theresa Eberhartinger, Xavers Frau, streichelte ihr über den Kopf und redete auf sie ein.

Theresa winkte sie energisch zu sich. »Frau Kammerlander, guad dass Sie kommen. Mir müssn da irgendwas unternehmen.«

»Was … ist denn passiert? Susan? Was hast du denn?«

»Gschwängert hat er's, der Saubeitl.«

»Wie … wer …?« Wiebke war irritiert. »Susan? Du bist … schwanger?«

Susan Seidenberg nickte, ohne aufzusehen, und schluchzte noch ein bisschen lauter.

»Und das war … so nicht geplant?« Blöde Frage, dachte sich Wiebke, noch bevor sie den Satz zu Ende gebracht hatte. Sonst würde sie ja wohl kaum hier sitzen und heulen wie ein Schlosshund.

»Nein!«, wimmerte Susan.

»Überhaupts nicht plant war des!«, schaltete sich Theresa wieder ein. »Aber des hätt sich der Herr Reschisör vorher überlegn müssn.« Theresa hob missbilligend die Augenbrauen, ganz weit hob sie sie, und Wiebke musste für einen Moment an das Beil einer Guillotine denken, das vom Scharfrichter nach oben gezogen wurde.

Hans von Weyen. Dass zwischen den Filmleuten ein etwas kompliziertes Beziehungsgeflecht herrschte, war Wiebke schon zu Ohren gekommen. Und in diesem Zusammenhang eben auch, dass Susan in Hans von Weyen verliebt war, der jedoch nichts von ihr wollte. Was aber so offenbar nicht ganz stimmte. Zumindest in einer Hinsicht.

»Und … was sagt Herr von Weyen dazu?«

»Der woaß des noch gar ned.« Die Guillotine sauste herab. »Wia kann der oide Depp so was machn, ha? Die is ja noch a Kind, Herrschaftszeiten!«

Theresa war auf 180. Und wenn das alles stimmte, konnte Wiebke das auch durchaus nachvollziehen. Susan Seidenberg war ein Ausbund an Naivität und Unerfahrenheit. Ein junges Ding, das mit seinen Gefühlen völlig überfordert war. Und mit dem bisschen Berühmtheit, das in den letzten Monaten über sie hereingebrochen war. In der einen Minute hüpfte sie lachend durchs Foyer, in der nächsten rannte sie heulend aufs Klo. Sie vertraute jedem, trug ihr Herz auf der Zunge und hatte allem Anschein nach überhaupt keine Ahnung, was ihr draller, einladender Körper bei den Männern anrichtete. Kurzum – für einen erfahrenen Ladykiller wie Hans von Weyen ein allzu leichtes Opfer.

»Und du bist dir ganz sicher?« Wiebke beugte sich zu Susan hinab.

Susan sah sie erschrocken an. »Es kann nur er gewesen sein!«

»Nein, ich meinte mit der Schwangerschaft.«

»Ach so. Ja.« Sie hielt ihr einen Schwangerschaftstest unter die Nase. Rosa. Mist.

Wiebke überlegte. Warum Susan von Weyen noch nichts gesagt hatte, lag auf der Hand. Hans von Weyen war sicher nicht der Wir-gründen-eine-kleine-Familie-und-werden-zusammen-alt-Typ. So schlau war selbst Susan Seidenberg. Schon bei dem Wort ›Kind‹ würde er sie fallen lassen wie eine heiße Kartoffel, um sie anschließend auf dem Misthaufen seiner Verflossenen zu kompostieren. Und selbst wenn sie das Kind nicht bekam, würde von Weyen sie abservieren. Sei es aus einer verqueren Art von schlechtem Gewissen oder weil er ihr einfach nicht mehr traute. Schließlich war es aus Sicht eines Hans von Weyen sicher Sache der Frau, solchen Unfällen vorzubeugen.

»Was … hast du jetzt vor? Was willst du tun?«, fragte Wiebke vorsichtig.

»Ich … ich weiß nicht. Hans mag doch keine Kinder. Er mag sie doch nicht.« Wieder begrub sie ihr Gesicht in den Händen und schluchzte hemmungslos. »Aber ich liebe ihn doch so sehr!«

Was jetzt heißt?

»Mag koane Kinder ned!«, echauffierte sich Theresa. »Wenn i des scho hör! Wer mag denn koane Kinder ned, ha? Dann hätt er erst gar ned sein …«

Wiebke warf ihr einen warnenden Blick zu und schüttelte kurz den Kopf.

»Also … i moan … Kinder mog doch ein jeder, oder?«

»Hans nicht, ganz und gar nicht«, jammerte Susan. »Was soll ich nur tun? Oh Gott, was soll ich nur tun? Ich kann doch dieses kleine Ding nicht … oh Gott!«

»Na, na, des geht gar nicht! Da darfst ned mal dran denkn, Madl!« Theresa stand entschlossen auf. »I tät sagn, mir gehn jetzt alle zamma zu dem Gloiffe und redn mit ihm, ha? Der soll sich a sein Kopf zerbrechn und ned bloß …«

»Nein, bitte nicht!«, flehte Susan Seidenberg und nahm Theresas Hand. »Nicht!«

»Ned? Ja, warum nachher ned?« Die Guillotine wurde wieder in Position gebracht.

»Ich muss … nachdenken. Ich muss mir erst über einiges klar werden.« Susan Seidenberg lächelte tapfer und wischte sich eine Träne ab.

Wiebke nickte. »Das ist sicher das Beste. Nichts überstürzen, dazu ist die Sache zu ernst. Nimm dir Zeit, geh das in Ruhe an. Und wenn du mit jemandem reden willst oder Hilfe brauchst – jederzeit.«

»Danke.« Susan schniefte und erhob sich.

Theresa nickte bestimmt. »Sag einfach Bscheid, gei! Weil mir Fraun, mir müssn scho zammahaltn gega de Mannerleit.«

*

Hatte er sich doch nicht getäuscht. War das schon derselbe Mann gewesen, den er da im Wald gesehen hatte. Er hatte ja erst gemeint, dass er sich getäuscht hätte. Bestimmt. Nachmittags, als er wegen der Susan hierhergekommen war. Und gesehen hatte, dass sie wirklich in diesem Hotel wohnte, wie er es in der Zeitung gelesen hatte. Auf einmal war sie um die Ecke gekommen. Noch viel schöner als auf dem Bild in der Zeitung. Ganz auf einmal hatte sie da gestanden. Ihm war richtig blöd im Kopf geworden. So blöd, dass er ihr sogar bis zum See hinterhergegangen war. Und hätte ihn der Chef nicht angerufen und gefragt, was jetzt mit dieser Rebecca war, dann hätte er sie vielleicht sogar was gefragt, so damisch wie er gewesen war. Obwohl er jetzt gar nicht wusste, was er sie fragen hätte sollen. Aber das war ja egal, weil ja der Chef vorher angerufen hatte.

Und dann hatte er diesen Polizisten im Wald gesehen, und irgendwie hatte er danach gedacht, dass er den kannte. Weil er ihn schon mal gesehen hatte. Und nach einiger Zeit war es ihm so vorgekommen, dass er den vorhin im Hotel gesehen hatte. Ja, und er hatte recht gehabt. Der Mann wohnte auch hier. Nicht in dem Hotel selbst, sondern in dem Haus daneben, in das er vorhin mit dieser Rothaarigen reingegangen war.

Und jetzt? Veit schaute durch den Busch, hinter dem

er stand, auf den großen Vogelkäfig auf der Rückseite des Hauses. Da saß ein Adler drin. Der Mann hatte einen Adler als Haustier. Ein Polizist mit einem Adler. Eigentlich hatte er immer gedacht, dass Polizisten nur Hunde hatten. Oder ein Pferd. Aber keinen Adler nicht. Überhaupt war der Mann ihm irgendwie … unheimlich. Wie er da einfach im Wald diesen Abhang hinuntergesprungen war. Er selbst hätte sich alle Knochen gebrochen. Aber der Mann hatte das Mädel gepackt und war mit ihr da runtergesprungen. Und wie er ihn angeschaut hatte. So … als … irgendwie … normalerweise schauten ihn die Leute nie so an. So … direkt. Normalerweise schauten die Leute immer weg, wenn sie ihn anschauten. Aber der nicht. Der hatte ihn ganz genau angeschaut. Mit seinen dunklen Augen.

Wieder überlegte Veit, ob er nicht besser den Chef anrief und ihm davon erzählte. Darüber hatte er schon auf der Herfahrt nachgedacht. Aber dann müsste er dem Chef auch sagen, dass er diese Rebecca nicht die ganze Zeit gesucht hatte, sondern zwischendrin hier zu dem Hotel gefahren war.

Spinnst du, Veit? Warum denn?

Ja, mei, weil ich halt unbedingt wissen wollt, ob die Susan wirklich in dem Hotel wohnt.

Welche Susan?

Die aus der Zeitung. Die mit dem weichen Busen. Die mich so damisch im Kopf macht.

Nein, besser war es, wenn er ihn nicht anrief. Weil der Chef ihn dann zu viele Fragen fragen würde. Und Kopfweh hatte er seit heute Nachmittag eh schon genug.

Aber dieser Mann da, dieser Hotel-Polizist, war ihm unheimlich. Fast fürchtete er sich ein bisserl vor ihm.

Nicht weil er ihn gesehen, sondern weil er ihn so angeschaut hatte. Mit diesen Augen. So mochte er nicht angeschaut werden. Da wurd's ihm kalt. Und er sah sie immer noch, diese Augen, wenn er seine zu machte. Jedes Mal.

Am liebsten wäre ihm gewesen, wenn der jetzt ganz weit weg fahren würde. Und nie mehr wiederkommen tät. Oder noch besser, es gäb ihn gar nicht mehr.

14. KAPITEL

Mittwoch
München

Ein Sonnenstrahl spiegelte sich in einem der bleigefassten Rundfenster von St. Michael, und Bartholomäus Kammerlander bemerkte es aus dem Augenwinkel. Er sah hinauf zu der alten Jesuitenkirche, während er durch das Portal des Polizeipräsidiums lief. Erzengel Michael, der Bezwinger Satans, des Inbegriffs alles Bösen. Sandte ihnen sein gleißendes Strahlenschwert als Zeichen seiner Unterstützung. Die Sache war nur, dass er nicht an den Erzengel glaubte. Und an Satan auch nicht. Wobei ihm dessen Werdegang immer sehr plausibel erschienen war. Stolz, Respektlosigkeit, Lust hatten ihn dereinst fallen lassen. Und die Willensfreiheit, die vor allem. Genau die seelischen Befindlichkeiten, denen die allermeisten Verbrechen geschuldet waren. Und die jeden Menschen irgendwie und irgendwann heimsuchten. Was wiederum der Grund dafür war, weswegen er nicht an Satan glaubte. Und wenn es ihn doch je gegeben haben sollte, war er nicht gefallen, sondern gesprungen. Genau wie jeder andere Verbrecher.

Gesprungen. Während Bartholomäus die Treppen zu Kreuzpointners Büro nahm, jagten wieder die Bilder aus dem Wald durch seinen Kopf. Dieses Gesicht, wegen dem er sich seit gestern das Hirn zermarterte, der Schuss, der haarscharf an seinem Ohr vorbeipfiff, der steile Abhang, den sie hinabschlitterten, das schreiende Mädchen. Der Schatten oben an der Kante, das Aufblitzen einer Pistole, die Rufe der Männer vom ESK. Wären sie zehn Sekunden später aufgetaucht, hätte er jetzt wahrscheinlich schon gewusst, ob es den Erzengel vielleicht doch gab. Oder Satan.

Als Bartholomäus das Büro betrat, standen Kreuzpointner und Karin Reichlmair vor einem der Bildschirme. Zillenbiller saß in der Besprechungsecke und las Zeitung, Otto Hauser machte ihm gegenüber Dehnübungen für den Nacken.

Kreuzpointner sah auf. »Ah, Kammerlander. Morgen. Wie geht's dir?«

»Morgen. Gut, danke.«

»Mensch, Bartl, du Held!« Reichlmair strahlte ihn an. »Des war ja eine Aktion gestern! Ich nenn dich ab jetzt nur noch James. James Bartl!«

Bartholomäus lachte verhalten. »Was schaut ihr an?« Er nickte zum Monitor.

»Ist wegen dem Haar«, antwortete Karin. »Aber wie's aussieht, kennen wir die nicht.«

»Die?« Bartholomäus kam näher. An Rebeccas Kleidung hatte sich ein einzelnes, mittellanges, braunes Haar gefunden, das sofort ins Labor gewandert war.

»Ja. Es ist von einer Frau, die schon ein bisserl älter ist. Um die 50 oder 60. Aber der DNA-Abgleich ist negativ. Wir hatten noch nicht die Ehre.«

»Zumindest was die DNA angeht«, erwiderte Bartholomäus und blickte auf den Monitor. Wobei auch ihm klar war, dass es 1.000 Gründe für das Haar geben konnte.

»Setzn mir uns nüber, oder?« Kreuzpointner nahm seine Unterlagen und ging zur Besprechungsecke. Reichlmair und Bartholomäus folgten.

»Und?«, fragte Karin und setzte sich neben Hauser. »Hält er noch ein bisserl, dein Kopf? Wär ja schad drum, wenn du den auf einmal verlierst.«

Hauser gewährte ihr ein gelangweiltes Lächeln und stellte seine Gymnastik ein.

Zillenbiller klappte die TZ zusammen und warf sie auf einen Stapel anderer Zeitungen, die neben ihm auf dem Tisch lagen. »Wie mir gmeint habn. Die meistn Zeitungen glaubn, dass es Rebecca war, die mir gestern im Wald gfundn habn. Aber nix Genaus wissen s' natürlich ned.«

Aufgrund der laufenden Ermittlungen und um sowohl das Mädchen als auch deren Eltern zu schützen, hatte die Münchner Polizei eine absolute Informationssperre verhängt, was die gestrigen Ereignisse betraf. Daher musste sich die lokale Presse mit Spekulationen begnügen, die sich aber verständlicherweise um die erst vor zehn Tagen entführte Rebecca rankten.

»Und so ganz sicher sind sie sich auch ned, weil eine Zeugin gsagt hat, dass des Madl dunkelblonde Haar ghabt hat, und de ander hat gesagt, dass s' braune Haar ghabt hat.«

»Zeugin? Was für Zeuginnen?«, wunderte sich Kreuzpointner.

»Des warn sicher die zwei Bixlmadams, die uns verständigt haben«, vermutete Karin Reichlmair.

»Aber denen haben mir doch auch gesagt, dass sie ihre Beobachtungen erst mal für sich bhalten sollen. Außerdem waren die doch gar nicht mehr vor Ort, als die Presse eingflogen ist.«

Karin Reichlmair zuckte die Schultern.

Zillenbiller hatte unterdessen in den entsprechenden Artikeln nachgesehen. »Eine Frau H. und eine Frau S.-V. war des.«

»Ja, ja, des sind die zwei«, meinte Reichlmair. »Die eine hat Habisreuthinger gheißen und die andere«, sie blätterte in ihrer Akte, »Schäpertöns-Völkl. Furchtbar. Wahrscheinlich habn die sich selbst bei der Zeitung gmeldet. Ich hab beide genossen und mich tät des überhaupt nicht wundern. Die eine mehr Gschaftlhuaberin als die andere.«

Kreuzpointner fluchte leise.

»Sobald die Zeitungsfritzen merken«, meldete sich Hauser zu Wort, »dass Rebeccas Eltern ausgeflogen sind, werden die eins und eins zusammenzählen, und dann ist es sowieso raus.«

»Wo sind die Eltern jetzt?«, fragte Bartholomäus. »Und Rebecca?«

Rebecca Uhland, soweit Bartholomäus' letzter Kenntnisstand, war nach den dramatischen Ereignissen im Perlacher Forst zuerst in die Hauner'sche Kinderklinik gebracht worden, wo man sie notdürftig untersucht und versorgt hatte. Ein eingehender medizinischer Check hatte sich angesichts ihres Zustandes zunächst verboten. Rebecca war einerseits völlig apathisch gewesen, nahezu katatonisch, schrie aber andererseits bei der leichtesten Berührung wie am Spieß. Rein äußerlich schien sie jedoch unversehrt, hatte nur ein paar Schürfwunden und Kratzer, keine Knochenbrüche. Ob und wie sie missbraucht worden war, hatte sich noch nicht feststellen lassen. Dass sie jedoch aufs Heftigste traumatisiert war, lag auf der Hand, weswegen sie in die Obhut einer erfahrenen Kinderpsychiaterin gegeben worden war. Auch deswegen hatte man sich für die Hauner'sche Kinderklinik entschieden, weil hier einige der besten Kindertraumatologen praktizierten.

Aber natürlich konnte Rebecca nicht in der Klinik bleiben. Wenn ihr Peiniger oder ihre Peiniger – denn es war durchaus möglich, dass sie es nicht mit einem Einzeltäter zu tun hatten – nicht davor zurückschreckten, auf das Mädchen oder sogar auf Polizisten zu schießen, war ein Klinikzimmer sicher der falsche Ort, um Rebecca zu verstecken. Wobei von Versteck keine Rede sein konnte. Die Kerle mussten sich nur an die Eltern hängen, und schon wussten sie, wo die Kleine war. Sicher, sie konnten Wachen vor der Tür postieren. Aber würde das die Schweine abhalten? Und war das die Umgebung, die Rebecca jetzt brauchte? Nein, dass Rebecca dort nicht bleiben konnte, war von Anfang an klar gewesen. Und auch die Eltern mussten so lange von der Bildfläche verschwinden, bis die Sache zu einem Ende gebracht war.

»Auf einem Bauernhof in der Näh von Fürstenfeldbruck«, antwortete Kreuzpointner. »Er liegt allein, keine Nachbarn, die Fragen stellen könntn. Eine Mitarbeiterin vom Jugendamt kümmert sich um die Familie, und eine Hauptmeisterin in Zivil habn mir aus Sicherheitsgründen auch einquartiert. Die Ärztin selbst fahrt raus, so oft sie kann. Aber sie hat schon gsagt, dass des Maderl jetzt vor allem Ruhe braucht. Und viel Zeit.«

»Wie viel Zeit?«, fragte Zillenbiller. »Weil, wenn de des Dearndl erschießn wolltn, dann wahrscheinlich deswegn, weil s' was weiß. Und des wär ja auch ziemlich interessant für uns, oder?«

Kreuzpointner lächelte müde. »Mei. Ihr wissts ja, wie

des ist. Jetzt habn nur die Ärzte des Sagn. Erst wenn die uns grünes Licht gebn, können mir mit dem Kind redn. Aber des kann ewig dauern.«

»Vielleicht sagt sie ja den Ärzten was?«, überlegte Reichlmair.

»Vielleicht hat der Papst ein Playboy-Abo«, meinte Hauser lakonisch.

»Depp!« Karin Reichlmair zeigte ihm einen Vogel. »Kann doch sein, oder?«

»Durchaus. Es gab ja sogar mal eine Ausgabe mit als Nonnen verkleideten Playmates, wenn ich mich recht erinnere.«

»Echt?«, staunte Zillenbiller. »Wann?«

Karin Reichlmair stöhnte, Hauser ertrug lächelnd die Dummheit dieser Welt und die von Zillenbiller im Besonderen.

»Die Ärztin hat gemeint, dass sie Rebecca vorerst noch nicht auf die Vorfälle ansprechen wird«, sagte Kreuzpointner. »Ich hab mit ihr gestern Abend noch telefoniert. Nur wenn sie von selbst damit anfangt, dann würd sie natürlich mit ihr drüber redn.«

Bartholomäus nickte stumm. Damit hatte er gerechnet. Rebecca als Zeugin konnten sie vergessen. Die Notwendigkeit, dass das Mädchen irgendwann wieder halbwegs gesund wurde, wog schwerer als die Chance, ihre Entführer mit ihrer Hilfe schnappen zu können. Sie mussten es auf anderem Weg schaffen.

»Habt ihr schon was zu dieser Feder, die in ihren Haaren gefunden wurde?« Eine winzige, grüne Feder hatte sich in Rebeccas Haaren verfangen und war in der Klinik entdeckt worden. Auch sie war sofort ins Labor gewandert.

Kreuzpointner nickte. »Ja, die hat sich ein Zoologe angeschaut, und er ist sich sicher, dass die Feder von einem Bergpapagei stammt. Und noch eine Spur an ihrem Unterhemd habn mir gfundn. Blütenstaub von einer …« Er schob die Brille auf die Stirn und ging noch näher an das Blatt heran. »Bromelie. Der Mensch aus dem botanischen Garten, ein Herr Hägele, hat mir gsagt, dass solche Pflanzn, vor allem de größeren, bei uns ganzjährig nur in Gwächshäusern ghalten werden können. Die brauchen immer über 20 Grad und eine hohe Luftfeuchtigkeit.«

»Aber um die Zeit kann diese Bromelie doch sicher auch draußen stehn, oder?«, meinte Reichlmair. »Und wenn's kleiner ist, nachher stellt ma sie im Winter halt aufs Fensterbrettl über d' Heizung und kauft sich einen Luftbefeuchter. Mei Onkel macht des mit seine Orchideen immer so.«

»Papagei, Gewächshauspflanze«, murmelte Bartholomäus. »Könnte zusammenpassen.«

»Der Vogel und das Grünzeug können auch in einem warmen Wohnzimmer, einem schmucken Wintergarten oder einem gut beheizten Flur stehen«, meinte Hauser gelangweilt. »Außerdem gibt es in München und Umgebung eine gefühlte Million Gewächshäuser. Wobei mir absolut schleierhaft ist, warum sich jemand so was antut. Drei Monate einen popligen Kopfsalat großpäppeln, den ich im Aldi für 59 Cent bekomme. Völliger Schwachsinn, wenn ihr mich fragt.«

»Die Pflanze ist auch nicht des Entscheidende«, sagte Kreuzpointner ungeduldig. »Aber dieser Papagei, da hat der Zoologe gsagt, dass es nicht so viele Leut geben dürft, die so einen haben.«

»Was heißt *nicht viele*? Hat er Zahlen genannt?«, fragte Bartholomäus.

»Nein, des nicht. Aber die solln schon eher selten sein, weil die Haltung ned so ganz einfach ist.«

»Gibt es da vielleicht irgendwelche Register? Listen von Züchtern oder Besitzern?«

Kreuzpointner schüttelte den Kopf. »Züchter lassen sich schon finden, aber es muss sich keiner irgendwo anmeldn, der so einen Papagei hat.«

»Die Feder kann ja auch von Gott weiß woher stammen«, meinte Hauser. »Vielleicht ist so ein Vieh irgendeinem durchs Fenster abgehauen, sitzt jetzt im Perlacher Forst auf einem Baum und friert sich den gefiederten Arsch ab.« Hauser seufzte entnervt. »Das bringt uns doch nicht weiter, Leute, das ist doch albern.«

Bartholomäus sah ausdruckslos gegen die Wand. »Wäre Rebecca nach ihrer Flucht länger auf offener Straße unterwegs gewesen, hätte man sie dort bemerkt und nicht im Wald. Und in den Wald rannte sie, weil es vermutlich der erstbeste Ort war, an dem sie sich verstecken konnte. Außerdem wusste dieser Kerl, dass sie im Wald unterwegs ist. Wir können also mit ziemlicher Sicherheit davon ausgehen, dass der Ort, von dem Rebecca floh, nicht allzu weit vom Perlacher Forst entfernt ist.«

»Vielleicht ist sie aus einem Auto gesprungen, das dort mal kurz gehalten hat?«, hielt Hauser dagegen.

»Ein Auto mit einem entführten Mädchen hält mal kurz am Wald, weil der Entführer pinkeln muss? Oder eine Siebenjährige, die anschließend völlig neben der Spur ist, soll vorher den Mut und die Geistesgegenwart besitzen, aus einem fahrenden Auto zu springen, um sich in

Sicherheit zu bringen?« Bartholomäus schüttelte den Kopf. »Glaube ich nicht. Ich glaube, dass man sie ganz in der Nähe des Perlacher Forstes versteckt gehalten hat.«

»Aber die Siebenjährige, die nicht mutig und geistesgegenwärtig genug ist, aus einem fahrenden Auto zu springen und völlig neben der Spur ist, als wir sie finden, ist mutig und geistesgegenwärtig genug, ihrem Entführer davonzulaufen und sich vor ihm zu verstecken, obwohl der sofort mit einer Knarre hinter ihr her ist? Ja?« Hausers Stimme troff vor Sarkasmus.

Bartholomäus sah ihn aufmerksam an. »Du hast recht, Hauser.«

Otto Hauser fiel die Kinnlade nach unten.

»Womöglich ist Rebecca gar nicht allein geflohen. Womöglich hatte sie Hilfe.«

»Und warum meldt sich der dann ned?« Zillenbiller wollte sich im Schritt kratzen, bemerkte jedoch rechtzeitig, was er da vorhatte, und ließ es bleiben.

»Des ist die Frage«, meinte Kreuzpointner nachdenklich. Des ist die Frage.« Ein Schatten huschte über sein Gesicht. »Jedenfalls solltn mir, solange mir keine anderen Spuren habn, ein paar Streifen instruieren, dass die sich mal rund um den Perlacher Forst umsehen. Gärten, in denen diese Pflanze rumsteht, Treibhäuser, Gwächshäuser, so was. Schaden kann des nicht. Und mir unterhaltn uns mit ein paar Züchtern von solchen Bergpapageien. Vielleicht habn die Adressen von Leuten, denen sie so einen Vogel verkauft haben.«

»Wir sollten auch im Tierbedarf nachfragen«, sagte Bartholomäus. »Erst einmal rund um den Perlacher Forst, und wenn das keine Ergebnisse bringt, in ganz München. Wenn jemand so einen seltenen Vogel hat, dann redet er vielleicht darüber, wenn er sein Futter kauft, und der Zoohändler kennt ihn.«

»Einen seltenen Vogel hat der sicher.« Zillenbiller grinste.

Hauser fuhr seinen Daumen aus. »Er kann das Futter übers Internet beziehen.« Der Zeigefinger. »Es gibt 100 Zooläden im Münchner Süden.« Der Mittelfinger. »Er kauft sein Futter da, wo er arbeitet. In Erding, in Augsburg, in Hamburg, wo auch immer.« Der Ringfinger. »Er ist zurückhaltend und redet nicht mit jedem über den Vogel, den er hat.« Der kleine Finger. »Das ist reine Zeitverschwendung.«

Kreuzpointner schlug seine Mappe zu und zuckte mit der Schulter. »Ja, manchmal ist unsere Arbeit auch des.« Er sah Bartholomäus an. »Wegen dem Mann aus dem Wald. Da ist dir noch nichts eingfalln, oder?«

Bartholomäus schüttelte den Kopf. »Ich habe mir die ganze Nacht das Hirn zermartert. Ich kenne den Kerl beziehungsweise habe ich ihn schon mal gesehen. Aber ich habe nicht den leisesten Schimmer, ob das vor zwei oder vor 20 Jahren war, im Fernsehen, in der Zeitung, beim Bäcker – keine Ahnung. Aber ich bin ihm schon mal über den Weg gelaufen.«

»Und er dir auch, oder?«, fragte Karin Reichlmair.

»Ich glaube schon. Zumindest wirkte er so auf mich. Und es war auch genau diese Sekunde, die er zögerte, die uns gerettet hat.«

»Und du weißt überhaupt nicht, wo du den einordnen kannst?«

Bartholomäus verneinte stumm. »Hat die Recherche bei den Ärzten und Krankenhäusern eigentlich was ergeben?«

»Bis jetzt nix.« Kreuzpointner schüttelte den Kopf. »Aber ein paar habn mir noch auf der Liste, die gehn mir heut noch durch. Max, irgendwas zu den Hundehaltern?«

Zillenbiller verneinte. »Ich war bis jetzt aber auch erst bei zwei. Der eine war zu der fraglichn Zeit im Urlaub, und der andere sagt, dass er nur no mit Maulkorb rausgeht. Also der Hund. Ob des stimmt, weiß ich natürlich ned. De Hund kann ich ja ned fragn.«

»Können mir nicht Gebissabdrücke von de Hund nehmen?«, überlegte Karin Reichlmair. »Und die dann mit den Spuren vergleichn, die mir beim Sebastian gfundn haben?«

»Keine schlechte Idee«, sagte Kreuzpointner. »Ich red mal mit dem Seebauer drüber, ob des was bringen tät.« Er sah am Tisch herum. »Pack ma's, oder?«

Die Besprechungsrunde löste sich auf, und Bartholomäus verabschiedete sich. Solange er das Gesicht des Mannes einigermaßen frisch vor Augen habe, wolle er noch mal versuchen, ob ihm irgendetwas dazu einfiel. Zu Hause, in aller Ruhe. Oder wo auch immer.

Karin Reichlmair bot an, ihn mitzunehmen. Sie hatte einen Termin beim Frauenarzt und wollte sich vorher noch zu Hause frisch machen. Bartholomäus nahm dankend an. Nach überfüllter S-Bahn, Tausenden von Menschen und Großstadt-Kakophonie war ihm jetzt nicht.

Als sie an ihrem Renault angekommen waren, hielt Reichlmair kurz inne und betrachtete ihr Auto, als sähe sie es zum ersten Mal. »Gestern. Des war schon wirklich komisch.«

»Bitte?« Bartholomäus war in Gedanken gewesen.

»Des mit der Rebecca.«

Bartholomäus sah sie verwirrt an.

»Ich sollt des Mädel und ihre Eltern nach der Untersuchung nach Fürstenfeldbruck fahren. Aber die hat so einen Aufstand gmacht und erst Ruhe gebn, als sie beim Josef hat einsteign dürfn. Die hat partout nicht in mein Auto wolln.«

*

Schwabhofen, westlich von München

Nicht noch mal in den Weiher. Die Anweisung war klar gewesen. Ein eindeutiges Nein. Insofern herrschte im Kopf von Veit Mooshammer eine indifferente Stille. Doch als er an dem Fahrweg vorbeikam, der von der Landstraße abzweigte und hinüber zum Weiher führte, empfand er doch ansatzweise so etwas wie ein dumpfes Bedauern. So ein ganz leichtes Drücken rechts über dem Ohr. Denn das mit dem Buben war so einfach gewesen. Hose zubinden, Steine in die Hose und ihn mit Schwung in den Weiher schmeißen, wo es gleich so tief wurde. Ein lauter Platscher, eine Krähe, die aufgeflogen war, und schon war die Sache erledigt gewesen. Aber der Chef wollte das nicht mehr. Weil, hatte er ihm erklärt, die Polizei sonst vielleicht eine Verbindung herstellen kann. Das wiederum war Veit ein Rätsel. Jeder konnte den Buben doch in den Weiher geschmissen haben. Da stand doch nicht drauf, wer's gemacht hatte. Verstand er nicht. Musste er aber auch nicht verstehen. Verstehen war Sache vom Chef.

Und der Chef hatte ihm zum Glück auch gesagt, was er mit der Frau machen sollte. Hinten in Schwabhofen hatte ein Bauer vor ein paar Jahren eine große Schweinemast aufgemacht. Bio-Schweine, die frei rumlaufen durften. Davon hatte auch Veit schon gehört, das hatte sogar einmal in der BILD-Zeitung gestanden. Leute vor einem Ortsschild, die sich alle die Nase zuhielten. Weil die Schweinemast so furchtbar stank, dass sie es nicht mehr aushielten. Das hatte Veit lustig gefunden, und deswegen freute er sich sogar ein bisschen auf Schwabhofen. Er war gespannt, wie ein Haufen Schweine so stank.

Als Veit an ein Gewimmel von rosa Schweinkörpern dachte, fiel ihm das Spiel wieder ein. Das Gewimmel auf dem Schweinehof fand quasi seine Entsprechung in dem Gewimmel auf den Zuschauerrängen der Allianz-Arena. Aber diese merkwürdige Parallele wurde Veit als solche natürlich nicht bewusst, zumal seine Gedanken sofort nach unten zum Spielfeld strebten, wo es weit weniger wimmeln würde.

Seit Tagen freute er sich schon auf das Spiel. Und auch wieder nicht, denn Bayern hatte in dieser Saison nur das Ticket für die Euro-League gelöst. Keine Champions-League, kein Barcelona. Dafür Worskla Poltawa. Aber da konnten sich Ribéry und die anderen dafür so richtig austoben. Veit tippte sechs zu null. Mindestens.

Eine halbe Stunde später parkte er den VW-Bus in Sichtweite des riesigen Schweinehofs. Der Chef hatte ihm gesagt, er solle warten, bis es dunkel ist.

Wie dunkel?, hatte er gefragt.

Bis keiner mehr da ist.

Aha. Und dann?

Gehst du hinten herum, schaust, wo die meisten Schweine sind, und … kippst das Zeug da hin.

Alles?

Ja, ohne die Kleidung halt. Die verbrennst du.

Wo?

Irgendwo.

Aber bis es so dunkel war, dass keiner mehr da war, das dauerte noch. Die hatten ja noch nicht mal die Lichter an. Veit überlegte einen Moment, ob er sich hinten eine DVD ansehen sollte. Er hatte gesehen, dass der Chef ›Shrek 3‹ gekauft hatte. Aber ihm war jetzt nicht nach fernsehen. Lieber Zeitunglesen. Bilder angucken.

Doch er kam nicht weit. Schon auf der ersten Seite blieb er hängen. Bei dem Bild von dieser jungen, halbnackten Frau. Die sah zwar überhaupt nicht so aus wie die Susan. Aber trotzdem musste er sofort an die Susan denken. Vielleicht war der Busen von der Susan ja ungefähr so wie der von der Frau da. Groß und weich sah er auf alle Fälle aus. Wenn er sich da bei der Susan einmal reinlegen könnte. Nur ein einziges Mal.

Veit spürte nicht oft den Drang, etwas unbedingt tun zu wollen. Normalerweise plätscherten seine Tage in gedankenfreier Trägheit vor sich hin, die nur eine Richtung fand, wenn ihm sein Chef sagte, was er tun sollte, er Hunger auf Sauerkraut oder Durst hatte oder müde war. Ansonsten machten die Tage mit ihm, was sie wollten, zeigten ihm dieses, ließen ihn jenes hören, fanden in ihm jederzeit einen anspruchslosen Zaungast, der zufrieden war, immer auf der anderen Seite der Betriebsamkeit in seinem VW-Bus zu hocken.

Aber diesmal – Veit war es selbst nicht ganz geheuer – wollte er etwas. Und je mehr er diesem Willen Raum ließ, desto drängender wurde sein Wunsch. Er würde wieder in dieses Hotel fahren. Bald schon musste das sein. Und dann … würde er … ja, was würde er tun? Einfach fragen? Das wusste er noch nicht. Aber irgendwie musste es ihm gelingen, nur einmal an ihrem großen, weichen Busen liegen zu dürfen. Nur ein Mal.

*

München

»Ich steige hier aus, halt bitte an.« Bartholomäus zeigte nach vorn auf die Bushaltestelle.

Karin Reichlmair sah ihn erstaunt von der Seite an. »Was? Da vorn? Aber mir sind doch bald da.«

»Ja, ich weiß, aber halt bitte an. Ich fahre mit dem Bus weiter.«

»Mit dem … Bus?« Karin Reichlmair war verwirrt. Was war denn auf einmal los? Sie fuhr rechts ran und bremste. »Is irgendwas? Ist die Musik z' laut? Magst was andres hörn?«

»Nein.« Bartholomäus schnallte sich ab. »Ich hab da gerade … mir ist da eben …« Auch Bartholomäus schien etwas durcheinander. »Als wir da gerade den Bus überholt haben, hatte ich auf einmal das seltsame Gefühl, dass der Kerl, an den ich mich nicht erinnern kann, irgendwas mit einem Bus zu tun hat. Da ist was eingerastet bei mir, aber ich weiß nicht, was. Deswegen muss ich Busfahren.«

»Ah so.« So ganz verstand ihn Reichlmair immer noch nicht. Aber sie wusste, dass Bartholomäus Kammerlander eine manchmal etwas unkonventionelle Art hatte, über Dinge nachzudenken. »Ist des jetzt eine deiner berühmten Eingebungen?« Sie lächelte ihn schief an.

»Bitte?«

»Ah, is schon gut. Dahinten kommt der Bus. Schau, dass d' ihn noch erwischst. Bis morgn. Pfiad di.«

Bartholomäus stieg aus. »Bis morgen.«

Der 268er blinkte bereits und fuhr die Haltestelle an. Als Bartholomäus die vordere Tür erreichte, hangelte sich eine alte Frau umständlich die Treppe herunter. Neben ihm warteten zwei jüngere Männer. Bartholomäus ließ sie vor sich einstiegen. Beim Busfahrer kaufte er sich einen Fahrschein und sah dann den Gang hinab. Wo sich hinsetzen?

Dieses Gefühl war immer noch da. Eine einzelne Synapse, die aus irgendeinem Grund das schiefe Gesicht aus dem Wald mit einem Bus in Verbindung brachte. Die Ahnung einer Erinnerung, die nicht wusste, wo sie hingehörte. Aber sie hing auch damit zusammen, wo er sich hinsetzte, das spürte Bartholomäus. Es war nicht egal, ob er sich gleich da vorn rechts auf den freien Platz neben dem mürrischen Hutträger niederließ, links hinten, wo zwei leere Bänke warteten, oder auf die Rückbank.

Rückbank. Nein, hinsetzen durfte er sich da nicht, aber auch sie spielte eine Rolle. Eine weitere Synapse, die aus dem Winterschlaf erwacht war.

Es zog ihn auf die rechte Seite des Busses. Zur zweiten Tür. Hinter diese Tür, in die Bank, die ein Geländer von der Treppe trennte. Hier war frei, dahinter saß ein Kind mit einer Sporttasche und blickte versonnen aus dem Fenster.

Bartholomäus schob sich in die Bank, sah ebenfalls nach draußen, während der Bus surrend anfuhr. Häuser, Autos. Viele Autos, viele Häuser. So war es nicht gewesen. Das passte nicht in seine Ahnung. Es mussten weniger Häuser sein, weniger Autos. Dafür mehr … Bäume, mehr Grün. Und groß mussten sie sein, die Bäume. Groß der Strommast, das Kreuz am Straßenrand. Groß. Kreuz am Straßenrand …

Das Wetter. Heute war es bewölkt, die Sonne kam ab und zu heraus, das Licht war dennoch trüb, die Farben matt. Passte nicht. Wolken und Sonne waren okay, wenn auch nicht unbedingt nötig. Aber die Farben mussten kräftiger sein, das Licht klarer, durchsichtiger. Ein paar Synapsen sahen verwirrt um sich.

»Oh Mann, ihr Vollspackos nervt echt.«

Raues Gelächter hinter ihm. Schritte, dann setzte sich ein Mädchen gegenüber von Bartholomäus in die Bank auf der anderen Seite des Ganges. Ein dickes Mädchen, das wie so viele Dicke alterslos war und 16 und 36 sein konnte, scheußliche Umhängetasche, roter Pulli.

Klick. Eine Synapse hüpfte aufgeregt auf und ab. Roter Pulli! Roter Pulli! Rot war wichtig, wichtig! Hallo!

Wieder Schritte, stimmbrüchiges Gewese, dann setzte sich einer der beiden jungen Männer, Jungs, neben das Mädchen, der andere in die Bank dahinter. Lehnte sich nach vorn, breite Beine, cooles Grinsen. »Har, har«, hätte seine Sprechblase im Comic gelautet.

»Ach, komm schon, verrat es uns doch bitte! Bitte, bitte! 70? 80?« Der Freund vorn, der sich jovial gab und gerade deswegen umso unsympathischer rüberkam.

Roter Pulli, unsympathisch. Große Bäume, klare Farben. Kind. Bus.

»Ey, jetzt verpisst euch! Lasst mich in Ruhe!« Das Mädchen klammerte sich an seine scheußliche Tasche und sah zum Fenster hinaus.

»Mann, jetzt sei doch nicht so. Wir stehen da voll drauf! Oder, Ben?«

»Ja, voll.« Har, har, har.

»Also, jetzt sag schon. Ich hab 75 Kilo getippt, Ben 81. Geht um 'nen Kasten Bier. Wenn du's uns sagst, bist du bei der Party dabei, und wir hängen zusammen ab. Und wer weiß, vielleicht findest du einen von uns beiden ja cool.«

»Oder beide.« Har, har.

»Fickt euch doch!«

»Wow, jetzt werd aber nicht unfreundlich, Süße! Fing doch alles so super an.«

Der rote Pulli verkroch sich immer mehr in sich selbst. Verschränkte die Arme. Damals, nicht jetzt. Stimmen, die auf ihn einprasselten, gehässig, gemein. Jungs von der Rückbank. Privilegiertenbank. Da sitzen zu dürfen, musste man sich verdienen. Der rote Pulli würde da nie hindürfen.

Bartholomäus bekam die Ahnung zu greifen. Unter ihrem Schleier nahm die Erinnerung immer deutlichere Formen an. Es war früher gewesen, Vergangenheit. Der Bus ein Schulbus. Und die Bäume nicht größer, sondern eher kleiner. Nicht in der Stadt, daher die deutlichen Farben, das klare Licht. Sein Schulbus. Der Weg zur Schule. Jeden Tag. Morgens hin, mittags zurück. Sein Platz ein Stück weiter hinten als jetzt, aber nicht auf der Rückbank. Dort hatten … Fratzen gesessen, vier oder fünf. Immer laut. Har, har.

»Jetzad lasst's des Madel in Rua, habt's mi?« Ein Mann hatte sich umgedreht. Großer Kopf, Biergesicht, grobe Joppen. Der Busfahrer damals hatte sich nie umgedreht.

»Halt die Fresse, Alter, sonst gibt's eine aufs Maul!«

Der Nicht-Busfahrer murmelte finster und wandte sich wieder um. Köpfe wurden eingezogen, ab jetzt wurde weggehört und weggesehen.

»So, Schneckchen, jetzt lass doch mal fühlen. Bist sicher weich.«

»Nimm deine verfickten Pfoten weg!«

Bartholomäus stand auf. Roter Pulli. Mit einer Zahl auf dem Rücken. Rotes Trikot. Hektik im Synapsenland.

»Du steigst an der nächsten Haltestelle aus«, sagte Bartholomäus zu Bens Freund.

Bens Freund sah an Bartholomäus hinauf. »Bist du blöd, oder was? Ich unterhalte mich gerade, siehst du das nicht? Zurück ins Körbchen, Großer, sonst gibt's Haue.« Har, har.

Das Mädchen blickte ihn an. Zu direkt. Ihr Blick war zu direkt. Rundes Gesicht, flatternde Lider, Tränenschimmer in zwei gleichen Augen. Das passte auch nicht.

Bartholomäus zog Bens Freund am Kragen vom Sitz. »Wir sind da.«

»Hey, du Sackgesicht!«

»Schtt!« Bartholomäus fing die Hand auf, die auf ihn zuraste, und drehte sie, bis Bens Freund quietschte. Ben stand auf.

»Hinsetzen! Du fährst noch ein Stück weiter!«

Ben setzte sich. Große Augen, nicht mehr nach vorn gelehnt, keine breiten Beine. Kein Har-Har.

»Ben, du Penner! Tu was!«, ächzte Bens Freund.

Das Mädchen wurde wieder ein Stück größer, atmete wieder. Aber die Augen stimmten immer noch nicht.

»Ich bin doch nicht bescheuert!«, sagte Ben. »Sieh dir den Typen doch an. Der ist voll auf Drogen. Der sieht dich gar nicht.«

Bartholomäus drückte auf den Stopp-Knopf und schwang Bens Freund zur Treppe.

»Ben, du Flachwichser!«

Ben Flachwichser sah zum Fenster hinaus, tat nichts.

Tat nichts. Damals hatte auch nie jemand etwas getan für das rote Trikot. Die anderen Kinder nicht, der Busfahrer nicht, er nicht. Nie. Und das rote Trikot mit der Neun, es war eine Neun gewesen, auf dem Rücken, hatte auch nichts getan. Nur dagesessen, die Stimmen geschluckt, das Har-Har, die Demütigungen. Traurig hatte er dagesessen.

Der Bus hielt an und Bartholomäus zuckte zusammen. Das Auge! Besonders das eine Auge war sehr traurig gewesen. Und hatte vielleicht auch deswegen nichts getan, sondern … hing nur so ab.

Die Tür ging auf, Bens Freund stolperte die Stufen hinab. »Arschloch!«

Nein, Arschloch hatten sie ihn nicht genannt. Spasti, hatten sie meistens zu ihm gesagt. Hey, schau mal, da sitzt Spasti. Aber so hatte er nicht geheißen. Er hatte auch einen richtigen Namen gehabt. Einen richtigen Namen, den er kannte, warum auch immer. Aber er kannte ihn, er kannte diesen Namen.

Bartholomäus starrte zur Tür hinaus. Der Name lag ihm auf der Zunge. Verdammt, wie hatte der Kerl geheißen? Wie?

*

München-Nord

Comeback. Lorenzo Palladio las den geschwungenen Neon-Schriftzug über der breiten Stahltür. Ein leuchtendes Blau. Francescas Lieblingsfarbe.

Renata hatte ihm empfohlen, so früh wie möglich hinzugehen. Später seien die Türsteher oft recht zickig. Der

Laden sei ziemlich angesagt, und ab Mitternacht gehe dort die Post ab. Sie hatte ihm auch angeboten mitzukommen, aber das hatte er abgelehnt. Er wollte sie nicht noch weiter in die Sache reinziehen. Außerdem war er bei dem, was vielleicht kam, lieber allein.

Lorenzo trat durch die Stahltür der alten Fabrikhalle und fand sich in einer behelfsmäßigen Garderobe wieder. Zwei Tische links, zwei rechts, dahinter jede Menge Kleiderständer, an denen nur ein paar Jacken verloren an Haken hingen. Vermutlich die, die gestern vergessen worden waren, denn er sah weit und breit keinen Gast. Weder hier vorn noch hinten in der Halle, wo zwar bunte Lichter zuckten und ein wummernder Bass dröhnte, sich aber noch niemand aufzuhalten schien.

»Hey, du bist aber früh dran!«

Jemand rief etwas auf Deutsch, und Lorenzo blickte nach rechts. Aus dem Dunkel der Kleiderständer kam ein junges Mädchen auf ihn zu. Lila Haare, klobige Lederstiefel und aufgeregte rote Wangen. Der Grund dafür folgte auf dem Fuß. Ein bulliger Kahlkopf, dessen schwarzes Hemd bis zur Mitte des Bauches aufgeknöpft war und dessen Hose im Schritt spannte. Lorenzo lächelte, sagte aber nichts.

»Willst du echt schon rein? Ist noch null los.« Das Mädchen zupfte an seinen Haaren herum.

»Scusi. Sono Italiano. Non parlo tedesco.« Lorenzo zuckte die Schultern.

»Ah, Italiano! Freddy, wir haben Besuch aus Italien.«

Der kahle Bulle musterte Lorenzo betont desinteressiert, hockte sich mit einer Arschbacke auf sein Pförtnertischchen und winkte ihn zu sich. »20.« Er hob zwei Finger und machte mit der anderen Hand eine Faust.

»Freddy, der Eintritt ist doch nur ’n Zehner.«

»Halt die Klappe.«

Lorenzo gab dem Mann 20 Euro und durfte passieren. Hinter ihm kicherte das Mädchen.

Ein paar wenige Leute waren doch schon da. Standen allein oder zu zweit an Stehtischen, ein Pärchen war auf dem Weg zu einer schummrig beleuchteten Ecke mit Sofas und Sesseln, zwei Männer lungerten an der Bar herum. Die Tanzfläche war leer, der DJ auf dem Podest sah in seinen Laptop.

Das alles passte nicht zu ihr. So viel Glas, Stahl und Beton, hoch oben unter der Decke ein Labyrinth aus Kabeln und Rohren, alles wirkte kalt und hart. Francesca war nie der Lagerhallentyp gewesen. Er erinnerte sich an einen Film, den sie mal zusammen angesehen hatten. Irgendeinen Hollywood-Streifen, er wusste den Titel nicht mehr. Der Held hatte in einer alten Fabrik gewohnt und musste immer mit einem rumpelnden Fahrstuhl in sein Loft fahren, das groß wie ein Tennisplatz gewesen war. Francesca war er deswegen sofort unsympathisch gewesen. Ihr Traummann sollte ein verwunschenes Häuschen in einem verwunschenen Garten haben, und seine Hände sollten nach Erde riechen.

Lorenzo stellte sich an die Bar und bestellte ein Bier. Nach zweimaligem Nachfragen des Barkeepers bekam er es.

Wonach suchte er? Nach wem? Er hatte keine Ahnung. Aber dieser Ort war der einzige Anhaltspunkt, den er hatte. Sie war oft hierhergekommen, kannte vermutlich viele Leute, und viele kannten sie. Er hätte sich mit Renatas Hilfe und einem Foto durch die ganze Disco fragen können. Und wahrscheinlich hätte er auch den einen oder anderen getroffen, der Francesca gekannt hatte. Und der ihm wiederum hätte sagen können, wen sie noch gekannt hatte, mit wem sie noch zu tun gehabt hatte. Vielleicht würde er das am Ende auch machen. Sich durchfragen. Wenn er keine andere Möglichkeit mehr sah. Doch zunächst wollte er es auf seine Art versuchen.

Mal sehen. Francesca hatte sich in dieser Halle sicher nie allzu wohlgefühlt. Sie war hierhergekommen, weil hier die Leute hinkamen, die sie mochte, ihre Freunde, Bekannten, vielleicht kam hierher ein Mann, in den sie verliebt war. Einer, dessen Hände nach Erde rochen. Und der blaue Augen hatte.

Wo hätte sie sich am liebsten aufgehalten? Auf der Tanzfläche, okay. Francesca liebte es zu tanzen. Er konnte sich nicht daran erinnern, dass sie als kleines Mädchen bei Musik einmal still gehalten hätte. Sie musste immer herumzappeln. Mit den Händen vor allem. Und mit dem Kopf. Erst später waren dann auch die Beine hinzugekommen. Das hatte er aber nur einmal gesehen, als ihn Mama gebeten hatte, sie aus einem Tanzlokal in Corviale abzuholen. Da hätte ihn fast der Schlag getroffen. So tanzte seine Schwester jetzt? Den Männern musste reihum der Geifer aus dem Maul laufen, wenn sie ihr zusahen. Er hatte sie auf der Stelle eingepackt und nach Hause gefahren.

Also würde er tanzen müssen. Oder eben das tun, was bei ihm Tanzen war. Von einem Bein aufs andere treten, als müsse er dringend aufs Klo. Tanzen und dabei die Augen aufhalten. Wonach auch immer.

Wo hätte sie am liebsten gesessen? Nicht an der Bar. Zu unbequem, zu viele Spiegel. Francesca hatte ein etwas ambivalentes Verhältnis zu Spiegeln. Als Mädchen, als

Frau waren die Dinger für sie natürlich unentbehrlich. Aber da war dieses Märchen gewesen, diese Geschichte von der kleinen … verdammt, wie hieß sie noch? Liva? Lima? Egal, jedenfalls war dieses Mädchen eines Tages in einem Zauberspiegel verschwunden, hatte Bekanntschaft mit jeder Menge grässlicher Gestalten gemacht und war nach etlichen gefährlichen Abenteuern nur dank der Selbstaufopferung eines königlichen Eichhörnchens wieder nach Hause zurückgekehrt. Francesca hatte bitterlichst geweint und tagelang einen großen Bogen um jeden Spiegel gemacht. Und auch danach waren ihr Spiegel immer irgendwie suspekt gewesen. Hatte sie jedenfalls behauptet.

Die Bar also eher weniger. Die Sofaecke sah dafür so aus, als hätte sich Francesca dort gern aufgehalten. Er konnte sich noch erinnern. Lorenzo hielt inne. Er musste damit aufhören. Das hatte keinen Sinn. Und lenkte seine Aufmerksamkeit von dem ab, was jetzt seine Aufgabe war. Francesca war tot, die Vergangenheit begraben. Basta. Wenn er noch etwas für sie tun konnte, dann wach und aufmerksam sein. Alles andere war sentimental. Obwohl Francesca das immer so an ihm geschätzt hatte. Dass er manchmal sentimental war. Sie meinte, so solle ihr Traummann auch sein. Ein wenig sentimental. Romantico. Und blonde Haare sollte er haben, lange, blonde Haare.

Die Disco füllte sich nach und nach. Das Publikum war altersmäßig gemischt mit Spitzen bei den Endzwanzigern. Gut gekleidete, leicht versnobte Leute, denen das reichlich verdiente Geld locker in der Tasche saß. Lorenzo fiel auch eine hier offenbar recht angesagte Umgangsart auf. Jeder schien jeden zu kennen, man begrüßte sich sehr vertraut, Küsschen hier, Küsschen da, man hatte sofort etwas zu reden und lachte viel. Doch irgendwie wirkte alles ein wenig aufgesetzt und unecht. Die Küsschen waren zu spitz, der Small Talk zu ambitioniert, das Lachen zu laut. Aber vielleicht kam ihm das auch nur so vor.

Das Tanzen fiel ihm noch schwerer als sonst. Seine Füße klebten am Boden, er kam sich affig und deplatziert vor. Wieso tanzte man eigentlich? Das hier passierte doch nur, um sich und seinen Körper zur Schau zu stellen. Wenn man denn einen Körper hatte, den zur Schau zu stellen sich lohnte. Und wenn nicht, tanzte man, um dazu zu gehören, um dem Gute-Laune-Fetisch zu huldigen, den Ich-genieße-mein-Leben-Kult zu zelebrieren. Er sah niemanden, der um der Musik willen tanzte. Die Musik war nur Requisite dieser Ego-Show und immer die gleiche. Bum, bum, wumm, wumm. Aber vielleicht bildete er sich das auch nur ein. Das einzig Gute an dieser freudlosen Hampelei war, dass sie freudlos war. So musste er sich wenigstens nicht vorwerfen, dass er tanzte, während Francesca … während sie …

Er verließ die Tanzfläche und suchte die Toiletten auf. Den Gedanken an das, was Francesca, ihr Körper, gerade tat, mit kaltem Wasser abspülen. In Afghanistan hatte er zur Genüge gesehen, was Körper taten, wenn sie tot waren.

Als er wieder herauskam, sah er auf die Uhr. Halb eins. Wahrscheinlich noch recht früh für die meisten hier. Am Eingang stauten sich die Menschen. Er dagegen fühlte sich hundemüde, wie erschlagen. Ein bisschen würde er aber noch bleiben, eine halbe Stunde oder so. Sich vielleicht noch einmal in der Sofa-Ecke umsehen.

Auf dem Weg zurück von den Toiletten kam ihm im Gang eine junge Frau entgegen. Schwarze, lange Haare, dunkle Augen, schlank. Ein wenig erinnerte sie ihn an Francesca. Nur ein wenig. Aber als sie nah genug war, fiel ihm etwas auf, das ihn mit einer Vehemenz an Francesca denken ließ, die tote Francesca, dass er die Frau unverhohlen anstarrte.

Die Kette. Der Anhänger. Chinesische Zeichen. Der gleiche Anhänger, den er an Francescas Leiche gesehen hatte. Kein Zweifel.

Er wartete, bis sie wieder aus der Toilette kam. Unruhig, wieder hellwach jetzt. Von seiner Bestürzung hatte die Frau zum Glück nichts mitbekommen, weil sie die ganze Zeit mit ihrer Freundin gequatscht hatte. Daher nahm sie auch nicht zur Kenntnis, wie er ihr jetzt unauffällig folgte.

Hinüber zur Sofa-Ecke. Wo sie sich in die Arme eines Mannes fallen ließ, der ihre Rückkehr mit unterkühlter Selbstsicherheit zur Kenntnis nahm. Ein nicht mehr ganz junger Mann mit langen, blonden Haaren. Und blauen Augen. Dessen Hände vielleicht nach Erde rochen.

*

Berg, Haus der Kammerlanders

Wiebke machte die Nachttischlampe aus, rollte sich wieder zur anderen Seite und schmiegte sich an ihn. Vorsichtig suchte sie Bartholomäus' Gesicht und legte ihm die Hand auf die Wange.

»Wieso hast du den anderen Typen eigentlich noch weiterfahren lassen?«

Er fand eine Strähne ihres Haares und ließ sie durch die Finger gleiten. »Weiß nicht. Wahrscheinlich dachte ich, dass sie allein weniger Blödsinn machen als zu zweit. Aber ich habe mir eigentlich kaum Gedanken über die beiden gemacht.«

Sie fuhr seine Augenbrauen nach, seinen Nasenrücken. »Jetzt schlaf mal. Es ist fast zwölf. Vielleicht fällt dir der Name morgen wieder ein. Oder im Traum.«

»Mann, ich seh den Jungen direkt vor mir! Dieser stumpfsinnige Gesichtsausdruck, der gekrümmte Rücken, das Bayern-Shirt. Wie er da im Bus sitzt und vor sich hinstarrt, während ihn die anderen schikanieren. Ich kenn ihn, ich kenn ihn! Aber mir fällt der scheiß Name nicht ein, mir fällt er einfach nicht ein, obwohl ich ihn damals gewusst habe! 100-prozentig!« Und wahrscheinlich war der Junge sogar ein Feind gewesen, ein Sigmertshofener. Denn der Typ im Wald hatte doch auch was am Bein gehabt, am linken? Schon, oder? Das war der Kerl vom Weiher, ganz sicher, er spürte es. Morgen würde er noch einmal nach Sigmertshofen fahren und sich dort umhören.

»Hm, ich seh schon, du bekommst das nicht aus dem Kopf.« Wiebkes Hand wanderte nach unten. »Vielleicht sollten wir dich ein bisschen ablenken? Was meinst du?«

»Schatz.« Ein missmutiges Stöhnen entrang sich seiner Kehle. »Ich kann das jetzt nicht.«

Wiebkes Hand rutschte noch ein Stück tiefer. »Er aber schon.«

»Ja, weiß ich. Er kann immer.«

Sie lachte. »Gib nicht so an.«

Er nahm ihre Hand und legte sie sich auf die Brust. Dachte nach. Über den Jungen aus dem Bus, über

Rebecca. Die Ärztin hatte am frühen Abend doch noch einen Blick auf sie werfen können. Als sie gebadet worden war. Die Anzeichen waren eindeutig gewesen. Bartholomäus sah den Bildern hinterher, die durch seinen Kopf zogen. Spürte die Wut, die dunkel in seinen Eingeweiden rumorte. Männer, die pumpend hinter kleinen Mädchen standen. Schwitzende, röchelnde Tiere, die nicht mehr wahrnahmen, dass sie da ein lebendes, fühlendes Wesen in ihren brutalen Fingern hatten. Ach was, Tiere. Blödsinn. Kein Tier machte so etwas. So etwas machte nur der Mensch. Wenn es ihm zu gut ging, wenn er zu viel hatte, wenn er nicht wusste, was er sonst tun sollte.

Bartholomäus' Körperspannung veränderte sich, und Wiebke bemerkte es. »Was ist?«

»Mir kam nur gerade … vorher dachte ich, dass das alles irgendwie zu dem gestörten Typen passen würde. So nach dem Motto: Kind wird dauernd von anderen Kindern tyrannisiert und rächt sich als Erwachsener deshalb an Kindern, die er tyrannisiert.« Er schüttelte unmerklich den Kopf. »Aber da … klemmt was. Der Junge von damals wäre dazu einfach zu … dumm. Der war viel zu schlicht, zu … unbewusst, als dass ich ihm das zutrauen würde. Und der würde sich auch nicht ein Kind nach dem anderen suchen.«

»Versteh ich nicht.« Wiebke schloss die Augen und sog den Duft ihres Mannes ein. Wald, dachte sie, und … warme Steinmauer.

Bartholomäus starrte ins Dunkel des Schlafzimmers. »Wenn ich Päderast bin, geht es mir nicht um Sex, sondern um Macht. Diese Macht will ich spüren, es geilt mich auf, wenn das Kind unter mir sich wehrt und schreit, wenn ich es in der Hand habe, das kleine Ding zu zerquetschen. Aber dazu brauche ich ein Mindestmaß an Bewusstheit, an Selbst-Bindestrich-Bewusstsein. Sonst bringt mir das nichts. Bin ich dumpf, dumm, schlicht, vegetiere ich vor mich hin, werde aber nicht in der Weise aktiv. Ich muss meine Triebe spüren, meine Perversionen ausleben wollen, weil ich sonst platze, muss ein Ventil haben. Der Typ war wie eine ... Pflanze, kauerte in seiner Bank wie ein Faultier. Kannst du dir Faultiere vorstellen, die Kinder missbrauchen?«

Sie blickte ihn nachdenklich an.

»Du weißt, was ich meine.«

»Du meinst, träge, Phlegma, Stumpfsinn kriegt Arsch nicht hoch, auch nicht, um seine Psyche zu sanieren?«

»So ungefähr. Und es kommt ja noch dazu, dass man sich Kinder nicht holt wie einen Film aus der Videothek. Und schon gar nicht mehrere. Man muss wach sein, planen, zu Hause alles so einrichten, dass keiner was mitbekommt und so weiter.«

»Aber er war doch auch im Wald und hat nach dem Mädchen gesucht. Und ist euch dabei entkommen.«

Bartholomäus schwieg. Versuchte die Dunkelheit über sich zu durchdringen.

»Und der Typ könnte sich in den letzten 40 Jahren ja auch geändert haben. War beim Therapeuten und hat jetzt genügend Initiative, um sich die Kinder zu holen. Außerdem – wisst ihr denn bestimmt, dass die verschwundenen Kinder alle auf sein Konto gehen?«

»Die Spuren an dem Weiher«, brummte Bartholomäus.

»Jemand kann sich kurz vorher den Fuß vertreten haben.«

»Ich weiß es aber. Das sind zu viele Kinder. Da steckt System dahinter. Und so wie er mich im Wald angesehen hat, war es der gleiche Blick wie damals im Bus. Der hat sich nicht verändert.«

»Ein System, das dein Busopfer nicht organisiert haben kann?«

»Genau. Alles Kinder im ähnlichen Alter, die meisten eher vernachlässigt und kaum beaufsichtigt, das Kidnapping passierte ohne Aufsehen, oft auf dem Schulweg – das hat Methode, da steckt ein planender Kopf dahinter. Ich könnte mir am ehesten vorstellen, dass er für jemanden arbeitet. Für die Hintermänner dieser Schweinerei. Dafür wäre er der richtige Typ. Wenn du so jemandem Brosamen hinwirfst, frisst er dir aus der Hand.«

»Hm.«

Bartholomäus schnaufte schwer. »Ja, ich weiß, hm. Spekulation, dünn, vielleicht völliger Schwachsinn. Aber ich habe sonst nichts, mir fällt dieser scheiß Name nicht ein, und ich muss dieses Aas einfach finden, bevor er sich noch weitere Kinder holt!«

»In meiner Hand ist er jedenfalls nicht«, sagte Wiebke angestrengt.

»'tschuldige.« Bartholomäus küsste ihre gequetschten Finger.

Wiebke legte sich auf ihn und suchte seine Lippen in der Finsternis. »Also, Schatz. Was machen wir jetzt? Ficken oder schlafen?«

Bartholomäus spürte, wie sein Glied wieder hart wurde. »Ich geh noch mal in die Küche. Ich muss was trinken. Scheiße.«

Veit wusste nicht genau, wie er hierhergekommen war. Und was er tun sollte. Er war wegen Susan zum Hotel gefahren, aber auf einmal war er wieder vor diesem Haus gewesen. Wie schon am Abend zuvor. Diesmal mit der Pistole, die ihm der Chef mal gegeben hatte. Für alle Fälle.

Für welche *alle Fälle*? Für Fälle wie gestern Nachmittag war ihm klar. Aber auch für Fälle wie diesen? Ha? Er wusste es nicht. Und dazu diese mörderischen Kopfschmerzen. Er musste vor allem etwas tun, damit die aufhörten.

Aber was?

Das Haus war dunkel, die Tür verschlossen, kein Fenster offen. Einbrechen? Wie brach man ein? Und dann? Das Schlafzimmer suchen? Im Dunkeln? Und woher wusste er, auf welcher Seite vom Bett die rothaarige Frau schlief? Die Frau hatte ihn ja nicht im Wald gesehen, die war also kein … Fall, oder?

Veit fühlte sich wie betäubt. Wie unlängst seine Wange nach der Spritze vom Zahnarzt. Nur dass es jetzt sein ganzer Körper war, den er nicht mehr spürte. Nur der Kopf hämmerte.

Dann ging auf einmal das Licht im Haus an.

Bartholomäus schlurfte die Treppe hinunter und schob dabei seinen Ständer vor sich her. Mann!

In der Küche hing noch der Geruch vom Abendessen. Bockshornklee. Indisch. Er nahm sich ein Bier aus dem Kühlschrank und setzte sich an den großen Holztisch.

Indien. Slums. Kinder, die zum Betteln geschickt werden. Denen man dafür ein Auge ausbrannte, weil sie so mehr Mitleid erregten.

Er trank einen Schluck und konzentrierte sich auf seine Atmung. Das Kopfkarussell musste stehen bleiben. So kam er nicht weiter. Würde weder den Namen noch Schlaf finden.

Bartholomäus dachte an Wiebkes Geburtstag vor vier Wochen. Nicht an die große Gartenparty, sein wildes Herumgehample auf der Tanzfläche nachts um zwei, an Florian, der extra dafür aus Boston herübergekommen war. Er dachte an die Zeit danach, die halbe Stunde, bevor die Sonne aufgegangen war. Sie hatten unten am See gesessen, auf dem Steg, und hatten auf das seidenschwarze, unbewegte Wasser hinausgesehen. Nichts gesagt, nur geschaut, gerochen, gefühlt. Er wusste noch genau, was er damals gefühlt und gedacht hatte. Diese stille Dankbarkeit, die ihn bis zum Bersten ausgefüllt hatte, diese glückselige Wunschlosigkeit, die ihm noch nie so erträglich vorgekommen war, diese atemberaubende Liebe, die in jenem Moment allem und jedem gegolten hatte.

Die Sache war nur, dass er im Augenblick davon nur noch *wusste*. Er fühlte es nicht mehr. Nichts mehr davon. Die Welt war wieder eng geworden, dunkel wie damals der See.

Bartholomäus drehte den Kopf und sah durch das Küchenfenster in die Nacht. Lächelte und bemühte sich, das nicht zu bitter zu tun. Dass Defätismus die finsterste aller Sackgassen war, war ihm längst klar. Er wusste, wohin er wollte, das war zunächst einmal das Wichtigste. Dass er dort nicht immer war – eigentlich nur selten –, brachte ihn nicht mehr aus der Bahn. Oder zumindest nicht mehr so oft wie früher.

Senfkörner. Geröstete Senfkörner, danach roch es auch noch. Wahrscheinlich hatten sie auch Kinder für die Ernte eingespannt. Klapperdürre Bettelkinder. Rebecca war auch nur Haut und Knochen gewesen. Haut und Knochen, in die irgend so eine perverse Sau seinen …

Bartholomäus stand auf und ging zur Haustür. Er musste Luft schnappen.

Veit wich ein Stück zurück, damit er nicht im Lichthof des Fensters stand. Die Tür ging auf, und es war der Hotel-Polizist, der in die Küche kam.

Was macht der um die Zeit in der Küche?, dachte Veit. Warum schlaft der nicht?

Er beobachtete Bartholomäus, wie er sich eine Flasche Bier aus dem Kühlschrank nahm und sich damit an den Küchentisch setzte. Mitten in der Nacht. Sitzt da, trinkt ein Bier und schaut die Wand an. Mit diesen Augen.

Die Augen. Veit hob die Pistole und zielte durch das Fenster auf Bartholomäus. So hatte er ihn im Wald auch angesehen. Wie jetzt die Wand. So ... genau. Fast, als könnte er durch die Wand durchsehen.

Veit krümmte den Finger um den Abzug. Der Lauf zeigte genau auf Bartholomäus' Schläfe.

In diesem Moment drehte Bartholomäus seinen Kopf und schaute Veit an. Und lächelte.

Veit fiel fast die Pistole herunter, so erschrak er. Hatte ihn der Hotel-Polizist gesehen? Das war doch unmöglich! Aber er schaute ihn an! Und lächelte! Aber wenn er ihn doch sah, warum blieb er dann auf seinem Stuhl sitzen? Und warum lächelte er? Da war niemand anderes im Zimmer. Er meinte ihn, Veit. Er musste ihn meinen. Er lächelte, während er auf ihn zielte? War der ... blöd?

Veit war sich jetzt noch sicherer als gestern: Der Mann musste weg. Mit dem stimmte was nicht. Der war gefährlich und zum Fürchten. Er hob die Pistole erneut, als Bartholomäus aufstand und im nächsten Augenblick aus dem Schussfeld war.

Veit wartete. Das Licht blieb noch an. Vielleicht kam er zurück. Dann hörte er Schritte im Haus, leise Schritte. Er blickte nach rechts. Die Schritte kamen von dort. Wo die Haustür war. Hinter der Haustür. Veit drehte sich mit erhobenem Arm und fasste die Waffe jetzt auch mit der anderen Hand unter.

Ein Schlüssel drehte sich im Schloss der Haustür. Bartholomäus drückte die Klinke nach unten und öffnete die Tür. Aber die Tür verfing sich mal wieder in dem alten Vorleger, der eigentlich viel zu dick war. Wiebke wollte ihn dennoch nicht wegschmeißen, weil er im Winter die Zugluft abhielt. Dabei zog es gar nicht, das Haus war neu und dicht. Bartholomäus bückte sich und streifte den Vorleger glatt. Ein Schwall frischer Nachtluft drang durch den Spalt. Würzige, satte Nachtluft, Sommernachtluft, die den Duft von frisch gemähtem Heu und moosigem Wasser vom Teich mitbrachte.

In Bartholomäus' Hirn explodierte etwas. Er richtete sich auf.

Moos.

Mooshammer.

Veit. Der Junge hatte Veit geheißen. Veit Mooshammer.

Bartholomäus öffnete die Tür wie in Trance.

Hinter ihm klingelte das Telefon.

15. KAPITEL

Donnerstagvormittag
Berg, Hotel Alpenblick

Hans von Weyen schüttelte sich und stellte das Glas auf den Tresen. »Boah! Es geht doch nichts über einen Laphroaig, wenn's dir im Oberstübchen brummt. Als würde dir einer mit dem Breitschwert eins überziehen.«

Lisa lächelte gezwungen. »Möchten Sie noch einen?« Das Zeug roch einfach widerlich. Wie Terpentin.

»Danke, Süße. Ist wieder alles im Lot da drin.« Von Weyen tippte sich an das schwarze Wollkäppi, das seine hohe Stirn bedeckte.

Das bezweifle ich, dachte sich Lisa und stellte die Whiskyflasche in das Spiegelregal hinter ihr.

»Aber 'n Käffchen würde ich noch nehmen, bevor's wieder losgeht.«

»Gern. Soll ich Ihnen den Kaffee an Ihren Tisch bringen?«

Von Weyen blickte über seine randlose Brille hinweg durch das Restaurant zu den beiden Tischen, wo sich die Frühstücksgesellschaft der Schauspieler und Technikleute allmählich auflöste. »Nee, lass mal. Bring ihn hierher, ich nehm ihn mit auf die Terrasse.«

»Gern.« Lisa drehte sich zur Kaffeemaschine um. Wenigstens hatte sie der Kerl diesmal nicht angebaggert. Musste wohl irgendwie Stress oder Ärger haben, sonst hätte er sich um halb zehn Uhr morgens auch kaum einen doppelten Whisky bestellt.

Hans von Weyen ließ seinen Blick an Lisa hinabgleiten. Eher aus Gewohnheit denn aus Interesse taxierte er sie. Blond, schüchtern, mager. Würde er nicht von der Bettkante stoßen. Dann aber fiel ihm wieder das Gespräch mit Susan ein, und er nahm seinen Blick von Lisas Hintern. Scheiß Weiber. Echt.

Als sie ihm vorher eröffnet hatte, dass sie von ihm schwanger sei, hatte er erst geglaubt, sie wolle ihn verarschen. Joke am Frühstückstisch und so, haha. Jetzt hab ich dich aber drangekriegt.

Dabei hatte er sich schon gewundert, warum sie heute so früh auf den Beinen war. Normalerweise war Susan eine der Letzten, die aus den Federn und ans Frühstücksbüfett kroch. Aber heute war sie fast gleichzeitig mit ihm ins Restaurant gekommen. Er hatte das schon blöd genug gefunden, weil er jetzt diese einzige halbe Stunde, die er am Tag Ruhe vor der ganzen Bagage hatte, auch drangeben müsste. Und Susan war ja auch nicht gerade eine der Stillsten, die sich nur zu ihm an den Tisch setzte, um in ihren Kamillentee zu meditieren.

Das sah dann aber überraschenderweise eine Zeit lang doch genau danach aus. Sie setzte sich zwar neben ihn, sagte aber nur leise »Guten Morgen« und schlürfte dann ein paar Minuten stumm ihre gelbe Brühe.

Sieh mal einer an, hatte er noch gedacht. Susan kann fünf Minuten die Klappe halten.

Und dann hatte sie die Bombe platzen lassen.

»Hans«, hatte sie leise gesagt, »ich bin schwanger.«

Die drei ersten Antworten, die ihm gleichzeitig in den Kopf geschossen waren, lauteten: ›Das wäre echt der

Brüller!‹, ›Scheiße!‹ und ›Von mir?‹. Gesagt hatte er aber erst einmal gar nichts, hatte sie nur angestarrt.

»Von dir, Hans.«

»Bist du dir ... schwanger?« Wie hoch ist der Unterhaltsmindestsatz? Heißt das so? 500 Euro? 1000? 1000 Eier!

»Ja, ich bin mir sicher, Hans.« Jetzt sah auch sie ihn an. Große Augen, erwartungsvoll und rund wie Eheringe.

»Seit ... wann?« Hat die Pille nicht gewirkt, oder was? Hatte ich nicht ein Kondom? Doch, hatte ich doch! Nein, scheiße, ich hasse die Dinger.

»Noch nicht lang. Aber ich bin mir 100-prozentig sicher.« Susans Unterlippe zitterte.

»Aber ... hast du die Pille nicht genommen? Oder was du so nimmst.«

»Doch, schon.« Susan war den Tränen nahe. »Aber ich hab die in der ganzen Aufregung wohl mal vergessen, glaub ich.«

Vergessen! Super! Du Trulla vergisst die Drops, und ich zahle? Aber nicht mit mir!

»Susan, ... ich möchte ...«

Und dann war Uwe ins Restaurant und auf sie zugekommen. Auch viel früher als sonst. »Hey!«

»Susan, lass uns morgen darüber reden«, hatte er noch schnell gesagt. »Ich muss heute nach Salzburg und bin morgen Nachmittag zurück. Sagen wir um vier unten auf der Bank am See? Die unterhalb von dieser Ruine?«

»Auf der wir uns zum ersten Mal geküsst haben?« Ein hoffnungsvolles Glänzen in ihren Augen.

Dämliche Idee, das mit der Bank. »Ja, genau die.«

»In Ordnung.«

»Moin! Was geht ab, ihr zwei?« Herby, der Kameramann. »Hab ich ’ne scheiß Nacht hinter mir, leck mich fett! Ein Bataillon von Mücken, die mich fast gefressen hätten. Und was für Dinger! Ich musste jetzt echt raus aus meiner Zelle. Gibt's schon was? Hab ich 'n Kohldampf!«

Aha.

Lisa stellte ihm den Kaffee auf den Tresen, und Hans von Weyen verzog sich damit auf die Terrasse. Ein paar Minuten brauchte er einfach noch für sich, bevor er sich wieder mit diesen Nullen und ihrem Schmonzes abmühte. *Geheime Gefühle*! Schon allein der Name dieser Soap löste Brechreiz in ihm aus. Und das alles nur, weil die Ärsche von der Filmförderung ihm im letzten Moment die Gelder für seinen Fernsehfilm verweigert hatten. Dabei wäre das sein Durchbruch geworden! Das Schicksal einer geschändeten Transsexuellen, die ihrem Peiniger nach Russland folgt, dort als Transvestit im Gefängnis landet und als Anführer einer Knastgang zur eigentlichen Identität findet! Alternativ, falls das zu dolle ist: das Schicksal eines jungen Türken, der als Anführer einer Kreuzberger Straßengang seine Homosexualität entdeckt und sich in den Chef der verfeindeten Neonazi-Truppe verliebt. Titel: West Bride Story. Was für ein Stoff! Und was machte er jetzt? Inszenierte für eine Horde selbstverliebter Schwachmaten bodenlos dümmliche Dialoge um ein Nichts von Handlung, damit noch dümmere TV-Junkies jeden Abend um 17.50 Uhr ihre Dosis Hirnschiss erhielten. Fuck!

Hans von Weyen nippte an seinem Kaffee. Gut, das Zeug. Wenigstens hatte die Firma genügend Kohle, um sie in einem Hotel wie diesem einzuquartieren. Das war das einzig Gute an dem ganzen Bockmist. Super Essen, tolle Zimmer, Eins-a-Service.

Er sah hoch und musste auf einmal grinsen. Eins-a-Service in jeder Hinsicht. Genau das, was er jetzt brauchte.

Von Weyen stellte seine Tasse ab und fuhr sich über seinen Drei-Tage-Freibeuterbart. Dieses schnuckelige kleine Mädchen war wieder aufgetaucht. Schlich da hinten am Rand der Terrasse herum und spielte mit Kieselsteinen. Allein. Einen halben Tag lang war ihm ja wirklich der Arsch auf Grundeis gegangen, weil er jeden Moment damit gerechnet hatte, dass ihn die Bullen einsackten. Da war er echt zu leichtsinnig gewesen.

Aber sie hatte nichts gesagt. Hatte die Drohung also doch gefruchtet. Hm. Wenn das einmal geklappt hatte, konnte es auch ein zweites Mal klappen. Aber dieses Mal würde er besser aufpassen, dass sie nicht gestört wurden, bevor er mit ihr fertig war. Oder sie mit ihm.

Hans von Weyen grinste. Weiber waren halt doch zu etwas gut.

*

München

Als wäre ihm ein zweites Hirn gewachsen. Oder als hätte sich sein eines Hirn in zwei voneinander völlig unabhängige Hälften gespalten. Eine für Veit, die andere für Pete Monahan. So kam sich Bartholomäus vor. Seit heute Nacht, seit dem Anruf fuhr sein Hirn zweigleisig. Zwei Schnellzüge, die im gleichen Tempo nebeneinander her rasten. Und wenn der eine mal einen kleinen Vorsprung gewann, beeilte sich der andere, den sofort wieder wettzumachen.

So wie jetzt. Er wartete, dass ihn die Ampel an der Schwanthalerstraße in die Sonnenstraße ließ, und hörte Davids Stimme wieder.

Hi, Bartl.

Das R, das T und das L ein gutturaler amerikanischer Lautbrei.

Hier ist David.

David, mit dem er das letzte Mal vor ein paar Monaten telefoniert hatte. David mit Schuhgröße 17 und den viel zu großen Schneidezähnen, weswegen ihn alle im Team nur Rabbit genannt hatten.

Sorry, dass ich dich anrufe um die Zeit. Bei euch jetzt ist es Mitternacht, right?

Da war nichts zu entschuldigen. Es gab nur einen plausiblen Grund, warum David ihn mitten in der Nacht anrief.

Was ist passiert?, hatte er ihn gefragt. Unnötigerweise gefragt.

Monahan. Er ist … geflieht.

Natürlich.

Wann?

Vor drei Stunden. Er konnte aus einem Ambulance fliehen. Auf einer Brücke nach Rikers Island.

Die Ampel sprang auf Grün, Fahrzeuge setzten sich in Bewegung. Rechts entschwand eine Straßenbahn.

Wir haben alles in die Weg geleitet, Bartl. Airports, harbours haben sein Foto. Wir kriegen ihn wieder, Bartl, don't worry. Aber du wolltest ja, dass ich gleich sage, wann irgendwas passiert.

Danke, David, ja. Danke.

Am Stachus-Brunnen war der Veit-Schnellzug dann wieder auf gleicher Höhe und blieb es, bis Bartholomäus seinen BMW in der Löwengrube parkte. Er nahm das Kuvert vom Beifahrersitz, stieg aus und lief in die Ettstraße. Vorbei an den beiden Steinlöwen, die träge in der Mittagssonne dösten, vorbei an dem Polizisten an der Pforte, der auch aussah, als sehnte er sich nach einem Mittagsschlaf. Rauf in Kreuzpointners Büro.

»Und?« Kreuzpointner sah von seinem Computer auf, als Bartholomäus durch die Tür trat. Zillenbiller telefonierte und hob die Hand.

»Ein Foto. Aber zehn Jahre alt.« Bartholomäus wedelte mit dem Kuvert. »Wo sind Hauser und Karin?«

»Hauser klappert Zoogeschäfte ab, und die Karin war draußen in Fürstenfeldbruck und müsste eigentlich jeden Moment …«

Die Tür ging erneut auf und Karin Reichlmair kam herein. »Grüß euch.« Sie sah Bartholomäus Kammerlander an. »Du weißt, wer der Kerl is?«

Bartholomäus nickte. »Er heißt Veit Mooshammer und stammt aus Sigmertshofen.«

»Aus Sigmertshofen? Da schau her!« Karin Reichlmair hängte ihr Baumwolljäckchen über eine Stuhllehne. »Und … woher weißt des auf einmal?«

Bartholomäus zuckte die Schultern. »Als Kind bin ich mit ihm jahrelang mit dem gleichen Bus zur Schule gefahren. Aber ich hatte mit ihm nie was zu tun, deswegen konnte ich mich zuerst auch nicht an den Namen erinnern.«

»Ein Wunder, dass er dir überhaupt eingfallen ist, wenn du mit ihm nix zum tun ghabt hast«, sagte Kreuzpointner.

»Der Name ist damals wahrscheinlich irgendwo mal gefallen und ich habe ihn aufgeschnappt. Im Bus, in der Schule, zu Hause. Keine Ahnung.«

»Und du warst bei seim Vater?«, fragte Reichlmair und setzte sich an den Besprechungstisch.

Bartholomäus nickte. »Er lebt auf seinem Hof am Rand von Sigmertshofen, und Veit ist da auch offiziell gemeldet. Der Vater hat ihn allerdings seit der Beerdigung seiner Frau vor zehn Jahren nicht mehr gesehen.«

»Der weiß also auch ned, wo er is?«, fragte Kreuzpointner.

»Nein.«

»Und bis jetzt hat er auch kein Telefon und auch kein Handy ned«, schaltete sich Zillenbiller ein, der sich den Hörer zwischen Schulter und Kinn geklemmt hatte und etwas aufschrieb.

Reichlmair schaute irritiert. »Wieso suchst du nach seim Telefon?«

»Ja, weil mir sonst nix habn von ihm.«

»Wie – nix habn? Finanzamt, Post, KFZ-Stelle?«

»Wissen ned, dass es den gibt.«

»Den gibt's ned?«

Zillenbiller kniff ein Auge zu und richtete eine Pistolenhand auf sie. Sein Sohn Keith machte das neuerdings, statt Ja zu sagen. Fand Zillenbiller cool. So John-Wayne-mäßig.

»Aha.« Reichlmair wandte sich, immer noch verwundert, Bartholomäus zu. »Und dem Vater glauben wir, dass er überhaupt gar nix weiß?«

»Ich tu's.« Bartholomäus holte ein Foto aus dem Kuvert. »Er hat mir dieses Bild mitgegeben. Es ist auf der Beerdigung aufgenommen worden. Veit Mooshammer ist der bullige Kerl rechts am Tisch.« Er reichte Kreuzpointner die Aufnahme, und Karin Reichlmair kam herüber, um sie sich ebenfalls anzusehen.

Während die beiden das Foto betrachteten, dachte Bartholomäus an den Besuch bei Karl Mooshammer. Ein alter, zerknitterter Mann, der nach Käse und Urin roch. Gebeugter Rücken, ein einsames Gesicht, erloschene Augen, aus denen jede Hoffnung, jede Erwartung gewichen war. Fast gleichgültig hatte er ihm von seinem Sohn erzählt, von der Beerdigung seiner Frau. Die Uhr an der Wand tickte, der Herrgott hing über der Eckbank, seinen Hacklstock ließ Karl Mooshammer auch im Sitzen nicht los.

»Nur im Profil und auch ned sonderlich groß.« Josef Kreuzpointner verzog das Gesicht. »Damit können mir kaum was anfangen.«

»Du meinst, für die Gsichtserkennung über d' Überwachungskameras?«, fragte Reichlmair.

»Zum Beispiel. Ich glaub nicht, dass unsere Computer eine Ähnlichkeit erkennen, wenn sie dieses Foto habn und Veit von irgendeiner Kamera gsichtet wird.«

»Ich könnte damit und mit meiner Erinnerung aus dem Wald ein Phantombild anfertigen lassen«, schlug Bartholomäus vor.

»Für d' Zeitung?«

Bartholomäus nickte.

»Probiern können mir's.«

Zillenbiller legte auf. »Wo davon kennt ihn auch ned.«

Wo davon? Bartholomäus sah Zillenbiller irritiert an. Wer, zum Teufel, war *wo davon*? Erst zwei Sekunden später verstand er, dass Zillenbiller Vodafone meinte.

Zillenbillers Handy klingelte. Die Vereinsmelodie des FC Bayern. FC Bayern, foa effer namber wan … Er sah aufs Display und ging ran. »Ja, Hasi, was is 'n?«

»Und du bist dir sicher, dass des der im Wald gewesn is?«, wollte Reichlmair von Bartholomäus wissen.

»Ja, Hasi, hob i ned vergessn. A Packerl Hefe und a Muich.«

Bartholomäus nickte. »Absolut.«

»Pfiad di, Hasi, Bussi.« Zillenbiller legte auf. »Als könnt i mir keine zwei Sachn merkn«, grollte er für sich.

»Hat der als kleiner Bub auch schon ghinkt?«

»Weiß ich nicht mehr.«

»Aber der im Wald hat ghinkt?«

»Sah so aus, ja. Seid ihr bei den Orthopäden oder Ärzten schon weitergekommen?«, wollte Bartholomäus wissen.

Nein, bisher lagen keine Hinweise vor.

»Und? Was machen mir jetzt?«, fragte Karin Reichlmair.

Darüber hatte sich Bartholomäus auf der Herfahrt von Sigmertshofen auch schon den Kopf zerbrochen. So euphorisiert er gewesen war, als ihm heute Nacht der Name eingefallen war, so ernüchtert hatten ihn die anschließenden Recherchen zurückgelassen. Veit Mooshammer war ein Geist, der es irgendwie geschafft hatte, keine Spuren in der digitalen Welt zu hinterlassen. Keine Internetseite, keine amtliche Datei, kein Verzeichnis kannte seinen Namen. Und nach dem Besuch bei seinem Vater entschwand dieser Geist auch zusehends aus der realen Welt. Aber irgendwo verkroch er sich. Irgendwo hockte er herum, glotzte mit seinem schiefen Auge in die Welt, humpelte hinter kleinen Kindern her, packte sie, schleifte sie durch den Wald. Bartholomäus musste an den schwarzen Mann denken. Wer hat Angst vorm schwarzen Mann? Kein roter Pulli mehr. Veit trug jetzt Schwarz. Unscheinbares Geisterschwarz.

»I kann ihn ja mal guugln«, meinte Zillenbiller. »Vielleicht hat er ja einen Akaunt bei Feisbuck.« Er gluckste, wurde aber wieder von seinem Handy unterbrochen. FC Bayern, foa effer … »Ah, Kruzefix!« Er ging ran. »Hasi, ich muss doch arbeiten.«

Roter Pulli.

FC Bayern.

Trikot.

Das Stadionheft am See.

Bartholomäus runzelte die Stirn und deutete auf Kreuzpointner. »Kannst du grad mal die Nummer vom FC Bayern aus dem Internet raussuchen?«

Kreuzpointner schaute ihn verwirrt an. »Von Bayern?«

Bartholomäus nickte nachdrücklich. »Ja, am besten die Ticketstelle.«

»Und … warum?«, fragte Reichlmair.

Kreuzpointner wandte sich seinem Computer zu.

»Veit hatte damals im Bus immer ein Bayern-Trikot an«, erklärte Bartholomäus nachdenklich. »Zumindest in meiner Erinnerung. Ein rotes Trikot mit der Nummer neun, glaub ich. Und am Sigmertshofener Weiher haben wir das Stadionheft gefunden.«

»Ah so.« Karin Reichlmair sah gedankenverloren vor sich hin. Die Neuigkeit schien sie nicht sonderlich in Aufregung zu versetzen. »Und wie soll uns da der FC Bayern weiterhelfen?«

Kreuzpointner notierte eine Nummer auf einen Zettel und gab ihn Bartholomäus. »Des wär der Ticketservice.«

»Danke.« Bartholomäus drehte Kreuzpointners Telefon zu sich und wählte die Nummer. »Ja, Kammerlander hier, Kommissariat München«, sagte er nach einigen Sekunden. »Ich bräuchte eine Auskunft betreffs Ihrer Dauerkarteninhaber. Können Sie, wenn ich Ihnen einen Namen nenne, herausfinden, ob die betreffende Person eine Dauerkarte bei Ihnen hat? … Oder Jahreskarte, wie auch immer.« Bartholomäus lauschte und zog dabei unmerklich die Augenbrauen nach oben. »Dann geben Sie mir bitte Ihren Vorgesetzten.« Er stand auf und ging mit dem Apparat im Zimmer auf und ab, während er wartete.

»So Jahreskarten sind fei saudeier«, meinte Zillenbiller, der Hasi wieder abgewimmelt hatte. »I wollt mir letzts Jahr eine kaufn, aber die spinnen ja!«

Kreuzpointner nickte abwesend und sah Bartholomäus an, Reichlmair hörte gar nicht zu.

»450 Euro für an Sitzplatz und dann hast nur d' Bundesliga.«

Jetzt nickte auch Kreuzpointner nicht mehr.

»450 Euro!« Zillenbiller tippte sich an die Stirn. »Is doch ein Haufn Geld, oder?«

Der Vorgesetzte hatte offenbar einen langen Weg zum Telefon.

»Josef? Oder?«

»Was?« Kreuzpointner drehte den Kopf.

»450 Euro.«

»Was ist damit?«

»Ein Haufn Geld ist das.«

»Für was?«

»Für a Kartn.«

»Was für eine Kartn?«

»Kammerlander hier!«, sagte Bartholomäus. »Kommissariat München. Ich bräuchte eine Auskunft.«

Aber auch der Vorgesetzte war am Telefon nicht bereit, Bartholomäus die gewünschten Informationen zu geben. Datenschutz und so. Aber prinzipiell könnten sie schon herausfinden, ob ein Mann namens Veit Mooshammer im Besitz einer Jahreskarte für die Allianz-Arena sei. Dazu müsse man aber vorbeikommen, damit er einen Ausweis sehe und wisse, mit wem er es zu tun habe. Weil am Telefon, haha, könne ja jeder die Polizei sein, gell. Ein Fax mit aussagekräftigem Kopf und Stempel täte es aber auch. Zur Not. Ausnahmsweise. Man helfe ja gern.

Fünf Minuten später war das Fax mit dem aussagekräftigen Kopf und dem Stempel auf dem Weg zum hilfsbereiten Vorgesetzten, der seinerseits 15 Minuten später zurückfaxte. Ebenfalls mit aussagekräftigem Kopf, aber ohne Stempel.

Bartholomäus zog das Fax aus dem Gerät. »Er hat eine!«, rief er, als er die Zeilen überflogen hatte. »Eine Stehplatzkarte in der Nordkurve! Wann ist das nächste Spiel in der Allianz-Arena?« Er deutete auf Kreuzpointners Computer und kam um den Tisch herum.

»Heut Abend«, sagte Zillenbiller. »Euro-Lieg. Irgend so ein Bamberl-Verein aus Polen, glaub i.«

»Sicher?« Bartholomäus sah ihn über den Monitor hinweg an.

»Ja. Premiere übertragt's.«

Bartholomäus' Augen wurden enger. »Wir brauchen Leute. Genügend Leute.«

*

Berg am Starnberger See

Es war nicht das erste Mal, dass er im Bus übernachtet hatte. Veit Mooshammer schlief sogar ausgesprochen gern auf der eingebauten Couch, die man zu einem kleinen Bett ausklappen konnte. Das bunte Muster des Bezugs und die fünf weichen, runden Kissen erinnerten ihn an sein eigenes Bett, in dem er als Bub geschlafen hatte. Das war zwar kein Ausklappsofa gewesen, hatte immer ein weißes Laken gehabt, auch die Decke war nie bunt, sondern immer weiß gewesen. Und es hatte auch nur ein Kissen gegeben. Das aber war klein und rund gewesen.

Der Chef sah es allerdings gar nicht gern, wenn er hinten im VW Bus nächtigte, weswegen er es schon lange nicht mehr getan hatte. Weil es dann zu sehr nach ihm riechen tät, hatte ihm der Chef mal gesagt, und die Kinder des vielleicht nicht mögen täten. Er solle bitte das Bett, also die Couch, den Kindern lassen. Veit hatte daraufhin, als er doch noch einmal im Bus hatte übernachten müssen, weil der Kunde das so gewollt hatte, am Morgen das Bett und die Kissen abgerochen, aber dabei nicht feststellen können, dass die einen anderen Geruch gehabt hätten als am Abend zuvor. Wo er auch alles abgereisert und sich gemerkt hatte, wie die Kissen rochen. Aber wenn's der Chef halt so wollte …

Dazu kam, dass er sich in der kleinen Wohnung, die ihm der Chef zur Verfügung gestellt hatte, auch nach der langen Zeit noch nicht wohl fühlte. Freilich war es nett vom Chef, dass er ihm eine Wohnung gegeben hatte. Sogar mit Fernseher. Aber wenn der Postbote oder ein Nachbar mal klingelte, dann musste er immer sagen, dass er der Herr Lamprecht war. Und daran immer zu denken, dass er in der Wohnung der Herr Lamprecht war, strengte ihn furchtbar an. Und verstehen tat er es auch nicht. Außerdem war Lamprecht ein so ein greisliger Name. Wenn er sich einen hätte aussuchen dürfen, dann hätte er sich Schweinsteiger genannt. Oder Beckenbauer.

Während Veit Mooshammer auf dem Fahrersitz eine Flasche Cola trank und noch die halbe Dose Sauerkraut aß, die er am Abend zuvor stehen gelassen hatte, dachte er über weitere Namen nach, die ihm gefallen hätten. Robben nicht. Geh weiter! Darüber musste er selbst lachen. Veit Robben. Wie sich das schon anhörte. Und auch Ribéry nicht. Aber Badstuber wäre auch gegangen. Auf alle Fälle noch 1.000 Mal besser als Lahm. Oder Lamprecht.

Lahm. Gestern Nacht war er zu lahm gewesen. Veit Mooshammer grinste. Viel zu lahm. Ihn hatte das Telefon um die Zeit ja auch erschreckt, genauso wie den Hotel-Polizisten. Aber trotzdem hätte er noch schießen können, wenn er ein bisserl schneller geschalten hätte. »Wenn da Hund ned gschissen hätt, hätt er 'n Has dawischt«, hatte sein Vater immer gesagt. Und dann war der Hotel-Polizist ins Haus gegangen, hatte telefoniert, alle Lichter waren plötzlich angegangen, seine Frau war die Treppe heruntergekommen, und als Veit neben dem Busch auf dem Rasen aufgewacht war, hatten immer noch die Lichter gebrannt und er hatte einen nassen Hintern gehabt. Deswegen war er auch nicht mehr in die Wohnung gefahren. Also weil's so spät gewesen war. So früh.

Veit Mooshammer kaute sein Sauerkraut und sah die Straße hinauf, die zum Hotel führte. Und gerade als sich seine Verdauung bemerkbar machte und er sich überlegte, wo er hinscheißen konnte, ohne dass ihn jemand sah, kam sie die Auffahrt herunter. Susan. Mit dem dicken, weichen Busen, der sich ganz deutlich unter dem T-Shirt abzeichnete.

Veit blieben die letzten Krautfransen schier im Hals hängen, so aufgeregt war er. Wie 1.000 Ameisen breitete sich das Kribbeln in seinem Körper aus und wurde immer stärker, je näher sie kam. Ein Haufen Leute war um sie herum, redete mit ihr, lachte, so ein junger Heini mit Brille hielt sogar mal ihre Hand. Aber das registrierte Veit nur am Rande. Er sah nur sie, sah ihren Busen wogen, konnte ihn fast riechen, meinte ihn schon zu spüren in seinen Händen, an seiner Wange. So weich, so warm …

Er wartete, bis die kleine Gruppe an ihm vorbei war. Dann stieg er aus und folgte den Leuten hinunter zum See.

16. KAPITEL

Donnerstagabend
München

Die ersten Besucher tröpfelten in das Stadion. Bartholomäus drängte sich der Gedanke auf, wie draußen ein Meer aus rot-weiß gekleideten Menschen so lange gegen die gewaltige, aufblasbare Suppenschüsselwand schwappte, bis diese Risse und Löcher bekam. Und jetzt quollen die Rotweißlinge in immer größer werdenden Rinnsalen in das Innere der Suppenschüssel.

Er trank einen Schluck Mineralwasser und beobachtete durch das Panoramafenster des Stadionrestaurants das Treiben in der Allianz-Arena. Natürlich wäre er lieber draußen gewesen, am besten am Einlass im Norden. Aber die Gefahr, dass ihn Veit Mooshammer dort entdeckte und Reißaus nahm, war viel zu groß. Wenn er überhaupt kam.

Veit und Fußball. Nein. Dass es Veit um Tore ging, um Spielzüge, Zweikämpfe und Hackentricks mochte Bartholomäus nicht glauben. Der Sport war nicht der Grund, warum sich Veit in die Nordkurve stellte, seinem Vordermann Schlachtgesänge ins Ohr brüllte, Bier aufs Trikot schüttete und Senf in den Schal schmierte. Und nicht einmal dieses Bild passte. Ein schreiender, Wurst fressender und Bier saufender Veit. Wenn er sich Veit dort drüben inmitten der rot-weißen Suppeneinlage vorstellte, dann still, bier- und bratwurstlos. Jemand wie Veit kam hierher, weil er in der grölenden, rot-weiß wogenden Masse für zwei Stunden seine Einsamkeit vergessen und doch allein bleiben konnte. Hier gab es keine Rückbänkler, die ihn drangsalierten, bis der Bus ihn endlich wieder freiließ. Keine Mitschüler, die seinen Gang und sein schiefes Gesicht nachäfften und ihn mit Papierkügelchen beschossen, wenn der Lehrer nicht hersah. Selbst ohne sein rotes Trikot hätte nicht einer der Abertausend Rotweißlinge bemerkt, dass er anders war. Mehr noch. Hier war er nicht anders. Er war wie sie, einfach nur, weil er hier war. Und das allein reichte. Er musste nicht reden, sich nicht erklären, keine Fragen beantworten. Er konnte einem anderen in die Augen sehen, ohne wahrgenommen zu werden, spürte menschliche Nähe, ohne jemandem nah sein zu müssen, war nicht mehr einsam und doch für sich. Die Nordkurve war Veit Mooshammers Freund, und wahrscheinlich sein einziger.

Halt. Eine weitere Synapse meldete sich zurück. Da war noch ein Freund gewesen. Bartholomäus fiel eine Begebenheit ein, damals, im Bus. Ein Junge von der Rückbank, lange blonde Haare, blaue Augen, hatte sich zu Veit gesetzt und mit ihm gesprochen. Bartholomäus erinnerte sich daran, wie seltsam er das damals gefunden hatte. Dass jemand mit Veit sprach, noch dazu einer der Auserwählten von der Rückbank. Erst hatte er geglaubt, der wolle ihn ebenfalls nur verarschen. Subtiler vielleicht, indem er Veit die Gemeinheiten ins Ohr hauchte. Aber irgendwann hatte sich Veit, der bis dahin unbewegt die Lehne vor sich angestarrt hatte, dem Jungen zugewandt, ihn angesehen und dann – gelächelt. Veit hatte gelächelt. Bartholomäus hatte Veit vorher noch nie lächeln sehen. Doch dieses Mal hatte Veit gelächelt. Schief zwar und so, dass es eigentlich zum Fürchten gewesen war. Andere hätten mit solch einer Miene gedroht. Aber Veit hatte den blonden Jungen damals angelächelt. Und auch später hatte er die beiden immer mal wieder zusammen gesehen …

Kreuzpointner trat durch die Tür des Restaurants und kam auf ihn zu. Zum grauen Filzhut trug er heute auch noch einen grauen Trenchcoat. Bald würde er völlig verschwinden.

»So, jetzt schaun mir mal, ob er kommt.« Kreuzpointner nickte in die Arena hinab. «Drin ist er noch nicht, sonst hätten uns die Leut von der Eingangskontrolle verständigt.«

»Wie viele Männer haben wir jetzt an den Einlässen postiert?«

»Um die 20. Und 30 sind auf die verschiedenen Ebenen verteilt, und draußen wartn auch noch mal zwei Dutzend. Wenn er kummt, erwischen mir ihn.«

Bartholomäus sah das Walkie-Talkie an, das er vor sich auf den Tisch gestellt hatte. »Wenn er kommt, ja.«

Veit war immer noch wie benommen. Er hatte sie gerochen! So gut hatte sie gerochen! So etwas hatte er noch nie gerochen. Und erst hatte er auch geglaubt, sie wolle auf ihn zulaufen. Wie sie da auf der Bank am See gesessen und vor sich hingeschaut hatte und auf einmal aufgesprungen und auf ihn zugelaufen war. Da hatte sein Herz einen Hüpfer gemacht, und er hatte gedacht, dass sie jetzt zu ihm käme. Aber sie war doch nur an ihm vorbei zu diesem dürren Hering gelaufen und hatte »Leo, oh, Leo« gerufen. Da war ihm dann auch wieder das Spiel eingefallen, weil er an Olé, olé, olé hatte denken müssen, und dann hatte er sich auch gleich auf den Weg gemacht, weil es schon halb acht gewesen war. Er hatte gar nicht gemerkt, wie die Zeit vergangen war. Fast den ganzen Tag hatte er in Susans Nähe verbracht, hatte ihr zugesehen, wie sie an der Kamera vorbeigesprungen war, wie sie geweint und laut gelacht hatte. Und einmal, als sie von einem Steg ins Wasser gefallen war, wäre er fast hinter seinem Baum hervorgekommen und hätte ihr aus dem Wasser geholfen. Da hatte er nur im letzten Moment noch gemerkt, dass sie auch das hatte spielen müssen. Aber als sie dann aus dem Wasser gekommen war, mit einem nassen Hemd, das gemacht hatte, dass er ihren Busen noch viel deutlicher hatte sehen können, da wäre ihm fast schwindlig geworden. Halleluja.

Den ganzen Tag bei ihr. Und er hatte auch jetzt noch immer ein Gefühl, das er nur kannte, wenn er mal ein Bier getrunken hatte. In seinem Kopf drehte sich alles, er fühlte sich irgendwie so leicht, und das Lächeln kam ihm jetzt von ganz alleine und ging gar nicht mehr weg. Vor allem, seit er ihre Haare gerochen hatte.

Veit sah auf die Uhr, während sich die Schlange am Einlass nach vorn schob. Die tritschelten wieder rum heute. Dabei ging in einer Viertelstunde das Spiel los. Er stellte sich in die Schlange daneben, weil er das Gefühl hatte, dass er dort schneller vorankam. Hier ging es tatsächlich schneller. Gleich war er an der Reihe, und Veit zückte schon einmal seine Karte. Nur drei waren noch vor ihm. Ganz vorn einer, der jetzt schon besoffen war und gar nicht mehr aufhören wollte zu singen. Und aus der Tasche hing ihm eine dieser wahnsinnslauten Dings, dieser Dosen mit Lautsprecher, die einem das Ohrwaschel wegrissen, wenn man draufdrückte. Aber die wäre er gleich los. Veit lächelte, weil das gerade so einfach ging.

Aber der Schreihals durfte seine Tröte behalten. Und

der nächste seine Flasche Bier, die man ansonsten auch nicht mit ins Stadion nehmen durfte. Erst als der Kontrolleur daneben was sagte, pfiff sein Kontrolleur die beiden zurück und nahm denen das Zeug ab.

Veit merkte, dass ihm auf einmal so komisch war. Und das Lächeln war ihm auch heruntergefallen. Die kontrollierten heute so komisch. Und den Kontrolleur da vorn hatte er auch noch gar nie gesehen hier.

Veit zog ganz langsam den Kopf ein. Er roch jetzt auch nicht mehr Susans Apfelshampoo, sondern … Gefahr. Wie ein Tier, das das Gewitter riecht, lange bevor der Blitz einschlägt, hatte er instinktiv gemerkt, dass etwas nicht stimmte. Irgendetwas war heute anders als sonst, aber eben nicht nur anders, sondern … gefährlich. Für ihn. Und als ihn der neue Kontrolleur so seltsam anschaute, zwar nur den Bruchteil einer Sekunde, aber einen viel zu langen Bruchteil und viel zu genau, da war Veit klar, dass er von hier verschwinden musste. Sofort. Er drehte sich auf dem Absatz um und lief los.

»Einlass Nord!«, plärrte das Funksprechgerät auf dem Tisch vor Bartholomäus. »An alle! Einlass Nord! Verdächtiger flieht Richtung Norden zu den Parkplätzen!«

Das Walkie-Talkie schnappen und aufspringen waren eine Bewegung. Bartholomäus rannte quer durch das Restaurant auf den Ausgang zu. »Kleidung?«, schrie er in das Gerät. »Was hat er an?«

»Äh, blaue Jackn. Oder grau. Seh ich ned richtig.«

Seh ich nicht richtig! Bartholomäus quetschte einen Fluch durch die Lippen.

Zum Glück waren die meisten Zuschauer schon auf ihren Plätzen und die Gänge unter den Tribünen einigermaßen frei. Bartholomäus hatte sich vorhin den Plan der Arena ganz genau eingeprägt, sodass er wusste, wie und wohin er laufen musste. Aber es dauerte dennoch eine gefühlte Ewigkeit, bis er endlich den Einlass sehen konnte.

»Taxistand!«, brüllte ein anderer Polizist in sein Funkgerät. »Ich glaub, ich hab ihn am Taxistand gsehn. Da rennt einer. Blaue Jackn, ungefähr 1,90 groß. Und ich glaub, der hat a bisserl ghinkt.«

Das musste er sein. »Einkreisen!«, schrie Bartholomäus. »Ihr müsst ihn irgendwie einkreisen!«

»Arena vier hier. Ich steh nördlich vom Parkplatz. Aber ich seh ihn nicht.«

Scheiße. Bartholomäus sprintete durch den Einlassbereich und weiter Richtung Taxistand. Er sah etliche Beamte in Uniform und Zivil. Hektisch wuselten sie durch die Gegend. Aber Veit Mooshammer sah er nicht.

Er drückte wieder den Einschaltknopf. »Sind die Straßen dicht?«

»Ja.« Das war Kreuzpointner. »Alle Zu- und Abfahrten sind gesperrt.«

»U-Bahn-Station?«

»Mir sind über zehne«, informierte ihn Zillenbiller. »Da kummt er ned durch.«

»Den Parkplatz!«, rief Bartholomäus. »Filzt den Parkplatz! Aber von allen Seiten gleichzeitig. Vielleicht hat er sich in seinem Wagen verkrochen oder liegt unter irgendeinem Auto.« Letzteres schien Bartholomäus wahrscheinlicher. Hier auf der Parkfläche im Norden einen Platz zu ergattern, war schier unmöglich, wenn ein Spiel stattfand. Es sei denn, man war schon mittags hier.

Die Beamten rückten vor. Auch einige Polizisten, die für das Spiel hier waren, zog man noch hinzu. In einer dichten Kette strebten sie auf die Mitte des Parkplatzes zu, blickten dabei unter jedes Auto und auch in die Fahrzeuge hinein, so gut das möglich war. Verdunkelte Scheiben oder der eine oder andere Transporter verhinderten, dass sie jedes Wageninnere einsehen konnten.

Bartholomäus rannte derweilen um den Parkplatz herum. Vielleicht hatte ihn Veit ja doch schon wieder verlassen? Aber auf den angrenzenden Flächen musste er eigentlich gut auszumachen sein. Im Norden verlief die A99, im Osten die A9, dazwischen das Autobahnkreuz München Nord, das Gelände bis dorthin dürre, strauchlose Wiesenfläche. Um den Stadionbereich im Süden zu verlassen, hätte er an der Arena und zwei Dutzend Beamten vorbeigemusst, im Westen lagen die Bahngleise und hohe Zäune ohne Ende. Und das Gelände der GSB, der Sonderabfall-Entsorgung. Ebenfalls hinter massiven Zäunen befand sich dort ein gutes halbes Dutzend Gebäude, dazu zahlreiche Container, Tanks, Fässer etc. und große Asphaltflächen.

Und Veit.

Nur aus dem Augenwinkel hatte Bartholomäus die Bewegung ausgemacht. Ein kurzes Vorbeihuschen in Blau. Oder Grau. Dann war die Gestalt hinter einem Gebäude verschwunden.

»GSB!«, schrie er ins Funkgerät. »Er ist auf dem GSB-Gelände!«

»Ha?«

»GSB? Wos is ’n des?«

Mann! »Das Abfallunternehmen! Im Westen!« Bartholomäus hatte den Zaun erreicht und hangelte sich drüber. Dann rannte er dorthin, wo er den Schemen gesehen hatte.

Als er um die Ecke war, fiel sein Blick auf den Boden und er fluchte abermals. Der Gullydeckel lag neben seinem Loch. Scheiße. Und was für eine.

Warm war es hier unten. Veit hatte eigentlich gedacht, dass es kälter werden würde. Wie's halt war, wenn man runter in einen Keller ging. Aber hier war es wärmer als oben. Das größere Problem war jedoch die Dunkelheit. Er sah kaum die Hand vor Augen. Stockfinster war es geworden, kaum dass er ein paar Meter von dem Schacht weg war, in dem er nach unten gestiegen war. Und Dunkelheit mochte er gar nicht. Sie machte ihm Angst. Er schlief sogar bei Licht, wenn es ging. Wenn es dunkel war, musste er immer an den Kühlkeller denken. Da gehst jetzt nunter, Saubub! Na, Mama, ned. Nunter gehst, hab i gsagt! Und wehe, du kummst rauf, bevor ich's dir erlaub! Nachher sag i's am Vatter! Deswegen hatte er das Eisenrohr noch mitgenommen, das oben in dem Haufen Schrott gelegen hatte.

Und eng war's hier unten. Den Kopf musste er einziehen und mit den Schultern schrammte er ab und zu gegen die Wand. Wenn er ins Wasser gestiegen wäre, hätte er mehr Platz gehabt, aber noch kam er hier auf dem betonierten Randstreifen schneller vorwärts.

Dann teilte sich auf einmal der Tunnel. Von irgendwoher sickerte blasses Licht nach unten, und Veit konnte erkennen, dass er vor einer Verzweigung stand. Er entschied sich für rechts und lief weiter.

Aber nach 20 Metern war da eine Wand. Er klopfte sie mit seinem Rohr ab, aber sie war massiv bis oben hin. Nur ein Loch weiter unten hatten sie gelassen, durch das das Wasser weiterfließen konnte. Veit drehte sich um und lief zurück.

Plötzlich hörte er es knirschen und quietschen. Über sich, ein Stück weiter vorn. Wie von einem Gullydeckel, der aufgezogen wurde. Und er hörte Geräusche von Schritten. Im nächsten Augenblick fiel eine Lichtsäule nach unten ins Wasser.

Veit musste zu der Wand zurück. Zu dem Loch. Er stieg vom Randstreifen in das dunkle Wasser und versank dort bis zu den Knien. Wenigstens das Wasser war kalt. Und irgendwelche Sachen schwammen darin herum, die Veit nicht erkennen konnte. Aber der Untergrund war fest, er kam voran.

Hinter ihm Rufe, Schreie. Veit packte das Rohr und watete bis zu dem Loch. Das Wasser rauschte hindurch. Bis zur Mitte des Loches reichte das Wasser. Und das Zeug, das darin schwamm. Veit musste an Tarzan denken. An die Folge, die er mal als Kind gesehen hatte und in der Tarzan vor seinen Verfolgern in einen Tümpel hatte flüchten müssen. Einen Tümpel mit viel Schilf drumherum. Veit bückte sich und kroch in das Loch.

Desensibilisierung, Desensibilisierung, Desensibilisierung. Wie ein Mantra sagte Bartholomäus das Wort stumm vor sich hin. Irgendwann stumpfte die Nase ab, gewöhnte sich an jeden Gestank und nahm ihn irgendwann gar nicht mehr wahr. Aber wenn das nicht bald passierte, würde er bewusstlos in diese Brühe sinken und ersaufen. Oder an dem Zeug ersticken, das darin herumtrieb.

Der Gestank war bestialisch. Er drang durch jede Pore, klebte an einem wie Sirup, und wenn Bartholomäus atmete – durch den Mund, natürlich durch den Mund – atmete er keine Luft, sondern trank Gestank.

Als er unten in dem Schacht angekommen war, war er dem Wasser gefolgt. Warum, wusste er nicht. Vielleicht war Veit in die andere Richtung gelaufen. Aber in den nächsten Minuten würden die da oben jeden Gullydeckel aufreißen, den sie fanden, und hoffentlich würde ihnen aus irgendeinem Loch diese Ratte entgegenglotzen. Oder er fand Veit. Aber sie mussten sich beeilen, schon allein, damit er endlich etwas sah.

»Was ist da oben los?«, schrie er ins Walkie-Talkie. Noch hatte sich über ihm kein Deckel oder Ablaufgitter bewegt.

»Wir sind doch dabei!«, antwortete Kreuzpointner.

Aber nicht bei mir.

Der Tunnel teilte sich. Rechts oder links? Rechts. Bartholomäus lief weiter und endlich tat sich etwas über seinem Kopf. Einer der Deckel wurde zur Seite gerückt, und es wurde Tag in der Unterwelt. Na ja, Tag nicht, aber wenigstens sah er jetzt einigermaßen, was vor ihm lag. Ein roh gemauerter, halbrunder Gang. Zwei Gehstreifen rechts und links, in der Mitte ein Bach aus – er schaute wieder weg.

Und dann hörte er Schritte. Oder? Das waren doch Schritte gewesen? Vor ihm. Oder war es das Echo seiner eigenen? Er drückte sich weiter an der feuchten Wand entlang. Rauschen. Das Rauschen wurde stärker. Wieso wurde das Rauschen stärker?

Eine Wand. Da vorn ging es nicht weiter. Das Wasser floss durch ein gerade mal schulterbreites Rohr. Er musste zurück.

Doch gerade als er sich umdrehen wollte, erkannte er eine Bewegung in dem Loch. Zwei schwarze Schatten, die dort drin verschwanden.

Schuhe! Das waren Schuhe gewesen! Veit war da reingekrochen!

Bartholomäus holte sein Funkgerät hervor. »Er flüchtet weiter Richtung Nordosten. Ist gerade durch ein Rohr gekrochen. Nordosten!« Bartholomäus legte das Walkie-Talkie auf den Randstreifen, zog sich die Jacke aus und stieg ins Wasser.

Nicht denken!

Er watete nach vorn zu dem Loch, hielt dabei aber die Hände aus dem Wasser. Noch.

Nicht denken!

Holte Luft, einmal, zweimal.

Nicht denken!

Irgendetwas wurde gegen seinen Rücken gespült. Nichts Großes.

Nicht denken!

Ging in die Hocke und kroch ebenfalls in das Dunkel.

Die Strömung schob ihn nach vorn. Kaum dass er sich auf allen vieren halten konnte. Das Wasser ging ihm bis zu den Oberschenkeln und Oberarmen. Brust, Hals und Kopf drückte er an die gewölbte Decke über sich. Die Luft hier drin fühlte sich an wie Gelee. Wie stinkendes, verfaulendes Gelee. Das Rauschen war ohrenbetäubend.

Dann auf einmal brach der Boden weg, und Bartholomäus tauchte kopfüber ins Wasser. Als er nach einer Sekunde wieder hochkam, war sein erster Impuls: Nicht Luft holen! Erst abwischen! Abwischen! Aber womit? Alles an ihm war getränkt mit – ach! Scheiß drauf! Er fuhr sich mit dem Ärmel über das Gesicht, prustete, holte Luft und strich sich die Haare nach hinten. Und wischte dabei den Klumpen fort, der da auf seinem Kopf war.

Ein wieder etwas größerer Tunnel. Und ein langer. In regelmäßigen Abständen fiel Licht in die brackige Brühe. Wenigstens das. Aber Veit war weit und breit nicht zu sehen. Nirgends. Bartholomäus ging noch ein paar Schritte weiter und stieg dann wieder aus dem Wasser, das ihm hier bis an den Bauch reichte. Blieb an einem Rohr hängen, das aus der Brühe ragte, und kletterte vollends auf den Randstreifen. Wo war diese Ratte? Wo? Bartholomäus zog den Kopf ein und folgte dem Tunnel. Die Sache mit der Desensibilisierung funktionierte endlich.

*

Höhenrain

Erwin Färber machte das kleine Kippfenster auf und zündete sich eine Zigarette an. Sie mochte es nicht, wenn er im Haus rauchte. Aber so lange da oben Elefanten im Fernsehen liefen, brachte sie eh nichts vom Kanapee weg.

Er inhalierte den Rauch bis in die letzten Winkel seiner Lunge, hielt die Luft an und blies den Qualm dann durch das offene Kellerfenster. Spürte, wie ihn dieser leichte, angenehme Schwindel überkam.

Als sie vorhin in den Nachrichten was von dem Maderl gebracht hatten, das sie gestern im Wald gefunden hatten, und dass das vielleicht die Rebecca war, war er schon zusammengezuckt. Aber zum Glück hatte sie selbst gesagt, dass des ja Gott sei Dank gar nicht möglich war, weil die Rebecca längst im Kinderland war. Da hatte er sich gar nicht erst irgendeine Erklärung zusammenstoppeln müssen. Ein bisserl noch das arme Mäderl aus dem Wald bedauern und über die furchtbaren Menschen schimpfen, und gut war's.

Er holte den Karteikasten aus dem Regal, sperrte ihn auf und fischte den Zettel heraus. »So, nachher schau ma mal.« Er nahm noch einen tiefen Zug und legte die Zigarette in den Lichtschacht. Dann setzte er sich auf den alten Schemel und las sich die Anforderung noch einmal genau durch. Ja, das passte wie die Faust aufs Auge. Besser konnte das gar nicht sein.

Er rauchte die Zigarette zu Ende, sinnierte ein wenig über den BMW – vielleicht doch auch mit Schiebedach? Und schwarz statt rot? – und drückte anschließend die Kippe in der Blechdose aus. Das Fenster ließ er noch gekippt, damit sie nachher auch bestimmt nichts mehr roch. Sie war dann immer so unleidlich, und er mochte es nicht, wenn der Haussegen schief hing. Den Karteikasten sperrte er wieder zu und versteckte den Schlüssel unter den Spax-Schrauben. Dann ging er nach oben, nahm die Jacke vom Haken und zog sich die Schuhe an.

»Was machst 'n, Schatzi?«, rief sie aus dem Wohnzimmer.

»Ah, i muss noch mal weg.«

»Jetzad noch? Wo musst denn hie?«

»Es is wegen dem Kinderland. Da muss i noch mal was fragn.« Es nervte ihn ja selbst. Wegen jedem Telefonat in den Löwen oder die Telefonzelle. Aus Sicherheitsgründen. So ein Schmarrn.

Zehn Minuten später stand er in der Kabine und wählte die Nummer. Es dauerte lange, bis abgenommen wurde. Fast hätte er wieder aufgelegt.

»Ja?«

»I bin's, da Erwin.«

»Erwin. Was gibt's?«

»Du, vorhin beim Essen hat d' Mausi was von einem Maderl erzählt, des sie jetz schon a paarmal gsehn hat.«

»Ja? Und?«

»Weißt, ich glaub, die schaut genauso aus wie d' Ulrike. Zumindest hat s' die Mausi so beschriebn.«

»Aha.« Der Mann am anderen Ende der Leitung war auf einmal sehr viel aufmerksamer. »Nämlich?«

»Ja, lange schwarze Haar und große blaue Augn. Und sie is auch so um die sechs oder siebn Jahr alt.«

»Hm, interessant. Und wo hat sie sie gesehen?«

»In Berg. Im Hotel Alpenblick. Sie is irgendwie die Nichte vom Hotelschoffeur.«

Der Mann überlegte kurz. »Die Nichte vom Chauffeur? Gibt's die Eltern nicht mehr, oder was?«

»D' Mutter is in Italien und muss da irgendwas erledigen und der Vater lebt irgendwo anders.«

»Aber?« Der Mann hatte aus Erwins Worten herausgehört, dass es da noch ein Aber gab.

»Ja, mei, is halt kein Jugendamtfall. Alles, wie's sein soll.«

Wieder dachte der Mann nach. »Okay, dann sag Veit Bescheid. Er soll das diesmal wieder machen. Aber möglichst noch morgen, es eilt. Und er soll sie gleich zu mir bringen, klar?«

»Ja, ist recht. Ich ruf ihn gleich an.«

»Und, Erwin?«

»Ja.«

»Wenn das alles passt, war das gute Arbeit. Sehr aufmerksam. Gibt einen Bonus.«

Erwin lächelte eckig ins Telefon. »Vergelt's Gott, Dankschön.«

17. KAPITEL

Freitag, vor Mittag
Berg am Starnberger See

Er roch die Scheiße immer noch an sich. 14 Stunden und drei Vollbäder später roch er sie immer noch. Bartholomäus ging zum Rand des Waldweges und kniete sich hin. Nahm eine Handvoll Moos und hielt es sich direkt unter die Nase. Ein Bild von Pilzen kam ihm in den Kopf, Braunkappen, körbeweise, die er früher in dem Wald hinter Bergkirchen gefunden und dann an den Händler auf dem Viktualienmarkt verkauft hatte. Ein Teich tauchte auf. Ein Teich in den Abendstunden, in dem sich eine heiße Sonne zwischen Schwärmen von Mücken badete. Ein Wurm, den er auf den Angelhaken gespießt hatte. Der erste und einzige in seinem Leben. Wie er sich gewunden hatte. Hätte er schreien können, hätten die Wellen auf dem Teich gezittert.

Bartholomäus erhob sich wieder. Wie Gerüche doch immer wieder Erinnerungen hervorriefen. Oft dieselben, uralte, aber manchmal auch andere, neue. Beim Geruch von Scheiße würde er ab jetzt wahrscheinlich immer an Veit Mooshammer und sein schiefes Gesicht denken müssen.

Friedrich hatte sich wieder in eine Fichte gesetzt und glotzte auf ihn herunter. Baumhopping. Den ganzen Spaziergang lang machte er das jetzt schon. Flog immer ein

Stück vor ihm her und setzte sich dann wieder auf einen Ast.

Bartholomäus ertappte sich dabei, wie er eine Assoziation zwischen dem humpelnden Veit und seinem humpelnden Steinadler herstellte. Humpelnde aller Länder vereinigt euch, und dann zeigt mir Friedrich, wo sein Genosse steckt.

Er verzog das Gesicht zu einer galligen Grimasse. So weit war es schon gekommen. Er fantasierte Blödsinn, während da draußen fette alte Säcke kleine Kinder fickten. Oder sonst was mit ihnen anstellten.

Aber was sollten sie tun? Was? Was konnten sie noch tun? Gestern Abend hatten sie die wahrscheinlich einmalige Chance gehabt, diesen Schweinen auf die Spur zu kommen. Und dann hatte sich Veit in Scheiße aufgelöst. Vor einem halben Hundert Polizisten buchstäblich in Scheiße aufgelöst.

Wieder, zum x-ten Male ging Bartholomäus – Friedrich hopste zwei Bäume weiter – die Szenen des gestrigen Abends durch. Der Gullydeckel, der Tunnel, die Verzweigung, die Wand, das Loch in der Wand, der Tunnel dahinter, das tiefere Wasser, der endlose Gang, die allmähliche Einsicht, dass ihnen Veit durch die Lappen gegangen war. Durch die Großlappen, wie Zillenbiller in Anspielung auf das ganz in der Nähe liegende Klärwerk dieses Namens gemeint hatte. Ja, Zillenbiller fehlte weiterhin nichts.

Bartholomäus stieß einen lauten Schrei aus. Verdammt! Der Kerl konnte sich doch nicht einfach in Luft aufgelöst haben!

Friedrich fing an, sich zu putzen.

Rechts schimmerte der kleine Teich durch die Bäume,

der dort drüben in einer Lichtung lag. Bartholomäus bog vom Weg ab und hielt auf das Wasser zu. »Friedrich, hier lang!« Er pfiff kurz.

Am Rand des kleinen Waldtümpels blieb Bartholomäus stehen und sah auf das Wasser. Eine schlammfarbene Folie, unter der ab und zu Blasen aufstiegen. Er musste an Sebastian denken, wie er im Sigmertshofener Weiher zwischen den Schilfpflanzen gehangen hatte. Die Hose voller Steine, die Arme ausgebreitet, als wollte er davonfliegen, die Augen weit aufgerissen. Fischfutter, am Ende nur noch Fischfutter, nachdem ihn ein Hund zerfetzt hatte.

Warum machte er diesen Job überhaupt noch? Hatte das irgendeinen Sinn und Zweck, was er hier tat? Gerechtigkeit, Ideale, Mitgefühl. Interessierte das eine Sau? Den meisten ging es doch am Arsch vorbei, wenn vor ihrer Haustür jemand abgestochen wurde. Nein, halt, ging es nicht. War endlich mal was los, war spannend. Hu, Sensation, und wenn ich Glück hab, komm ich ins Fernsehen.

Bartholomäus schüttelte sich. Okay, nein, ja, ja, es gab auch andere Menschen. Einige. Aber nach seinem Gefühl waren sie eindeutig in der Minderheit. Eine Laune der Natur gewissermaßen. Wenn sich der Mensch in ein paar Jahrzehnten oder seinetwegen Jahrhunderten sein vermülltes, ideologisches, klimatisches, gewalttätiges oder wie auch immer geartetes Grab geschaufelt hatte und wieder von der Erdoberfläche verschwunden war, würde irgendein Weltenrichter, ein Alien oder Gott sagen – oder Friedrich, der ihn mit genau so einem gönnerhaften Blick eben von einem Ast herab anschaute. »Tja, einen Versuch war's wert, aber es hat nicht funktioniert. Ein paar brauchbare Ansätze hier und da, aber insgesamt war der Mensch eine Fehlkonstruktion.«

Und da riss er sich den Arsch auf und vergeudete sein wertvolles bisschen Lebenszeit, nur um ein paar von x-Milliarden fehlkonstruierten Idioten hinter Schloss und Riegel zu bringen? Das war, als – Bartholomäus suchte nach einem Vergleich – als würde er … im Schweinestall Fliegen mit der Hand fangen und dann vor die Tür bringen. Nein, zu sperrig. Als wollte man den Starnberger See mit einem Strohhalm aussaufen. Hm, ging so, nicht drastisch genug. Als wollte man mit Scheiße auf Fliegen schmeißen. Schon wieder Scheiße. Und gleich war Veit wieder im Kopf. Bartholomäus grunzte missmutig. Manchmal lenkten ihn solche intellektuellen Spielereien ab. Heute nicht.

Aber es war auch egal. Er würde sich auch den Arsch aufreißen, wenn es nur *einen* fehlkonstruierten Idioten gab. Er konnte einfach nicht anders. Das war seine Fehlkonstruktion. Und das sah er wirklich so. Denn bisweilen hätte ein wenig mehr Gelassenheit ihm und vor allem auch Wiebke das Leben …

Strohhalm!

Wie ein Blitz war die Erkenntnis durch sein Hirn gezuckt. Strohhalm! Das Rohr im Tunnel hinter der Wand, an dem er hängen geblieben war! Ein Rohr, das einfach so im Wasser gesteckt hatte! Und mit dem Veit Luft geholt hatte.

»So ein Saukerl!« Bartholomäus griff zum Handy. Die sollten sofort die Stelle untersuchen, an der Veit im Wasser gelegen hatte. Vielleicht fand sich da irgendeine Spur. Wahrscheinlich nicht, aber sie hatten ja sonst nichts, sie hatten ja nichts!

Plötzlich klingelte sein Handy. Kreuzpointner. Bartholomäus ging ran.

»Dich wollte ich gerade anrufen.«

»Servus, Kammerlander. Mir wissen vielleicht, welches Haus es ist.«

Bartholomäus musste sich kurz orientieren. Haus? Dann verstand er. »Du meinst das Haus, aus dem Rebecca geflohen ist?«

»Genau des.«

»Bin unterwegs.«

*

Hin und her und hin und her. Jetzt also doch wieder wie vorher.

Veit lenkte den VW-Bus in die Parkbucht neben der Straße und stieg aus. Auch etwas, das er nicht verstand. Aber ihm konnte das wurscht sein. Der Chef würde schon wissen, warum jetzt doch wieder er die Kinder holen sollte und nicht mehr die Frau vom Erwin. Und praktisch war das diesmal auf jeden Fall. So ein Zufall! Wohnte des Mädel genau da, wo auch die Susan wohnte! Mei! Als er das gehört hatte, war ihm auf einmal wieder ganz anders geworden! Sakradi! Vielleicht sah er sie sogar, die Susan! Am liebsten ja wieder mit nassem Hemd. Veit keckerte in sich hinein.

Die Frage war jetzt nur, wie er an dieses Mädel rankommen sollte. Früher hatte ihm der Chef immer aufgeschrieben, wo und wann er ungefähr das Kind treffen könnte. Auf dem Schulweg, am Spielplatz, beim Radlfahren, mittags, nachmittags. Aber dieses Maderl ging noch gar nicht zur Schule, und das Hotel und der Garten drumherum waren so riesig, dass es der Chef auch nicht gewusst hatte, wo das Mädel wann war. Er sollte halt die Augen aufmachen und mal schauen, ob er das irgendwie hinkriegte.

Ja, ja, irgendwie hinkriegen. Und schnell auch noch. Freilich. Als wenn er hexen könnt, oder?

Während Veit die schmale Straße hinauf zum Hotel ging, las er sich noch einmal durch, wie sie aussah. Lange schwarze Haare, blaue Augen, ungefähr sechs. So viele würde es davon nicht geben. Und wenn, war's auch wurscht. Außerdem glaubte er sich so ganz dunkel daran erinnern zu können, dass er sie schon mal gesehen hatte. Vor ein paar Tagen, als er auch die Susan zum ersten Mal in echt gesehen hatte. Da hatte sie doch auf der Terrasse gestanden und mit genau so einem kleinen Mädel geredet, oder?

Terrasse. Wenn die wieder da herumturnte, ging natürlich nichts. Und vorm Hotel auch nicht, weil da dauernd Autos und Gäste kamen. Sie musste schon mal allein irgendwo hinlaufen. Zu dem Fischweiher zum Beispiel. Oder in den kleinen Wald.

Veit schnaubte. Das konnte dauern. Wenn er Pech hatte, saß er den ganzen Tag hinter einem Busch und wartete. Dabei musste er jetzt schon scheißen. Und mit Blättern abwischen, haute nie so recht hin. Wenigstens regnete es nicht. Und – sein Herz wurde gleich wieder ein bisschen voller – vielleicht sah er ja auch die Susan.

Es war dann aber alles doch viel einfacher, als sich Veit das ausgemalt hatte. Er musste nicht einmal auf das Hotelgelände. Noch vor dem Golfplatz gab es einen kleinen Wald, der runter bis zum See ging. Durch den war er auch schon gelaufen, als er der Susan gefolgt war. Da waren Wege und Bänke und auch ein kleines Eisentürl im Hotelzaun, damit man nicht extra zur Straße vorlaufen musste.

Und in dem Wald sah er das Mäderl. Zwischen den Stämmen hüpfte es runter zum See. Schwarze Zopfhaare, weiße Strumpfhosen, ungefähr sechs. Des war sie. Bestimmt. Nicht allein zwar, aber es war nur ein Mann bei ihr, der es an der Hand hielt. Ein Mann mit einer schwarzen Wollmütze auf. Veit stutzte kurz. War es heut so kalt? Nein, eigentlich gar nicht. So ein Depp. Er fasste in seine linke Jackentasche. Das Flascherl war drin und das Tuch auch. Gut.

Veit sah sich noch einmal um und schlug sich dann in den kleinen Wald. Er erinnerte sich, dass hinter dem Zaun der Wald ein bisschen dichter wurde. Wenn er sie da erwischte, wäre das ideal. Denn von da war es auch gar nicht weit zum Bus. Und die zwei, das bemerkte er erst jetzt, liefen auch gar nicht auf dem Weg, sondern zwischen den Bäumen. Und sogar recht schnell. Das Mäderl stolperte immer wieder. Aber die hatte er trotzdem bald eingeholt. Und einen geeigneten Stock oder Ast fand er bestimmt auch, bis er bei den beiden war.

*

München

Karin Reichlmair und Zillenbiller saßen in der Besprechungsecke, als Bartholomäus das Büro betrat. Zillenbillers Gesicht sah nach geprügeltem Dackel aus, während Karin Reichlmair einigermaßen ratlos wirkte.

»Des wird scho wieder, Max, wirst scho sehn. Die

meint des ned so.« Karin tätschelte Zillenbillers Hand. »Servus, Bartl.«

Hasi, tippte Bartholomäus. Jaqueline Hasi Zillenbiller. Offenbar hatte sie ihrem Gatten mal wieder derart zugesetzt, dass der Rat und Trost bei Karin Reichlmair gesucht hatte.

»Servus miteinander.« Bartholomäus zeigte auf die riesige München-Karte an der Wand. »Ihr habt das Haus?«

Karin Reichlmair nickte und stand auf. »Ja, aber es kommen zwei in Frage. Eins in Harlaching und eins in Grünwald.« Sie stellte sich neben Bartholomäus und tippte auf zwei Steckfähnchen. »Da und da.«

»Wo ist Kreuzpointner?«

»Rapport«, sagte Zillenbiller und grinste schief.

»Rapport?«

»D' Schönhaberin hat ihn zu sich bestellt. Wegen der Sach gestern Abend.«

»Wegen dem Einsatz am Stadion?«

»Genau.«

Bartholomäus wunderte sich, dass die Polizeipräsidentin davon überhaupt etwas mitbekommen hatte. Offenbar hielt ihre interessierte Phase noch an.

»Den ganzn Tag schon klingelts Telefon.« Zillenbiller machte den Scheibenwischer. »Wie die Blödn, die Zeitungsheinis. Habn mitkriegt, dass da draußen was los war, und wolln jetzt genau wissen, was.«

Aha. Also kein Interesse. Sondern die Presse, die ihr Feuer unterm Hintern gemacht hatte.

»Und der Hoeneß hat angeblich auch schon angrufn und sich beschwert.«

Und der Hoeneß! Christine Schönhaber musste das Blaulicht aus dem Dutt geflogen sein.

Die Tür ging auf, und Kreuzpointner kam herein. Unaufgeregt, blass, still.

»Und?« Zillenbiller drehte sich auf seinem Stuhl. »Wie war's?«

»Ja«, sagte Kreuzpointner und kam ebenfalls zur Wandkarte. »Kammerlander.« Er nickte ihm zu.

»Was *ja*? Was hat s' denn gsagt.«

»Ja.«

Bartholomäus lächelte leise. Josef Kreuzpointner hatte offenbar überhaupt keine Lust, auch nur ein Wort über Christine Schönhabers Vortrag zu verlieren. Und seine unbewegte Miene ließ sogar fast die Vermutung zu, dass er bereits vergessen hatte, was ihm seine Chefin um die Ohren gehauen hatte.

»Hat s' recht plärrt?« Zillenbiller nickte mit allem, was er im Gesicht hatte. »Scho, oder?«

Kreuzpointner deutete ebenfalls auf die Fähnchen. »Reinekestraß und Hubertusstraß. Des Haus in Harlaching hat ein riesen Gwächshaus und angeblich hat's da auch Vögel. Des Gwächshaus siehst sogar im Internet, und Nachbarn habn gsagt, dass die Leut auch Vögel haben, die immer einen rechtn Krach machn.«

»Wer wohnt da?«, fragte Bartholomäus.

»Ein Werbemensch mit seiner Frau. Jakobi heißen s'. Beim andern Haus wissen mir zwar nicht, ob's auch ein Gwächshaus gibt, aber dafür weiß ein Angestellter von einem Zoogschäft in Großhesselohe, dass der Mann, der da wohnt, Bergpapageien hat.«

»Weil er's ihm erzählt hat, wie der da sei Futter einkauft hat«, ergänzte Karin Reichlmair. »Ich hab mit dem Mann heut in der Früh gredt.«

»Und woher wusste der, wo der Mann wohnt?«

»Hat er nicht gwusst. Aber der Mann war schon öfter da und hat meistens mit Kreditkarte zahlt. Und der Angestellte konnt sich noch an den Namen erinnern, weil der ihm so gfallen hat. Trellenberg. Hat gemeint, des hört sich ein bisserl wie trillern an, und wegen den Vögeln und so, weißt. Und der einzige Trellenberg, der in der Näh vom Perlacher Forst wohnt, ist ein Dietrich Trellenberg in der Hubertusstraß in Grünwald.«

Kreuzpointner kniff die Lippen zusammen. »Und jetzt pass auf, Kammerlander! Als ich diesen Trellenberg durch unseren Computer gjagt hab, hat der noch was ausgspuckt. Am Montagabend, einen Tag, bevor mir die Rebecca im Wald gfunden habn, ist eine Frau vermisst gmeldet wordn, die bei ihm putzt hat. Eine Ruth Ainmiller aus Untergiesing.«

Bartholomäus zog die Stirn in Falten. »Dann lass uns mal zu diesem Trellenberg fahren. Karin, Zillenbiller, nehmt ihr Harlaching?«

Beide nickten.

»I muss nur noch schnell daheim anrufn«, sagte Zillenbiller und verwandelte sich wieder in einen Dackel. »Weil s' Hasi … also, ich wollt ihr noch …« Ein schwerer Atemzug entrang sich seiner Kehle. »Sagt's amal: Was schauts ihr denn daheim so für Film an?«

Filme? Zu Hause? Ah ja. So ungefähr konnte sich Bartholomäus denken, wo das aktuelle Problem der Zillenbillers lag. »Ihr kommt dann nach«, sagte er und wandte sich der Tür zu.

»Ned des, was du anschaust«, sagte Kreuzpointner und nahm Hut und Mantel vom Haken. Dann folgte er Bartholomäus.

Karin Reichlmair grinste den beiden hinterher. Erst

als draußen die Schritte auf dem Gang verhallt waren, fiel ihr ein, dass sie noch etwas vergessen hatte. Trellenberg holte in dem Zoogeschäft nicht nur sein Vogelfutter. Er kaufte, so der Angestellte, dort auch manchmal Hundefutter. Das für große Hunde.

*

Berg, Hotel Alpenblick

Wenn man sehr genau hinsah, ließ Dexters Miene einen Hauch von Argwohn vermuten. Sein Blick wechselte etwas zu schnell die Richtung, die Unterlippe schob sich eine Winzigkeit nach vorn, als wollte sie dem Blick vorauseilen, und seine Stirn machte tatsächlich Anstalten, ein erstes, zartes Fältchen werfen zu wollen.

Mrs Quadfasel stand immer noch dort draußen unter der Eingangsüberdachung. Seit nunmehr zehneinhalb, nein, knapp elf Minuten. Remarkable. Der Concierge schraubte behutsam die Kappe auf den Füllfederhalter, legte ihn genauso vorsichtig auf den Tresen und wandte sich um. Klopfte sachte an die Tür zum Back-Office und trat ein.

»Excuse me, Urte.«

Urte Svenjakob sah von der Abrechnung der Wäscherei auf. »Was kann ich für dich tun, Dexter?«

»Mrs Quadfasel. She is still waiting.«

»Frau Quadfasel?« Sie sah an Dexter vorbei und konnte ein Stück des Tweedkostüms erkennen. »Seit wann?«

»He was supposed to pick her up at 12.15.«

Urte sah auf ihre Armbanduhr. Über zehn Minuten. Leonore Quadfasel hatte einen Termin bei ihrem Friseur in Starnberg. Jeden Freitag um Viertel vor eins. »Hast du Giovanni schon angerufen?«

Dexter antwortete nicht. Aber in seinem Blick und der unmerklichen Straffung seines Rückgrates las Urte Verneinung und Erstaunen zugleich.

Natürlich. Säumigem Personal hinterher zu telefonieren, gehörte nicht zu Dexters Aufgabenbereich. Not at all.

Urte stand auf und verließ das kleine Büro. Ja, da draußen stand sie. Rostfarbenes Tweedkostüm, Daisy-Duck-Schuhe, Henkeltasche über dem Arm. Unbeweglich wie ein Gartenzwerg. Und so würde sie auch noch in einer halben Stunde dastehen. Frau Quadfasel war der Albtraum eines Gastes. Beschwerte sich nie, nahm alles hin, kein Wort zu viel. Weswegen man permanent darauf achten musste, dass sie alles hatte, was sie brauchte. Urte griff zum Telefon und wählte Giovannis Nummer. Nach achtmaligem Läuten ging die Mailbox ran. Sie haben die Nummer blabla … Urte legte auf.

In dem Augenblick traten gleichzeitig Xaver aus der Kellertür und Wiebke aus dem Stüberl.

»Wiebke! Xaver!« Urte winkte ihrer Chefin und dem Hausmeister.

»Habt ihr zufällig Giovanni gesehen?«

Wiebke, die ein Rehgeweih in der Hand hielt, schüttelte den Kopf. »Heute noch nicht, nein. Wieso?«

»Beim Autowaschn unten in der Garasch«, sagte Xaver. »Heut in der Früh.« Er nickte zu dem Rehgeweih. »Is's nuntergfalln?«

»Ja. Es hing hinter dem Kamin und hätte fast Herrn Dr. Labuhn aufgespießt.«

Xaver erschrak. »A geh weider!« Herr Dr. Labuhn. Zwei Meter groß und 150 Kilo schwer. Gestern Nachmittag war die Kloschüssel in seinem Appartement aus der Wand gebrochen, und Xaver hatte den ganzen restlichen Tag damit zu tun gehabt, dem Herrn Doktor wieder einen Sitz für sein stilles Örtchen zu basteln. Unter reger Mithilfe des Urologen, der sich als wahrer Spezialist in Sachen Sanitärinstallationen entpuppt und Xaver mit unzähligen Tipps und Ratschlägen an den Rand seiner Geduld gebracht hatte.

Wiebke grinste. »War nur Spaß. Aber die Vorstellung hätte doch was gehabt, oder?« Sie drückte ihm das Geweih in die Hand.

Xaver grunzte. »Ah na, basst scho.«

»Giovanni hat offenbar Frau Quadfasel vergessen.« Urte zeigte nach draußen. »Und er geht nicht an sein Handy.«

»Giovanni hat …« Wiebke drehte sich um. Frau Quadfasel. In Ausgehmontur. »Aber …« Das war … ungewöhnlich. Giovanni war absolut zuverlässig. »Ist vielleicht irgendetwas mit Antonia?«

»Ich weiß es nicht«, erwiderte Urte wahrheitsgetreu.

Wobei sich Wiebke das kaum vorstellen konnte. Sie hatte zwar tatsächlich etwas Bedenken gehabt, als Giovanni sie gefragt hatte, ob er Antonia für zehn Tage mit zur Arbeit bringen dürfte. Aber bisher hatte das reibungslos geklappt. Wenn Giovanni unterwegs war, nahm er Antonia mit, falls Platz und Gäste das zuließen, wenn nicht, rissen sich die Zimmermädchen darum, die kleine Zaubermaus betütteln zu dürfen. Und wenn Antonia krank geworden wäre und Giovanni deswegen zu Hause bleiben müsste, hätte er Bescheid gesagt. Seltsam.

»Hast du's auch schon bei ihm zu Hause versucht?«

»Giovanni hat nur das Handy«, sagte Urte.

Wiebke nickte nachdenklich. »Ich bitte Detlev, dass er Frau Quadfasel fährt. Sagst du bitte Frau Quadfasel Bescheid, dass gleich jemand kommt?«

Urte nickte. »Klar.«

»Do kummt er ja!« Xaver Eberhartinger zeigte nach links, wo Giovanni eben um die gläserne Hausecke lief.

»Du meine Güte!«, erschrak Wiebke.

Ihr Chauffeur war kaum wiederzuerkennen. Statt schwarzem Fönscheitel, breitem Lächeln und der etwas geckenhaft vorgestreckten Brust, hetzte dort ein wirrer Haarschopf in gebückter Haltung mit verzerrten Gesichtszügen an der Glasfront vorbei. Als er sie am Empfang entdeckte, beschleunigte Giovanni sein Tempo. Frau Quadfasel, die unmerklich die Hand hob, bemerkte er nicht, obwohl er direkt an ihr vorbeilief.

»Giovanni, was ist denn los?« Wiebke ging auf ihn zu.

»Antonia!«, stieß er heiser hervor. »Habt ihr Antonia gesähn? Ich finde sie nicht! Iste nirgends! Suche iche schon über eine Stunde!« Er hielt Wiebke den ausgestreckten Finger vors Gesicht. »Über eine Stunde! Überalle! Habe iche immer gerufen: Antonia!, Antonia, wo biste du, aber hat sie nicht geantwortet! Bitte!« Er faltete seine Hände und schwenkte sie vor der Brust. »Wissen ihr, wo Antonia ist? Haben ihr gesähn?«

Wiebke sah Urte an, Urte Wiebke, beide sahen Xaver an. Und jeder der drei schüttelte langsam den Kopf.

»Hast scho am Weiher gschaut?«, fragte Xaver vorsichtig. »Da is s' doch so gern wega de Fisch.«

»Nein, da iste sie auch nicht.«

»Wann hast du sie denn zuletzt gesehen? Und wo?«, fragte Urte.

»Habe iche Golfwagen sauber gemacht. Antonia iste

erst reingesetzt und hatte dann … äh … fiori … Blumen gepflücket. Und auf einemal, sie war weg!«

»Habt … ihr euch gestritten? Hat sie sich vielleicht versteckt?« Wiebke hielt das selbst für sehr unwahrscheinlich. Giovanni vergötterte Antonia.

»No, no! Iste alles gutt. Keine Streit.«

»Und du hast schon überall gesucht?«

»Si, si! Überalle!« Giovanni wurde immer verzweifelter, und sein Tonfall glitt zusehends ins Weinerliche.

»Okay!« Wiebke fasste einen Entschluss. »Urte, du hältst hier die Stellung. Xaver, du und ich, wir trommeln jetzt alle zusammen, die irgendwie abkömmlich sind. Frag auch Theresa. In zehn Minuten treffen wir uns vor dem Hotel und suchen die Maus.« Sie trat zu Giovanni und nahm seine Hände. »Mach dir keine Sorgen, Giovanni. Wir finden sie ganz bestimmt. Wahrscheinlich hat sie sich nur verlaufen und sitzt jetzt irgendwo und weiß nicht weiter.«

18. KAPITEL

Freitag, nach Mittag
München und Grünwald

Als sie am alten Sechzger-Stadion vorbeifuhren, fiel Bartholomäus' Blick auf die Uhr an der Bushaltestelle. Kurz nach halb eins.

»Ist denn dieser Trellenberg jetzt zu Hause?«

Kreuzpointner setzte den Blinker und nickte. »Wenn's nicht anrufn, nachher schon. Mir habn eine Zivilstreife in der Näh vom Haus, die uns Bescheid sagt.«

»Was macht der Typ beruflich?«

»Irgendwas an der Börse am Karolinenplatz. Arbeitet für eine Bank und so. Aber am Freitag offenbar nicht. Oder nur vormittags, weil er um halb zwölf heimkommen is.«

»Verheiratet?«

»Nein, gschiedn.«

»Wie alt?«

»45.«

Bartholomäus sah zum Fenster hinaus. Grünwalder Straße. Die Pforte zur Münchner Glückseligkeit. Zumindest was Geld, Ansehen und Status anging. Wer in Grünwald wohnte, so die verbreitete Meinung, hatte es geschafft. Gehörte zur Münchner High Snobiety oder meldete diesbezüglich seine Ansprüche an. Wie hatte sich der Schreiberling in dieser Reportage noch mal ausgedrückt? Alarmgesichertes Understatement hinter blickdichten Mauern inmitten sprinklerfeuchter Gärtnerträume. Oder so ähnlich. Unternehmer, Sportler, Banker, Ärzte lebten hier. Oder jeder andere, der sich die astronomischen Quadratmeterpreise leisten konnte. Leisten wollte. Und manch einem blieb sicher auch noch Geld für das eine oder andere kostspielige Hobby übrig. Golfen, Yacht am Starnberger See, kleine Jungs und niedliche Mädchen.

Ein SUV überholte sie langsam. Neben dem alten Dienstaudi wirkte er wie ein Haus auf Rädern. Eine Frau saß darin. Pelzkragen, goldene Sonnenbrille, dicke Ringe an den rotlackierten Krallen. Im Hotel könnte er sich ihrer Gunstbezeugungen vermutlich kaum erwehren – »Herr Kammerlander! Exquisit, was Ihr Koch da wieder gezaubert hat! Haha. Und die Massage bei Veronika! Hach, ich bin ein ganz neuer Mensch! Haha! Im Winter müssen Sie uns aber unbedingt mal in Kitzbühel besuchen, mein Lieber! Haha.« – während er es auf dem Zebrastreifen da vorn nicht darauf ankommen lassen würde, ob die Dame wirklich bremst. Haha.

Verdarb Geld den Charakter? Bartholomäus musste an diesen Knaupp und eine Reihe anderer wohlhabender oder gar reicher Gäste denken, die er alle unter einem Oberbegriff zusammenfassen konnte: Arschlöcher. Aber es fielen ihm auch mindestens genauso viele ein, die er als sehr noble, bescheidene und tiefgründige Menschen kennengelernt hatte. Seiner Erfahrung nach war Geld kein Problem. Wenn da ein Charakter war. Falls nicht, konnten die Auswirkungen verheerend sein. Zwar war es an sich schon problematisch, wenn man ein Arschloch war. Aber als Arschloch mit Geld konnte man eben ungleich mehr Schaden anrichten. Insofern musste er fast hoffen, dass auf Dietrich Trellenberg beides zutraf: dass er reich *und* ein Arschloch war.

Das Haus in der Hubertusstraße enttäuschte ihn jedoch zunächst in dieser Hinsicht. Das Haus hatte Charakter. Eine Villa aus den 30er-Jahren in mildem Safrangelb, sanft geschwungenes Walmdach mit schwarzem Biberschwanz, große Loggia über dem Eingangsbereich, weiße Sprossenfenster, mediterranes Flair. Die Mauer an der Grundstücksgrenze war auch nicht zu hoch, Kalkstein, dahinter Kirschlorbeer im Schatten großer Blühsträucher, sodass die empfindlichen Blätter im Winter nicht verbrannten.

»Scho schön.« Kreuzpointner zog den Zündschlüssel ab und nickte nach draußen. Was genau er meinte, Haus, Garten, die auf alt getrimmten Straßenlaternen, wusste Bartholomäus nicht. »Aber so ein Eisentor ist sauteuer.« Er zeigte auf das mannshohe, schmiedeeiserne Doppeltor mit den floralen Ornamenten. »Bei meiner Mutter in Germering habn mir mal so eins für d' Einfahrt machen lassn. In klein halt. 3.000 Euro, glaub ich, hat's kost.« Er holte seinen Hut von der Rückbank. »Und im Jahr drauf is s' gstorbn.«

In der gekiesten Einfahrt stand ein Auto. Ein recht neuer Porsche 911. Schneeweiß, Heck- und Frontspoiler, überbreite Reifen.

»Schaut aus, als wär er noch da.« Auch Kreuzpointner begutachtete den Wagen. Aber eher beiläufig. Dass Leute für ein Auto Unmengen an Geld ausgeben konnten, hatte er noch nie verstanden. Was wiederum daran lag, dass er grundsätzlich nicht verstand, wie man Unmengen an Geld für irgendetwas ausgeben konnte.

Heck- und Frontspoiler. Bartholomäus wusste nicht warum, aber aus irgendeinem Grund irritierte ihn das

Auto. Wobei es ›irritieren‹ nicht traf. Es erregte seine Aufmerksamkeit. Irgendwie. Oder war es doch das Haus? Denn jetzt, während sie auf die Villa zugingen, hatte er doch irgendwie den Eindruck … diese Vasen neben der Garageneinfahrt. Riesengroß, weiß, Marmor oder Marmorimitat. Mit Ohrenhenkeln. Flohmarktantike, aber in teuer.

»Ich klingel mal.« Kreuzpointner drückte den Knopf in der Mauersäule neben der Eingangstür. Und blieb, wo er schon mal unten war, gleich gebückt neben den Sprechschlitzen stehen, während Bartholomäus weiter das Anwesen musterte.

Eine Slackline. Von einem alten Kirschbaum zu einer einbetonierten Säule im Rasen.

Ein Knacken aus der Sprechanlage, dann eine feste Stimme. »Ja?«

»Ahm, Herr Trellenberg?«

»Ja?«

»Kriminalpolizei hier. Mir würden uns gern mit Ihnen unterhaltn. Hätten Sie kurz Zeit?«

»Ähm … ja … ja … Kriminalpolizei?« Die Stimme bröckelte.

»Ja.«

»Wo…Worum geht's denn?«

»Könnten Sie uns reinlassn? Dann können mir drin drüber redn.«

»Ja … ähm … sicher. Ich mache Ihnen auf.«

Ein Summen ertönte. Kreuzpointner drückte das Tor auf, und er und Bartholomäus liefen auf einem gepflasterten Weg zum Haus.

Weißer Kies. Der weiße Porsche stand auf weißem Kies …

Noch bevor sie die Haustür erreicht hatten, öffnete ihnen Dietrich Trellenberg. Trainingshose, Sweater, Turnschuhe, Jacke. Alles von Puma. Der Rest jedoch hatte wenig von einem Raubtier. Manikürte Finger, sauberer Kurzhaarschnitt, rosige und etwas zu glatte Gesichtszüge.

»So.« Ein bemühtes Lächeln. »Sie müssen entschuldigen. Aber wenn die Kriminalpolizei klingelt, ist man im ersten Moment doch etwas verwirrt.« Er streckte die Hand aus. »Guten Tag.«

»Kreuzpointner.«

»Kammerlander. Wofür entschuldigen?«

»Na ja … für die … Verwirrung.« Trellenberg lachte. Einnehmend, ungekünstelt. Der Mann hatte sich wieder vollkommen im Griff. Oder war wirklich nur verwirrt gewesen.

»Dürfen mir reinkommen?« Kreuzpointner zeigte in den Flur.

»Natürlich. Gern.« Trellenberg trat zur Seite und ließ die beiden Männer vorbei.

»Haltn mir Sie grad auf?«, fragte Kreuzpointner und sah an der Trainingskleidung hinab.

»Meinen Aufzug meinen Sie?« Trellenberg winkte ab und schloss die Tür. »Das kann warten. Ich habe ein bisschen eher Schluss gemacht, weil ich mich mit Freunden zum Paragliden verabredet habe. Aber ich habe genügend Puffer.«

Paragliden. Und ein Porzellanmohr als Standleuchte. Bartholomäus' … Aufmerksamkeit wuchs. Irgendwo in ihm hob sich ein Finger und wollte etwas sagen. Aber er sah ihn noch nicht deutlich genug. Den Finger.

»Lassen Sie uns ins Wohnzimmer gehen. Kann ich Ihnen etwas anbieten? Kaffee? Tee? Wasser?«

»Für mich nix, dank schön.«

Auch Bartholomäus schüttelte den Kopf.

Als Josef Kreuzpointner das Wohnzimmer betrat, hielt er inne. Sein Blick wanderte von rechts nach links und wieder zurück. Überrascht, verständnislos. Ein Billardtisch mitten im Wohnzimmer, das die Ausmaße eines Rittersaales zu haben schien, ein Swimmingpool, der unter der Glasfront ins Freie reichte, eine im Boden versenkte, äh, Polsterinsel, drumherum drei riesige Flachbildschirme.

»Ich bin Junggeselle«, entschuldigte sich Trellenberg mit jungenhaftem Charme. »Und ja, ich gebe es zu, ein Junggeselle mit einem Hang zur Genusssucht. Aber ich sage immer, dass das Leben zu kurz ist, um klein zu sein.« Wieder dieses Lachen, das sympathisch gewesen wäre. Wenn da nicht dieser Finger gewesen wäre …

»Ja.« Kreuzpointner klappte sein erstauntes Gesicht wieder zusammen und schaute auf die Stufen zur Polsterinsel. Da hinunter?, schien sein Blick zu fragen. Und wie komm ich da wieder rauf?

»Einen Moment.« Trellenberg nahm eine Fernbedienung von der Kommode rechts von ihm und drückte einen Knopf. Sofort hob sich die Polsterecke aus ihrer Versenkung und fuhr nach oben, bis sie das Niveau des übrigen Bodens erreicht hatte. »Jetzt. Bitte sehr. Nehmen Sie Platz.«

Aufmerksam war er also auch.

Kreuzpointner ging auf die Sofabühne zu, langsam, so als befürchtete er, dass sie jeden Augenblick nach unten fallen und ihn in die Tiefe reißen könnte. Bartholomäus folgte und schaute sich seinerseits nach dem Finger um, der immer lauter schnippte.

»So, was kann ich denn nun für Sie tun?« Trellenberg ließ sich ihnen gegenüber in den Sitz fallen, die Beine übereinander geschlagen, die Arme weit ausgebreitet über die Rückenteile des Rundsofas gelegt.

»Herr Trellenberg, wir ermitteln in einer sehr komplexen Angelegenheit, in der es unter anderem um entführte Kinder geht«, erwiderte Bartholomäus. Auf der Fahrt nach Grünwald hatten er und Kreuzpointner die Marschroute für das Gespräch besprochen und waren zu dem Schluss gekommen, dass sie von Anfang an mit offenen Karten spielen wollten. Erstens um der Kinder willen, die immer noch vermisst wurden und für die jede Minute zählte, und zweitens, weil sie Trellenberg so vielleicht eine unbedachte, verräterische Reaktion entlockten. Allerdings machte der Mann dort drüben auf dem Sofa einen alles andere als unbedachten Eindruck …

»Aha.« Ernster Gesichtsausdruck, interessiertes Nicken. Fast schon charaktervoll.

»Im Speziellen geht es um ein Mädchen, das vor ein paar Tagen seinen Peinigern entkommen konnte und im Perlacher Forst gefunden wurde. Sie haben vermutlich davon gehört.«

Trellenberg gab sich zerknirscht. »Ich muss zu meiner Schande gestehen, dass ich nicht immer auf dem Laufenden bin, was regionale Vorkommnisse angeht. Eigentlich habe ich gar keine Ahnung, was da draußen in der Welt passiert, abgesehen von Devisenschwankungen, Entwicklungen auf dem Rohstoffmarkt und Unruhen im Midcap Market Index. In jeder Quizshow wäre ich die absolute Niete.« Herzerwärmendes Lachen.

»Um auf den Punkt zu kommen«, Bartholomäus bemerkte ein Foto an der Wand, auf dem Trellenberg einen gewaltigen Fisch in die Kamera hielt, »hat es einen ganz speziellen Grund, dass wir bei Ihnen sind. An dem Mädchen fanden wir Federn von einem Bergpapageien, und wir wissen, dass Sie solche Vögel besitzen.«

War da ein kurzes Flackern in seinen Augen gewesen? War das Rosa seiner Wangen eine Spur blasser geworden?

»Ich … habe Bergpapageien. Zwei. Das ist richtig.« Trellenberg richtete sich ein wenig auf und blinzelte. »Chuck und Berry. Aber ich verstehe nicht …« Er sah von Bartholomäus zu Kreuzpointner, »wieso … was hat das mit mir zu tun? Es gibt eine Menge Leute, die Bergpapageien haben. Woher wissen Sie das überhaupt?«

»Könnten wir die Tiere einmal sehen?«

»Natürlich.« Trellenberg erhob sich. »Sie sind …«, er zeigte nach draußen in den Flur, »kommen Sie bitte mit.«

Er ging voraus, drehte sich aber an der Wohnzimmertür noch einmal um. »Entschuldigen Sie, aber können Sie mir bitte erklären, was ich … wieso Sie … also, ich meine …« Er ließ die Arme sinken, atmete aus. »Sie kommen hierher und konfrontieren mich mit dieser ungeheuren Verdächtigung. Ich fühle mich, ehrlich gesagt, absolut überrumpelt! Was soll das?«

»Wir verdächtigen Sie nicht, Herr Trellenberg, wir machen nur unsere Arbeit.« Bartholomäus sah viel Grün hinter einer Schiebetür aus Milchglas. »Da rein?«

Trellenberg wandte sich um. »Ja, mein … Wintergarten.«

Bartholomäus ging voraus, Kreuzpointner folgte, dann Trellenberg.

»Hören Sie, ich … kenne mich mit so etwas nicht aus. Aber dürfen Sie das? Brauchen Sie nicht einen Untersuchungsbefehl, oder so?«

»Durchsuchungsbeschluss«, korrigierte Kreuzpointner.

»Wie auch immer.«

Bartholomäus öffnete die Schiebetür. Feuchte, warme Luft schlug ihm entgegen. Es roch nach Erde, Pflanzen, schwülem Gedeihen. Ein wenig süßlich, voll und schwer. Vor ihm lag ein gebändigter Dschungel. Exotische Büsche, Kakteen, Bäume und Blumen, die in mauergefassten Beeten zum Teil bis an die Decke reichten, in die einige kreisrunde Dachfenster eingelassen waren. Zwischen den Beeten schlängelten sich Pfade aus unregelmäßigem Kalkbruch, die bis auf vereinzelte Blätter absolut sauber waren. Die Geschossdecke war hier drin entfernt worden, sodass der Raum sicher an die sechs Meter hoch war. Durch das Blätterwerk hindurch erkannte Bartholomäus auf der anderen Seite eine durchgehende Glasfront und dahinter wieder Grün. Der Garten hinter dem Haus. Die Wände rechts und links waren mit dunklem Holz vertäfelt.

»Und?« Trellenberg stellte sich vor Bartholomäus.

»Die Vögel sind hier drin?«

Wie zur Antwort ertönte ein heiserer Schrei, gleich darauf noch einer. Bartholomäus betrat das Gewächshaus.

»Hören Sie, ich finde das wirklich ungeheuerlich!« Trellenbergs Atmung wurde kürzer, sein Gesicht dunkler. »Ich möchte, dass Sie mein Haus wieder verlassen!«

»Und warum auf einmal?« Kreuzpointner lüftete den Kragen seines Trenchcoats. Warm hier.

»Weil … weil Sie so nicht mit mir als Bürger umspringen dürfen!«

»Aber vorher haben S' doch gsagt, dass mir reinkommen dürfn.«

»Ja, aber da wusste ich noch nicht, dass Sie mir hier durchs ganze Haus laufen!« Trellenberg reckte sich, um Bartholomäus zu sehen, der den Schreien gefolgt war.

»Is denn das ein Problem?« Kreuzpointner blieb an der Milchglastür stehen. Das war alles, was er im Moment tun konnte. Tun durfte. Trellenberg in ein Gespräch verwickeln, Zeit schinden.

»Nein, natürlich nicht!«, regte sich Trellenberg auf. »Aber Sie dürfen das nicht!«

»Ich schon!«, antwortete Bartholomäus aus dem Grün.

»Wie *ich schon*?«, Trellenberg sah Kreuzpointner verwirrt an.

Kreuzpointner hob abwehrend die Hände. »Mich dürfn S' nicht fragn«, erwiderte er wahrheitsgemäß. Tatsächlich hatte er sich genau diese Frage selbst schon oft genug gestellt. Warum Bartholomäus Kammerlander solch lästige Dinge wie Dienstvorschriften egal sein konnten.

»Mir wird das jetzt zu blöd!« Trellenberg lief an Kreuzpointner vorbei. »Ich rufe jetzt meinen Anwalt an!«

Die Vögel machten einen Heidenlärm, je näher ihnen Bartholomäus kam. Und immer, wenn er eine bestimmte Distanz unterschritten hatte, flogen sie auf und stoben krakeelend durch den Dschungel. Genau das aber war Bartholomäus' Absicht und irgendwann hatte er auch, was er wollte: eine Feder von Chuck und eine von Berry. Welcher auch immer welcher war. Wenn bei Haaren eine DNA-Analyse möglich war, dann wahrscheinlich auch bei Federn.

Bis sich Bartholomäus allerdings sicher war, dass er auch wirklich eine Feder von jeweils einem der Papageien und nicht zwei von ein und demselben hatte, vergingen gut zehn Minuten. Zehn Minuten, in denen Trellenberg nicht wieder aufgetaucht war. Bartholomäus rüttelte gerade an einer verschlossenen Tür auf der linken Seite des Gewächshauses, als plötzlich Kreuzpointner neben ihm stand.

»Kammerlander, der is immer noch nicht zruck.«

Bartholomäus ließ von der Tür ab und sah auf seine Uhr. »Zehn Minuten für den Anwalt?«

»Vielleicht erwischt er den nicht.«

»Sehen wir mal nach.«

Im Flur hörten sie keine Stimme. Und im Wohnzimmer war Trellenberg auch nicht. Aber das Haus war groß. Andererseits: Wieso sollte Trellenberg eigens nach oben oder sonst wohin gehen, wenn er nur schnell seinen Anwalt anrufen wollte? Sein Handy hatte er doch sicher in Griffweite.

»Vielleicht ist er im ersten Stock.« Bartholomäus ging zur Treppe am Ende des Flures. Dabei fiel sein Blick durch ein bodentiefes Fenster nach draußen auf den Vorplatz. Wo der Porsche gestanden hatte. Der jetzt nicht mehr da stand.

»Scheiße!« Bartholomäus drehte auf dem Absatz um.

»Was is?«, erschrak Kreuzpointner.

»Der Typ ist abgehauen! Der Porsche ist weg!«

»Sakradi!«

Beide eilten zur Haustür, um auf die Straße zu laufen. Aber die Haustür war abgesperrt.

»Da vorn! Die Tür zur Garasch is auf!« Kreuzpointner hastete den Gang hinab.

Tür zur Garage. Offen. Wieso? Der Porsche stand draußen. Egal. Bartholomäus sprintete los.

In der Garage stand ein Hummer. Daneben eine Ducati. Und endlich sah Bartholomäus den Finger. Ja? Sag schon!

Trellenberg langweilte sich. Er wusste mit sich und seinem Geld nichts Besseres anzufangen, als sich ein Spielzeug nach dem anderen zu kaufen, stopfte sein Haus mit sündhaft teuren Gadgets voll, kaufte, was er für angesagt oder schick hielt, konnte an Spoilern nicht genug haben, rammte Betonpfeiler in den Rasen, geschmacklos, wahllos. Charakterlos.

Plötzlich stolperte Kreuzpointner, der schon an der Garagenausfahrt war, nach hinten. Und im selben Moment war da dieses tiefe Knurren. Zweimal. Unterschiedlich tief. Karin, die sie unterwegs angerufen hatte. Die Hunde.

»Um Gotts willn!« Kreuzpointner prallte gegen Bartholomäus.

Zwei Hunde schlichen langsam um die Ecke. Zwei drahtige, schokoladenbraune Hunde. Irgendeine Hirnwindung in Bartholomäus' Kopf spuckte ›Rhodesian Ridgeback‹ aus, aber das war jetzt völlig nebensächlich. Es zählten nur die hochgezogenen Lefzen, die blitzenden Zähne und das drohende Knurren, das aus ihren Kehlen kam.

»Nicht – schnell – bewegen!«, flüsterte Bartholomäus. »Und nicht in die Augen sehen.«

Kreuzpointner schluckte nur.

»Wir gehen jetzt ganz langsam zu der Tür zurück, die in den Flur führt.«

»Ich hab mei Pistole dabei«, presste Kreuzpointner hervor.

»Das geht auch ohne.«

»Meinst?«

»Komm jetzt.«

Bartholomäus dirigierte Kreuzpointner an der rechten Wand der Garage entlang. Da standen ein paar Geräte, wie er aus den Augenwinkeln erkannte. Schaufel, Rechen, Besen.

Die Tiere folgten ihnen im Zeitlupentempo. Steifer Gang, den Kopf leicht geduckt, die hellen Augen starr auf die beiden Männer gerichtet.

Bartholomäus hatte kein gutes Gefühl. Bis zur Tür waren es noch endlose drei oder vier Meter. Und diese Hunde machten nicht den Eindruck, als würden sie noch allzu lange warten. Sebastian schoss ihm durch den Kopf. Und die Frau im Wald. Francesca hatte sie geheißen. Eine Italienerin.

Und dann ging alles blitzschnell. Wie auf ein unsichtbares Kommando brachen die Hunde los und griffen die beiden Männer an. Die Garage explodierte förmlich unter dem bösartigen Bellen der beiden Tiere.

Bartholomäus schrie aus Leibeskräften zurück, schubste Kreuzpointner zur Tür und griff sich mit der gleichen Bewegung die Schaufel. Als der erste Hund heran war, drosch ihm Bartholomäus das Schaufelblatt gegen den Schädel, sodass das Tier zur Seite flog und gegen den Hummer krachte. Den zweiten Hund stieß er gegen die Wand.

»Lauf!«, brüllte Bartholomäus. »Schnell!«

»Ich erschieß ’n!« Kreuzpointner fasste an sein Holster.

»Nein!« Bartholomäus ging leicht in die Knie, schwenkte die Schaufel wie eine Sense vor sich hin und her. Der zweite Hund zuckte keine zwei Meter von ihm entfernt vor und zurück, bellte und knurrte gleichzeitig. Er suchte nach einer Lücke, durch die er an Bartholomäus rankäme. Der andere Hund lag noch neben dem Hummer.

»Ich hab das im Griff!« Bartholomäus wich zentimeterweise nach hinten. »Alarmier unsere Leute und ruf einen Tierarzt! Der soll ein Betäubungsgewehr mitbringen!«

»Kammerlander, des is a Schmarrn! Denen wirst du nicht Herr! Die machn dich kaputt!« Kreuzpointner wankte durch die Tür. »Ich erschieß die Viecher!«

»Die Hunde können nichts dafür. Nein! Mach jetzt! Los! Und sag unseren Leuten, dass sie nicht auf die Hunde schießen sollen!«

»Du spinnst!« Kreuzpointner quetschte sich durch die Tür.

Der Hund neben dem Hummer kam langsam wieder zu sich.

*

Südlich von München

In Veits Kopf war es ganz hell. So hell, dass es diesmal sogar Veit selbst auffiel. Es war richtig ungewohnt, und er konnte sich nicht erinnern, dass es ihm schon einmal so gegangen war. Und nicht die Spur von Kopfweh.

Veit stieg in den VW-Bus und saß eine Weile einfach nur so da. Schaute durch die Windschutzscheibe und saß nur da. Sonne, Wind, Haus. Dann merkte er, dass er Hunger hatte. Sogar richtigen Kohldampf hatte er. Veit langte in die Kiste unter dem Beifahrersitz und holte sich eine Dose Sauerkraut heraus. Zog den Dosenverschluss auf, fingerte das Taschenmesser aus seiner Hose und fing an zu essen. Mampfte Sauerkraut bei Sonne und Wind vor dem Haus des Chefs. Das ein schönes Haus war, wie Veit zum ersten Mal auffiel. Und groß.

So nett war er gewesen, der Chef. Veit, das hast du gut gemacht, hatte er zu ihm gesagt. Und ihm auf die Schulter geklopft. Das hatte er noch nie gemacht, ihm auf die Schulter geklopft. Aber das hatte einfach alles so gut gepasst heute. Das Mädel war ihm direkt vor der Nase vorbeigelaufen, er ihr hinterher, zack, lag der Heini am Boden, und das Mäderl hatte ihn nur angestarrt und überhaupt keinen Mucks von sich gegeben. Dabei hatte er nicht einmal gelächelt.

Veit nickte und schob sich eine weitere Portion Sauerkraut in den Mund. Hengstenberg, das mochte er am allerliebsten. Weil er dann immer an ein Pferd denken musste, und Pferde waren doch schöne Tiere.

Ja, und als er sie dann zum Auto getragen hatte, hatte sie auch gar nichts gesagt. Nicht einmal geweint. Hatte ihn nur angeschaut. Dann rein ins Auto und ab zum Chef. Fast wäre er zum Erwin gefahren wie sonst immer, aber er hatte sich noch rechtzeitig daran erinnert, dass der Chef zu ihm gesagt hatte, er soll das Mäderl zu ihm bringen.

Veit schmunzelte in die Dose. Alles gut gelaufen. Und so schnell. Okay, einen von ihren Schuhen hatte er irgendwo verloren. Aber sonst war alles gut gelaufen. Und auch beim Chef war das Mäderl ganz ruhig gewesen, als sie in der Garage die Tür vom Auto aufgemacht hatten. Der Chef war ganz erstaunt gewesen. Super, hatte er gesagt, super, Veit. Ganz ruhig ist sie. So muss das sein. Genau so. Immer lächeln, dann klappt das. Dabei hatte er ja gar nicht gelächelt!

»Genau so«, sagte Veit zu dem Rest Sauerkraut. Er fischte die letzten Fransen heraus, wischte sich das Messer an seiner Hose ab und legte die leere Dose in die Kiste zurück. Am Ortsausgang war eine Tankstelle. Da konnte er sich eine Cola kaufen. Oder heute einmal ein Fanta.

Und jetzt hatte er den ganzen Nachmittag Zeit! In einer halben Stunde war er wieder beim Hotel. Bei ihr! Es kribbelte ihn schon so. Überall. Und wenn er sie heute allein traf, dann, das nahm sich Veit ganz fest vor, dann fragte er sie, ob sie sich einmal mit ihm täte hinlegen wollen.

Veit biss sich auf die Unterlippe und fuhr los.

*

Grünwald

Kreuzpointner musste zuerst die beiden Zivilen verständigt und ihnen gesagt haben, dass sie am Tor Radau machen sollten. Bartholomäus merkte es daran, dass die Hunde urplötzlich von ihm abließen und nach draußen hetzten. Erst dann hörte er einen der Polizisten rufen.

Zehn Minuten später trafen die ersten Einsatzwagen ein und kurz darauf der Tierarzt. Die beiden Hunde gebärdeten sich immer noch wie verrückt, rannten gegen das Tor, bissen in die Gitterstäbe, bellten heiser und drehten sich vor Wut im Kreis. Einer quetschte sich sogar durch die Büsche und versuchte über die Mauer zu springen, wie Bartholomäus und Kreuzpointner durch das Küchenfenster beobachten konnten. Aber ohne Anlauf war ihm das nicht möglich. Die Polizisten hielten sich zum Glück an Kreuzpointners Anweisung und ließen die Waffen stecken.

Die Betäubungspfeile des Tierarztes erlösten die Hunde. Ein kurzes Quietschen, erfolglose Versuche, den Pfeil aus der Schulter zu bekommen, Bewegungen, die immer langsamer und matter wurden. Nach zwei Minuten ging erst der eine, dann der andere zu Boden.

»Können mir jetzt naus?« Kreuzpointner sah Bartholomäus fragend an.

Bartholomäus nickte und ging zur Haustür.

Der Tierarzt war vor ihm bei den Hunden. Er kniete neben dem dunkleren der beiden und überprüfte dessen Vitalfunktionen.

»Wie geht's ihm?« Bartholomäus stellte sich neben ihn.

Der Mann, eckige Brille, Halbglatze, sah zu ihm auf. »Das sind ja wunderschöne Kerle. Aber allein über den Weg laufen möchte ich ihnen nicht. Der da«, er zeigte zu dem Hund daneben, dem, den Bartholomäus die Schaufel gegen den Kopf geschlagen hatte, »blutet ein bisschen am Kopf, aber ist nichts Schlimmes. Und dem hier geht's gut.« Er tätschelte dem bewusstlosen Hund vor ihm die Flanke.

»Können Sie von den beiden einen Gebissabdruck machen?«

»Einen Gebissabdruck? Wofür brauchen Sie denn den?«

»Ermittlungen.«

Der Arzt erhob sich und sah sich um. »Was war denn los? Haben die jemanden gebissen? Wem gehören denn die Hunde?«

»Dem Herrn, der hier wohnt. Der Abdruck?«

»Kann ich machen, natürlich. Allerdings habe ich nichts dafür dabei. Mir hat keiner was gesagt.«

Bartholomäus nickte. »Veranlassen Sie bitte, dass die Hunde in ein Tierheim kommen. Ich schicke dann den Amtstierarzt dorthin.«

»In Ordnung. Hat's aber schon irgendwelche Probleme gegeben, oder?« Der Tierarzt ließ nicht locker.

»Ein paar, ja.« Bartholomäus lächelte, hob die Hand und schaute sich nach Kreuzpointner um.

Mittlerweile wimmelte es auf dem Grundstück von Polizisten. Flatterbänder wurden ausgepackt, Funkgeräte knackten, Arme zeigten nach hier und nach da, wichtige Mienen, jede Menge Dachfasching, und die Nachbarschaft war auch schon im Anmarsch. Kreuzpointner war jedoch nirgends zu sehen.

Bartholomäus fand ihn im Flur. Kreuzpointner saß auf einem stahlglänzenden Schuhbänkchenkunstwerk und telefonierte.

»Gut, Servus.« Er klappte sein Handy zusammen. »D' Spurensicherung kommt in zehn Minuten, und der Hauser und d' Karin sind auch unterwegs.«

»Schon irgendwas von Trellenberg?«

»Nein, aber d' Fahndung is eingeleitet.«

»Schauen wir uns schon mal um.«

Über eine Stunde lang fanden sie gar nichts. Das Haus schien absolut sauber, was Hinweise auf die entführten Kinder im Allgemeinen und Rebecca Uhland im Besonderen anging. Keine Spielsachen, keine Kinderkleidung, keine Unterlagen, Telefonnummern, die immer noch eine nach der anderen angerufen wurden, Zimmer mit zerwühlten Betten und Kameras in den Ecken, Haare, Blutspuren, Kratzspuren. Auch die verschlossene Tür im Gewächshaus erwies sich als Sackgasse. Sie führte über eine Treppe in den rückwärtigen Teil des Kellers zu einem Hauswirtschaftsraum und durch eine andere, ebenfalls abgesperrte Tür zu einem klinisch sauberen Werkzeugkeller.

Nur einmal stutzte Bartholomäus. Auf dem Weg zu jener Tür, an der er vorhin nur gerüttelt hatte, musste er ja noch einmal durch den Wintergarten. Er ging dort aufmerksam alle Wege ab, sah durch das große Glasfenster an der Rückseite in den Garten, wo die Hundezwinger standen und jetzt ein Dutzend Polizisten mit dem Gesicht nach unten die Grashalme platttraten, warf einen Blick in die Beete, wich einer Kotattacke von Chuck oder Berry aus und fand schließlich am Fuße einer langblättrigen Pflanze mit einem nachgerade obszönen Blütenstand etwas, das er kannte. Noch nicht lange. Vor ein paar Tagen hatte er so etwas zum ersten Mal im Hotel gesehen. Antonia hatte so etwas gehabt. Ein kleines Holzpüppchen mit Schlaufe. Zwei winzige Kügelchen, ein Kopf und ein Bauch, bemalt, lila, rot, gelb, bunt. Offenbar war so ein Ding gerade angesagt bei kleinen Mädchen.

Bartholomäus drehte das kleine Püppchen in den Fingern, als plötzlich Aufregung entstand. Stimmen, Rufe, Hin- und Hergelaufe.

»Bartl!« Karin erschien in der Tür, die hinunter in den Keller unter dem Gewächshaus führte, und winkte ihm. »Komm! Mir habn was!«

Im Werkzeugkeller befand sich eine Geheimtür! Eine völlig unscheinbare, in die Betonwand eingelassene Tür, die sich auf Druck gegen eine der Fliesen hinter dem rechten Regal öffnen ließ. Und das Zimmer dahinter war genau der Beweis, nach dem sie gesucht hatten. Kahle Wände, Glühbirne an der Decke, breites, schmutziges Gitterbett. Ein Stativ mit einer Kamera jeweils in der rechten und linken Ecke, Colaflasche, ein Teller mit verschimmelten Nudeln, Bilderbücher, Stofftiere, Gestank nach Urin, ein rotes Mädchenhemd. Und ein Metallschrank mit zahllosen Videokassetten.

Bartholomäus sah zu Boden, ballte die Faust. Sein Brustkorb hob und senkte sich, er hätte heulen können. Und brüllen.

Sein Handy klingelte.

»Ja!«, bellte er hinein.

»Schatz?«

»Wiebke?«

»Schatz, ich hör dich kaum.«

»Ich bin gerade ... es ist gerade ungünstig.«

»Schatz, Antonia ist verschwunden!«

Bartholomäus hatte das Gefühl, als schütte ihm jemand Eiswasser über den Kopf. Er lief aus dem Raum hinauf in das Gewächshaus. »Antonia? Was ist passiert?« Er rannte weiter bis vors Haus.

»Wir suchen sie jetzt seit drei Stunden.« Wiebke klang mehr als besorgt. »Alle suchen sie. Aber das Einzige, das wir bis jetzt gefunden haben, ist einer ihrer Schuhe.«

»Einen Schuh? Ihr habt einen Schuh gefunden?«

»Ja, an der Straße rauf zum Hotel. In dieser kleinen Parkbucht rechts, unter den zwei Eichen. Du weißt schon.«

Ja, ja, er wusste.

»Xaver meinte sich zu auch erinnern, dass da ein VW-Bus gestanden hat, als er hinunter nach Berg gefahren ist. Aber er gehört jemandem aus der Filmcrew.«

Antonia. Ein Schuh. Nur ein Schuh. Die Straße nach Berg. Parkbucht, parken. VW-Bus, Transporter, transportieren. Filmcrew. Hotel.

»Der Bus war aber weg, als ihr den Schuh gefunden habt?«

»Ja.«

»Und wieso parkt der da unten? Habt ihr die Filmleute gefragt? Wisst ihr, wem der Bus gehört?«

Wiebke zögerte. »Nein. Xaver hat gesagt, dass er den Mann schon einmal bei den Filmleuten gesehen hat. Und da haben wir … also eigentlich ist keiner auf die Idee gekommen, nachzufragen.«

»Also hat er auch nicht gesagt, wer das war, den er da gesehen hat?«

»Nein, er hat nur gesagt, dass er sich gut an den Mann erinnern konnte, weil der so stark …« Wiebke hielt abrupt inne und sog scharf die Luft ein. »Oh nein!«, hauchte sie.

»Was? Was ist?«

»Xaver hat gesagt, dass der Mann stark hinkte.«

*

Berg, Hotel Alpenblick

Ein ganz kleines bisschen dunkler war es jetzt doch geworden in seinem Kopf. Dass jetzt auf seinem Parkplatz ein anderes Auto gestanden hatte und er deswegen unten im Ort hatte parken und den ganzen Weg hier rauflaufen hatte müssen, war noch nicht so schlimm gewesen. War ja auch nicht wirklich sein Parkplatz, gell. Aber er war jetzt schon über eine Stunde hier und hatte sie noch überhaupt nirgends und nicht gesehen. Nicht vorm Hotel, nicht hinten auf der Terrasse, nicht im Garten, nicht im Wald und auch nicht unten am See, wo sie letztens das nasse Hemd angehabt hatte. Vielleicht war sie im Hotel, aber da brauchte er gar nicht erst reinzugehen. Da konnte er sie sowieso nicht ansprechen bei den vielen Leuten. Und vor allem wegen dem Hotel-Polizisten. Wegen dem musste er sowieso die ganze Zeit aufpassen wie ein Schießhund, damit der ihn nicht sah. Vielleicht war sie aber auch gar nicht mehr da? Vielleicht war sie umgezogen? Denn hier war wirklich der Teufel los. Alle waren sie auf den Beinen und suchten nach dem Mädel. Und die Susan hatte sich doch auch so gut mit dem Mädel verstanden, da würde sie doch sicher suchen helfen, wenn sie da wäre, oder?

Veit grunzte missmutig. So viele Fragen. Und bei keiner konnte er Ja oder Nein sagen. Nur vielleicht. Ein schöner Scheiß war das. Herrschaft. Und die Tabletten waren unten im Auto. Ging er halt noch mal runter. Vielleicht war sie doch am See. Oder im Wald.

*

Grünwald

Bartholomäus sagte nichts. Für einen kurzen Moment war sein Hirn wie leer geblasen.

»Schatz, glaubst du, dass … dass das derselbe Typ ist? Könnte er das sein?«

Veit. Ja. Vielleicht. Wahrscheinlich. Hoffentlich nicht. Verdammt.

»Ich weiß es nicht. Hör zu, ich komme heim. Hier gibt es für mich im Augenblick nichts Wichtiges mehr zu tun. Bis gleich.«

»Bis gleich.«

Er brauchte ein Auto. Irgendeines, völlig egal. Die Streifenwagen waren allesamt verlassen, die dazugehörigen Polizisten irgendwo auf dem Grundstück. Karins quietschiger Renault fiel ihm ins Auge. Und Karin war bestimmt noch unten in dem … Loch. Warum, zum Teufel, trieb sich Veit bei den Filmleuten herum?

»Ja, freilich«, sagte Karin Reichlmair, als er sie um die Schlüssel bat. Sie griff in ihre Jackentasche und gab ihm den Schlüsselbund. »Der Josef kann mich nachher sicher heimfahrn. Wo musstn so schnell hin?«

»Ins Hotel. Ist dringend. Ich stell dir dein Auto dann heute Abend vors Haus.«

»Scho recht.«

Bartholomäus drehte sich um, steuerte auf die Tür des Verlieses zu.

»Ah, Bartl, wart noch mal.« Karin kam zu ihm. »Mir is da was aufgfalln.«

Bartholomäus wartete. Ungeduldig.

»Bei den Sachen, die mir bis jetzt gfundn habn, liegt ein Eumel.«

»Ein Eumel?«

»So ein kleines Holzpupperl. Zwei Kugeln, ein Faden, bunt. Kennst die nimmer?«

»Den habe ich gefunden«, sagte Bartholomäus. »Oben, im Gewächshaus. Aber wieso sollte ich das kennen?«

»Ah geh, die haben mir doch alle ghabt damals in die 70ern und 80ern. Überall habn mir die hinghängt. Ans Federmapperl, an die Schulranzn, sogar in d' Haar hab ich's mir reingflochtn. Weißt des wirklich nimmer?«

Bartholomäus schüttelte den Kopf. Eumel. Nie gehört, nie gesehen. Und auch nie in den Haaren gehabt.

»Na ja, jedenfalls is des scho komisch. Ich hab nämlich der Antonia vor ein paar Tag auch so einen Eumel gschenkt.«

Der war also von ihr. »Ja? Und?«

Karin zuckte die Schultern. »Die gibt's aber nimmer. Nirgends. Ich hab erst vor einem halben Jahr für mei kleine Nichte nach denen gsucht und nix gfunden. Nirgends. Nicht einmal im Internet gibt's die noch.«

Bartholomäus wurde hellhörig. »Und woher hast du dann deinen gehabt?«

»Den hat mir euer Postfrau gschenkt, die Rosi. Zwei sogar. Einen für meine Nichte, und am nächsten Tag hat s' noch einen für mich mitbracht. Weil mir die gar so gut gfalln.«

»Frau Färber?«

»Ja, die hat vor ein paar Wochen vertretungsweise in Aufkirchen d' Post austragen. Mir habn ein bisserl geratscht, ich hab erfahrn, dass sie normalerweise in Berg austragt und dass sie deswegen dich und deine Frau auch kennt, und plötzlich seh ich da den Eumel bei ihr am Schlüsselbund. Ich hab sie natürlich sofort gfragt, wo sie den her hat. Wo man die noch kaufn kann und so. Sie hat aber auch nur gmeint, dass es die nimmer gibt, dass sie aber ein paar daheim hat, und hat mir ihrn gschenkt. Und den meinen hab ich dann vor ein paar Tag der Antonia gschenkt, weil sie da so drauf gspechtet hat.« Karin zeigte hinauf zum Gewächshaus. »Und jetzt finden mir da noch so einen. Des is jetzt bloß so eine Idee, aber vielleicht weiß die Rosi doch, wo man die noch kriegt, und wollt's nur nicht sagn. Und vielleicht hat jemand anders da auch welche kauft und einen dann der Rebecca gschenkt.« Sie überlegte kurz und winkte dann ab. »Aber wahrscheinlich is des a Schmarrn. Die Rebecca hat den bestimmt von ihren Eltern. Auch wenn's die Eumel nimmer zum Kaufn gibt, liegn sicher noch ein Haufn von denen bei die Leut daheim in irgendwelche Schubladen rum.«

Da war dieses Bohren. In irgendeiner Hirnwindung saß ein Gedanke und wollte raus. Bartholomäus starrte ins Leere. Rosi. Eumel. Antonia. Rosi kannte Antonia. Kannte Rosi auch Rebecca? Oder Rebecca Rosi? Wieso nickte sein Hirn? Ja, ja, machte es. Wieso? Was wusste es, das er nicht wusste? Nicht mehr. Noch nicht wieder?

»Na ja.« Karin Reichlmair war genug mit ihren eigenen Gedanken beschäftigt, als dass ihr Bartholomäus' Denkstarre aufgefallen wäre. »Is mir nur so aufgfalln. 'S Auto steht oben.« Sie grinste. »Des gackerlgelbe, weißt schon.«

Gelb! Der Gedanke war gelb! Rebecca hatte nicht in ein gelbes Auto gewollt! In Karins gelbes Auto. Rosi fuhr auch ein gelbes Auto. Ein gelbes Postauto!

*

Berg, Hotel Alpenblick

Wiebke starrte immer noch auf ihr Handy, als Theresa in die Lobby trat. Rote Wangen, verschwitzt, zerzauste Haare. Dexter sah kurz auf. Aber Theresa war allein gekommen.

»I bin jetzt noch mal um den Fischweiher rumglaufn. Nix. I hab sogar ins Schilf reingschaut.« Sie stützte sich am Tresen der Rezeption ab und atmete durch. »Lieber Gott! Wo kann des Dearndl bloß sei? Vielleicht hat sie sich versteckt und kummt jetzt nimmer raus?«

Wiebke legte ihr Handy hin und zuckte ängstlich die Schultern. Hoffentlich, dachte sie, hoffentlich. Sie kam hinter dem Tresen hervor. Dexter ging ins Back-Office, weil dort das Telefon klingelte und Urte inzwischen ebenfalls an der Suche nach Antonia teilnahm.

»Mei, mei, de Kinder, geh. Unser Bub, da Korbinian, is als Kind amal in einen Brunnenschacht …«

»Frau Kammerlander!«

Wiebke drehte sich um. Oh je. Herr Raps.

»Frau Kammerlander, sagen Sie mal, was ist denn heute los? Gute Güte, es sind ja alle in hellster Aufregung!« Herr Heiner Raps, seines Zeichens pensionierter Amtsrichter aus dem Sauerland und sehr mitteilungsbedürftig, wenn er nicht gerade die bayerischen Voralpen rauf- oder runterhetzte, baute sich vor ihr auf. Alles an ihm hüpfte. Augen, Mundwinkel, der über die Glatze gelegte Haarschopf, die Schultern, die Finger.

»Hallo Herr Raps. Wir … suchen jemanden.«

»Suchen? Wie meinen Sie das? Wird denn jemand vermisst? Wer denn?« Heiner Raps' Blick flog zwischen Theresa und Wiebke hin und her.

»D' Antonia. De kloane …«

»Antonia? Dieses süße Dingelchen? Machen Sie keine Sachen!« Der Kopf des Mannes fiel nach vorn. »Dieser kleine Wonneproppen? Die Tochter von diesem Regisseur?«

Wiebke zog die Augenbrauen zusammen. »Nein, sie ist die Nichte unseres Chauffeurs.«

»Ach? Schwarze Haare, blaue Augen, so groß?« Herrn Raps' Hand schwebte einen Meter über dem Boden.

»Ja, genau.«

»Aha.« Der Mann wirkte verwundert.

Wiebke ebenfalls. »Wie kommen Sie darauf, Herr Raps, dass Antonia die Tochter von Herrn von Weyen ist?«

»Na ja, bitte, ich möchte hier … also, das war nur mein Eindruck, als ich … die beiden gesehen habe.«

»Sie habn die zwei mitananda gsehn?« Theresa hörte sich an, als drohte sie dem Mann. »Wann?«

Herr Raps überlegte und blies die Wangen auf. »Warten Sie … ich bin am Sonntag nach Garmisch-Partenkirchen gefahren, auf diese Hütte, diese … ach, fällt mir jetzt nicht ein, und mittwochabends wiedergekommen. Ah ja, dann muss das erste Mal am vergangenen Samstag gewesen sein und das zweite Mal gestern. Jeweils vormittags.«

»Und … Sie haben die beiden zusammen gesehen? Nur die beiden? Zweimal?« Wiebke konnte sich nicht erinnern, dass ihr Hans von Weyen und Antonia jemals irgendwo gemeinsam begegnet wären. Allein.

»Ja, einmal an Ihrem Teich und das zweite Mal unten im Wald. Da gibt es diese Mauerreste von irgendeiner uralten Hütte. Etwas abseits der Wege, nördlich von hier. Wissen Sie, wo ich meine? Gleich dahinter beginnt ein kleines Stück Eichenwald. Ich habe da letztes Jahr einige wundervolle Parasolpilze gefunden und wollte nachsehen, ob es dieses Jahr auch wieder welche gibt.«

»Im Wald? Die zwei warn allein im Wald?« Theresas Gesicht war eine Gewitterfront.

»Ja. Stapften da Hand in Hand zwischen den Stämmen umher. Und das ließ mich wohl vermuten, dass sie Vater und Tochter sind. Ich weiß noch, wie leid mir die Kleine getan hat, weil sie so unglücklich dreinsah und Tränen in den Augen hatte.«

»Kruzefix!«, fluchte Theresa.

»Hat Sie Herr von Weyen ebenfalls gesehen?«, fragte Wiebke.

»Erst nicht. Aber ich wollte die beiden nicht erschrekken und gab mich zu erkennen. Sagte kurz Hallo.«

»Und dann?«

»Na ja, der Herr Regisseur erschrak und lächelte ein wenig verlegen. Wie Eltern eben so lächeln, wenn man sie im Streit mit dem Nachwuchs ertappt. Jeder möchte ja gern als Mustervater oder – mutter erscheinen, nicht wahr? Und dann drehten sie um und liefen zum Hotel zurück.«

»Des is ned ihr Vatter!«

Heiner Raps wich unwillkürlich zurück. »Na-natürlich, nein. Dachte ich nur … wegen«, seine Hände suchten nach Worten, »Sie wissen schon.«

Theresa holte Luft. »Gweint hat s', des Buzerl!« Ihr mächtiger Busen hob und senkte sich. »So ein Haderlump, so ein greisliger! Jessas Maria und Josef und alle Heiligen! Des arme Maderl. Des arme Maderl!«

»Theresa, wir wissen noch nicht, ob das wirklich bedeutet …«

»Ah, freilich wissn mir's! Gehn S', Frau Kammerlander!«

Ja, dachte Wiebke, wahrscheinlich wissen wir es tatsächlich. Sie sah Herrn Raps an. »In dem Eichenwäldchen, sagten Sie? Bei der Ruine?«

Der Mann nickte verhalten.

»Theresa, komm mit!«

*

Höhenrain und auf dem Weg dorthin

»Hausnummer zwei?«

»Ja, zwei«, bestätigte der Beamte am Telefon.

Bartholomäus warf das Handy auf den Beifahrersitz und überquerte die Isar auf der Grünwalder Brücke.

Kurz darauf erreichte er die B 11, die ihn fast bis nach Höhenrain bringen würde.

Veit – wenn er denn im Alpenblick gewesen war und wenn er denn etwas mit Antonias Verschwinden zu tun hatte – war sicher längst weg. Das hatte auch Wiebke so gesehen. Deswegen hatte Bartholomäus beschlossen, erst einmal nicht ins Hotel zu fahren. Da waren genug Leute. Suchen konnten sie auch ohne ihn, und wenn Antonia zwischenzeitlich wieder auftauchte, umso besser. Aber wenn nicht, zählte ab jetzt jede Minute. Dann brachte es wenig bis nichts, wenn er jetzt auch noch um den Hotelweiher trabte. Sie mussten die Leute aufstöbern, die Antonia in eben diesen Augenblicken in ihren Fingern hatten oder sie zumindest zu diesen Leuten bringen konnten. Veit am besten. Aber auch jeder andere, der da mit drinsteckte, konnte ihnen von Nutzen sein. So wie vielleicht Roswitha Färber.

Aber stimmte das? Konnte das sein? Roswitha Färber? Ja, sicher konnte das sein. Alles konnte sein. Gutmenschen mit narbenzerfressenem Gesicht und Unmenschen in knuffigen Marshmallow-Körpern. Aber die wenigen Male, in denen er mit ihr zu tun gehabt hatte – »Guten Morgen, Frau Färber.« »Ah, der Herr Kammerlander! Grüß Gott!« –, war sie ihm immer so … so … unbedarft vorgekommen. Nett, schlicht, unbedarft, immer freundlich. Mit einem kleinen, goldenen Kreuz um den Hals. Blumenkohlfrisur, Apfelbäckchen, Kartoffelnase. Ein fleischgewordener Arcimboldo in Postuniform. Der Kinder in seinem gelben Postauto entführte und ihnen Eumel zur Beruhigung schenkte? Vielleicht. Konnte sein. Konnte alles sein. Aber irgendwie … blieb da ein Rest Skepsis in Bartholomäus.

»In einem Kilometer bitte links abbiegen«, informierte ihn die freundliche Stimme aus dem Navi. Das Zielfähnchen auf dem Display wehte links von der Wolfratshausener Straße. Zwei Weiher, Felder, vereinzelt Bäume.

Die Stimme führte ihn in die Münsinger Straße.

Münsinger Straße.

Und gleich darauf rechts in die Sibichhauser Straße.

»Sie haben Ihr Ziel erreicht. Das Ziel liegt rechts.«

Münsinger Straße.

Da war kein Ziel. Links waren Felder, rechts ein kleines Wäldchen. Aber kein Ziel.

Münsinger Straße.

Das Haus lag etwas nach hinten versetzt. Bartholomäus sah es erst, als er schon dran vorbei war. Er kehrte an der nächsten Kreuzung um, fuhr zurück und bog in den Feldweg ein. Dann blieb er stehen. Münsinger Straße. Er griff zum Handy.

»Ja, Kreuzpointner, Kammerlander hier. Du hast dich doch mit den Leuten vom Jugendamt unterhalten, die die Kinder betreut haben, oder?«

»Ja, warum?«

»War da nicht eine dabei, die in Münsing wohnte? Ich kann mich so dunkel dran erinnern, dass so etwas in den Akten stand.«

»Ja, ja, da wohnt eine. Ich glaub, des war diese Zymka, nein, Zymelka heißt s'. Wieso?«

Zymelka, genau. Margit Zymelka. Wohnte im nächsten Ort, drei Kilometer von hier.

»Ich … muss da etwas überprüfen. Was Neues bei euch? Habt ihr Trellenberg schon?«

»Nein, noch ned. Bist du im Hotel? Karin hat gsagt, dass du dringend wegmüssn hast. Is was bassiert?«

»N-nein, ja, weiß ich noch nicht. Ich bin … nachher im Hotel. Ich melde mich dann. Bis später.«

»Kammerlander, wart! Is irgendwas? Wo bist 'n du?«

Bartholomäus zögerte. »In Höhenrain.«

»In Höhenrain? Was machst denn du jetzt in Höhenrain?«

»Wie gesagt, ich muss etwas überprüfen. Ich rufe nachher an.«

»Brauchst Hilfe? Soll ich dir jemanden nausschicken?«

»Danke, nein. Ich komme klar.«

Brauchte er Hilfe? Bartholomäus stieg aus und ging den Feldweg entlang. Hinter einem verwitterten Gartentor tauchte zwischen alten Obstbäumen ein noch älteres Häuschen auf.

Vielleicht. Vermutlich. Aber in solchen Situationen war er lieber allein unterwegs. Er konnte gut auf sich, aber sehr viel weniger gut auch noch auf andere aufpassen. Und die Vorstellung, anschließend zu Annemarie Kreuzpointner gehen und ihr mitteilen zu müssen, dass die Kugel ihn verfehlt, aber ihren Mann … leider … Nein. Nein, nein. Wenn es gefährlich wurde, war er lieber allein.

Wurde es denn gefährlich?

Das Haus, der Garten sahen nicht danach aus. Alles schien ruhig. An das Haus grenzte eine kleine Garage, davor stand ein Mitsubishi in Dreckig-Blau. Die Bäume wiegten sich leise im Wind, ein Apfel fiel – Plopp! – vom Baum, die Salatköpfe im Beet nährten die Schnecken.

Bartholomäus trat durch das Tor und ging zur Haustür. ›Färber‹ stand auf dem Klingelschild. Er drückte den Knopf, und es rasselte. Kurz darauf sah er durch das Milchglas eine voluminöse Silhouette auf die Tür zuwanken. Roswitha. Die Tür ging auf.

»Ja! Herr Kammerlander!« Echtes, aber freundliches Erstaunen. »Was machn denn Sie da bei uns?«

»Grüß' Sie, Frau Färber.« Bartholomäus lächelte nicht, sah die Frau durchdringend an. »Frau Färber, wo ist Antonia?«

»Was?« Echtes, verwirrtes Erstaunen.

»Die Nichte unseres – Frau Färber, haben Sie mit dem Verschwinden von Antonia etwas zu tun? Oder mit dem der anderen Kinder? Ich frage Sie das so direkt, weil ich einfach keine Zeit habe, lange um den …« Bartholomäus hielt inne. Eine Veränderung war mit Roswitha Färber vor sich gegangen. Sie war nicht mehr erstaunt. Sie wirkte erschrocken. Ängstlich und erschrocken.

»Frau Färber?«

Es zuckte um die Erbsenäuglein, der Blick wurde unstet.

Bartholomäus wurde lauter. »Frau Färber! Sie müssen mir …«

»Aber … aber ich hab's doch nur gut gmeint!« Tränen traten in Roswitha Färbers Augen, sie sackte in sich zusammen wie ein Hefeteig. »Für die armen Hascherln hab ich des gmacht. Nur für die armen Hascherln!«

Bartholomäus schob die Frau zur Seite und trat ins Haus. Links die Küche, geradeaus das Wohnzimmer, rechts das Bad. Treppe nach oben, Treppe in den Keller. Keller. Bartholomäus rannte die steinernen Stufen hinab. Drei Türen. Werkzeugkeller, Vorratskeller, zugesperrt. Stahltür.

»Wo ist der scheiß Schlüssel?«, schrie er hinauf. »Antonia?« Er hämmerte an die Tür. »Bist du da drin? Hier ist der Bartholomäus! Ich komme rein und hol dich, Süße! Der Schlüssel, verdammt!«

Roswitha eierte schluchzend die Treppe herab. »In

dem Sicherungskasterl da.« Sie deutete auf einen weißen Metallkasten an der Wand. »Aber da is niemand drin.«

Bartholomäus schaute sie wütend an, während er den Schlüssel aus dem Kasten nahm, und sperrte die Tür auf.

Leer. Scheiße. Leer.

Ein Kinderzimmer, aber ein leeres Kinderzimmer.

Bartholomäus fuhr herum. »Wo ist Antonia?«, donnerte er Roswitha an.

»Ich kenn doch keine Antonia nicht.« Die Frau wimmerte nur noch.

Bartholomäus stürmte die Treppe wieder hinauf.

Die Bewegung ahnte er mehr, als dass er sie sah. Am Treppenabsatz schoss etwas Dunkles, Längliches auf ihn zu. Das vorn glänzte. Bartholomäus warf sich zur Seite und spürte im selben Moment einen beißenden Schmerz im rechten Arm. Erst dann sah er den Mann. Er flog nach vorn und rammte den Mann an die gegenüberliegende Wand. Erwin Färber krachte mit dem Kopf gegen einen Spiegel, der zersplitterte, stöhnte und sank zu Boden. Als seine rechte Hand zuckte, trat Bartholomäus mit voller Wucht auf Färbers Unterarm. Ein dumpfes Knacken, Färber schrie auf vor Schmerz, das Küchenmesser entglitt seiner Hand und rollte zur Seite.

»Erwin!«, kreischte Roswitha und hechtete die Treppe wieder herauf.

Bartholomäus packte den Mann am Hemdkragen und an den Haaren und zog ihn auf die Beine. Er drückte ihm seinen blutenden Unterarm unter das Kinn und presste ihn gegen die Wand.

»Wo … ist das Mädchen?« Keine drei Zentimeter von Färber entfernt, blies er ihm seinen heißen Atem ins Gesicht.

»Erwin! Um Gottes willen!«

Erwin Färber schnappte nach Luft und röchelte.

»Wo?« Bartholomäus verstärkte noch einmal den Druck und ließ dann ein wenig lockerer.

»Ich … weiß ned, was Sie meinen«, quetschte Färber hervor.

»Im Kinderland!«, quiekte Roswitha. »Die sind alle im Kinderland! Erwin, sag's ihm doch! Um Gottes willen, sag's ihm!«

Kinderland? Was zum Teufel redete die Frau?

»Die Kinder! Antonia, Rebecca, Katja, Yasmin. Wo?«

»Da, da!« Roswitha hastete zu einer kleinen Kommode und zog die Schublade auf.

»Lassen Sie das zu!«, schrie Bartholomäus.

Aber die Frau hörte ihn nicht, und bevor Bartholomäus etwas dagegen unternehmen konnte, griff sie in die Lade.

Und holte einen kleinen Stapel Postkarten daraus hervor.

»Da, da!« Sie kam wieder zurück, die Hände mit den Karten weit vorgestreckt. »Die Hascherl haben mir alle gschriebn. Aus 'm Kinderland. Da, schaun S'! Die Katja, der Sebastian, die Yasmin. Alle! Es geht ihnen gut! Schaun 'S doch!«

Bartholomäus blickte zur Seite. Postkarten. Mit bunten Kinderzeichnungen. Berge, Sonne, Blumen, Vögel.

Sie hielt ihm eine Karte hin. »Da, die Katja hat mir ein Pferderl gmalt und schreibt, dass es ihr so gfällt.« Nächste Karte. »Und der Sebastian hat mir sogar ein Gedicht gschriebn! Liebe Roswitha, es ist so schön da. Ich hab dich lieb, weil es dich gibt!« Dritte Karte und vierte Karte. »Und die Yasmin hat mir ein Rennauto gmalt, und die Rebecca …«

»Was erzählen Sie da für einen Mist!«, herrschte Bartholomäus die Frau an. »Sebastian wurde von einem Hund zerfleischt und dann von Fischen gefressen, Rebecca haben wir verdreckt und völlig verstört im Perlacher Forst gefunden und die anderen … Was soll diese Kinderland-Scheiße?«

Roswitha ließ die Karten sinken. Sah Bartholomäus völlig verständnislos an, lächelte krampfig, schaute ihren Mann an.

»Erwin, sag's ihm doch. Dass die Kinder im Kinderland sind. Wo's ihnen gut geht. Viel besser als vorher. Erwin!«

Erwin sagte nichts. Sah zur Seite, holte keuchend Luft unter Bartholomäus' Arm.

»Erwin.« Roswitha lächelte noch mehr, sprach jetzt wie zu einem Kind. »Die Kinder! Sag's ihm! In Österreich, gell? Kinderland is doch in Österreich! Deswegen hat mir die Rebecca die schönen Berge gmalt.«

Bartholomäus sah von Erwin zu Roswitha und wieder zu Erwin. Eine vage Ahnung stieg in ihm auf. Dann entdeckte er das Handy in Erwins Brusttasche. Er holte es mit der linken Hand heraus.

»Wollen wir doch mal sehen …«

Er musste nicht lange suchen. Unter M hatte er im Adressbuch nichts gefunden. Dafür unter V. Er wählte die Nummer und hielt sich das Handy ans Ohr. Dann jedoch überlegte er es sich anders, unterbrach schnell die Verbindung und wählte eine andere Nummer.

»Kammerlander hier. Hören Sie, ich brauch eine Standortbestimmung für ein Handy. Die Nummer lautet 017… … Ja, sofort … Unter der Nummer, die Sie gerade sehen … Okay, ich warte.«

Bartholomäus legte auf und musterte Erwin Färber. Ein kleiner, dummer Mann. Aufgeschwemmtes Biergesicht, zwei Büschel Nasenhaare, schlechte Zähne. Und je mehr er schwitzte, desto mehr roch man, dass er nur selten die Unterhose wechselte. Ein ganz normaler, dummer, kleiner Mann, der sich ein bisschen was dazuverdienen wollte. Am liebsten hätte Bartholomäus zugedrückt.

Roswitha Färber lächelte immer noch. Jetzt so, als würde sie ihr ganzes Leben nichts anderes mehr tun. Sie stand immer noch da mit den Karten in der Hand, murmelte ab und zu »Erwin« oder »Kinderland«, immer leiser, immer seltener und wartete darauf, dass sich die Welt wieder drehte.

»Ich lass dich jetzt los.« Bartholomäus sah Erwin Färber in die Augen. »Mach keinen Scheiß!«

Färber sagte nichts. Als Bartholomäus von ihm abließ, sank er an der Wand zu Boden, atmete, hielt sich seinen rechten Arm, starrte vor sich hin.

Der Anruf kam nach gut zehn Minuten, um 15.37 Uhr. Bartholomäus nahm den Blick von den Karten, die neben ihm auf dem Boden lagen, und ging ran.

»Ja?«

»Grüß Sie, Kalkbrenner hier. Wegen dem Handy. Also, mir haben ein Areal. Des is jetzt nur eine erste grobe Sondierung und des geht auch noch genauer, aber …«

»Wo?«

»Ja … in Berg am Starnberger See. In einem Waldgebiet unterhalb vom Hotel Alpenblick.«

*

Das Taxi gab Gas. Jetzt musste sie sich aber beeilen. Susan Seidenberg sah auf die Uhr. Kurz vor vier. Gut, dass sie nicht mehr mit den anderen zu McDonald's gegangen war. Bei dem Stau auf der Seestraße hätte sie das niemals pünktlich geschafft. Sie hatte ja nicht mal mehr Zeit, um sich in ihrem Zimmer kurz frisch zu machen.

Susan schulterte ihren kleinen Rucksack und ging die Straße zum Hotel hinauf. Gleich da vorn musste der Weg kommen, der sie in den Wald brachte.

Meine Güte! Die Takes in Seeshaupt hatten viel, viel länger gedauert als angenommen. Klar, weil diese Neumaier-Kuh mal wieder gar nichts auf die Reihe gebracht hatte. Nichts. Einfach nur auf den Dampfer raufgehen, umdrehen, winken, Tränchen verdrücken, fertig. Das wär's gewesen. Aber diese Dumpfbacke hatte andauernd kichern müssen. Angeblich wegen dieser beknackten Möwe! »Weil die so ulkig ist, hihi.« Alter Schwede! Die hatte echt noch weniger Hirn als Titten. Was Hans nur an der gefunden hatte?

Hans. Sie hatte ihn so sehr vermisst. Nicht wegen dem Dreh. Den hatte Leo tatsächlich ganz gut allein hinbekommen. Nein, das war nicht der Grund gewesen.

Da war der Weg. Susan bog von der Straße ab und betrat den Wald. Jetzt ein gutes Stück geradeaus, sich immer links vom Zaun halten, an dem morschen Kreuz vorbei, runter Richtung See und dann müsste sie die Ruine eigentlich schon sehen können.

Klar, sie hatte ihn auch vorher schon mal vermisst. Sehr sogar. Aber heute war das irgendwie anders gewesen. Hatte sie zumindest so empfunden. Ob das schon was mit dem kleinen Menschlein zu tun hatte, das da in ihr heranwuchs?

Susan seufzte. Konnte sein. Schön war es allemal. Und irgendwie hatte sie seit dem Aufstehen heute Morgen auch so ein Gefühl, dass alles gut werden würde. Sie konnte sich überhaupt nicht mehr vorstellen, dass das für ihn ein Problem war. Sicher mussten sie drüber reden. Klaro, war ja schon eine Megasache, das. Aber sie würde sich doch nicht so fühlen, wenn sie noch Zweifel hätte, oder? Sie kannte ihn ja inzwischen auch schon ganz gut. Ja, okay, Kinder waren nicht so sein Ding, daraus hatte er nie einen Hehl gemacht. Aber ihres ja auch nicht! Um Gottes willen! Hätte man sie vor vier Wochen gefragt, ob sie ein Baby haben wollte, wäre sie laut schreiend davongelaufen. Aber jetzt … war das anders. Und bei ihm vielleicht auch. Bestimmt sogar. Bestimmt war das auch bei ihm anders. Es war ja sein Kind. Ihrer beider Kind.

Die Ruine. Das da vorn musste die Ruine sein. Susan ging noch ein paar Schritte weiter. Ja, das war sie.

Und das da unten? Sie kniff die Augen zusammen. War das Hans? War er schon da? Sie merkte, wie ihr Herz schneller schlug. Das war er doch, oder? Wer sollte sich sonst hierher verlaufen, so weit ab von den üblichen Wegen?

Susan ging schneller und winkte.

*

Höhenrain

Es war fast unwirklich. Für einen Moment hatte Bartholomäus das Gefühl, das alles nur zu träumen. Die Realitäten verquirlten sich zum schlimmstmöglichen Szenario. Veit lief durchs Hotel und sammelte Kinder ein, Antonia saß in einem stinkenden Bett, während sich der gesichtslose Mann vor ihr die Hose aufknöpfte, Wiebke stieg in einen VW-Bus am Straßenrand, Roswitha bekam einen Lachkrampf und gleich würde sicher sein Freund aus alten Kinderalbtraumtagen auftauchen, der Mann mit der Axt, der im Traumsumpf immer viel schneller vorangekommen war als er.

Aber das hier war kein Traum. Es passierte wirklich. Manches. Veit hielt sich in der Nähe des Hotels auf. Wieso, verdammt, war Veit wieder dort? Bartholomäus hob das Handy und wählte Wiebkes Nummer.

Plötzlich drehte sich Erwin Färber abrupt zur Seite und sprang auf. Er hatte bemerkt, dass Bartholomäus für den Moment seltsam abwesend wirkte. Die Gelegenheit musste er nutzen.

»Du bleibst hier, du Sack!« Bartholomäus war sofort auf den Beinen und holte Färber mit einem Satz ein. Er zog ihn am Kragen zurück und warf ihn mit aller Kraft wieder nach vorn gegen die Haustür. Es klirrte und schepperte gewaltig, die Scheibe bekam einen Sprung, Färber ächzte dumpf. Bartholomäus packte den Mann, stieß ihn zu Boden und sprang ihm mit beiden Knien in den Rücken. Mit einem qualvollen Laut brach die Luft aus Färbers Mund. Er stöhnte und röchelte zugleich, rang keuchend nach Atem.

»Ein Seil!«, fuhr Bartholomäus Roswitha Färber an. »Bringen Sie mir ein Seil!«

Die Frau nickte nur, wandte sich um und ging in die Küche.

Bartholomäus hob das Handy wieder ans Ohr. »Schatz?«

Es klingelte immer noch. Wiebke ging nicht ran. Bartholomäus legte auf und wählte noch einmal. Wieso, zur Hölle, war Veit zurück zum Alpenblick gefahren? Der Klingelton bohrte sich in sein Ohr. Wo bist du, Liebling? Wo? Bartholomäus unterbrach die Verbindung und rief im Hotel an. Färber quietschte.

»Beeilen Sie sich, Herrgott! Und bringen Sie noch ein Handtuch mit!«

»Grüß Gott, Hotel Alpenblick, Rezeption. Was kann ich für Sie tun?«

»Dexter, ich bin's! Wissen Sie, wo meine Frau ist? Ist sie da?«

»Hallo, Mr Kammerlander. Ihre Frau?«

»Ja, Wiebke. Ist sie da?«

Roswitha kam mit einem Geschirrtuch und einem langen Hanfseil aus der Küche.

»Bis vor ein paar minutes sie war noch hier. Zusammen mit Mrs Eberhartinger und Mr Raps. Und dann sind Mrs Kammerlander und Mrs Eberhartinger wieder rausgegangen, um weiter nach Antonia zu suchen.«

»Weißt du, wohin, Dexter? Wohin?« Bartholomäus bedeutete Roswitha Färber mit einem Nicken, dass sie Seil und Tuch auf den Boden legen und sich neben ihren Mann setzen sollte.

»No, I'm sorry, Mr Kammerlander.«

Verdammt, verdammt! »Okay, Dexter. Wenn du sie siehst, sag ihr, dass sie mich unbedingt anrufen soll! Sofort!«

»Natürlich, Mr Kammerlander.«

Bartholomäus beendete das Gespräch. Wortlos fesselte er Roswitha und Erwin Färber. Anschließend orderte er per Handy und so, dass die beiden es mitbekamen, eine

Streife, die sich um das Ehepaar kümmern sollte, wickelte sich das Geschirrtuch um die Stichwunde in seinem rechten Unterarm und rannte aus dem Haus. Auf dem Weg zum Auto veranlasste er, dass sich alle verfügbaren Einsatzkräfte zum Alpenblick begaben, um dort nach Veit Mooshammer zu suchen. Dann sprang er in den Renault, wählte erneut Wiebkes Nummer und raste los.

*

Berg, Hotel Alpenblick und Umgebung

Veit schüttelte die letzten Tropfen ab und steckte seinen Penis wieder in den Hosenschlitz. Die Cola hatte gedrückt. Er machte den Reißverschluss zu, wischte sich die nasse Stelle auf seiner Schuhspitze an von Weyens Hose ab und stieg über die morschen Dielen zurück bis zum Eingang der Ruine.

Ein Stück weiter unten stand eine Bank. Dorthin ging Veit. Sich ein bisschen hinsetzen und nachdenken. In seiner Jackentasche fand er noch einen Kaugummi. Veit wickelte ihn aus und schob sich den Streifen in den Mund.

Und was jetzt? Überall hatte er gesucht. Am Teich und unten am See sogar zweimal. Aber nirgends hatte er sie gesehen. Auch von den anderen niemanden. Von denen, die sonst immer bei ihr gewesen waren. Keiner da.

Veit kaute in den Waldboden. Sie war bestimmt umgezogen. Nicht mehr da. Gar nicht mehr.

Er machte seine Jacke auf. Irgendwie war ihm so eng um die Brust. Das stach sogar ein bisschen. Veit rieb sich die linke Brust, da, wo es besonders eng war, und atmete ein paar Mal kräftig durch. Was aber auch nicht so richtig ging. Weil sich alles so … dick und schwer anfühlte. Auch der Kopf. Kopfweh hatte er zwar keines mehr wegen der Tablette. Aber schwer war der Kopf. Und die Augen auch. Und die Füße. Alles halt.

Bald wurde es auch dunkel. Bis dahin blieb er auf alle Fälle, weil er dann näher ans Hotel rangehen konnte. Zu gern hätte er mal im Hotel selbst nachgesehen. Aber das ging natürlich nicht. Vielleicht sah er sie ja durch die Scheiben. Wenn sie noch nicht umgezogen war.

Er versuchte, sich an ihr Gesicht zu erinnern. Weiß war es gewesen, sehr weiß. Mit großen Augen und einem Mund, der immer gelächelt hatte. Einem so roten Mund. Drumherum ganz viele, lange, blonde Haare. Die ihr bis auf den Busen gefallen waren. Mei, dieser Busen. So weich und warm. Wenn er an den dachte, spürte er wieder die Zuckerwatte in seinem Kopf. Aber jetzt nur noch ein bisschen, weil sie ja nicht mehr da war.

Veit seufzte ungewollt und stand wieder auf. Herumsitzen tat nicht gut. Laufen war besser. Da ging das Schwere in seinem Kopf wieder weg, und schnaufen konnte er auch besser.

Auf einmal nahm er eine Bewegung wahr. Gar nicht weit weg. Da hinter den Büschen. Oberhalb der Ruine.

Veit sah genauer hin. Ja, da war wer. Ging an den Büschen vorbei in Richtung der Ruine. Ein nicht so großer Mensch, der recht schnell ging. Was Rotes hatte er an und auf dem Kopf …

Veit schnappte nach Luft. Die Watte explodierte, eng war es auch nicht mehr, sein Herz klopfte, sein Mund öffnete sich so weit, dass man die Zunge sehen konnte.

Da war sie! Susan! Allein! Und sie kam genau auf ihn

zu, winkte ihm sogar! Sie war nicht umgezogen! Sie war hierhergekommen. Wo er war. Zu ihm!

Veits Mund ging auf und zu. Er sog den Speichel ein, der ihm aus dem rechten Mundwinkel gelaufen war, und schnaufte und schnaufte und schnaufte. Dann ging er los und strich sich während des Gehens die Haare glatt.

Bartholomäus bremste hinter dem Heiligen Florian, dass der Kies aufspritzte. Als er auf den Eingang des Hotels zuhetzte, klingelte sein Handy.

»Schatz?«

»Äh, no, sorry, Mr Kammerlander, this is Dexter.«

»Dexter.«

»Mr Kammerlander, i just talked to Herrn Raps …«

»Ich bin hier, Dexter, hier.«

Der Concierge sah auf. »Oh!«

Bartholomäus kam am Empfangstresen an, atmete, sah Dexter aus fiebrigen Augen an. »Ist meine Frau schon hier gewesen? Haben Sie sie sprechen können?«

Wenn Dexter ob der Aufgewühltheit seines Chefs irritiert war, ließ er es sich nicht anmerken. »No, aber ich habe gerade mit Herrn Raps gesprochen. Herr Raps meinte, Mrs Kammerlander und Mrs Eberhartinger sind gegangen runter in den Wald. Zu dieser Ruin, wo sie wollten noch mal nach Antonia suchen. Und ich habe das mobile von Ihrer Frau gefunden. Es war hier unter das Buch und hat, ähm, vibrate, you know.« Dexter zeigte auf die Anmeldungs-Kladde für die Tagesausflüge und übergab Bartholomäus Wiebkes Handy.

»Verdammt!« Bartholomäus nahm das Telefon, wirbelte herum, kam aber noch einmal zurück. »Wenn die Polizei eintrifft, schicken Sie sie da runter, Dexter!«

»Yes, sure, Mr Kammerlander.«
Bartholomäus rannte aus dem Hotel.

»Vielleicht is s' ja mit der Susan mitgfahrn.« Theresa sah hinunter auf die Wurzel, damit sie nicht drüberstolperte, richtete ihren Blick aber gleich wieder in den Wald. »Die sind ja heut den ganzn Tag ned da. Der Xaver hat mir erzählt, dass ihm d' Susan gsagt hat, dass die ganze Bande heut in Seeshaupt unterwegs is.«

Wiebke schüttelte den Kopf. »Nein, die Susan würde Antonia doch nicht einfach so mitnehmen. Die hätte sicher Bescheid gesagt.« Sie klopfte sich auf die Jackentasche. »Mist, ich muss mein Handy irgendwo liegengelassen haben.«

»Ah, die jungen Leut.« Theresa drehte die Hand. »Sind scho manchmal a bisserl sprunghaft und denkn ned nach.« Sie runzelte die Stirn. »Aber vorstelln kann i's mir ehrlich gsagt auch ned. Die Susan is doch eigentlich recht vernünftig, auch wenn ma des auf 'n ersten Blick gar ned meinen tät.«

Ja, dachte Wiebke, sehe ich auch so.

»Warten S' einmal!« Theresa blieb stehen. »Wollt sich die Susan ned jetzt um die Zeit mit dem … i sag's lieber ned, was i sagn will, Sie wissn scho … treffn? Heut um viere hat's doch gsagt. Da wollt sie mit ihm über des Kindl redn.«

»Stimmt.« Wiebke sah auf die Uhr. »Kurz nach vier.« Sie überlegte. »Lass uns zurück zum Hotel gehen, Theresa. Susan ist bestimmt wieder hier und auf dem Weg zu von Weyen. Dann werden wir ja sehen.«

»Ja, da habn S' recht.«

Die beiden Frauen drehten sich um, als sie plötzlich

ein Geräusch zusammenfahren ließ. Ein leises, aber qualvolles Stöhnen.

»Jessas na!« Theresa schaute Wiebke erschrocken an. »Habn Sie des auch ghört?«

Wiebke nickte. »Ja.« Sie sah sich um. Da war niemand. Hinter einem Baum? Das Geräusch war ganz nahe gewesen. Die einzige Möglichkeit … sie tat ein paar Schritte … war die Ruine. Auf dieser Seite des alten Försterhauses stand die Mauer noch bis zum Giebel. Sie musste entweder …

»Frau Kammerlander.« Theresa sprach so leise, dass Wiebke sie kaum verstand.

»Ja, Theresa, ich passe auf.« Wiebke lief zu dem rechten der beiden Fenster, das mit seiner zerbrochenen Scheibe wie ein weit aufgerissener, vor Zähnen strotzender Rachen aussah.

»Na, des hab ich ned gmeint. Da untn bei der Bank …«

Wiebke sah durch das Fenster. Und stieß einen leisen Schrei aus. »Oh Gott!«

Dort unten lag Hans von Weyen. Aus einem Loch im Boden, direkt hinter der Mauer, verdreckt, das Gesicht blutverschmiert, starrte er sie an. Aus einem Auge. Das andere verschwand unter Blut, Dreck und einer Schwellung, die sein Antlitz zu einer grauenvollen Fratze entstellte. Aber er lebte. Noch. Jedes Mal, wenn er Atem holte, blähte sich eine blutige Blase vor seinem Mund und seiner Kehle entrang sich ein fürchterliches Gurgeln.

»Theresa! Schnell!«

Theresas Kopf erschien im anderen Fenster. »Um Gotts willn!« Sie schlug die Hand vor den Mund.

»Wir müssen sofort einen Arzt holen«, rief Wiebke. »Ich laufe rauf ins Hotel, und du bleibst hier!«

Theresa nickte entsetzt. »Ja, ja.«

Wiebke lief los.

»Aber Frau Kammerlander …«

»Was denn?« Wiebke blieb ungeduldig stehen.

Theresa zeigte den Wald hinab Richtung See, Richtung Bank. »Wenn der von Weyen da drin liegt, mit wem redt dann die Susan da?«

Wiebke fuhr herum. Tatsächlich. Da unten, vor einer Bank, stand Susan. Zusammen mit einem anderen Mann. Der jetzt seine Hand nach ihr ausstreckte. Nach der Susan schlug.

»Aber doch nur zusammen ein bisserl liegen.« Veit lächelte so fest er konnte.

»Bist du bescheuert?« Susan stieß die klobige Pranke zur Seite, die auf ihren Arm zusteuerte. »Verschwinde! Lass mich in Ruhe!«

Veit tat einen kleinen Schritt nach vorn. »Nicht grantig werden, ich tu ja gar nichts, Frau Susan.«

Woher, zum Teufel, kannte der Kerl sie? Susan wich nach hinten. Aber die erste Panik legte sich allmählich. Zunächst war sie furchtbar erschrocken. Taucht da plötzlich dieses hinkende Riesenbaby mit dem schiefen Gesicht neben ihr auf und stottert sie an. Grüß Sie Gott, ich bin der Veit. Ich wollt Sie fragen, ob Sie gern ein bisserl mit mir zusammenliegen wollen täten? Oder so ähnlich. Der Schock ihres Lebens. Mit einem irren Dauergrinser allein im Wald. Aber gefährlich schien der Typ eigentlich nicht. Nur völlig malle.

»Hören Sie, ich kenne Sie nicht. Und ich würde Sie bitten, mich jetzt allein zu lassen. Ich warte …«

»Aber doch nur ein bisserl zusammen liegen. Ich …

ich … hab einen Bus.« Veit deutete nach rechts. »Ein Kinderbus. Da is's ganz schön drin.«

Kinderbus? Was meinte der Typ mit Kinderbus? Susan blickte nach hinten. Sie musste weg hier.

»Wissen S'? Gleich da drüben.«

»Tut mir wirklich leid, aber …«

Plötzlich waren da Stimmen.

»Hey! Was machn Sie denn da!«

»Hallo? Susan? Alles in Ordnung?«

Susan blickte nach rechts in den Wald. Theresa und Frau Kammerlander! Gott sei Dank!

Veit fuhr herum. Die dürre Rothaarige! Die Frau von dem Hotel-Polizisten! Er fing an zu laufen, stolperte vorwärts. Weg, weg musste er. Die rief bestimmt gleich ihren Mann. Weg!

Aber auf einmal waren dahinten viele Männer! In Grün. Polizisten! Auf dem Waldweg! Und oben im Wald tauchten auch welche auf! Veit drehte sich im Kreis wie ein gehetztes Tier. Von überall her kamen jetzt auch Stimmen. Laute Stimmen. Und ihre Stimme.

»Bitte«, sagte Susan und ging sogar wieder einen Schritt auf Veit zu. Wieso, dachte sie, ist der Wald auf einmal voller Polizisten? Was ist hier los? »Beruhigen Sie sich. Es ist ja nichts passiert. Alles halb so schlimm.«

Die Watte war wieder da. Ihr Geruch, ihr Lächeln, ihr Mund. Und ihr Busen unter dem Hemd. Machte seinen Kopf zu Watte. Nur einmal bei ihr liegen. So weich. Veit blinzelte. Sein Lächeln zerrann, floss an ihm herab.

»Saukerl!«, schimpfte Theresa, stapfte auf Veit zu, verscheuchte ihn mit wilden Armbewegungen. »Lass des Madel in Ruh!«

Die Männer kamen näher, und gleich war dieses Weib bei seiner Susan. Nur ein bisserl liegen. Einmal.

»Nehmen Sie die Hände hoch!«, rief jemand.

Hände hoch. Für alle Fälle. Veit griff in seine Jacke und hatte plötzlich eine Pistole in der Hand. »Steh bleibn!«, brüllte er und schwenkte die Waffe von links nach rechts. »Alle!«

Theresa blieb stehen, als prallte sie gegen eine Wand, Susan erstarrte, die Polizisten plärrten durcheinander, Wiebke blickte nach links. Dort jagte ein großer Schatten durch die Bäume, flog von hinten auf Veit zu und stürzte sich auf ihn. Sie schrie auf.

Bartholomäus riss Veit mit sich. Beide gingen zu Boden, Veit kippte einfach nach vorn, und Bartholomäus – flog über ihn hinweg und landete ein paar Meter weiter vor einem Baum.

Veit war eher wieder auf den Knien. Bis sich Bartholomäus umgedreht hatte, hatte er die Pistole bereits entdeckt. Sie lag da vorn, genau zwischen ihnen.

»Schatz, die Waffe!« Wiebkes Herz setzte aus.

Veit sprang auf. Aber er lief nach hinten. Auf Susan zu. Während des Laufens griff er in seinen Hosensack. Theresa ruderte wieder mit den Armen, Polizisten kamen hinter Bäumen hervor, Wiebke sah alles wie in Zeitlupe, und Bartholomäus ahnte, was Veit vorhatte.

Susan Seidenberg auch. Als das Riesenbaby auf sie zu rannte, erkannte sie, dass es ein Messer aus der Tasche holte. Ein Taschenmesser. Es aufklappte. Susan wollte sich bewegen, konnte aber nicht. Wie gelähmt nahm sie es hin, dass Veit ihr seinen linken Arm um den Oberkörper schlang, und spürte, wie er ihr mit der anderen Hand die Schneide des Messers an den Hals drückte.

»Steh bleibn! Alle! Oder ich stich s' ab!«

Bartholomäus hielt in der Bewegung inne. Gerade hatte er die Waffe aufheben wollen. Jetzt stand er da, vornübergebeugt, die Arme ausgebreitet. Langsam, ganz langsam richtete er sich auf.

»Veit«, sagte er ruhig, »lass es. Das bringt nichts.«

»Nix lass ich!«, schrie Veit. »Geht's weg! Alle!«

Bartholomäus sah sich vorsichtig um. Sieben, acht Polizisten hinter und zwischen den Bäumen, und da vorn kamen noch mehr. Theresa hyperventilierte, Wiebke blickte ihn blass vor Sorge an, Susan hatte die Augen weit aufgerissen und wimmerte. Er bedeutete den Polizisten, dass sie keinen Blödsinn machen sollten.

»Veit, nimm das Messer …«

»Nix!« Veit bewegte sich rückwärts, schleifte Susan mit sich. »Einmal nur zamliegn wollt ich doch nur! Einmal nur!«

Zusammenliegen? Bartholomäus verstand nicht. Und – waren das Tränen in Veits Augen? Sein Gesicht hatte tatsächlich einen fast weinerlichen Ausdruck.

»Veit, sag mir wenigstens, wo Antonia ist.«

»Ha?«

»Antonia, das kleine, dunkelhaarige Mädchen, das du heute von hier entführt hast.«

Veit sah Bartholomäus nur irritiert an. Die Frage, so schien es, erreichte ihn gar nicht. Dafür war jetzt kein Platz in seinem Kopf. Auch Susan reagierte nicht, schaute nur blind geradeaus. Veit ging weiter rückwärts, hob dann Susan mit seinem linken Arm hoch, damit er schneller war, lief noch einige Schritte rückwärts und drehte sich dann um.

»Veit!« Bartholomäus folgte ihm. »Ihr bleibt hier!«, befahl er Theresa und Wiebke.

»Schatz!« Wiebke streckte die Hand nach ihm aus.

»Ja.« Bartholomäus nickte. »Ich weiß.«

Veit drehte sich ab jetzt andauernd um. Mal lief er vorwärts, mal rückwärts, mal seitwärts. Sein Blick war immer überall. Er sah genau, wie nah ihm Bartholomäus kam, wo die Polizisten waren, wohin er lief. Das Messer hatte er, das glaubte Bartholomäus erkennen zu können, von Susans Hals genommen. Aber er hielt es weiter in der Hand. Und einem Scharfschützen hätten sie ohnehin kein Kommando geben können, so lang Veit wie ein Kreisel durch den Wald wirbelte. Hatten sie eigentlich einen Scharfschützen hier? Aber viel mehr interessierte Bartholomäus, wieso Veit so vorsichtig mit Susan umging. Er trug sie, er schleifte sie nicht hinter sich her, ihre Beine waren immer über dem Boden, das Messer nie eine Gefahr. Zusammenliegen. Was, zum Teufel, lief da ab?

Und wohin lief er? Wohin wollte Veit? Als sie die Straße zum Hotel erreicht hatten – auf der mittlerweile ein halbes Dutzend Einsatzfahrzeuge und zwei Dutzend Polizisten mit den Waffen im Anschlag standen – wandte sich Veit nach rechts. Richtung See. Bartholomäus und die Polizisten folgten ihm, eine Prozession aus Grün, Schusswaffen und gespannter Wachsamkeit.

Fünf Minuten später hatten sie den nördlichen Ortsteil von Berg erreicht. Die Straßen waren längst weiträumig abgesperrt, festsitzende Autofahrer hatte man in die umliegenden Geschäfte geschickt, Anwohner und Geschäftsleute aufgefordert, in ihren Häusern zu bleiben und die Fenster und Türen geschlossen zu halten.

Woran sich natürlich kein Mensch hielt. Halb Berg hing auf den Fensterbrettern, und der Rest stand zweireihig an Glastüren und Schaufenstern und glotzte.

Veit hastete zunächst die Waldstraße entlang und bog dann in den Ölschlag ein. Bartholomäus hatte nicht den Eindruck, als verfolgte Veit einen bestimmten Plan, als hätte er ein festes Ziel. Er lief einfach drauflos. Und allzu lange konnte er das nicht durchhalten. Er hatte ja keine Chance. Die Schlinge zog sich mit jeder Minute enger zu. Fragte sich nur, was passierte, wenn auch Veit das einsah.

Hinter dem Parkplatz des Hotels Schloss Berg endete der Ölschlag. Veit blieb kurz stehen und eilte dann die Seestraße nach links am Seehaus des Hotels vorbei. Susan schien sich etwas gefangen zu haben. Bartholomäus bemerkte, dass sie manchmal sogar etwas zu Veit sagte. Aber natürlich verstand er sie nicht. Sie wirkte jedoch nicht panisch. Ängstlich ja, aber nicht panisch. Bartholomäus musste an King Kong und die weiße Frau denken.

Dann sah er den Dampfer. Und sah, dass auch Veit den Dampfer sah. MS Bernried. Linie E. Die große Schlösserfahrt. Verdammt. Wieso hatte das niemand auf dem Schirm gehabt? Und geradeaus standen zwei Kastenwagen mit Blaulicht und blockierten die Straße.

Veit trug Susan nach rechts, auf den Anleger. Mitten in die Leute hinein, die darauf warteten, an Bord gehen zu können.

»Gehts weg!«, schrie Veit. »Hauts ab!«

Köpfe drehten sich um wie Schraubverschlüsse auf Flaschen. Augen, Münder, Gesichter wurden aufgerissen, einige Menschen schrien. Die Menge glitt eilends auseinander, presste sich links und rechts an das grüne Geländer. Einen Mann, der ihm zu nah war, stieß Veit mit dem Fuß zur Seite. Erneutes Schreien, die Leute drängten sich noch weiter an den Rand, ein junger Mann kletterte über das Geländer, bereit, jederzeit ins Wasser zu springen.

Bartholomäus hob die Hand, als er hinter Veit und Susan an den Menschen vorbeieilte. Entschuldigend, beruhigend, signalisierend, dass sie keine Angst haben mussten, dass alles in Ordnung war. Was es nicht war.

Veit polterte über den Anlegesteg an Bord. Orientierte sich kurz, lief nicht geradeaus weiter in den Salon, in dem die Menschen wie Wasser in einer Kurve zur anderen Seite schwappten, blieb auf dem schmalen Gangbord, lief dort nach rechts Richtung Heck, blieb wieder stehen.

»Der soll fahrn! Gleich!«, schrie er Bartholomäus zu und nickte nach oben.

»Veit, jetzt sieh es doch …«

»Sofort! Fahrn soll er!« Veit presste Susan wieder die Spitze des Messers in den Hals.

Bartholomäus hob beide Hände. »Okay, okay!« Er sah nach oben, wo sich der Kapitän des Dampfers schon die ganze Zeit aus seinem Fahrstand beugte. »Fahren Sie los!«

Der Mann verschwand in dem kleinen Aufbau und warf die Maschinen an. Bartholomäus sprang an Bord und lief sofort in den Salon.

»Los, Frauen und Kinder runter vom Schiff! Schnell!« Er winkte die verängstigte Menge zu sich. Aber als sich eine Mutter mit ihren zwei Kindern langsam in Bewegung setzte, hämmerte Veit vorn von draußen gegen die Scheibe. Er zog Susan noch fester an sich, schüttelte wild den Kopf und deutete raus zum See. Und Susan hob die Hand. Eine Geste, die etwas Beschwichtigendes hatte.

Haben konnte. Lassen Sie es gut sein, konnte man darin lesen. Aber vielleicht, dachte Bartholomäus, verabschiedet sie sich auch nur von mir.

Bartholomäus wandte sich wieder den Leuten zu, während unter ihm die Motoren lauter wurden. Er blickte in angstvolle, verzweifelte Gesichter. Mehrere Menschen weinten. »Gehen Sie alle in den vorderen Teil des Salons! Setzen Sie sich hin, verhalten Sie sich ruhig. Ihnen passiert nichts!«

»Sind Sie von der Polizei?«, erkundigte sich eine ältere Frau.

»Ja. Und jetzt, bitte, gehen Sie nach vorn.«

Als Bartholomäus den Anlegesteg zurück an Land schob, standen ein paar Polizisten vor der Brücke.

»Solln … mir mitkommen?« Mutig klang anders. Der korpulente Schnauzbartträger fragte eher aus Pflichtbewusstsein. Aber zumindest fragte er.

Bartholomäus schüttelte den Kopf. »Nein, Sie bleiben hier. Informieren Sie Kommissar Kreuzpointner.« Dann setzte sich der Dampfer rumpelnd in Bewegung.

Während sich Bartholomäus langsam zum Heck des Schiffes bewegte, beschrieb die MS Bernried einen weiten Halbkreis und hielt dann geradeaus auf die Mitte des Sees zu. Deswegen konnte er einen Blick an Land werfen, wo sich neben den Polizisten immer mehr Schaulustige an der Anlegestelle drängten. Und er sah auch Wiebke. Zusammen mit Theresa stand sie auf der Dachterrasse des Seehauses. Theresa hatte ihr den Arm um die Schulter gelegt. Bartholomäus überlegte einen Moment, ob er winken sollte. Aber wozu? Was sollte er damit sagen wollen? Juhu, hier bin ich? Mir geht es gut? Bis nachher? Bartholomäus ließ es.

Hinter dem Salon am Heck der MS Bernried befand sich ein kleiner Bereich, eine Art Loggia, die nahezu vollständig überdacht wurde von dem Promenadendeck darüber. Drei weiße, runde Tische, ein paar Holzstühle, drumherum die weiße Bordwand, eine blau-weiße Fahne, die an einer langen Stange lustig im Wind flatterte.

Veit stand hinter Susan an die Bordwand gelehnt. Der linke Arm umfasste ihre Taille, die rechte Hand lag auf ihrer Schulter, das Messer hielt er nah an ihrem Hals. Er wirkte erschöpft, verwirrt und – traurig. Ja, in diesen wild flackernden Augen, dieser verzerrten Grimasse konnte Bartholomäus zu seiner Verwunderung auch eine tiefe Traurigkeit erkennen. Weil Veit wusste, dass es keinen Ausweg gab?

Aber noch mehr überraschte ihn Susan. Was immer er erwartet hatte – Wimmern, Winseln, ein tränenüberströmtes Gesicht, Schockstarre, Schnappatmung – nichts davon traf zu. Susan machte einen absolut gefassten, ja beinahe ruhigen Eindruck. Sie versuchte sogar ein Lächeln, als sie ihn erblickte. War sie – wusste sie bereits – hatte sie abgeschlossen? Wusste sie, was passieren würde?

Bartholomäus gab sich so unaufgeregt wie möglich. »Hallo, Susan. Bist du okay?«

»Ich bin okay.« Sie lächelte tatsächlich!

»Veit, und du? Wie geht es dir?«

»Wie's mir geht?«, blaffte Veit. Die Frage schien ihn zu irritieren.

Bartholomäus wiegelte sofort ab. »Ich meine, ob auch …«

»Herr Kammerlander«, unterbrach ihn Susan. »Nicht.«

Wie … *nicht*?

Susan legte behutsam ihre Hand auf Veits Arm. »Veit, was genau willst du von mir?« Sie sprach ganz ruhig, wenn auch in Bartholomäus' Richtung.

Veits Arm zuckte nach unten. »Ha?«

»Du hast gesagt, du willst mit mir zusammenliegen.«

»Was?«

»Das hast du doch gesagt.«

»Ja ... zamliegn.« Veit wirkte desorientiert. Sein Blick wanderte hin und her, seine Miene war voller Misstrauen.

Aber da ging es ihm ähnlich wie Bartholomäus. Was hatte Susan vor?

»Was genau meinst du mit zusammenliegen, Veit? Kannst du mir das erklären?« Susan drehte sich jetzt ganz langsam um. Sehr, sehr behutsam. Und Veit – ließ es geschehen. Susan blickte hoch, sah Veit in die Augen.

Veit wich ihrem Blick aus. »Ja ... zamliegn halt.«

»Ich weiß nicht, was das ist, Veit.«

Veit wusste nicht, wo er hinschauen sollte. Mit halb abgewandtem Gesicht nickte er nach unten. »An ... an Ihre ... da hinlegn.«

Susan sah nach unten, in ihren Ausschnitt. »An meinen Busen? Du willst dich an meinen Busen legen?«

Bartholomäus lauschte mit offenem Mund.

Ein Laut kam aus Veits Kehle, der sich anhörte wie ein Ja.

»Nur an meinen Busen legen? Nicht mehr?«

»J...ja. Nein.« Veit schüttelte den Kopf, wurde rot, sah plötzlich aus wie ein Schuljunge.

Susan nahm Veits Hand. Sie nahm seine Hand! »In ... Ordnung. Aber wir können das hier nicht richtig machen. Wegen der vielen Leute und so, verstehst du? Aber ein bisschen geht es.«

Bartholomäus glaubte, nicht richtig zu hören. Und zu sehen. Veit hatte mittlerweile beide Arme sinken lassen, die Schultern, den Kopf, schaute zu Boden, bekam nichts mehr mit, war Wachs in Susans Händen. Ein großer, alter, hässlicher, verliebter, verschüchterter Junge.

Und Kindesentführer.

»Und danach, Veit, müssen wir aber gehen! Ich nach Hause, und du gehst mit Herrn Kammerlander mit. Versprichst du mir das?«

Veit nickte. Er hätte zu allem genickt. Sing ›Hänschen Klein‹. Nicken. Beiß in die Bordwand. Nicken. Spring in den See. Nicken.

»Und«, löste sich Bartholomäus aus seiner Starre, »er muss mir sagen, wo Antonia ist!«

Susan fuhr herum. »Antonia? Was ist mit Antonia?« Sie sah Bartholomäus erschrocken an, und Bartholomäus erkannte, dass er einen Fehler gemacht hatte.

»Er ... er hat sie heute mitgenommen. Und wir ... finden sie gerade nicht.« Bitte!, sagte sein Blick, bitte spiel weiter, Susan! Spiel weiter! Nicht aufhören! Alles gut!

Susan verstand. Zum Glück, sie verstand. »Veit«, sagte sie mit etwas strengerer Stimme und wandte sich wieder um, »das musst du uns sagen! Ja? Tust du das?«

Wieder nickte Veit, der jetzt Susan unverwandt in den Ausschnitt stierte.

»Versprichst du es?«

Nicken.

Susan, die einen Kopf kleiner war als Veit, zeigte auf einen der Stühle. »Setz dich da hin, Veit.«

Veit gehorchte. Trabte, das gelobte Land zwischen Susans Schultern nicht mehr aus den Augen lassend, zum nächsten Stuhl, setzte sich, wartete.

Und was dann geschah, mutete Bartholomäus fast surreal an. Da saß dieser brutale, dumme, hässliche Kidnapper auf einem Stuhl, hinter ihm gurgelndes, schaumsprühendes Seewasser und die Meute an Land, über ihm ein blau-weißes Fähnchen vor einem blau-weißen Himmel mit einer weißen, doofen, plärrenden Möwe, rechts Postkartenberge, links Voralpenidylle mit noch mehr doofen Möwen, und vor ihm ein schönes, blondes Mädchen mit großen Titten. Die jetzt vor ihn trat, sich auf seinen Schoß setzte, seinen Kopf nahm und ihn auf ihre Brüste bettete.

Bartholomäus war wie in Trance. Und Veit auch. Er schloss die Augen, seufzte laut. Seine Atmung verlangsamte sich, er ließ die Arme hängen, auf sein Gesicht trat ein friedlicher, ja, glückseliger Ausdruck. Nichts Schiefes war mehr in diesem hässlichen Gesicht. Ein seliges, zufriedenes, ungetrübtes Antlitz. Wie bei einem schlafenden Kind.

Die Welt stand still, und sogar die Möwe hielt für einen Moment den Schnabel.

Bartholomäus atmete, Veit atmete, Susan hielt Veits Kopf in ihren Händen und lächelte.

Nach zwei Ewigkeiten strich Susan Veit über die Haare. »So, Veit. Wir müssen jetzt gehen.«

Veit schlug die Augen auf, grunzte wohlig.

»Gib bitte Herrn Kammerlander dein Messer und sag ihm, wo die kleine Antonia ist.«

Veit seufzte. Und stand auf. Ein sanftes Lächeln umspielte seine Lippen. Er hob die Hand, in der immer noch sein Messer lag, und kam damit auf Bartholomäus zu. Täppisch wie ein müder Bär, die Augen ruhig und sanft.

Plötzlich fuhr er herum. Bartholomäus und Susan sahen ihn im selben Moment. Den Polizisten mit der schwarzen Sturmhaube, der sich auf der anderen Seite des Gangbords an sie herangeschlichen hatte. Den Schuss hingegen hörten wohl nur noch Susan und Bartholomäus. Veits Kopf flog zur Seite, mit ihm der ganze Mann, prallte gegen die Bordwand, kippte darüber hinweg und fiel vom Schiff. Beim Aufklatschen des Körpers schrie die Möwe.

19. KAPITEL

Freitag, früher Abend
Berg am Starnberger See

Antonia. Das war sein erster Gedanke. Antonia. Bartholomäus spürte den Impuls, Veit hinterher zu springen. Er machte sogar zwei Schritte nach vorn, legte die Hand auf die Bordwand, sah in das dunkelgrüne Wasser. Hinterherspringen und Veit auf dem Weg zum Grund des Sees so lange schütteln, bis er noch einmal zurückkam und ihm den Ort sagte, wo Antonia war. So wie er es versprochen hatte. Wie er es verdammt noch mal versprochen hatte!

»Alles in Ordnung mit Ihnen?« Der Mann in der Sturmhaube richtete sich auf und nahm seine Mütze ab.

Ein Schnauzbart, natürlich. Manchmal hatte Bartholomäus den Eindruck, dass so ein Rotzfänger Voraussetzung war, um bei der bayerischen Polizei arbeiten zu dürfen. Er ging zu Susan und nahm sie in den Arm. Sie fing an zu schluchzen, erst verhalten, dann immer heftiger. Die ganze Anspannung der letzten halben Stunde, die Farce der letzten Minuten, der Schock, alles brach jetzt aus ihr heraus. Bartholomäus hielt sie nur fest, sagte nichts zu ihr, legte ihr seine Jacke um die Schultern.

»Von wem hatten Sie Ihre Order?«, fragte er den Polizisten und entdeckte jetzt erst das aufgenähte Emblem über der Brusttasche. Ein Greif. Unterstützungskommando. Na prima.

»Von meinem Zugführer.«

»Und der? Wer hat den Rettungsschuss genehmigt?«

»Ich weiß es nicht, das müssen Sie meinen Zugführer fragen. Ich hatte nur Order, den Schuss auszuführen, falls Gefahr im Verzug ist.« Der Mann schien nicht sonderlich erschüttert angesichts der Tatsache, dass er gerade einen Menschen erschossen hatte. Wahrscheinlich holte er sich gleich noch seine Kippen raus und rauchte eine. Die Zigarette danach.

»Und da war sie Ihrer Meinung nach, die Gefahr?« Schönhaber, dachte Bartholomäus. Tatütata. Da hatte sie heute was zu feiern.

»Äh, Sie meinen, ob Gefahr im Verzug war?«

»So ist es.«

Der Mann zeigte sich erstaunt. »Der Kerl ging mit einem Messer auf Sie los!«

Bartholomäus lächelte bitter. »Natürlich.«

Auf dem Weg zurück nach Berg beruhigte Bartholomäus zunächst Wiebke über den Polizeifunk, dass es ihm und Susan gut ging, und telefonierte dann mit Josef Kreuzpointner. Nein, sie hatten Trellenberg immer noch nicht erwischt, nein, in seinem Haus hatten sich noch keine Hinweise auf andere Personen gefunden, die womöglich in der Sache mit drinhingen, auch noch keine Hinweise auf andere Kinder, nein, auch die Färbers waren bisher eine Sackgasse.

»Sie redt nur immer von einem Kinderland, weiß aber nix von einer Antonia, und er sagt gar nix.«

»Veits Nummer war in seinem Handy«, sagte Bartholomäus. »Vielleicht stehen da noch andere drin, die uns weiterbringen. Ich glaube nicht, dass die Färbers die Drahtzieher der ganzen Sauerei sind. Sie sind Zulieferer, wie Veit. Vielleicht auch so eine Art Zwischenstation. Aber nicht das Ende der Fahnenstange.«

»Glaubt die Karin auch nicht«, stimmte Kreuzpointner zu. »Sie und der Hauser sind in Höhenrain. Aber bis jetzt haben die noch nicht angrufen, dass sie irgendwas hättn. Und der Färber sagt, wie gsagt, nix.«

Prügelt es aus ihm raus, dachte Bartholomäus. »Okay, ihr meldet euch.«

»Freilich.«

Die MS Bernried hatte den Anleger von Berg fast wieder erreicht. Mittlerweile wimmelte es auf dem See von DLRG, Wasserwacht und Wasserschutzpolizei. Auch erste Taucher sah Bartholomäus auf den Booten. Susan weinte immer noch. Weniger heftig, weniger eruptiv, aber stetig und tränenreich. Bartholomäus strich ihr sanft über den Kopf. Du warst wirklich tapfer, Mädchen. Tapfer und klug.

Wiebke hatte sich inzwischen zum Anleger durchgekämpft. Als sie Bartholomäus entdeckte, winkte sie aufgeregt. Und diesmal winkte er zurück.

Noch bevor das Schiff festgemacht hatte, drängten die Passagiere zum Ausgang. Jeder wollte so schnell wie möglich runter von diesem Dampfer. Durch die Scheiben des Salons sah Bartholomäus einen Jungen, der ungefähr in Antonias Alter war. Sein Vater hatte ihn auf den Arm genommen. Der Junge schaute sich mit großen Augen um, wirkte verstört. In seiner Hand hielt er ein Spielzeugauto, aber so, als wüsste er gar nicht, dass er das noch hatte, als wäre es dort festgewachsen.

Was hatte Antonia wohl in diesem Moment in der – nein, daran durfte er jetzt nicht denken. Sonst rastete er aus. Er musste einen klaren Kopf behalten. Noch einmal alle Informationen durchgehen, alles überdenken. Oder noch besser, sich Färber vorknöpfen. Das war im Augenblick der Einzige, der sie vielleicht weiterbrachte. Der Kerl musste etwas wissen. Irgendetwas. Und er würde es in Erfahrung bringen. Irgendwie.

Auf dem Anlegesteg reihte sich Bartholomäus zusammen mit Susan hinter einer alten Frau ein. Im Trippelschritt ging es über die Planke. Die Frau hatte trotz ihres hohen Alters noch lange Haare. Grau zwar, aber lange, zu einem ordentlichen Pferdeschwanz gebundene Haare. Bestimmt war sie stolz darauf, auf ihre langen Haare. Wahrscheinlich waren sie früher wunderschön gewesen. Schwarz vielleicht, wie bei Antonia.

Antonia. Wie zum Teufel sollten sie die kleine Maus nur wiederbekommen? Wo sollten sie anfangen zu …

Friesenegger. Bartholomäus stutzte. Wieso musste er auf einmal an die alte Frau aus dem Wartezimmer denken? Alte Frau, Pferdeschwanz, Pferde, Friesen, Friesenegger. Ah so.

Nein, nicht ah so.

Friesen, Pferde.

Pferde, Spielzeugautos.

Bartholomäus blieb stehen, mitten auf dem Steg, starrte in sich hinein.

»Gehn Sie bittschön weiter?«, sagte ein Mann hinter ihm.

Spielzeugauto. Junge. Mädchen.

»Schatz! Schatz!« Wiebke stand da vorn, winkte, lachte überglücklich.

Ein kalter Schauder überlief Bartholomäus.

Auto, Junge, Pferde, Mädchen.

Verdammt! Er drängte sich nach vorn.

*

Es sah nicht so aus, als wäre jemand zu Hause. Was gut war. Oder eine Katastrophe. Bartholomäus überprüfte noch einmal die Adresse. Schlosserstraße 14. Ja, das war das Haus.

Er ging gemächlich, die Hände in den Jackentaschen an dem Bretterzaun entlang. Ein Spaziergänger, der sich vor dem Abendessen noch etwas Appetit an der milden, frühherbstlichen Luft holte. Schickes Architektenhaus. Viel Glas, viel Beton, viel Kälte. Kein Licht. In keinem der Fenster. Doppelgarage angrenzend, kein Auto auf der gepflasterten, klinisch sauberen Einfahrt. Dahinter ein großer, einfallsloser Garten. Thujahecke, Rasen, drei Alibibäume, deren Laub sich langsam zu verfärben begann.

Peter und Sabine. Liefen durch das raschelnde, bunte Laub und trafen auf den Igel Max, der sich gerade sein Bett für den Winter machte. Erste Klasse. Fräulein Denninger. Das bunte Buch mit den großen Buchstaben. Bartholomäus erinnerte sich daran, dass er diese Seite in seiner Fibel geliebt hatte. Die schwarze Knubbelnase von Max, seine drolligen Schaufelhände, die roten Bäckchen. Er hätte auch so gern einen Igel gehabt. »Ja, du spinnst, und die ganzn Läus dazu«, hatte sein Vater gemeint.

Er musste um das Grundstück herumlaufen. Von der Straßenseite war es zu riskant. Zu viele Augen. Ein schmaler Weg führte zwei Häuser weiter zwischen den Gärten hindurch zu den dahinter liegenden Feldern. Ein Mann mit einem fetten Labrador kam Bartholomäus entgegen.

»Grüß Sie.«

»Griaß Gott.«

Sabines Schal war auch rot gewesen. Wie der des Mannes. Und hatte im Wind geflattert. Peter hatte einen gestreiften Pulli angehabt und lustige Schuhe. ›Haferlschuh‹, hatte ihm seine Mutter erklärt. Armer Bub, muss Töpfe an den Füßen tragen, hatte er damals gedacht. Und ihn umso mehr gemocht.

Auf der Rückseite war das Grundstück zu den Feldern hin nur durch einen Maschendrahtzaun abgegrenzt. Bartholomäus vergewisserte sich, dass ihn niemand sah, und kletterte über den Zaun. Hinter einem Haselnussstrauch ging er in die Knie und beobachtete das Haus. Auch hier kein Licht, alles ruhig. Auf der rechten Seite des Hauses führte ein Treppenschacht hinab in den Keller. Dort würde er es zuerst versuchen. Ansonsten musste er eines der Fenster nehmen, die zum Glück nicht vergittert waren. Ob es eine Alarmanlage gab, würde sich zeigen. Bartholomäus huschte an der Hecke entlang, lief geduckt über den Rasen und dann die Kellertreppe hinunter.

Die Tür war auf. Aufgebrochen. Das Schloss war hin. Jemand hatte hier irgendwann eingebrochen. Vielleicht der Hausherr selbst. Bartholomäus hatte es oft genug mitbekommen, dass Leute aus Sparsamkeit lieber die eigene Kellertür schrotteten als den Schlüsseldienst zu rufen, wenn sie den Haustürschlüssel vergessen hatten. Und genau diese Leute ließen die Tür dann auch bis zum Sankt Nimmerleinstag wie sie war. Böse Buben da draußen? Aber bei uns doch nicht. Er trat ein.

Ein kleiner Vorraum. Schmutzraum. So ähnlich wie bei ihm zu Hause. Nur nicht schmutzig. Keine dreckigen Schuhe, keine Spaziergehsachen, keine Gartenkleidung. Einige Kartons, sauber aufeinandergestapelt, ein Laubrechen, zwei, drei Terrassenstühle, ineinander gestellt. Bartholomäus rückte einen der Kartons vor die Außentür, damit sie nicht zufiel und er etwas mehr Licht hatte, durchschritt den Raum und öffnete die nächste Tür.

Kellerdiele. Vier, nein fünf Türen, die Treppe ins Erdgeschoss, ein langer Betonschlauch nach oben, der finster endete.

Er lauschte. Die Heizungsanlage gab ein tiefes Brummen von sich. Draußen flog krakeelend eine Amsel vorbei. Sonst nichts. Absolute Ruhe. Es roch nicht einmal nach … irgendwas. Kartoffeln, Putzmitteln, Kellerfeuchte. Bartholomäus unterdrückte das aufkommende Gefühl der Verzweiflung. Such weiter! Das heißt noch gar nichts! Sie schläft vielleicht! Oder kauert starr vor Angst in irgendeiner Ecke. Such!

Der erste Raum rechts war ein Vorratsraum. Weiße Regale an drei Seiten. Die sauber, aber fast leer waren. Ein paar Dosen, eine Reihe leerer Einmachgläser, ein kleiner Kübel Develey-Senf. Auch leer. Was war das hier? Ein Wochenendhaus? Ein Protz-Domizil für One-Night-Stands? Hatte der Typ irgendeinen Spleen? Feng-Shui missverstanden und konnte deswegen nichts rumstehen sehen? Bartholomäus schloss die Tür und betrat den nächsten Raum.

Heizung, Waschen. Nur ohne Waschmaschine. Aber dafür mit einer riesengroßen Gefriertruhe. Wieso hast du eine derart riesige Gefriertruhe? Bartholomäus ging zu dem weißen Ungetüm, blieb aber in der Mitte des Raumes plötzlich stehen. Dieser Geruch … Er kannte diesen Geruch. Es roch … metallen … roch nach … er schnupperte … Lederjacke … nach … altem Kamillentee. Männerkram, Altmännerkram.

Ballistol! Hier roch es nach Ballistol! Aber – er sah sich noch mal um – hier waren weit und breit keine Waffen. Kein Waffenschrank, kein Gewehr, das herumstand, auch keine Lederjacken oder Messer gab es hier. Nur die Heizungsanlage, ein Ausgussbecken, die Truhe. Die Heizungsanlage vielleicht. Womöglich hatte der Kaminkehrer bei seiner letzten Inspektion Ballistol verwendet. Wofür auch immer. Manche schmierten sich das Zeug ja sogar als Mückenschutz auf die Haut. Bartholomäus trat zu der Truhe und öffnete den Deckel.

Der Kerl war ein Fertigessen-Junkie. Pizza, Baguette, Lasagne, Paella in rauen Mengen. Als gäbe es morgen keine Supermärkte mehr. Aber etwas anderes irritierte Bartholomäus noch mehr. Irgendetwas an diesem Anblick war … diese vielen Schachteln … kreuz und quer durcheinander. Hochkant, liegend, diagonal … Der Rest des Kellers sah anders aus. Ordentlicher. Viel ordentlicher. Ganz abgesehen davon, dass er fast leer war. Man konnte beinahe den Eindruck gewinnen, dass diese Truhe nicht dem Menschen gehörte, dem der Rest des Kellers gehörte. Bartholomäus beugte sich nach unten, nahm eine Pizza Tonno, sah sich das Verfallsdatum an. Noch über ein halbes Jahr. War das viel für eine Tiefkühlpizza oder wenig? Er aß nie Tiefkühlpizzen. Nicht mehr. Und wenn, dann hätte er sicher nicht auf das Verfallsdatum geachtet. Ein Flammkuchen hatte nur noch fünf Monate. Und schon reichlich Raureif angesetzt. Hieß das so in Tiefkühltruhen? Raureif? Die Bouillabaisse fror auch gewaltig. Wirklich kreuz und quer. Bis runter. Als hätte man einen Kofferraum voll von dem Zeug einfach in die Truhe gekippt. Denn wer kaufte sich zehn Pizzen, wenn er noch zehn davon zu Hause hatte, und warf sie dann auf die alten drauf? Wer kaufte überhaupt diese Mengen? Als müsste diese Truhe unbedingt voll werden.

Voll werden. Bartholomäus hielt inne. Voll werden. Lag das ganze Zeug hier nur – er wühlte schneller, schaufelte die Schachteln auf die rechte Seite der Truhe. Plötzlich hatte er diese Vorstellung, dass es einen guten Grund für all die Fressalien gab. Diese Horrorvorstellung. Er spürte, wie ihm das Blut in den Kopf schoss.

»Nein, nein, nein, nein!«

Er räumte mit zwei Händen, registrierte kaum, wie die feinen Eiskristalle in seine Haut stachen, wie sich die Kälte an seine Finger krallte. Die Wunde an seinem Unterarm ging wieder auf, blutete das Geschirrtuch durch, das er immer noch trug. Aber er konnte nur daran denken, dass er bitte, bitte nicht sah, was er gleichzeitig befürchtete, jeden Moment zu sehen. Bitte nicht! Bitte nicht!

Schwarz! Etwas Schwarzes. Am Boden der Truhe. Bartholomäus hatte das Gefühl, dass etwas in ihm zerriss. Nein! Sein Atem ging jetzt stoßweise, er hechelte. Nein!

Haare. Es waren Haare. Lange, schwarze Haare. Oh Gott! Bartholomäus warf die beiden Gemüsebeutel aus der Truhe.

Und zuckte zurück.

Das war nicht Antonia! Eine fremde Frau lag da unten. Eingewickelt in Folie. Die Augen geschlossen, einen Hauch Rosa auf den hohlen Wangen, wie schlafend. Wie Dornröschen.

Bartholomäus lachte, erleichtert, stützte sich auf die Truhe, sah an die Wand. Nicht Antonia! Nicht die Maus! Er schlug die kalten Hände vors Gesicht. Nicht die Maus.

Dann, plötzlich, wusste er, wer die Frau war. Und er wusste, dass er recht gehabt hatte mit seiner Vermutung.

Bartholomäus drehte sich auf dem Absatz um und verließ den Heizungskeller. Es gab noch zwei weitere Räume hier unten. Und ein ganzes Haus.

Er schritt durch die Diele, holte sein Handy hervor, um Kreuzpointner zu verständigen, und steuerte auf die linke der beiden Türen zu. Sah nicht nach rechts, zur Treppe. Drückte die Klinke herunter. Abgeschlossen. »Antonia?« Er legte sein Ohr an das Türblatt und sah hinunter auf das Display. »Süße, bist du da drin?«

»Wer sind Sie? Und legen Sie das Handy weg.« Eine Stimme! Eine Männerstimme!

Bartholomäus erschrak bis ins Innerste, fuhr herum. Gleichzeitig ertönte dieses Wimmern, ein leises, klägliches Rufen hinter dieser Tür.

Er starrte den Mann an, der dort auf der Treppe saß, blonde, schulterlange Haare, blaue, ausdruckslose Augen, starrte zur Tür, starrte auf die Pistole, die auf sein Herz zielte, sah wieder zur Tür.

»Das Handy. Schmeißen Sie es zu mir!« Der Mann, etwa in Bartholomäus' Alter, war die Ruhe selbst. Eine kühle, geschäftsmäßige Ruhe. »Und?«

Bartholomäus brauchte noch ein paar Sekunden, bis er den Schock überwunden hatte. »Süße! Ich bin's! Bartholomäus!« Er klappte das Handy zu und warf es Richtung Treppe. Seine Knie waren wie Butter.

»Danke. Also, Bartholomäus.« Der Mann nickte. »Und wie noch? Wer sind Sie? Polizei?« Er schüttelte den Kopf.

Hinter der Tür rief Antonia Bartholomäus' Namen, ein dünnes Piepsen. Und fing an zu weinen. Die Klinke senkte sich wie von Geisterhand.

»Antonia, ich hol dich gleich raus! Ich bin gleich bei dir!«

Der Mann lächelte süffisant. »Das würde mich doch sehr wundern. Also!« Sein Gesicht gefror. »Ein paar Antworten, wenn ich bitten darf! Die Kleine bringt zwar unversehrt mehr ein, aber wenn es sein muss, nimmt sie der Kunde auch mit zerschossenen Knien. Verstehen wir uns?«

Bartholomäus war nahezu schwindlig vor Wut. Für einen Moment war er nicht in der Lage, einen klaren Gedanken zu fassen, war nur stummes Schreien, ein gefesseltes Tier. Dann zwang er sich dazu, die Situation abzuschätzen. Vier Meter bis zur Treppe. Keine Chance. Die Kugel hätte ihn auf halbem Weg erreicht. In dem Augenblick, in dem er das Schwein in die Finger bekam, würde sein Herz aufhören zu schlagen. Aussichtslos, keine Chance.

»Was … was wollen Sie wissen?« Reden, viel reden. Vielleicht ergab sich ja doch eine Gelegenheit.

»Sie sind kein Polizist, oder?« Der Mann ging wieder in den Plaudermodus. »Denn wären Sie einer, hätten Sie freundlich an der Haustür geklingelt, hätten sich mit mir unterhalten und mir dann, falls es dafür einen Grund gegeben hätte, einen Durchsuchungsbefehl unter die Nase gehalten. Dass Sie das alles nicht getan haben, bayerische Polizisten auch stets im Rudel auftreten und Sie und die Kleine offenbar dicke Freunde sind, lässt mich vermuten, dass Sie kein Bulle sind.«

»Und?«

Antonia rief wieder. Bartholomäus antwortete ihr und versuchte dabei so gelassen wie möglich zu klingen. Bin gleich da, muss nur noch den Schlüssel finden, gleich, Süße.

»Wer sind Sie dann?«

»Ein Freund.«

»Aha, ein Freund. Der mich wie gefunden hat?«

Bartholomäus nickte nach oben, dorthin, wo er ungefähr die Garage vermutete. »Sie haben einen roten Camaro, nicht wahr? Mit einem schwarzen Streifen über der Motorhaube.«

Hollbeck stutzte. »Das ist richtig. Woher wissen Sie das?«

»Mein Kollege war mal bei Ihnen. Wegen Ihrer Stieftochter.«

»Also doch ein Bulle?«

Bartholomäus schwieg.

»Ich erinnere mich. So ein Pickelmonster mit einem fürchterlichen Hemd. Nicht sonderlich helle. Aber was soll das mit dem Auto?«

»Auf einer der Postkarten, die Sie für Rosi gemalt haben, haben Sie Ihr Spielzeug verewigt. Offenbar geht Ihnen jedes Mal einer ab, wenn Sie an die Kiste denken.«

Der Mann ließ sich nicht locken. »Scheiße, ja, Sie haben recht. Und Sie haben Rosi? Und Erwin?«

»So ist es.«

Hollbeck zog die Stirn in Falten. »Nicht gut. Aber wie kommen Sie – ich meine, das ist eine Postkarte?«

»Von Yasmin, ja.«

»Hä?«

»Yasmin Petzold aus Herrsching.«

»Ja, und?«

Bartholomäus schüttelte unmerklich den Kopf. »Sie sehen gar nicht so dämlich aus. Erstens malen sechs- oder siebenjährige Mädchen eher selten Rennautos auf Postkarten. Sie malen Mama, Papa, Sonne, Blumen, Pferde, aber keine roten Camaros mit schwarzen Streifen. Und wenn, dann sollten sie zumindest irgendeinen Bezug zu der Kiste haben. Hätte Ihre Stieftochter das Auto gemalt, hätte mich die Sache vermutlich nicht weiter beschäftigt. Aber Yasmin Petzold aus Herrsching?«

Hollbeck fasste sich an die Nasenwurzel. »Verdammt. Natürlich! Wie dämlich aber auch.«

Für den Bruchteil einer Sekunde glaubte Bartholomäus, dass jetzt der richtige Zeitpunkt wäre. Aufspringen, hinhechten, überwältigen. Doch Hollbeck hatte das Funkeln in seinen Augen richtig gedeutet.

»Versuchen Sie's erst gar nicht.« Er stand auf. »Wer weiß noch davon?«

»Alle.«

Hollbeck lächelte dünn. »Entschuldigen Sie, dumme Frage. Ist auch egal. Wenn wir beide fertig sind, waren Sie nie hier, ich habe Sie nie gesehen. Wie Erwin und Rosi. Und das mit den Postkarten …« Er zuckte die Schultern. »Ein komischer Zufall in dieser bedauerlichen Sache.« Der Mann legte den Kopf ein wenig schief und zwinkerte treuherzig. »Kann ich Ihnen sonst noch irgendwie behilflich sein, Herr Kommissar?«

Bartholomäus deutete mit dem Daumen in den Heizungskeller. »Und was machen Sie mit Dornröschen in der Pizzatruhe? Bis Sie die verscharrt haben, wimmelt es hier von Polizei. Ich komme ja nicht hierher, ohne jemandem Bescheid zu sagen, nicht wahr?«

Hollbeck kniff die Augen zusammen. »Sie sind echt gut! Wirklich! Und Dornröschen. Genau dasselbe ging mir auch durch den Kopf. Aber das mit dem Bescheidsagen …« Er schnalzte dreimal leise mit der Zunge. »Das nehme ich Ihnen nicht ab. Nein. Andererseits, wer weiß.« Er wedelte mit der Pistole. »Kommen Sie mit, wir sollten uns beeilen. Falls die Streifenhörnchen doch im Anmarsch sind.« Hollbeck stieß die Tür zum Heizungskeller auf. »Hier rein.«

Bartholomäus zögerte. »Jetzt bin ich gleich bei dir, Antonia!«, rief er Richtung Tür. »Sofort! Nur noch ein ganz kleines bisschen!«

Heizungskeller. Da war nichts. Nichts, das ihm geholfen hätte. Gar nichts. Was konnte er nur tun? Was? Die Aussichtslosigkeit der Lage begann an ihm zu nagen. Im Bauch. Und im Nacken, da waren die Zähne besonders spitz. Bartholomäus setzte sich in Bewegung. Der Kerl hielt immer den nötigen Abstand, das Licht auszumachen – falls ihm das gelang –, änderte überhaupt nichts, die Tür zum Heizungskeller ging nach außen auf und lag jetzt flach an der Wand an.

»Wo… woher kennen Sie die Färbers?« Er hatte keine andere Wahl. Er musste sich auf ihn stürzen. Hoffen, dass die Kugel danebenging oder ihn nur soweit verletzte, dass er das Aas überwältigen konnte.

»Erwin arbeitete früher ab und zu auf meinen Baustellen.« Hollbeck wich einen Schritt zurück und wartete, dass Bartholomäus an ihm vorbeiging. »Klaute das eine oder andere Gerät und verscherbelte das Zeug dann bei Ebay. Ich merkte es, wir kamen ins Gespräch und entdeckten gemeinsame Interessen.« Er lachte.

Jetzt? Umdrehen? Nein, Hollbeck war zu weit hinter ihm.

»Und … Roswitha?«

»Zum Ausguss. Da rüber.« Hollbeck war in der Diele geblieben, wartete, bis Bartholomäus vor dem Ausgussbecken stand. »Rosi habe ich bei der letzten Weihnachtsfeier kennengelernt. So ein großes Herz, die Gute. Insbesondere für kleine, vernachlässigte Kinder.«

Verdammter Wichser.

»Und das da?« Bartholomäus nickte zu der Truhe.

»Das geht Sie nichts an. Hinknien!« Erst jetzt kam Hollbeck in den Raum. »Den Kopf übers Waschbecken. Und die Jacke ausziehen.« Er stellte sich mit dem Rücken zum Heißwasserkessel.

Die Jacke! Wenn er die Jacke auszog und sie dann in seine Richtung …

»Und wie gesagt: Denken Sie nicht einmal daran, irgendeinen Blödsinn zu machen.« Hollbeck schien Gedanken lesen zu können. »Noch einmal: Die Kleine wird sicher nicht lustig finden, was bald mit ihr passiert. Aber wie viel Schmerzen sie dabei erleiden muss, hängt ganz von Ihnen ab. Also, seien Sie weiterhin ihr guter, großer Freund Bartholomäus und erweisen Sie ihr einen letzten Gefallen.«

Antonia rief etwas. Bartholomäus verstand es nicht. »Süße, ich komme schon!«

»Nein, tun Sie nicht. Und das wissen Sie. Los jetzt!«

Antonia. Saß dort hinter der Tür. Keine zehn Meter entfernt. Wartete, dass er zu ihr käme, hatte keine Ahnung, was ansonsten mit ihr geschehen würde. Mit ihrem kleinen, mageren Körper.

Bartholomäus wollte schreien, wollte dieser Drecksau seinen ganzen Hass ins Gesicht brüllen, seine Verzweiflung, seinen Schmerz. Und gönnte Hollbeck gleichzeitig nicht diese Genugtuung. Antonia.

»Knien Sie sich hin. Machen Sie schon.«

Bartholomäus zog die Jacke aus, kniete sich langsam hin.

»Gut so. Und jetzt den Kopf über das Becken.«

Bartholomäus beugte sein Haupt nach unten. War das das Letzte, was er sehen würde? Ein Schafott aus weißer, verkratzter Emaille? Ein Ausguss, sieben schwarze Löcher? Nein, so nicht. Wenn sein Licht ausging, wollte er an einem anderen Ort sein. Er schloss die Augen.

Wiebke, mein Liebling.

»Legen Sie sich die Jacke über den Kopf. Die Sauerei soll sich in Grenzen halten.«

Liebling. Du.

Er sah Wiebke lachen, sah sie weinen, sah sie vor vielen Jahren, als er ihr diesen albernen Ring aus Alufolie angesteckt hatte. Da war er auch auf den Knien gewesen. Sah sie als alte Frau mit langen, grauen Haaren.

»Los jetzt. Dornröschen wartet.«

Bartholomäus atmete ein. Wie oft noch? Legte seinen Oberkörper über den Rand des Ausgussbeckens. Wiebke!

»Jacke über den Kopf! Ich sag's nicht noch mal!«

Mein Liebling. Ich bin bei dir. Mein Herz. Immer. Ich bin bei dir.

Bartholomäus legte sich die Jacke über den Kopf. Er hörte, wie Hollbeck näher kam, hinter ihn trat.

»Gute Reise.«

Ich liebe dich.

Dann fiel der Schuss.

20. KAPITEL

Samstagvormittag
Berg, Hotel Alpenblick

Wiebke schloss das Fenster. Das Wetter hatte umgeschlagen. Irgendwann nachts hatte es angefangen zu regnen. Ein monotoner, stumpfsinniger Landregen, der alle Farben und Gerüche aus der Luft wusch und gurgelnd in den Abflüssen ertränkte. Wenigstens war etwas Wind aufgekommen. Regen ohne Wind hatte sie schon immer frustrierend gefunden.

Sie widmete sich wieder den Chrysanthemen. Zupfte hier ein Blatt, kürzte dort einen Stängel, steckte sie in die kleinen, blau-weißen Vasen, arrangierte sie, ordnete sie. Als ihr gefiel, was sie sah, stellte sie die Vasen auf das große Tablett und machte sich auf den Weg.

Chrysanthemen. Als sie sie vorhin zusammen mit Emerenz aus den Beeten neben den Busparkplätzen geholt hatte, war ihr wieder eingefallen, was sie kürzlich im SZ-Magazin über Blumen und ihre Symbolik gelesen hatte. Sinnbild für das Gedenken an Verstorbene seien Chrysanthemen und in China Symbol für das Bewahren der Schönheit in den Widrigkeiten der Welt, für ein langes Leben. Und für ewige Liebe standen sie auch. Hatte sie sie deswegen ausgewählt? Unbewusst? Vielleicht. Wiebke schob mit dem Arm die Schwingtür auf, zwängte sich vorsichtig durch den Spalt und verließ die Küche des Stüberls.

»Ah, Cheefin! Sogn S' hoid was, nachad häif i Eahna! Miassn Sa se doch ne so plagn!« Oburu Musila, der Schankkellner im Stüberl, eilte ihr zu Hilfe.

»Geht schon, Obi, danke dir.« Wiebke lächelte und balancierte das Tablett an der Zapfanlage vorbei. Und sie lächelte noch mehr, als sie hinter der Theke hervorkam und ihr Blick auf das Ehepaar Grevesen fiel. Obwohl die beiden jetzt schon drei Tage hier waren, zeigten sie sich immer noch ziemlich irritiert, wenn der tiefschwarze Bavaro-Kenianer hinter der Theke tiefschwarzes Bayerisch sprach. Florian, ihr Sohn, hatte auch mal diesen Blick gehabt. Damals, als dieser Zauberer das weiße Kaninchen aus dem eigentlich doch leeren Hut gezogen hatte. Das war an seinem sechsten Geburtstag gewesen. Wiebke stellte die erste Vase auf den Tisch der beiden, wechselte ein paar auflockernde Worte mit ihnen und versorgte dann die restlichen Tische mit den frischen Blumen. Mit der letzten Vase kam sie zum Stammtisch.

»Na, mein Blumenkind?« Bartholomäus zog sie an sich und legte den Arm um ihre Hüfte.

»Braucht ihr zwei noch was?«

Josef Kreuzpointner schüttelte den Kopf. »Dank schön.«

»Ein paar Weißwürste vielleicht?«

»Ah, Weißwürscht wärn doch nicht schlecht.«

»Zwei?«

»Gern auch drei.«

»Ich sage es Obi.« Wiebke küsste Bartholomäus auf den Scheitel und drehte sich um.

Kreuzpointner wartete noch einen Moment, bis Wiebke außer Hörweite war. »Weiß deine Frau eigentlich, was gestern da draußn in Schäftlarn passiert is?«

Bartholomäus nickte. »Ich hab's ihr erzählt.«

Kreuzpointner nickte ebenfalls und überlegte einen Moment, ob er es auch seiner Annemarie erzählt hätte. Eher nicht. Oder vielleicht schon. »Is sie aber schon erschrockn, oder?«

»So kann man das sagen.« Zu Tode erschrocken, dachte Bartholomäus. Angestarrt hat sie mich, eine halbe Ewigkeit. Und dann hat sie mich eine weitere halbe Ewigkeit nicht mehr losgelassen.

»Aber wirklich in allerletzter Sekunde.« Kreuzpointner schüttelte, immer noch ein wenig fassungslos, den Kopf und trank einen Schluck Weißbier.

»Was hat er euch denn bis jetzt erzählt?«, fragte Bartholomäus.

Josef Kreuzpointner informierte Bartholomäus knapp über das, was bei dem Verhör von Lorenzo Palladio gestern Abend noch herausgekommen war. Die Mutter, die Schwester, die ausbleibenden Anrufe. Die Briefe, die Ungewissheit, die Sorgen. Afghanistan, Rom, München.

»Er war in Kabul stationiert, sagst du? Im Rahmen der ISAF-Mission der NATO?«

»Ja, und dann is er nach München kommen, weil er nicht des Gfühl ghabt hat, dass die italienische Polizei genug unternimmt.« Kreuzpointner kniff die Lippen zusammen. »Und was uns betrifft, war des ähnlich.«

Lorenzos Suche, die Halskette, die Diskothek. Der blonde Mann, dem er am ersten Abend nicht hatte folgen können, den er aber gestern erneut im ›Comeback‹ gesehen hatte.

»Und dann ist er ihm bis Schäftlarn hinterhergefahren?«

»Mit dem Auto von seiner Bekannten«, bestätigte Kreuzpointner. »Des er sich extra gliehen hat für den Fall, dass er Hollbeck noch mal dort trifft.«

»Und auf die Spur gebracht hat ihn diese Kette.« Bartholomäus erinnerte sich dunkel, dass auch Julia Genze, die Frau in der Truhe, ein Amulett mit chinesischen Schriftzeichen getragen hatte. »Offenbar hat er die Dinger im Großhandel erstanden und dann jede seiner Frauen damit beglückt.«

Kreuzpointner nahm sich schon mal Besteck und Serviette aus dem Keferloher. Und eine Brezen aus dem Körbchen daneben. »Hat irgendwas mit Liebe zu tun, der Anhänger.«

»Hat Hollbeck euch das erzählt?«

»Nein, d' Karin hat des gewusst.«

»Habt ihr aus Hollbeck eigentlich überhaupt schon was rausgebracht?«, fragte Bartholomäus.

Josef Kreuzpointner bröselte das Salz von der Brezen auf seinen Teller. »Nix. Kein Wort. Geht alles über seinen Anwalt.«

»Ist er noch in Großhadern?«

»Ja. D' Ärzte probieren heut noch mal, ob sie sei Hand noch retten können. Aber wahrscheinlich, hat der eine Oberarzt gmeint, wird's nix. Die Kugel, hat er gesagt, hat die halbe Hand zerfetzt.«

Bartholomäus dachte an gestern Abend zurück. Der Schuss im Heizungskeller, Hollbecks Schrei, der blutige Stumpen an seinem Unterarm, der Mann, Lorenzo Palladio, neben dem Heißwasserkessel. Sein erster, absurder Gedanke, dass er jetzt wusste, wieso er zuvor Ballistol gerochen hatte. Sein zweiter das Erstaunen darüber, dass er nicht tot war.

»Zu Palladio noch mal. Der ist doch nicht aus Afghanistan hierhergekommen, um dem Mörder seiner Schwester in die Hand zu schießen, oder?«

Kreuzpointner legte die Brezen auf den Tisch und begann damit, das Salz auf einer Seite des Tellers zusammenzuschieben. »Nein, eigentlich nicht. Aber er hat gmeint, da sind du und d' Antonia dran schuld, dass er den Hollbeck nicht erschossn hat.«

»Ich und Antonia?«

»Ja, so indirekt halt.«

Lorenzo Palladio war über den Keller in Hollbecks Villa eingedrungen. Zu diesem Zeitpunkt war Hollbeck noch nicht zu Hause gewesen. Palladio hatte das Haus nach Hinweisen auf seine Schwester durchsucht und war in der Gefriertruhe auf ihr Handy und ihr Portmonee gestoßen. Und natürlich auf Julia Genze. Kurze Zeit später war Bartholomäus aufgetaucht, und Palladio, der sich schnell hinter dem Heißwasserkessel versteckt hatte, hatte mitbekommen, dass Antonia in dem anderen Zimmer war. Hatte daraufhin angenommen, Antonia sei Bartholomäus' Tochter, hatte an seine eigene Mutter denken müssen. Daran, dass sie überhaupt niemanden mehr hätte, wenn er Hollbeck jetzt eine Kugel in den Kopf jagte, wie er es eigentlich vorgehabt hatte. Und dass der Tod für diesen pezzo di merda viel zu billig wäre.

»Und er weiß, wovon er redt«, sagte Kreuzpointner. »Sein Vater war im Strafvollzug in Rom bschäftigt, und da untn geht's Kinderschändern im Gfängnis offenbar nicht besser als bei uns.«

Obi brachte die Weißwürste an den Tisch. »Do schau her, Sepp, deine Würscht. Mogst no a Weizn?« Er nickte zu dem fast leeren Glas.

»Ja, eins trink ich noch.« Kreuzpointner hielt Obi das Glas hin.

Auf dem Rückweg zur Theke fragte Obi auch bei den Grevesens nach, ob alles in Ordnung sei.

Ob bei Eahna ois basst a so.

Bitte?

Ob ois recht is?

Ja, ja. Die zwei nickten dem Zauberer zu und vertieften sich wieder in ihre Marmeladenbrötchen ... Semmeln ... Seemmeen.

»Übrigens«, Josef Kreuzpointner nahm eine Weißwurst in die Hand und tauchte sie in den süßen Senf. »Hollbeck kommt auch aus Sigmertshofen. Also nicht gebürtig. Eigentlich kommt er aus Kiel, aber er is mit seine Eltern da hinzogn, als er acht Jahr alt war.«

Der blonde Junge im Bus! Der Auserwählte von der Rückbank! Bartholomäus konnte sich ansatzweise vorstellen, wie die Geschichte mit ihm und Veit weitergegangen war. Warum Veit irgendwann alles für Hollbeck getan hätte. Hatte.

Kreuzpointner fing an, die Wurst auszuzuzeln. Am Nebentisch nieste Frau Grevesen – leise, verhalten – und Obi wünschte ihr laut ein »Häif da Gott in Himme nauf, wenn ’sd obefoist, kummst nimma nauf«. Frau Grevesen tupfte sich die Nase und bedankte sich höflich für den bayerischen Zauberspruch.

Während Josef Kreuzpointner seine Weißwürste verspeiste, erhielt Bartholomäus noch die letzten Informationen zum gegenwärtigen Stand der Ermittlungen. In Hollbecks Haus hatten sich zahlreiche Hinweise auf Kunden und Verbindungsmänner gefunden. Zwei der vermissten Kinder – Yasmin Petzold und Manuel Halbreiter, der noch nicht auf ihrer Liste gestanden hatte, weil er aus dem Hasenbergl im Norden Münchens stammte – hatte man bereits von ihrem Martyrium erlöst, nach Oleg und Katja, Hollbecks Stieftochter, sowie nach zwei anderen Kindern suchte man noch. Und es war durchaus zu befürchten, dass noch weitere Kinder dazukamen. Hollbecks Kundenstamm umfasste bis jetzt acht Männer, von denen die meisten natürlich sofort ihren Anwalt angerufen hatten, nachdem die Polizei an ihre Tür geklopft hatte. Gute Anwälte, denn die Männer waren ausnahmslos vermögend. Die Hinweise führten sogar nach Russland und in den arabischen Raum. Hollbeck war offenbar dabei gewesen, ein regelrechtes Kinderschänder-Imperium aufzubauen.

Dietrich Trellenberg – eine Polizeistreife hatte ihn kurz vor Murnau gestoppt, nachdem er mit 110 Sachen in Spatzenhausen an ihnen vorbeigebrettert war – schwieg genauso eisern wie Hollbeck. Was ihm jedoch kaum nutzen würde. Eines der Videos in dem Kellerschrank zeigte die Jagd seiner Hunde auf Sebastian, die Gebissabdrücke stimmten mit den Spuren auf Sebastians Leiche überein, und Seebauer verglich gerade DNA-Reste an Francescas Leiche mit dem Erbgut der beiden Ridgebacks. Man war zuversichtlich, dass die Anklage auf zweifachen Mord oder Beihilfe zum Mord sowie Kindesmisshandlung in mindestens einem besonders schweren Fall, Rebeccas Fall, lauten würde.

Blieben noch die Färbers. Erwin wurde langsam weich, aber das meiste wussten sie ohnehin schon von Roswitha beziehungsweise sie konnten sich aus ihren Angaben vieles zusammenreimen. Das Prozedere der Entführungen selbst – im Haus der Färbers hatte sich auch einiges an Ketamin gefunden, das womöglich zur Ruhigstellung der Kinder benutzt worden war –, die Wege und Zwischenstationen, die Kommunikation. Auf die Jugendamtskinder war man gekommen, weil Margit Zymelka Rosi einiges über ihre Arbeit und die ihr anvertrauten Kinder erzählt hatte und Rosi darüber völlig erschüttert gewesen war. Auch und insbesondere darüber, wie wenig man ihrer Meinung nach von Amts wegen für diese Kinder tun konnte und tat. Kennengelernt hatten sich die beiden bei einem VHS-Kurs in Wolfratshausen: ›Nie wieder kalte Füße – selbstgestrickte Socken, voll im Trend.‹ Aufgrund der großen Nachfrage folgte Erwin nach einiger Zeit jedoch nicht nur Margit Zymelka, sondern hängte sich auch an andere Jugendamtsmitarbeiter, um geeignete Kinder ausfindig zu machen. Allerdings weise einiges darauf hin, dass es schon Entführungen vor Rosis und Erwins Zeit gegeben habe. Der Name Manuel Halbreiter zum Beispiel sagte Rosi gar nichts. Vermutlich war vorher Veit auch für die Entführungen selbst zuständig gewesen und später durch Rosi ausgetauscht worden.

»Weil es bei ihr sehr viel unauffälliger vonstatten gegangen sein dürfte«, mutmaßte Bartholomäus. Und die Kinder weniger traumatisiert beim Endkunden ankamen. Was höhere Preise versprach.

Josef Kreuzpointner wischte sich den Mund ab und legte seine Serviette auf den Teller. »Des Wichtigste sind jetzt erst mal die andern Kinder. Wobei ich da, ehrlich gsagt, mit dem Schlimmsten rechne. Wen mir nicht gleich bei einem der Kunden vorfinden …« Josef Kreuzpointner zog die Augenbrauen hoch und ließ den Rest ungesagt.

Bartholomäus sah das ähnlich. Auch deswegen musste er weg. Raus aus dem Wald. Wieder dorthin finden, wo Leben war, wo *er* war.

»Und wie geht's der Antonia?«, fragte Kreuzpointner.

»Das wird sich zeigen. Sie ist wieder bei ihrer Mutter und soweit ich weiß, auch zu Hause.«

»Nicht in der Klinik?«

Bartholomäus blickte auf den Tisch, schüttelte den Kopf. »Warten wir ab, was von Weyen mit ihr angestellt hat. Erst dann lässt sich wahrscheinlich sagen, wie es der Kleinen wirklich geht. Den haben sie ins künstliche Koma gelegt, oder?«

Kreuzpointner nickte und sah ebenfalls auf den Tisch, auf die reinweiße Tischdecke mit den Stickereien an den Rändern. So würde Antonia nie mehr sein, dachte er. Reinweiß. »Weiß eigentlich die Seidenberg schon des mit ihm und der Antonia?«

»Ja. Aber um Susan und ihr Kind mache ich mir keine Sorgen. Die bekommt das hin.« Bartholomäus trank seinen Kaffee aus und machte Anstalten zum Aufbruch.

»Fahrst weg, oder?« Kreuzpointner zeigte auf die große Reisetasche, die neben dem Tisch auf dem Boden stand.

»Mit dem Wohnmobil, ja.«

»Wohin?«

»Weiß ich noch nicht.«

»Des is gut.« Kreuzpointner nickte. »Des könnt ich jetzt auch gut brauchen. Irgendwohin fahrn.« Wobei er sich dessen nicht ganz sicher war. Nachher fand er noch das, was ihm fehlte, und stellte fest, dass er das gar nicht haben wollte.

Bartholomäus verabschiedete sich von ihm und suchte Wiebke. Es fiel ihm überhaupt nicht leicht, sie jetzt allein zu lassen, aber er musste weg.

»Na, alles klar?«, sagte sie, als er in ihr Büro kam.

»Alles klar.« Er lächelte verkniffen. »Ich … werd dann mal.«

Wiebke kam hinter ihrem Tisch hervor und zog ihren Mann an sich. »Hau schon ab, Großer!«, flüsterte sie. Sie küsste ihn auf den Mund, ließ ihn los und kehrte wieder an ihren Platz zurück. Sah auf ihre Unterlagen.

»Schatz, ich …«

»Ja, ich weiß.« Sie sah auf. »Und nein, ich kann dir nicht den Gefallen tun, das jetzt super zu finden. Ich vermisse dich jetzt schon.«

Bartholomäus ging um den Tisch herum, nahm ihren Kopf in beide Hände. »Ich dich auch. Aber ich verspreche dir, wenn ich zurück bin, hast du wieder mich. Nicht diesen manischen Zombie mit dem wirren Blick.«

Sie lachte. »Versprochen?«

»Versprochen!«

Bartholomäus küsste sie und wandte sich dem Ausgang zu.

»Und bis dahin«, sagte Wiebke, die schon wieder auf ihre Papiere blickte, »werde ich mit Herrn Güthler, das ist der Schreiner, den ich an Land ziehen konnte, unsere Abstellkammer fertig … ähm … dübeln.«

Bartholomäus lachte laut auf, schulterte seine Tasche und schritt durch die Tür. Draußen verabschiedete er sich noch von Urte und Dexter und lief dann Richtung Ausgang.

Plötzlich hallte ein sirenengleiches Schreien durch die Lobby. Es kam von irgendwo aus dem Treppenhaus. Und Bartholomäus kannte es, dieses Schreien, hatte es schon einmal gehört. Es war unverwechselbar. Kurz darauf hastete Xaver die Kellertreppe herauf, an ihm vorbei, bewaffnet mit einer monströsen Flex und einer Stirn voller Donnerfalten.

»Was ist denn passiert, Xaver?«

»Ah, der englische Bua wieder, der mit dem Bärn im Klo. Jetzad hat er sein Kopf durchs Treppengländer gsteckt und kriegt 'n nimmer raus.«

Neues Geplärr, jetzt vom Eingang her. Bartholomäus und Xaver drehten sich um. Fünf, sechs Kinder stürmten das Foyer. In der Auffahrt sah Bartholomäus den Bus der Modekette und erinnerte sich daran, dass die in den nächsten Tagen auf dem Hotelgelände und unten am See die Kinder für ihren nächsten Frühjahrskatalog fotografieren wollten. Eines der Mädchen stolperte über eine Falte im Läufer, flog gestreckter Länge nach hin und schmierte ihren Negerkuss in den Teppich. Ihr Schreien war für den Moment noch lauter als das des kleinen Engländers. Dann trat der Junge hinter ihr in den Negerkussmatsch, rannte Richtung Aufzug und malte dabei eine Spur weißbrauner Kleckse auf den grünen Fliesenboden.

Als sich Bartholomäus wieder Xaver zuwandte, waren die Donnerfalten auf dessen Stirn einer verzweifelten, leeren Einöde gewichen. Und über seinem Kopf sah Bartholomäus ganz deutlich eine sanft schaukelnde Denkblase, in der Xaver mit einem Glas Weißbier in der Rechten, einer Leberkässemmel in der Linken und Wiggerl auf dem Bauch in seinem Fernsehsessel ruhte und glücklich, geräuschlos und kinderfrei in einen immerwährenden Feierabend hinüberdämmerte.

ENDE

NACHWORT

Ich möchte an dieser Stelle noch etwas loswerden. Eine Entschuldigung, einen Dank und eine Erklärung.

Entschuldigen möchte ich mich bei jedem, der des Oberbayerischen in all seinen wunderbaren Facetten mächtig ist und sich sicher an vielen Stellen gefragt hat, ob das auch auf mich zutrifft. Denn das, was ich an diesen Stellen an Dialekt anbiete, ist bestenfalls eine Art Halbbayerisch.

Bedanken möchte ich mich bei jenen Lesern, die des Oberbayerischen gar nicht mächtig sind und sich buchstabenweise durch den einen oder anderen Dialog gekämpft haben. Dafür können Sie jetzt ein bisschen Halbbayerisch.

Und was die Erklärung angeht: Ich habe mich für die Dialektpassagen entschieden, weil ich finde, dass Dialekt eine wunderbare Möglichkeit ist, um Charaktere noch individueller zu gestalten und um Lokalkolorit in eine Geschichte zu bringen. In München und Umgebung spricht man nun mal anders als in Hamburg, Leipzig, Frankfurt oder sonstwo und das darf eine Geschichte auch vermitteln. Dass ich als gebürtiger Münchner diese Sprechweise dabei nicht in aller Konsequenz in dementsprechende Buchstaben, Laute und Wörter umgewandelt habe, mögen mir die Oberbayern leise grantelnd verzeihen und als Zugeständnis an all die Leser betrachten, die kein Oberbayerisch sprechen, mein Buch aber trotzdem ohne allzu große Mühe lesen und verstehen wollen.

Marco Sonnleitner

Markus Bennemann
Adlerblut
978-3-8392-1511-1

»Eine spannende Mischung aus Alpenkrimi und Ökothriller!«

Im Nationalpark Berchtesgaden zerreißt ein Schuss die Stille. Die junge Studentin Anna will eigentlich nur ein Praktikum hier machen, doch dann gerät sie an den gewalttätigen Parkranger Veit Brenner. Er scheint den Naturschutz etwas zu ernst zu nehmen. Ist er wirklich so gefährlich, wie die Leute sagen? Sind es die Adler, die angeblich Menschen angreifen? Oder lauert eine andere, tödliche Gefahr in den schönen Tälern um den Königssee?

GMEINER

Wir machen's spannend

Unser Lesermagazin

2 x jährlich das Neueste aus der Gmeiner-Bibliothek

24 x 35 cm, 40 S., farbig; inkl. Büchermagazin »nicht nur« für Frauen und HistoJournal

Das KrimiJournal erhalten Sie in Ihrer Buchhandlung oder unter www.gmeiner-verlag.de

GmeinerNewsletter

Neues aus der Welt der Gmeiner-Romane

Haben Sie schon unsere GmeinerNewsletter abonniert?

Monatlich erhalten Sie per E-Mail aktuelle Informationen aus der Welt der Krimis, der historischen Romane und der Frauenromane: Buchtipps, Berichte über Autoren und ihre Arbeit, Veranstaltungshinweise, neue Literaturseiten im Internet und interessante Neuigkeiten.

Die Anmeldung zu den GmeinerNewslettern ist ganz einfach. Direkt auf der Homepage des Gmeiner-Verlags (www.gmeiner-verlag.de) finden Sie das entsprechende Anmeldeformular.

Ihre Meinung ist gefragt!

Mitmachen und gewinnen

Wir möchten Ihnen mit unseren Romanen immer beste Unterhaltung bieten. Sie können uns dabei unterstützen, indem Sie uns Ihre Meinung zu den Gmeiner-Romanen sagen! Senden Sie eine E-Mail an gewinnspiel@gmeiner-verlag.de und teilen Sie uns mit, welches Buch Sie gelesen haben und wie es Ihnen gefallen hat. Alle Einsendungen nehmen automatisch am großen Jahresgewinnspiel mit attraktiven Buchpreisen teil.

GMEINER

Wir machen's spannend